Verdwenen zusjes

Laura Lippman bij Boekerij

De draad van de spin
De laatste kogel
Het suikerhuis
Nachtelijk ritueel
Dadendrang
Levenslang
Verloren tijd
De kunst van het verdwijnen
Verdwenen zusjes

www.boekerij.nl

Laura Lippman

Verdwenen zusjes

Dit boek is eerder verschenen onder de titel Wat de doden weten.

Eerste druk 2008
Zevende druk 2015

ISBN 978-90-225-7325-9
ISBN 978-94-023-0338-4 (e-boek)
NUR 305

Oorspronkelijke titel: *What The Dead Know*
Oorspronkelijke uitgever: William Marrow, an imprint of HarperCollins Publishers.
Vertaling: Mariëtte van Gelder
Omslagontwerp: Barbara van Ruyven | b'IJ Barbara
Omslagbeeld: Mark Owen | Trevillion Images
Zetwerk: ZetSpiegel, Best

© 2007 Laura Lippman
© 2008 Meulenhoff Boekerij bv, Amsterdam
Published by arrangement with Lennart Sane Agency AB.

Niets uit deze uitgave mag openbaar worden gemaakt door middel van druk, fotokopie, internet of op welke andere wijze ook, zonder voorafgaande schriftelijke toestemming van de uitgever.

Voor Sally Fellows en Doris Ann Norris

5 Wie nog in leven zijn, weten tenminste dat ze moeten sterven, maar de doden weten niets. Er is niets meer dat hun loont, want ze zijn vergeten. Hun liefde en hun haat, alle hartstocht die ze ooit hebben gehad, ging allang verloren. Ze nemen nooit meer deel aan alles wat gebeurt onder de zon.

– Prediker 9:5-6

1

Haar maag verkrampte bij de aanblik van de watertoren die boven de nog kale bomen zweefde, een ruimteschip dat naar de aarde was gekomen. De watertoren was een belangrijk herkenningspunt geweest in het oude familiespelletje, maar niet het belangrijkste. Als je de witte schotel op zijn spichtige poten eenmaal had gezien, wist je dat je je schrap moest zetten, als een hardloper in de startblokken. *Op uw plaatsen, klaar, ik zie...*

Het was niet begonnen als een spel. Het warenhuis spotten in de bocht van de ringweg was een wedstrijdje dat ze met zichzelf speelde, een manier om de verveling tijdens de tweedaagse rit van Florida naar huis te verdrijven. Zo lang ze zich kon herinneren hadden ze de rit elke kerstvakantie gemaakt, ook al verheugde niemand in de familie zich op het bezoek aan oma. Haar appartement in Orlando was benauwd, het stonk er, de honden waren vals en het eten was vies. Iedereen voelde zich er ellendig, zelfs hun vader, juist hun vader, hoewel hij het probeerde te verbergen en verontwaardigd reageerde als iemand suggereerde dat zijn moeder een van de dingen was die ze onmiskenbaar echt was: gierig, vreemd, onaardig. Toch kon zelfs hij zijn opluchting niet maskeren als ze dichter bij huis kwamen en kondigde hij zingend elke staatsgrens aan die ze passeerden. *Georgia*, brulde hij met een Ray Charles-achtige kreun. Ze sliepen er in een anoniem motel en vertrokken nog voor zonsopgang, bereikten al snel South Carolina ('*Nothing could be finah!*'), gevolgd door de lange, langzame kwelling van North Carolina en Virginia, waar alleen de lunchpauze in Durham en de dansende sigarettenpakjes op de billboards net buiten Richmond afleiding boden. Daarna eindelijk Maryland, het prachtige Maryland, oost west Maryland best, en dan was het nog maar een kilometer of tachtig, destijds amper een uur rijden. Vandaag had ze er bijna twee keer zo lang over gedaan, kruipend over de snelweg, maar het werd al minder druk en ze kon weer een normale snelheid aanhouden.

Ik zie...

Hutzler's was het voornaamste warenhuis van de stad geweest en het opende het kerstseizoen door een reusachtige nepschoorsteen neer te zetten met een Kerstman die schrijlings op de rand zat. Klom hij erin of eruit? Ze bleef twijfelen. Ze had zich aangeleerd om uit te kijken naar die rode flits, de belofte dat ze bijna thuis was, zoals een kapitein bij het zien van sommige vogelsoorten wist dat de kust naderde. Het was een geheim ritueel geweest, zoiets als het tellen van de onderbroken strepen die onder de voorwielen van de auto verdwenen, een gewoonte die hielp tegen de wagenziekte waar ze nooit overheen was gegroeid. Zelfs toen al had ze bepaalde dingen voor zich gehouden, een duidelijk onderscheid gemaakt tussen zonderlinge trekjes die interessant zouden kunnen zijn en dwangmatige gewoontes waardoor ze zo raar zou lijken, zoals, bijvoorbeeld, haar grootmoeder. Of, in alle eerlijkheid: zoals haar vader. Maar het was haar op een dag zomaar ontvallen, blij en ongevraagd, weer een geheime innerlijke dialoog die haar ontsnapte:

'Ik zie Hutzler's.'

Haar vader had het belang onmiddellijk begrepen, in tegenstelling tot haar moeder en zus. Haar vader leek de lagen onder wat ze zei altijd te begrijpen, iets wat troostend was geweest toen ze nog heel klein was, maar met de jaren steeds intimiderender was geworden. Het probleem was dat hij haar persoonlijke thuiskomstritueel met alle geweld in een wedstrijdje had willen veranderen, zodat ze wat ooit van haar alleen was geweest moest delen met de rest van het gezin. Haar vader vond het belangrijk om te delen, om wat privé was in iets gemeenschappelijks te veranderen. Hij geloofde in lange, onsamenhangende discussies binnen het gezin, die hij in de taal van dat moment als 'dingen bespreekbaar maken' omschreef, en in open deuren en nonchalant halfnaakt rondlopen, hoewel hun moeder hem die gewoonte had afgeleerd. Als je probeerde iets voor jezelf te houden, of het nu ging om een zakje snoep dat je van je eigen geld had gekocht of een gevoel dat je niet wilde uiten, beschuldigde hij je van gierigheid. Hij riep je op het matje, keek je recht in je ogen en legde je uit dat een gezin zo niet zo werkte. Een gezin was een team, een eenheid, een land op zich, dat ene deel van je identiteit dat de rest van je leven hetzelfde zou blijven. 'We doen onze voordeur op slot voor vreemden,' zei hij, 'maar nooit om elkaar buiten te sluiten.'

En dus eigende hij zich het 'Ik zie Hutzler's' toe in het belang van het gezin en moedigde hij iedereen aan mee te dingen naar het recht om het als eerste te zeggen. Toen de anderen eenmaal hadden besloten mee te doen, was dat laatste stukje ringweg er een van ondraaglijke spanning geworden. De zusjes leunden reikhalzend naar voren in de tweepuntsgordels van die tijd, die ook nog eens alleen tijdens lange ritten werden gedragen. Zo ging dat toen. Veiligheidsgordels die alleen voor lange ritten waren, nooit fietshelmen dragen en skateboards die waren gemaakt van splinterend hout en oude rolschaatsen. Vastgezet door haar gordel voelde ze haar maag omdraaien en haar hartslag stijgen, en waarvoor? Voor de loze eer om als eerste hardop te zeggen wat ze altijd als eerste had gedacht. Zoals altijd bij de wedstrijdjes van haar vader was er geen prijs, geen doel. Nu ze niet langer de gegarandeerde winnaar was, deed ze wat ze altijd deed: veinzen dat het haar niet kon schelen.

Maar nu was ze hier weer, alleen, en ze zou gegarandeerd winnen als ze dat wilde, en hoe hol die overwinning ook zou zijn, toch verkrampte haar maag weer, onwetend van het feit dat het warenhuis allang niet meer bestond, dat alles rond het ooit zo vertrouwde klaverblad nu anders was. Anders, ja, en goedkoper vooral. Hutzler's, een onverstoorbare douairière, was een ordinaire Value City geworden. Ertegenover, aan de zuidkant van de snelweg, was de Quality Inn getransformeerd tot zo'n terrein waar je een opslagbox kon huren. Het was van hieraf niet te zien of Howard Johnson's, waar het gezin wekelijks gebakken vis had gegeten, nog altijd op het kruispunt stond, maar om de een of andere reden had ze zo haar twijfels. Bestond Howard Johnson's nog wel, waar dan ook? Bestond zij zelf nog wel? Ja en nee.

    Wat er toen gebeurde, ontvouwde zich in luttele seconden. Dat is altijd zo, als je erbij stilstaat. Dat zou ze later tijdens een verhoor zeggen. *De ijstijd was een kwestie van seconden; het waren er alleen heel veel.* O, ze kon mensen wel paaien als het absoluut noodzakelijk was en hoewel die tactiek nu minder essentieel was voor haar levensbehoud, was het een hardnekkige gewoonte. Haar ondervragers deden wel of ze zich aan haar ergerden, maar ze wist dat ze op de meesten van hen het gewenste effect had. Tegen die tijd was haar beschrijving van het ongeluk ademloos geanimeerd, een geoliede machine. Toen ze even naar rechts keek in een poging zich alle herkenningspunten uit haar jeugd voor de geest te halen, was die oude waarschuwing haar ontschoten: *bruggen bevriezen het eerst.* Ze had iets vreemds gevoeld, bijna alsof het stuur haar ontglipte, maar in werkelijkheid was de auto het contact met de weg kwijtgeraakt, had zijn grip verloren, hoewel het nog niet ijzelde en de weg kurkdroog leek. Het was geen ijs maar olie, zou ze later horen, die was blijven liggen na een eerder ongeluk. Hoe kon je rekening houden met een laagje olie, onzichtbaar in de schemering van maart, of met de nalatigheid dan wel het halve werk van mensen die ze nooit had gezien, nooit zou kennen? Ergens in Baltimore zat een man aan het avondeten, zich niet bewust van het feit dat hij iemands leven had verwoest, en ze benijdde hem om die onwetendheid.

    Ze omklemde het stuur en trapte op de rem, maar de auto luisterde niet. De hoekige sedan gleed naar links als de naald van een dolgedraaide tachograaf. Ze botste tegen de vangrail, tolde rond en slipte naar de andere kant van de snelweg. Heel even leek het alsof ze alleen op de weg was, alsof alle andere auto's en hun bestuurders verlamd waren van eerbied en ontzag. De oude Valiant – die naam had een gunstig voorteken geleken, een verwijzing naar prins Valiant en alles waar hij ooit voor had gestaan, vroeger op de strippagina van de zondagskrant – bewoog snel en elegant, een danser tussen de trage, aardgebonden forenzen in het staartje van de spits.

    En toen, net toen ze dacht de Valiant in bedwang te hebben, toen de banden weer greep kregen op het asfalt, voelde ze een zachte bons aan haar rechterkant. Ze had een witte SUV geschampt, en hoewel haar auto veel kleiner was, leek de SUV door de aanraking te wankelen, een olifant die werd geveld door een proppenschieter. Ze ving een glimp op van een meisje, of dat dacht ze, een gezicht dat niet zozeer angst als wel verbazing uitdrukte om het besef dat er elk moment iets tegen je nette, ordelijke leven op kan botsen. Het meisje droeg een ski-jack en een grote, genadeloos onflatteuze bril, een effect dat op de een of andere manier nog werd versterkt door een paar witte oorwarmers van bont. Haar mond was een ronde, rode poort van verwondering. Ze was twaalf, misschien elf, en elf was ook de leeftijd waarop... Toen begon de witte SUV aan zijn luie duikeling de berm af.

Het spijt me, het spijt me, het spijt me, dacht ze. Ze wist dat ze moest remmen, stoppen, kijken hoe het met de SUV was, maar achter haar klonk een koor van getoeter en piepende remmen, een slagorde van geluid die haar naar voren dreef, of ze wilde of niet. *Het is mijn schuld niet!* Iedereen moest zo langzamerhand weten dat SUV's makkelijk kantelen. Haar lichte duwtje kon dit dramatische ogende ongeluk niet hebben veroorzaakt. Trouwens, het was zo'n lange dag geweest en ze was al zo dichtbij. Ze moest de volgende afslag hebben, minder dan twee kilometer verderop. Ze kon nog op tijd invoegen en naar het westen rijden, verder naar haar eindbestemming.

Maar eenmaal op het lange rechte stuk sloeg ze werktuiglijk rechts af in plaats van links, richting het verbodsbord met LOKAAL VERKEER UITGEZONDERD, naar die vreemde, nooit afgemaakte weg die ze thuis altijd de 'weg naar nergens' hadden genoemd. Wat hadden ze ervan genoten mensen de weg naar hun huis te wijzen. 'Volg de snelweg in oostelijke richting tot hij ophoudt.' 'Hoe kan een snelweg nou ophouden?' En dan vertelde haar vader triomfantelijk het verhaal van de protesten, van de burgers uit heel Baltimore die hun krachten hadden gebundeld om het park en de dieren en de toen nog bescheiden rijtjeshuizen rondom de haven te beschermen. Het was een van de weinige successen die haar vader in zijn leven had geboekt, hoewel hij maar een kleine rol had gespeeld: de zoveelste handtekening op de petitie, een van de meelopers in de demonstraties. Ze hadden hem nooit als spreker gevraagd, hoe graag hij die rol ook op zich had genomen.

De Valiant maakte een afgrijselijk geluid; het voorwiel schuurde langs wat een verfrommelde bumper moest zijn. Geagiteerd als ze was, leek het haar volslagen logisch om de auto in de berm te parkeren en te voet verder te gaan, ook al sneeuwde het inmiddels en voelde ze bij elke stap dat er iets niet goed was. Ze had zo'n pijn in haar ribben dat elke ademhaling aanvoelde als een messteek. Het kostte haar moeite om haar tas te dragen zoals haar was geleerd: dicht tegen haar lichaam in plaats van bungelend aan haar pols, een verleiding voor zakkenrollers en dieven. Ze had haar gordel niet om gehad en was alle kanten op geslingerd in de Valiant; tegen het stuur en het portier geknald. Er zat bloed op haar gezicht, maar ze wist niet goed waar het vandaan kwam. Haar mond? Haar voorhoofd? Ze had het warm, ze had het koud, ze zag zwarte sterren. Nee, geen sterren. Eerder driehoeken die kronkelden en draaiden, alsof ze aan de draden van een onzichtbare mobile hingen.

Ze had nog maar een paar honderd meter gelopen toen er een politieauto met flitsende zwaailichten naast haar stopte.

'Is dat uw Valiant daarginds?' riep de politieman haar toe door het open zijraam aan de passagierskant, zonder uit de auto te stappen.

Was het haar Valiant? De vraag was veel ingewikkelder dan de jonge agent kon weten. Toch knikte ze.

'Kunt u zich legitimeren?'

'Natuurlijk,' zei ze, en ze wroette in haar handtas, maar vond haar portemonnee niet. *Nee, maar, dit…* Ze schoot in de lach toen ze zich realiseerde hoe ironisch dit was. Natuurlijk kon ze zich niet legitimeren. Ze had geen legitieme identiteit, niet echt. 'Sorry. Nee, ik…' Ze kon niet ophouden met lachen. 'Het is weg.'

Hij stapte uit zijn auto en probeerde haar tas af te pakken om zelf te kijken. Ze schrok nog meer van haar kreet dan hij. Ze voelde een felle pijnscheut in haar linkeronderarm toen hij probeerde de tas over haar elleboog te sjorren. De agent vroeg in de portofoon op zijn schouder om versterking. Hij haalde haar sleutels uit haar tas, liep terug naar haar auto en doorzocht hem; daarna kwam hij terug en bleef bij haar staan in de natte sneeuw die nu volop viel. Hij mompelde de bekende formule en zweeg toen.

'Is het ernstig?' vroeg ze hem.

'Dat moet een arts bepalen zodra we u naar de spoedeisende hulp hebben gebracht.'

'Nee, niet met mij. Daarginds.'

Het verre ronken van een helikopter beantwoordde haar vraag al. *Het spijt me, het spijt me, het spijt me.* Maar het was niet haar schuld.

'Het was mijn schuld niet. Ik kon er niets aan doen – ik heb ook eigenlijk helemaal niets verkeerds gedaan...'

'Ik heb u op uw rechten gewezen,' zei hij. 'Alles wat u zegt kan tegen u worden gebruikt. Niet dat er ook maar enige twijfel is dat u bent doorgereden na een ongeval.'

'Ik wilde hulp gaan halen.'

'Deze weg loopt dood op een parkeerplaats. Als u echt had willen helpen, was u wel gestopt of had u de afslag naar Security Boulevard genomen.'

'Op de hoek van Forest Park en Windsor Mill zit die oude Windsor Hills-apotheek. Ik dacht dat ik daar wel zou kunnen bellen.'

Ze merkte dat ze hem overviel met haar gestrooi met namen, haar bekendheid met de omgeving.

'Ik weet daar geen apotheek, al zit er wel een tankstation, maar... Hebt u geen mobiele telefoon?'

'Niet voor eigen gebruik, alleen op mijn werk. Ik koop nooit spullen totdat ze goed werken, tot ze geperfectioneerd zijn. Mobiele telefoons kunnen ineens geen bereik meer hebben en de helft van de tijd moet je erin schreeuwen, ten koste van je privacy. Ik koop pas een mobieltje als ze net zo goed werken als een vaste lijn.'

Ze hoorde de echo van haar vader. Na al die jaren zat hij toch nog in haar hoofd en zijn uitspraken waren nog net zo gezaghebbend als altijd. *Koop nooit als eerste een nieuw technisch snufje. Hou je messen scherp. Eet geen tomaten buiten het seizoen. Wees lief voor je zusje. Op een dag zullen je moeder en ik er niet meer zijn, en dan hebben jullie alleen elkaar nog maar.*

De jonge agent nam haar ernstig op, met die geïmponeerde blik die brave kinderen bewaren voor kinderen die zich misdragen. Het was lachwekkend dat hij haar zo wantrouwde. In dit licht, in deze kleren en in de natte sneeuw die haar korte, piekerige krullen aan haar hoofd liet plakken, zag ze er waarschijnlijk jonger uit dan ze was. Mensen schatten haar altijd wel tien jaar jonger dan ze was, zelfs bij die zeldzame gelegenheden waarvoor ze zich optutte. Sinds ze haar lange haar had afgeknipt, nu een jaar geleden, zag ze er nog jonger uit. Best gek hoe koppig het blond bleef op een leeftijd waarop de meeste vrouwen verf nodig hadden om deze lichte, rijk geschakeerde kleur bereiken. Het was alsof haar haar genoeg had van de jarenlange gevangenschap onder kastanjebruine verf van Clairol. Haar haar kon net zo rancuneus zijn als zijzelf.

'Bethany,' zei ze. 'Ik ben een van de zusjes Bethany.'

'Hè?'

'Weet je dat niet?' vroeg ze. 'Herinner je je dat niet? Of nee, jij bent pas – hoe oud? Vierentwintig? Vijfentwintig?'

'Ik word volgende week zesentwintig,' zei hij.

Ze probeerde niet te glimlachen, maar hij leek sprekend op een peuter die tweeënhalf zegt te zijn in plaats van twee. Op welke leeftijd stopt dat verlangen om ouder te zijn, wanneer hou je op naar boven te smokkelen? De meeste mensen zo rond hun dertigste, nam ze aan, hoewel zij veel jonger was geweest. Al op haar achttiende had ze er alles voor overgehad om afstand te kunnen doen van haar volwassenheid en nog een keer kind te zijn.

'Dus je was nog niet eens geboren toen... En je komt hier waarschijnlijk ook niet vandaan, dus nee, die naam zal je wel niets zeggen.'

'De auto staat op naam van Penelope Jackson uit Asheville, North Carolina. Bent u dat? Toen ik het kenteken doorgaf, kreeg ik niets door over een diefstal.'

Ze schudde haar hoofd. Haar verhaal was niet aan hem besteed. Ze zou wel wachten op iemand die het naar waarde kon schatten, die het belang zou inzien van wat ze hem probeerde te vertellen. Ze maakte nu al de afwegingen die zo lang haar tweede natuur waren geweest.

Wie stond er aan haar kant, wie zou er voor haar zorgen? Wie was er tegen haar, wie zou haar verraden?

In het St.-Agnes Ziekenhuis liet ze niets los. Ze beantwoordde alleen vragen over wat er waar pijn deed. Ze was betrekkelijk licht gewond; een snee in haar voorhoofd waar vier minuscule hechtinkjes in moesten worden gezet die, zo verzekerden ze haar, geen zichtbare littekens zouden achterlaten, en iets wat was gescheurd en gebroken in haar linkeronderarm. De arm kon voorlopig worden gestabiliseerd en verbonden, maar uiteindelijk zou er een operatie nodig zijn, werd haar verteld. De jonge agent moest de naam Bethany allang hebben doorgegeven, want degene die de ziekenhuisadministratie afhandelde had haar erover doorgezaagd, maar ze weigerde er nog iets over te zeggen, hoe ze ook probeerden haar uit te horen. Onder normale omstandigheden hadden ze haar behandeld en weer ontslagen, maar dit was alles behalve normaal. De politie had een surveillant in uniform voor haar kamerdeur gezet en haar te kennen gegeven dat ze niet uit het ziekenhuis weg mocht, wat de artsen ook zeiden. 'De wet is hier heel duidelijk over: u moet ons vertellen wie u bent,' zei een andere politieman tegen haar, een oudere, die rechercheur verkeersongevallen was. 'Als u niet gewond was, hadden we u in de cel gezet.' Ze zei nog steeds niets, ook al beangstigde de gedachte van de gevangenis haar. Het idee niet vrij te zijn om te gaan en staan waar ze wilde, ergens vast te zitten – nee, dat nooit meer. De artsen zetten 'naam onbekend' in haar status, met daarachter tussen haakjes 'Bethany?'. Haar vierde naam, volgens haar telling, maar misschien ook wel de vijfde. Ze raakte de tel gemakkelijk kwijt.

Ze kende het St.-Agnes wel. Of, om precies te zijn, ze had het ooit gekend. Al die ongelukjes, al die bezoekjes. Een snee in een been toen er een pot vuurvliegjes op de grond viel, de scherven opsprongen van de stoep en het rondste deel van haar kuit openhaalden. Een vliegenmepper die met de beste bedoelingen was gebruikt om op een ontstoken pokkenprik te slaan. Een knie, opengebarsten als een bloem na een val in de struiken, het angstaanjagende bot en bloed eronder onthullend. Een geschaafd scheen door het roestige ventiel van een oude band, een reusachtige binnenband van een of andere tractor of vrachtwagen, de door hun vader geïmproviseerde versie van een springkasteel, bemachtigd en neergezet ter ere van de anglofilie van hun moeder. De ritjes naar de spoedeisende hulp waren gezinsaangelegenheden geweest, meer door haar vader opgedrongen samenzijn – beangstigend voor de gewonde, saai voor degenen die mee moesten, maar daarna kreeg iedereen een softijsje van Mr. G's, wat het uiteindelijk toch de moeite waard maakte.

Dit is niet de thuiskomst die ik me had voorgesteld, dacht ze terwijl ze in het donker lag en zich door haar oude vriend zelfmedelijden liet omarmen.

En ze hád zich voorgesteld dat ze thuis zou komen, besefte ze nu, alleen niet vandaag. Ooit, uiteindelijk, maar op haar eigen voorwaarden, niet omdat iemand anders haar dwong. Drie dagen eerder was de moeizaam bevochten orde in haar leven zonder waarschuwing ontspoord, net zo onbeheersbaar als die erwtgroene Valiant. Die auto... Het was alsof hij al die tijd bezeten was geweest, haar naar het noorden had gestuurd, langs die oude ijkpunten, naar een moment waar ze zelf niet voor had gekozen. Bij de afrit naar de I-70, waar het zo makkelijk had kunnen zijn om naar het westen te gaan, naar haar oorspronkelijke bestemming, mogelijk zonder opgemerkt te worden, was de auto rechts afgeslagen en uit zichzelf gestopt. Prins Valiant, die haar bijna helemaal had thuisgebracht, had een geniepige poging gedaan haar het goede te laten doen. Daardoor was die naam haar te binnen geschoten. Daardoor, of door haar hoofdwond, of door de gebeurtenissen van de afgelopen drie dagen, of door haar bezorgdheid om het meisje in de SUV.

Zwevend op de pijnstillers fantaseerde ze over de volgende ochtend, over hoe het zou zijn om voor het eerst in jaren haar naam uit te spreken, haar echte naam. Om een vraag te beantwoorden waar maar weinig mensen over na hoefden te denken: wie ben je?

Toen drong het tot haar door wat de volgende vraag zou zijn.

Deel 1

Woensdag

2

'Is dat jouw telefoon?'

De vrouw met slaaprimpels die naar Kevin Infante keek was ergens boos over, iets wat niet echt nieuw voor hem was. Hij wist niet hoe ze heette, hoewel hij er vrij zeker van was dat het hem elk moment te binnen kon schieten. Dat was ook niets nieuws.

Nee, het was de combinatie – een vreemde vrouw én een onheilspellende blik – die deze ochtend uniek maakte voor wat zijn chef graag de 'Annalen van Infante' noemde, wat hij altijd uitsprak met een langgerekte 'a'. Als Infante een vrouw niet goed genoeg kende om haar naam te onthouden, wat kon hij dan in vredesnaam hebben gedaan om deze martelaarsblik te verdienen? Het kostte hem meestal een maand of drie, vier om dit soort woede bij een vrouw te wekken.

'Is dat jouw telefoon?' herhaalde de vrouw, met een stem die net zo gespannen en gevaarlijk klonk als ze keek.

'Ja,' zei hij, opgelucht dat ze met een makkelijke vraag konden beginnen. 'Zeker weten.'

Het viel hem in dat hij zou moeten proberen de telefoon te vinden en het gesprek misschien zelfs aan te nemen, maar het gerinkel was al opgehouden. Hij wachtte tot zijn vaste telefoon het zou overnemen, maar herinnerde zich weer dat hij niet in zijn eigen slaapkamer was. Hij tastte met zijn linkerhand de vloer af, aangezien de vrouw nog op zijn rechterarm lag, en vond zijn broek, met het mobieltje aan de riem. Terwijl hij het toestel pakte, begon het in zijn hand te trillen en stootte het een schril getjirp uit – nog een humeurige berisping.

'Het is het bureau maar,' zei hij met een blik op het nummer.

'Een noodgeval?' vroeg de vrouw. Als hij alerter was geweest, had hij gelogen en ja gezegd, absoluut, dat was het, en dan had hij zijn kleren aangeschoten en was ervandoor gegaan.

Nog versuft van de slaap zei hij: 'Op mijn afdeling komen geen noodgevallen voor.'

'Je zei toch dat je smeris was?' Hij hoorde de woede die achter haar woorden school, de opgekropte rancune.

'Rechercheur.'

'Precies hetzelfde, toch?'

'Zo ongeveer.'

'Hebben smerissen geen noodgevallen dan?'

'Continu.' Dit viel er ook onder. 'Maar op mijn terrein...' Hij weerhield zich ervan te vertellen dat hij rechercheur moordzaken was, uit angst dat ze het te interessant zou vinden en hem vaker zou willen zien, een relatie zou willen beginnen. Er liepen genoeg politiegroupies rond, iets waar hij normaal gesproken dankbaar voor was. 'Het slag mensen waarmee ik werk is heel geduldig.'

'Dus jij hebt bureaudienst?'

'Zo zou je het kunnen noemen.' Hij had een bureau. Hij draaide diensten. En soms draaide hij een dienst aan zijn bureau. 'Debbie.' Hij probeerde niet te laten doorklinken hoe trots hij was omdat hij de naam uit zijn geheugen had opgediept. 'Zo zou je het kunnen noemen, Débbie.'

Hij liet zijn ogen door de kamer glijden, zoekend naar een klok, maar ook om de omgeving in zich op te nemen. Een slaapkamer, natuurlijk, best leuk, vol kunstzinnige posters met bloemen en met iets wat zijn ex-vrouw – de meest recente – altijd een kleurenplan noemde, wat iets goeds zou moeten zijn, maar Infante niet goed in de oren klonk. Een plan was vooropgezet, een list om met iets weg te komen, en een kleurenplan was ook een list, welbeschouwd, een valstrik die begon met een te dure ring, steeds weer nieuwe schulden bij Shofer's, de meubelzaak en een hypotheek, die eindigde – het was hem al twee keer overkomen – in een rechtszaal in Baltimore, waar de vrouw alle bezittingen kreeg en hij alle schulden. Dit kleurenplan bestond uit lichtgeel en groen, waar absoluut niets op tegen was, maar het maakte hem wel een beetje onpasselijk. Terwijl hij zijn kleren van de hare scheidde, begonnen hem rare details aan de kamer op te vallen, dingen die net niet klopten. Het ingebouwde bureau onder het erkerraam, het kubusvormige barkoelkastje met een kleedje erover en een magnetron erop, het vaantje van de Towson Wildcats boven het bureau... Shit, dacht hij. Shít.

'Zo,' zei hij. 'Wat studeer je?'

Het meisje – echt een meisje, waarschijnlijk nog geen eenentwintig, en hoewel alles boven de zestien legaal was, had zelfs Infante zo zijn grenzen – wierp hem een ijzige blik toe, kroop over hem heen en wikkelde zich in het geelgroene laken. Ze reikte overdreven moeizaam naar een donzige ochtendjas aan een haak en sloeg hem om zich heen. Pas toen ze het koord had gestrikt, liet ze het laken los. Hij ving toch een glimp op van haar lichaam en herinnerde zich weer wat hem hier had gebracht. God wist dat het niet haar gezicht was, hoewel dat waarschijnlijk een stuk aantrekkelijker was als het niet zo kwaad stond als nu. Ze was veel te bleek in het ochtendlicht, die Debbie, zo'n kleurloze blondine die geen ogen leek te hebben als ze ze niet opmaakte. Ze pakte een emmer onder uit de kast, waarmee ze een fractie van een seconde paniekerige vermoedens in hem losmaakte. Ging ze hem ermee slaan? Iets over zijn hoofd gieten? Maar Debbie liep alleen gepikeerd de kamer uit, op weg naar de douche. Vermoedelijk om alle sporen van haar nacht met Kevin Infante weg te spoelen. Hoe erg kon het zijn geweest? Hij besloot niet te wachten tot hij het wist.

Naar academische maatstaven was het nog vroeg en hij was het studentenhuis al bijna uit voordat hij weer iemand tegenkwam, een gezet meisje met grote ogen dat leek te schrikken van zijn ongerijmde aanwezigheid. Niet alleen was hij mannelijk, maar ook nog in pak en veel ouder, dus overduidelijk geen student en zelfs geen docent.

'Politie,' zei hij. 'Regio Baltimore.'

Het leek haar niet echt gerust te stellen. 'Is er iets gebeurd?'

'Nee, hoor, het is maar een routinecontrole. Vergeet je deur niet op slot te doen en mijd de donkere gedeeltes van parkeerterreinen.'

'Goed, meneer,' zei ze plechtig.

Het was een koude ochtend in maart en de campus was verlaten. Hij vond zijn auto foutgeparkeerd terug op een plek niet ver van het studentenhuis. Toen hij haar de vorige avond wilde afzetten, had hij gedacht dat het een appartementencomplex was. Hij begon zich de avond weer te herinneren. Voor de verandering was hij eens niet naar zijn stamkroeg Wagner's gegaan, waar hij zijn collega's altijd trof, maar naar Souris. Er had een stel blatende meiden aan het eind van de bar gezeten en hoewel hij zich had voorgenomen alleen een snel drankje te doen, had hij het toch niet kunnen laten een schaap uit de kudde te lokken. Hij had niet de aantrekkelijkste gekregen, maar het meisje dat hij had meegenomen was niet verkeerd. Ze had het hem in elk geval naar de zin willen maken, want ze had hem in zijn auto gepijpt toen ze door Allegheny Avenue reden. Hij had haar naar dit sjofele appartementencomplex gebracht, waar het rond twee uur 's nachts stil en verlaten was. Het was zijn bedoeling geweest te wachten tot ze haar voordeur had opengemaakt, de claxon even in te drukken ten afscheid en dan weg te rijden, maar ze had duidelijk meer verwacht, dus was hij meegegaan naar haar kamer. Hij was er vrij zeker van dat hij zich kranig had geweerd tot hij in slaap was gevallen. Waarom was ze dan nu zo chagrijnig?

Een campusbewaker stond op het punt hem een bon te geven, maar Infante liet zijn penning zien en de man bedacht zich, al had hij duidelijk zin om ruzie te schoppen. Vast het hoogtepunt van de dag voor die stakker, kibbelen om een bon. Hij luisterde zijn voicemail af; Nancy Porter, zijn voormalige partner, fluisterde gespannen in de telefoon: 'Waar blijf je?' Shit, hij had het appel weer gemist. Als hij nog enigszins op tijd wilde komen, moest hij kiezen tussen een douche en een ontbijt. Hij besloot dat hij een paar uur misselijk zijn beter kon verdragen dan zijn eigen stank en reed dus naar zijn appartement in het noordwesten van Baltimore. Hij kon altijd nog zeggen dat hij achter een aanwijzing aan moest voor de... de zaak-McGowan, dat was het. Hij kreeg de ingeving terwijl hij onder de douche stond, en hij bleef er langer staan dan hij had moeten doen, gegeseld door het hete water dat de geuren van de nacht uit zijn poriën liet oprijzen. Hij was op zoek geweest naar de ex van het meisje, niet de meest recente of die daarvoor, maar twee vriendjes terug. Het was geen slecht idee, nu hij erover nadacht. De dood van het meisje, een ouderwetse steek-en-dumppartij in natuurreservaat Gunpowder Falls, was van een wreedheid die daders die hun slachtoffer niet kenden maar zelden konden opbrengen. Het was niet genoeg geweest om haar dood te steken. De moordenaar had haar lichaam ook nog in brand gestoken, waardoor er een bosbrandje was ontstaan waar de brandweer op af was gekomen. Anders had ze misschien dagen, weken of zelfs maanden onontdekt kunnen blijven liggen. Burgers waren altijd verbaasd als de politie geen lichaam kon vinden, maar hoewel er altijd wel ergens aan de stad werd gebouwd, waren er ook nog altijd hectares ongerept terrein. Zo nu en dan struikelde een jager over een hoopje botten en dan bleek het om een slachtoffer van vijf of zelfs tien jaar eerder te gaan.

In het begin van zijn carrière had Infante al eens aan zo'n zaak gewerkt, waarbij overduidelijk sprake was van een moord, maar het lichaam niet kon worden gevonden. De ouders van de vermoorde vrouw hadden geld en connecties genoeg om de politie tot waanzin te drijven. Toen hun te verstaan werd gegeven dat wat zij wilden – zoekacties, vergezocht laboratoriumonderzoek – het overgrote deel van het recherchebudget zou opslokken, hadden ze schouderophalend 'nou en?' gezegd. Het had drie jaar geduurd voor het lichaam op nog geen tien meter van een snelweg was gevonden door iemand die met hoge nood de bosjes in was gedoken. Stomp trauma, veroorzaakt door geweld, constateerde de patholoog-anatoom, dus het was inderdaad moord geweest, maar er kon verder niets meer worden afgeleid uit het lichaam of de vindplaats en de echtgenoot van het slachtoffer, die al die tijd de hoofdverdachte was geweest, was inmiddels overleden. De enige vraag die in Infantes hoofd was blijven hangen, was of de fatale klap een ongeluk was geweest, de zoveelste echtelijke ruzie, of dat er opzet achter had gezeten. Hij had veel tijd aan de echtgenoot besteed voordat die aan slokdarmkanker was bezweken. De echtgenoot was zelfs gaan geloven dat Infante langskwam als vriend, of uit pure goedheid. Hij toonde zich bijzonder verdrietig over de vermissing van zijn vrouw en Infante constateerde dat de man zichzelf als het slachtoffer zag. Wat hem betrof had hij haar alleen maar een duw gegeven, een zetje, niet erger dan alle andere duwen en zetjes die hij in de loop der jaren had uitgedeeld. Het enige verschil was dat ze deze keer niet meer was opgestaan. En dus had haar liefhebbende echtgenoot haar van de vloer geraapt, haar in het bos gedumpt en zich de rest van zijn leven onschuldig gewaand. Je zou denken dat de rest van de familie blij moest zijn geweest dat hij aan zijn eind was gekomen, snel en ook nog eens ellendig, maar zelfs dat was nog niet genoeg voor hen. Voor sommige mensen was het nooit genoeg.

Hij stapte onder de douche vandaan. In theorie was hij nog maar een halfuur te laat, maar hij was bijna misselijk van de honger, en onderweg iets te eten halen was niet zijn stijl. Hij ging naar de Bel-Loc Diner, waar de serveersters hem vertroetelden en ervoor zorgden dat hij zijn steak en eieren precies zo kreeg als hij lekker vond, met dooiers die nog bijna vloeibaar waren. Hij zette de tanden van zijn vork erin, liet het geel over zijn biefstuk lopen en vroeg zich opnieuw af: wat had hij in godsnaam gedaan waar Debbie zo pissig om was?

'Er zit een getikte spraakwaterval in het St.-Agnes Ziekenhuis die beweert dat ze meer weet over een oude moord,' zei zijn chef, Lenhardt, tegen hem. 'Jij gaat ernaartoe.'

'Ik zit op de zaak-McGowan. Ik moest iemand te pakken zien te krijgen voordat hij naar zijn werk ging. Daarom was ik te laat.'

'Ik moet iemand sturen om met haar te praten. En deze late jongen is de gelukkige.'

'Ik zei toch dat ik...'

'Ja, ik weet wel wat je zei. Nog steeds geen reden om het appel te missen, laplul.'

Lenhardt was een jaar terug een tijdje Infantes partner geweest, toen de afdeling onderbezet was, en hij leek veel moeilijker te doen sinds hij zijn leidinggevende taken weer fulltime had opgevat, alsof Infante erop gewezen moest worden wie de baas was.

'Wat heeft het voor nut? Zit het er niet dik in dat ze gewoon knetter is?'

'Of ze is gek, of ze verzint dingen om de aandacht af te leiden van het feit dat ze is doorgereden na een ernstig ongeval.'

'Weten we eigenlijk wat voor zaak ze ons belooft op te lossen?'

'Gisteravond mompelde ze iets over "Bethany".'

'Bethany Beach? Dat ligt niet eens in deze staat, laat staan in onze regio.'

'De zusjes Bethany, grapjas. Een oude vermissingszaak.'

'En jij denkt dat ze kierewiet is?'

'Ja.'

'Het St.-Agnes ligt helemaal aan de andere kant van de stad. Dus je vergalt mijn halve dag omdat ik even met haar moet gaan praten?'

'Ja.'

Infante draaide zich geërgerd en boos om en liep weg. Oké, hij verdiende het misschien wel om op zijn duvel te krijgen, maar dat kon Lenhardt niet zeker weten, dus het was onrechtvaardig.

'Hé, Kev?' riep Lenhardt hem na.

'Wat?'

'Ken je die oude uitdrukking, geel van nijd? Ik dacht altijd dat het een metafoor was, maar vanochtend heb je me laten zien dat het ook letterlijk kan. Je bent al de hele ochtend op pad, maar toch heeft niemand je op die gele veeg op je gezicht gewezen?'

Infantes hand schoot omhoog naar zijn mondhoek. 'Ontbijtbespreking,' zei hij. 'Ik was bezig met een informant die misschien iets over McGowan weet.'

'Lieg je nu al op de automatische piloot?' Lenhardt klonk niet onvriendelijk. 'Of probeer je in vorm te blijven voor je volgende huwelijk?'

3

De jonge arts aarzelde deed lang over het kiezen van zijn snack; hij wees eerst naar een donut, toen naar een koffiebroodje en daarna weer naar de donut. Kay Sullivan, die achter hem stond, voelde zijn voorpret, maar ook het gebrek aan schuldbesef. Hij was dan ook niet ouder dan zes- of zevenentwintig jaar, nog zo slank als een hazewindhond, voortsnellend op de adrenaline van zijn coschappen. Het zou nog jaren duren voor hij zich zorgen ging maken over wat hij in zijn mond stopte – als hij dat al ooit ging doen. Sommige mensen maakten zich daar niet druk om, vooral mannen niet, en deze jongen leek van eten te houden. De donut was duidelijk het hoogtepunt van zijn ochtend, een beloning aan het eind van een lange nacht. Zijn genoegen was zo tastbaar dat Kay bijna het gevoel kreeg dat ze iets lekkers voor zichzelf had uitgekozen, waardoor ze zich minder tekortgedaan voelde toen ze haar gebruikelijke zwarte koffie met twee zoetjes aanpakte.

Ze nam de koffie mee naar een tafel in een hoek en pakte het boek dat ze altijd bij zich had voor noodgevallen. Kay stopte alle hoekjes en gaatjes van haar leven vol boeken: haar tas, werkkamer en auto, de keuken, de wc. Vijf jaar eerder, toen de pijn van haar scheiding nog vers en fel was, was ze gaan lezen om te vergeten dat ze geen leven had, maar op den duur had ze ingezien dat ze boeken beter gezelschap vond dan mensen. Lezen was voor haar niet iets wat ze bij gebrek aan beter deed, maar een ideale toestand. Thuis moest ze oppassen dat ze haar boeken niet gebruikte om zich af te sluiten voor haar eigen kinderen. Ze legde haar boek dan opzij en probeerde te kijken naar wat voor tv-programma Grace en Seth ook maar hadden uitgekozen, intussen verlangende blikken werpend op het boek dat daar zo voor het grijpen lag. Hier, op haar werk, waar ze tijdens haar pauzes of de lunch makkelijk bij collega's kon gaan zitten, zat ze meestal in haar eentje te lezen. Haar collega's noemden haar achter haar rug om de *anti*-maatschappelijk werker – althans, ze dachten dat ze het achter haar rug om deden. Want hoe Kay ook in haar boeken leek op te gaan, er ontging haar maar weinig.

Die ochtend had ze bijvoorbeeld binnen een paar minuten nadat ze was aangekomen en de sleutel in het slot van haar kamer had omgedraaid het verhaal over de onbekende vrouw al opgevangen. De heersende opvatting was dat de vrouw een bedrieger was, dat ze uit wanhoop onzin spuide, maar ze had wel een lichte hoofdwond, wat haar geheugen op allerlei manieren kon beïnvloeden. Ze moest nog een psychologisch onderzoek ondergaan, maar Kay was al meer dan een jaar bij die afdeling weg, dus dat was niet haar zorg. De verwondingen van de vrouw waren vers, in overeenstemming met het ongeluk, en ze had niet gezegd dat ze dakloos of werkloos was, of dat ze werd mishandeld door haar partner – Kays specialismes. Natuurlijk weigerde ze ook te zeggen of ze een ziektekostenverzekering had, maar dat was voorlopig een administratief probleem. Mocht blijken dat ze niet verzekerd was, wat Kay gezien de stand van de economie niet onwaarschijnlijk leek, dan zou het Kays taak zijn het geld toch binnen te halen, te zien of er een overheidsregeling was waar de vrouw voor in aanmerking kwam.

Voorlopig was de vrouw echter niet Kays probleem en zat ze veilig in de wereld van Charlotte Brontë. Haar leesclub had deze maand *Jane Eyre* uitgekozen. Kay gaf weinig om haar leesclub, een buurtgebeuren waar ze zich voor had opgegeven toen haar huwelijk op zijn einde liep, maar het bood een keurige sociale dekmantel voor haar voortdurende gelees. 'Leesclub,' zei ze dan, de pocket ophoudend die ze op dat moment las. 'En ik loop weer eens achter, zoals gewoonlijk.' Bij de leesclub werd veel meer tijd besteed aan roddelen en eten dan aan het boek in kwestie, maar dat vond Kay geen probleem. Ze had er maar zelden behoefte aan te bespreken wat ze aan het lezen was. Praten over de personages van een boek waarvan ze had genoten voelde hetzelfde als roddelen over haar vrienden.

Aan de tafel naast de hare ging een groepje jonge artsen zitten, veel jonger dan ze zelf beseften. Kay kon zich meestal heel goed afsluiten voor omgevingsgeluiden, maar de enige vrouw in het groepje had zo'n scherpe, heldere stem die door de lucht sneed.

'Een moord!'

Er ging een week voorbij zonder enig teken van leven van meneer Rochester; na tien dagen was hij nog altijd niet gekomen.

'Alsof dat nieuws is in Baltimore. Er worden er toch maar, hoeveel zouden het er zijn, vijfhonderd per jaar gepleegd?'

Iets minder dan driehonderd in de stad, verbeterde Kay haar in gedachten. En een tiende daarvan in het district. In de wereld van Jane Eyre worstelde de jonge gouvernante met gevoelens waarvan ze wist dat ze ze niet voor haar meester hoorde te koesteren. *Onmiddellijk riep ik mijn gevoelens tot de orde. Het was prachtig hoe ik de tijdelijke vergissing achter me liet, hoe ik me over de foutieve veronderstelling heen zette dat ik een reden had belang te stellen in de gedragingen van meneer Rochester.*

'Mijn ouders waren als de dood toen ze hoorden dat ik hier zou gaan werken. Als ik dan toch naar Baltimore moest verhuizen, waarom kon ik dan niet naar het Hopkins? Of het universitair medisch centrum? Ik heb tegen ze gelogen dat St.-Agnes in een nette buitenwijk ligt.'

Er ging een zelfgenoegzaam gelach op. St.-Agnes was een goed ziekenhuis dat veel schenkingen kreeg en de op twee na grootste werkgever van Baltimore was, maar dit had de buurt eromheen niet geholpen. Het peil van de bewoners was eerder gezakt de afgelopen jaren, van degelijke arbeiders naar louche, marginale types. De afgesloten voorsteden die hadden gefloreerd toen de blanke vlucht uit de binnenstad net was begonnen ondervonden nu dat stedelijke problemen de denkbeeldige lijnen op de kaart niet altijd respecteren.

Drugs en misdaad waren het centrum uit gesjeesd en hadden de stadsgrenzen overschreden. Wie daar de mogelijkheid toe had, ging steeds verder buiten de stad wonen. Maar nu was het centrum in opkomst; yuppen, lege-nesters en door aandelen rijk geworden mensen uit Washington besloten dat ze uitzicht over water en behoorlijke restaurants in de buurt wilden, en wie kon het wat schelen dat de scholen bar slecht waren? Kay was dankbaar dat ze haar huis in Hunting Ridge had aangehouden, hoe onpraktisch en rampzalig het destijds ook had geleken om in de stad te blijven. De waarde was al meer dan verdriedubbeld; een appeltje voor de dorst voor moeilijke tijden. En haar ex betaalde de particuliere school van hun kinderen. Hij was goed in de grote gebaren, maar hij had geen benul van de alledaagse kosten van een kind, hoeveel je in een jaar kwijt was aan gympen, pindakaas en verjaardagscadeautjes.

'Ik hoorde dat ze, wat was het, véértig was?' De snerpende nadruk impliceerde dat veertig ontzettend oud was. 'En ze zegt dat het dertig jaar geleden is gebeurd? Dus hoe zit dat, ze heeft op haar tiende iemand vermoord en komt nu pas op het idee er iets over te zeggen?'

'Ik geloof niet dat ze heeft gezegd dat ze het heeft gedaan,' bracht een tragere, diepere mannenstem ertegenin. 'Alleen dat ze iets weet van een onopgeloste misdaad. Een beroemde. Dat beweert ze in ieder geval.'

'Wat, zoals met de Lindbergh-baby?' Het was Kay niet helemaal duidelijk of de jonge vrouw probeerde te overdrijven of dat ze echt dacht dat de Lindbergh-ontvoering nog maar dertig jaar geleden was. Hoe goed jonge artsen ook mochten zijn in het door hen gekozen beroep, daarbuiten waren ze vaak schrikbarend onwetend, afhankelijk van hoe eenzijdig ze zich op hun doel hadden geconcentreerd.

En toen, zo onverwacht als een migraineaanval, begreep Kay hoe onzeker de jonge vrouw moest zijn. Haar hooghartige toon was een dekmantel voor iemand die geen talent had voor de koele afstandelijkheid die nodig is voor het beroep dat ze had gekozen. O, ze zou het nog zwaar krijgen, die dame. Ze zou voor een specialisme als pathologie moeten kiezen, met patiënten die al dood zijn, niet omdat ze ongevoelig was, maar omdat ze te véél voelde. Geen grenzen kon stellen, in emotioneel opzicht. Kay voelde zich bijna lichamelijk ziek, uitgeput en grieperig. Het was alsof die onbekende jonge vrouw bij haar op haar schoot was gekropen en door haar getroost wilde worden. Zelfs *Jane Eyre* kon haar hier niet voor afschermen. Ze pakte haar koffie en liep de kantine uit.

Kay had lang gedacht dat die plotselinge vlagen van inzicht beperkt bleven tot haar eigen kinderen. Hun gevoelens overspoelden haar en vermengden zich met de hare, alsof er geen huid tussen hen zat. Ze voelde al hun blijdschap, frustratie en verdriet. Maar naarmate Grace en Seth ouder werden, merkte ze dat ze zo nu en dan ook de gevoelens van anderen doorkreeg. Het ging meestal om heel jonge mensen, omdat de allerjongsten nog niet hebben geleerd hoe ze hun emoties moeten afschermen, maar onder gunstige omstandigheden drongen ook volwassenen tot haar door. Die overweldigende empathie was, ironisch genoeg, een handicap voor een maatschappelijk werker en ze had geleerd hoe ze zich ertegen kon wapenen in werksituaties. Op stille momenten, als ze niet op haar hoede was, kon ze nog in de val lopen.

Ze was net op tijd terug bij haar kamer om Schumeier van psychiatrie te onderscheppen, die een briefje op haar deur wilde plakken. Hij leek ervan te balen dat hij was betrapt, en ze vroeg zich af waarom hij het risico had genomen haar persoonlijk tegen het lijf te lopen als hij ook een mailtje had kunnen sturen. Schumeier was het levende bewijs dat het specialisme psychotherapie vaak diegenen aantrok die er zelf het meeste baat bij zouden hebben. Hij vermeed elk persoonlijk contact als het enigszins mogelijk was, zelfs telefonisch. De uitvinding van e-mail was een geschenk uit de hemel voor hem geweest.

'Gisteravond is er een vrouw binnengebracht,' begon hij.

'Die onbekende?'

'Ja.' Hij was niet verbaasd dat Kay al over de vrouw had gehoord, integendeel. Waarschijnlijk had hij Kay opgezocht omdat hij wist dat hij haar weinig hoefde uit te leggen en een gesprek dus niet lang hoefde te duren. 'Ze weigert het psychologisch onderzoek. Ik bedoel, ze heeft wel even met de arts gesproken, maar zodra hij ter zake kwam, zei ze dat ze met niemand wilde praten zonder een advocaat erbij.' Het enige probleem is dat ze geen genoegen neemt met een pro-Deoadvocaat, en ze zegt dat ze zelf geen advocaten kent.'

Kay zuchtte. 'Heeft ze geld?'

'Ze zegt van wel, maar het is lastig te beoordelen als ze haar naam niet eens wil noemen. Ze zei dat ze helemaal níéts wilde doen zonder een advocaat erbij.'

'En wat wil je precies dat ik...?'

'Heb jij niet een, eh, vriendin? Die advocaat die constant in de krant staat?'

'Gloria Bustamante? Ik ken haar wel. We zijn niet echt vriendinnen, maar we zitten samen in het bestuur van het blijf-van-mijn-lijfhuis.' *En ik ben niet lesbisch*, wilde Kay eraan toevoegen, want ze was ervan overtuigd dat Schumeier zo moest redeneren. Als Gloria Bustamante, een seksueel ambigue advocaat, Kay Sullivan kende, die geen vriend meer had gehad sinds haar huwelijk op de klippen was gelopen, moest daar logischerwijs wel uit volgen dat Kay lesbisch was. Kay dacht er soms over een button te laten maken: IK BEN GEEN POT, IK LEES GEWOON GRAAG.

'Ja, die bedoel ik. Misschien zou je haar kunnen bellen?'

'Ik vind dat ik eerst zelf eens bij die vrouw moet gaan kijken. Ik wil Gloria niet hierheen laten komen als ik niet zeker weet of die vrouw met haar zal praten. Gloria's honorarium in aanmerking genomen zou het ritje hiernaartoe al bijna zeshonderd dollar kosten.'

Schumeier glimlachte. 'Je bent nieuwsgierig, hè? Je wilt die raadselachtige vrouw wel eens zien.'

Kay boog haar hoofd en zocht in haar tas naar een van de pepermuntjes die ze de laatste keer dat ze zich te buiten was gegaan aan een etentje met Grace en Seth uit het restaurant had gegapt. Ze had een afkeer van de zekerheid waarmee Schumeier beschreef wat andere mensen dachten of voelden. Het was een van de redenen waarom ze zich naar een andere afdeling had laten overplaatsen. *Je bent psychiater, geen helderziende*, wilde ze zeggen, maar ze mompelde alleen: 'Wat is haar kamernummer?'

De jonge agent in uniform die de wacht hield bij kamer 3030 hoorde Kay eindeloos uit, blij dat hij eindelijk iets te doen had, maar liet haar uiteindelijk naar binnen. De kamer was donker, met dichte luxaflex tegen de heldere winterlucht, en de vrouw leek rechtop in slaap te zijn gevallen, met haar hoofd ongemakkelijk opzij gedraaid, als een kind in een autozitje. Ze had vrij kort haar, een gewaagd kapsel voor iemand die niet over een uitstekende botstructuur beschikte. Was het een modekeuze, of het resultaat van een chemokuur?

'Hallo,' zei de vrouw, die plotseling haar ogen opende. En Kay, die hulp had gegeven aan slachtoffers van verbranding en auto-ongelukken, vrouwen met gezichten die zo goed als verwoest waren door een man, voelde zich meer van haar stuk gebracht door de betrekkelijk onbeschadigde blik van deze vrouw dan door alles wat ze ooit eerder had gezien. Er was iets pijnlijk kwetsbaars aan de vrouw in het bed, en het was niet de normale bibberigheid van een verkeersslachtoffer. De vrouw was zélf beurs, alsof haar huid te dun was om de ellende van de wereld op afstand te houden. De verse snee op haar voorhoofd viel in het niet bij de gewonde blik in haar ogen.

'Ik ben Kay Sullivan, een van de maatschappelijk werkers van het team hier.'

'Heb ik een maatschappelijk werker nodig?'

'Nee, dat niet, maar dokter Schumeier dacht dat ik u misschien zou kunnen helpen bij het zoeken van een advocaat.'

'Geen pro-Deoadvocaat. Ik wil een goeie, iemand die zich op míj kan concentreren.'

'Het is wel waar dat ze een zware werkdruk hebben, maar ze zijn toch heel...'

'Niet dat ik geen bewondering voor ze heb, voor hun toewijding, maar... ik moet iemand hebben die onafhankelijk is. Iemand die op geen enkele manier op de overheid leunt. Pro-Deoadvocaten worden tenslotte toch door de overheid betaald. Zoals mijn vader altijd zei: uiteindelijk vergeten ze nooit aan wie ze hun brood te danken hebben. Ambtenaren. Hij was er ook een. Ooit. En hij had een pesthekel aan ambtenaren.'

Kay twijfelde over de leeftijd van de vrouw. De jonge arts had veertig gezegd, maar ze kon ook vijf jaar jonger of ouder zijn. Ze was in elk geval te oud om nog zo eerbiedig over haar vader te spreken, alsof hij de wijsheid in pacht had. Daar waren de meeste mensen rond hun achttiende overheen gegroeid. 'Ja...' begon ze, in een poging het gesprek over te nemen.

'Het was een ongeluk. Ik raakte in paniek. Ik bedoel, je moest eens weten wat er allemaal door mijn hoofd speelde. Ik had dat stuk snelweg al niet meer gezien sinds... Hoe is het met dat meisje? Ik zag een klein meisje. Ik zou het mezelf nooit vergeven als... Nou ja, ik kan het niet over mijn lippen krijgen. Ik ben een plaag. Ik veroorzaak dood en verderf, gewoonweg door te bestaan. Het is zijn vloek. Ik kan er niet aan ontsnappen, wat ik ook doe.'

Kay moest plotseling aan de kermis bij Timonium denken, het rariteitenkabinet, en hoe ze op haar dertiende moed had verzameld om naar binnen te gaan en alleen mensen had gezien die maar een beetje afwijkend waren – dik, getatoeëerd, dun, groot – en er onverstoorbaar bij zaten. Schumeier had haar toch doorzien: er school wel wat voyeurisme in haar missie hier, een verlangen om te kijken, meer niet. Maar deze vrouw praatte tegen Kay, palmde haar in, babbelend alsof ze alles over haar wist, of hoorde te weten. Kay had vaak met zulke cliënten gewerkt, mensen die dachten dat hun context bekend verondersteld mocht worden, alsof ze beroemdheden waren en elk moment van hun bestaan was gedocumenteerd in roddelbladen en tv-programma's.

Maar de vrouw in het bed leek Kay tenminste nog te zíén, en dat was meer dan de meeste egocentrische cliënten presteerden.

'Komt u hier uit de buurt?' vroeg de vrouw.

'Ja, ik ben hier geboren en getogen. Ik ben opgegroeid in het noordwesten van Baltimore.'

'En hoe oud bent u? Vijfenveertig?'

Au, dat kwam hard aan. Kay was gewend aan, en zelfs blij met, de versie van zichzelf die ze in spiegels en ramen voorbij zag flitsen, maar nu werd ze gedwongen om na te denken over wat anderen zagen: haar

korte, gezette lichaam, haar schouderlange grijze haar dat haar ouder maakte dan wat dan ook. Objectief gemeten was ze in prima conditie, maar het was lastig om je bloeddruk, botdichtheid en cholesterol over te brengen door middel van je kledingkeuze of een vluchtig gesprek.
'Negenendertig, eigenlijk.'
'Ik ga een naam noemen.'
'Uw naam?'
'Zover zijn we nog niet. Ik ga een naam noemen...'
'Ja?'
'Een naam die je bekend zal voorkomen. Of misschien ook niet. Het hangt ervan af hoe ik het zeg, hoe ik het vertel. Er is een meisje, en ze is dood, en daar zal niemand verbaasd over zijn. Ze geloven al jaren dat ze dood is. Maar er is nog een meisje, en zij is niet dood, en dat is een stuk ingewikkelder om uit te leggen.'
'Bent u...'
'De zusjes Bethany. Het paasweekend van 1975.'
'De zusjes Bethany... O.' En op hetzelfde moment wist Kay het weer. Twee zusjes die ergens naartoe gingen, wat was het ook alweer? De bioscoop? Het winkelcentrum? Ze zag de foto's voor zich: de oudste zus met glanzende staartjes achter haar oren, de jongste met vlechtjes, en herinnerde zich de paniek die in de stad was ontstaan. Kinderen werden naar voorlichtingsbijeenkomsten gestuurd waar ze waarschuwende, maar onvolledige films voorgeschoteld kregen. *Meisjes, pas op* en *Jongens, pas op*. Het had jaren geduurd voordat Kay de eufemistische boodschappen had begrepen die de films moesten overbrengen: *Nadat ze met de onbekende jongens was meegegaan naar het strandfeest, was Sally langs de snelweg teruggevonden, blootsvoets en verward... Jimmy's ouders vertelden hem dat het niet zijn schuld was dat Greg vriendschap met hem had gesloten en hem mee uit vissen had genomen, maar ze hadden hem duidelijk gemaakt dat zulke vriendschappen met oudere mannen tegennatuurlijk waren... Ze stapte bij de onbekende man in de auto – en daarna is ze nooit meer gezien.*

Er waren ook geruchten geweest: de meisjes waren helemaal in Georgia gezien, er werd losgeld geëist, er werd gevreesd voor sektes en activisten. Patty Hearst was tenslotte nog maar een jaar eerder ontvoerd. Ontvoeringen waren in de jaren zeventig aan de orde van de dag. Er was een vrouw van een zakenman vrijgekocht voor honderdduizend dollar, wat toen een fortuin had geleken, en een rijk meisje was in een kist begraven met een zuurstofslangetje om door te ademen. Maar de Bethany's waren niet rijk, voor zover Kay zich kon herinneren, en hoe langer het verhaal een open eind bleef houden, hoe minder memorabel het was geworden. Kay had waarschijnlijk voor het laatst aan de zusjes Bethany gedacht tijdens haar vorige bezoek aan de bioscoop in Security Square, minstens tien jaar geleden. Daar was het gebeurd: winkelcentrum Security Square, destijds relatief nieuw, nu een soort spookstad.

'Bent u...?'

'Zoek een advocaat voor me, Kay. Een goede.'

4

Infante nam de kortste weg naar het ziekenhuis, recht door de stad in plaats van via de ringweg. Verdomme, dat centrum van Baltimore begon chic te worden. Wie had dat kunnen denken? Hij had er bijna spijt van dat hij er tien jaar eerder geen huis had gekocht – hoewel hij het dan waarschijnlijk allang niet meer zou hebben. Bovendien was hij opgegroeid in een voorstad, in Massapequa, op Long Island, en had hij een zwak voor de wirwar aan B-wegen en de bescheiden appartementencomplexen in Parkville waar hij woonde. IHOP's, Applebee's, Target, Toys 'R' Us, benzinestations, hobbyzaken, hij voelde zich er thuis. Niet dat hij van plan was terug te gaan naar New York, waar je bijna niet meer kon rondkomen van een politiesalaris. Hij bleef trouw aan de Yankees en ter vermaak van zijn collega's hing hij de schaamteloze New Yorker uit, maar hij besefte dat deze stad en deze baan geschikt voor hem waren. Hij was goed in wat hij deed, haalde een van de betere oplossingspercentages van zijn afdeling. 'Ik weet hoe het tuig hier in Baltimore in elkaar zit,' zei hij graag. Lenhardt pushte hem om het brigadiersexamen te doen, maar ach... Mensen denken nu eenmaal dat je zou moeten doen wat zij ook doen. *Word brandweerman*, had zijn vader gezegd, *hier op het eiland. Kom op, kijk nou eens mee naar Law & Order*, probeerde zijn eerste vrouw hem over te halen. Ze wilde dat haar favoriete tv-programma het zijne was, haar lievelingskostje het zijne. Ze had zelfs geprobeerd hem Rolling Rock in plaats van Bud en Bushmills in plaats van Jameson te laten drinken.

Het was alsof ze van achter naar voren werkte, alsof ze iets wat van meet af aan niet meer dan passie en begeerte was geweest, achteraf wilde omsmeden tot een logische keus. In dat opzicht deed ze Infante denken aan zijn eigen strategie van vroeger. Hij had zelf bepaald waar hij zou gaan studeren – Suffolk Community College, hij hoefde er niet lang over na te denken, er was geen geld voor iets beters – en had de decaan vervolgens de informatie gegeven waardoor die vervolgopleiding uit de computer zou rollen. Op die manier zou zijn enige optie toch nog zijn eigen keuze zijn in plaats van iets wat hem was opgedrongen.

Hij vloog door de stad en was binnen veertig minuten bij het ziekenhuis, maar het was nog niet snel genoeg. Gloria Bustamante, de grootste kenau onder de strafpleiters, man of vrouw, homo of hetero, stond in de gang van het ziekenhuis.

Shit.

'Wat sta jij er beteuterd bij,' zei het oude drankzuchtige serpent. 'Ik heb geloof ik nog nooit een goede aanleiding gehad om het woord te gebruiken, maar nu zie ik het voor me: beteuterd. Als een blauwe gaai met een ingezakt kuifje.'

Ze trok aan haar eigen kuif, een verdwaalde lok roodbruin haar met een paar centimeter grijze uitgroei. Bustamante was de gebruikelijke puinhoop: haar lippenstift zat binnen en buiten de natuurlijke contouren van haar mond en er miste een knoop van haar jasje. De neuzen van haar schoenen, die ooit duur waren geweest, waren versleten en afgetrapt, alsof ze herhaaldelijk tegen iets heel hards had geschopt. Waarschijnlijk het scheenbeen van een rechercheur.

'Heeft ze je ingehuurd?'

'Ik geloof dat we tot een overeenkomst zijn gekomen, ja.'

'Het is ja of nee, Gloria. Ben jij haar advocaat?'

'Voorlopig. Ik vertrouw er maar op dat ze mijn honorarium kan betalen.' Haar ogen flitsten over hem heen. 'Je bent hier voor de moordzaak, toch? Niet voor het verkeersongeluk?'

'Het kan me geen reet schelen wat ze met haar auto heeft gedaan.'

'Als ze bereid is je over de moord te vertellen, kunnen we die verkeerskwestie dan vergeten? Het was niet echt iemands schuld, ze was in paniek...'

'Shit, Gloria. Wie denk je verdomme dat je bent, een quizpresentator? Een ongeluk ruilen voor wat er achter het gordijn zit? De officier van justitie moet altijd toestemming geven voor een dealtje. Dat weet je.'

'Tja, in dat geval kan ik je vanochtend misschien wel helemaal niet bij haar laten. Ze is uitgeput, ze heeft hoofdletsel. Ik vraag me af of ze wel met iemand moet praten tot een arts heeft vastgesteld of het ongeluk haar geheugen niet heeft aangetast.'

'Ze hebben haar gisteravond al onderzocht.'

'Haar verwondingen zijn behandeld. En ze heeft net een psychologisch onderzoek gedaan. Maar ik wil graag een expert bij de zaak betrekken, een neuroloog. Misschien kan ze zich de botsing niet eens meer herinneren. Misschien is ze zich er niet van bewust dat ze is doorgereden na een ongeluk.'

'Bewaar die lulkoek maar voor je slotpleidooi, Gloria, en zeg gewoon wat je te bieden hebt. Ik moet weten welke zaak ze voor me kan oplossen en of die binnen onze jurisdictie valt.'

'O, deze zaak valt absoluut binnen jullie jurisdictie, rechercheur.' Gloria gaf er een dubbelzinnige draai aan, wat haar stijl was in gesprekken met mannen. Toen Infante haar net kende, had hij gedacht dat die dubbelzinnigheid haar manier was om haar seksuele geaardheid te verdoezelen, maar Lenhardt wist zeker dat het een hoog ontwikkeld gevoel voor ironie was, het soort manipulatie dat een beroepsmanipulator als Gloria gebruikte om in vorm te blijven.

'Mag ik nou met haar praten of niet?'

'Over die oude zaak, niet over het ongeluk.'

'Kom op, Gloria, ik ben rechercheur moordzaken. Zo'n botsinkje op de ringweg interesseert me geen moer. Tenzij... Wacht even, heeft ze het expres gedaan? Wilde ze de mensen in die andere auto vermoorden? Man, misschien is dit mijn geluksdag en kan ik twee zaken in één klap oplossen, hoppa.' Hij knipte met zijn vingers.

Gloria nam hem verveeld op. 'Laat de humor maar aan je chef over, Kevin. Hij is de lolbroek. Jij bent de mooie jongen.'

De vrouw in het ziekenhuisbed hield haar ogen stijf dicht, als een kind dat zich slapend houdt. De lichtval accentueerde de fijne haartjes op haar arm en wang, blond, perzikachtig dons, meer niet. De oogkassen leken ingevallen als door een jarenlange uitputting. De ogen gingen even knipperend open en vielen toen weer dicht.

'Ik ben zo moe,' prevelde ze. 'Moet dit echt nu, Gloria?'

'Hij blijft niet lang, lieverd.' *Lieverd?* 'Hij komt alleen voor het eerste deel.'

Het eerste deel? Wat was het tweede dan?

'Maar dat is nou net het moeilijkst om over te praten. Kun *jij* het hem niet gewoon vertellen, en mij met rust laten?'

Hij moest zich laten gelden, niet langer wachten tot Gloria hem voorstelde, wat ze niet van plan leek te zijn.

'Ik ben Kevin Infante, rechercheur moordzaken.'

'Infante? Zoals het Italiaanse woord voor baby?' Ze hield haar ogen nog dicht. Ze moest ze opendoen, besefte hij. Tot op dit moment had Infante er nog nooit over nagedacht hoe essentieel geopende ogen waren voor zijn werk. Hij had natuurlijk wel nagedacht over oogcontact, hoe mensen er gebruik van maakten, en hij wist wat het betekende als iemand hem niet in de ogen kon kijken, maar hij had nog nooit meegemaakt dat iemand met zijn ogen dicht bleef zitten – of liggen, in dit geval.

'Inderdaad,' zei hij, alsof hij het voor het eerst hoorde, alsof zijn twee ex-vrouwen het hem niet keer op keer voor de voeten hadden geworpen.

Toen gingen haar ogen open. Ze waren uitgesproken helderblauw, eigenlijk niet besteed aan een blondine. Een brunette met blauwe ogen, dat was zijn ideaal, of een Iers meisje met zwarte ogen, licht en donker.

'Je ziet er niet uit als een baby,' zei ze. Haar stem had niets flirterigs, zoals die van Gloria. Zo speelde zij het niet. 'Gek, maar ik zag even dat stripfiguurtje voor me, die reusachtige baby met een luier en een petje.'

'Baby Huey,' zei hij.

'Ja. Was het een eend? Of een kip? Of een echte baby?'

'Een kip, geloof ik.' Misschien moesten ze de neuroloog er toch even bij halen. 'U hebt iemand verteld dat u informatie hebt over een oude moordzaak hier in Baltimore. Daar moet u me over vertellen.'

'Het begon in Baltimore. En het eindigde... Eigenlijk weet ik niet goed waar het eindigde. Ik weet niet of het wel is geëindigd.'

'U bedoelt dat de moordenaar is begonnen in Baltimore en zijn werk ergens anders heeft afgemaakt?'

'Ik weet niet of... uiteindelijk... Nou, ja, niet op het eind, maar toen de erge dingen gebeurden. Tegen die tijd wist ik al niet meer waar we waren.'

'Als u me nu eens gewoon uw verhaal vertelt, dan zoek ik het verder wel uit.'

De vrouw richtte zich tot Gloria. 'Weten de mensen... Ik bedoel: zijn we bekend? Nog steeds?'

'De mensen die hier toen waren, weten het nog wel,' zei het oude serpent. Ze klonk veel vriendelijker dan anders. Viel ze op de vrouw? Was dat de reden waarom ze bereid was een zaak aan te nemen die haar mogelijk niets zou opleveren? Hij kon soms al moeilijk begrijpen waarom een man op een bepaalde vrouw viel, laat staan dat hij de smaak van een vrouw zou kunnen doorgronden, en voor zover Infante het kon beoordelen zou Gloria zich niet door een verliefdheid laten leiden. 'Misschien niet de naam, maar wel het verhaal. Maar rechercheur Infante is niet van hier.'

'Wat heeft het dan voor zin om met hem te praten?' De vrouw deed haar ogen weer dicht en zakte terug op haar kussen. Gloria haalde waarachtig een schouder op om aan te geven dat ze er ook niets aan kon doen. Infante had haar nog nooit zo behoedzaam gezien in de omgang met een cliënt, zo betrokken. Gloria zorgde goed voor de mensen die ze vertegenwoordigde, maar ze wilde wel de baas zijn. Nu was ze een en al respect, en ze gebaarde naar hem dat hij met haar mee moest komen, de kamer uit. Hij schudde zijn hoofd en zwichtte niet.

'Vertel jíj het dan maar,' zei hij tegen Gloria.

'In april 1975 gingen twee zusjes vanuit hun ouderlijk huis naar winkelcentrum Security Square. Sunny en Heather Bethany. Ze zijn nooit meer gezien. En het was in deze zaak niet zo dat ze vermist waren en dat de politie wel een vermoeden had wat er was gebeurd, maar niets kon bewijzen. Niet zoals in de zaak-Powers.'

Met 'de zaak-Powers' doelde Gloria op een verdwijning van tien jaar eerder. De jonge vrouw in kwestie werd vermist, maar niemand twijfelde eraan dat haar ex-echtgenoot achter de verdwijning zat. Ze konden het alleen niet bewijzen. Algemeen werd aangenomen dat de man iemand moest hebben ingehuurd en mazzel had gehad dat hij de meest gesloten, meest loyale huurmoordenaar ooit had getroffen, iemand die nooit reden had gehad om de informatie te verkopen. Iemand die nooit was opgepakt, die nooit in een dronken bui tegen een vriendinnetje had opgeschept: *Ja, dat was ik.*

'Dus zij weet wat er is gebeurd?'

'Ik hoor jullie wel, hoor,' zei de vrouw in het bed. 'Ik ben hier.'

'Hoor eens, het staat u vrij om mee te praten als u wilt,' zei Infante. Was het mogelijk om iemand een geïrriteerde blik toe te werpen met gesloten ogen? Haar gezichtsuitdrukking onderging een subtiele verandering, zodat ze op een chagrijnige tiener leek die alleen maar door haar ouders met rust gelaten wilde worden, maar ze zei verder niets meer.

'Er leken in het begin wat aanwijzingen te zijn. Een poging om losgeld op te eisen. Wat vage getuigen en mogelijke verdachten, maar niets substantieels. Vrijwel geen aanwijzingen...'

'Sunny was een afkorting van Sunshine,' zei de vrouw in het bed. 'Ze vond het een rotnaam.' Ze barstte in huilen uit, maar leek het zelf niet te merken; ze bleef gewoon liggen en liet de tranen over haar wangen biggelen. Infante probeerde nog steeds de rekensom te maken. Dertig jaar geleden, twee zusjes. Hoe jong? Dat had Gloria niet verteld. Maar ze moesten wel jong zijn geweest, in elk geval zo jong dat de politie ervan uit was gegaan dat ze niet waren weggelopen, maar vermoord. Twee. Wie neemt er nu twee slachtoffers mee? Het leek hem een bijzonder ambitieus plan, gedoemd te mislukken. Zou het ontvoeren van twee zusjes niet op iets persoonlijks duiden, een wrok tegen de ouders?

'Arthur Goode had twee jongens tegelijk meegenomen,' zei Gloria alsof ze zijn gedachten kon lezen, 'maar dat was ook voor jouw tijd. Hij ontvoerde een krantenjongen hier in Baltimore en dwong hem toe te kijken terwijl hij... Hoe dan ook, hij liet de jongen ongedeerd vrij. Goode heeft later de elektrische stoel gekregen in Florida, voor vergelijkbare misdrijven daar.'

'Dat weet ik nog,' zei de vrouw in het bed. 'Het leek wel op wat er met ons is gebeurd, maar dan anders. Omdat wij zusjes waren. En omdat...'

Het werd haar te veel. Ze trok haar knieën tegen haar borst, sloeg haar goede arm eromheen, die zonder verband, en huilde bijna kokhalzend. De tranen en snikken bleven maar komen, onstuitbaar. Infante begon zich zorgen te maken dat ze zou uitdrogen.

'Dit is Heather Bethany,' zei Gloria. 'Dat was ze althans, jaren geleden. Ze schijnt al heel lang niet meer onder haar eigen naam door het leven te gaan.'

'Waar is ze al die tijd geweest? Wat is er met haar zusje gebeurd?'

'Dood,' kreunde de huilende vrouw. 'Vermoord. Ik zag haar nek breken.'

'En wie deed dat? Waar?' Infante was al die tijd blijven staan, maar trok nu een stoel bij in de wetenschap dat hij hier nog uren zou moeten blijven, dat hij een officiële verklaring zou moeten afnemen en op de band zetten. Hij vroeg zich af of de zaak echt zo sensationeel was geweest als Gloria had gezegd, maar al had ze overdreven, dan was het nog het soort verhaal dat van alles los zou maken als het nieuws naar buiten kwam. Ze moesten het voorzichtig aanpakken, er tactvol mee omgaan. 'Waar bent u al die tijd geweest en waarom heeft het zo lang geduurd voordat u zich meldde?'

Heather hees zich op haar goede arm omhoog, en toen ze rechtop zat, haalde ze in een kinderlijk gebaar haar hand langs haar neus en ogen.

'Het spijt me, maar ik kan het niet vertellen. Ik kan het gewoon niet. Was ik er maar nooit over begonnen.'

Infante wierp Gloria een ongelovige blik toe. Ze haalde weer machteloos haar schouders op.

'Ze wil Heather Bethany niet zijn,' zei Gloria. 'Ze wil terug naar het leven dat ze heeft opgebouwd en dit achter zich laten. Haar zus is dood. Ze zegt dat haar ouders ook dood zijn, en dat zou kunnen kloppen. Er is geen Heather Bethany meer, hoe je het ook wendt of keert.'

'Hoe ze zich ook noemt en waar ze ook is geweest, ze is naar eigen zeggen getuige geweest van de moord op... Hoe oud was uw zus?'

'Vijftien. En ik was bijna twaalf.'

'... de moord op een vijftienjarig meisje. Ze kan zich niet achteloos zoiets laten ontvallen en dan weer naar buiten huppelen.'

'Er is geen schuldige om aan te houden,' zei de vrouw in het bed. 'Hij is allang verdwenen. Iedereen is allang verdwenen. Het heeft allemaal geen zin. Ik heb een klap op mijn hoofd gekregen en toen heb ik iets gezegd wat ik nooit had mogen zeggen. Laten we erover ophouden, oké?'

Infante gebaarde naar Gloria en ze liep met hem mee de kamer uit.

'Wie is dat?' vroeg hij.

'Heather Bethany.'

'Nee, ik bedoel, onder welke naam leeft ze nu? Waar woont ze? Wat heeft ze al die tijd gedaan? De surveillant die haar heeft gevonden, zei dat haar auto op naam stond van een zekere Penelope Jackson. Is zij dat?

'Zelfs al zou ik het weten – en ik zeg niet dát ik het weet – dan mag ik het je nog niet vertellen.'

'Donder toch op met je "mag ik niet vertellen". De wet is hier heel duidelijk over, Gloria, tot aan de hoge raad aan toe, godbetert. Ze bestuurde een auto en ze was betrokken bij een ongeluk. Ze moet zich legitimeren. Als ze dat weigert, kan ze regelrecht de bak in draaien.'

Heel even liet Gloria al haar hooghartige maniertjes varen – de opgetrokken wenkbrauw, de scheve grijns. Gek genoeg maakte het haar nog minder aantrekkelijk. 'Ik weet het, ik weet het. Maar luister nou even. Die vrouw is door een hel gegaan en ze is bereid de zaak van de eeuw voor je op te lossen, als je een beetje geduld kunt opbrengen. Waarom kunnen we haar niet een dag of twee de tijd geven? Volgens mij is ze echt doodsbang om haar huidige identiteit te onthullen. Ze moet eerst vertrouwen in jóú hebben voordat ze je alles kan vertellen.'

'Waarom? Waarom maakt ze daar zo'n punt van? Tenzij ze voor een ander misdrijf wordt gezocht?'

'Ze houdt bij hoog en bij laag vol dat dat niet het geval is en dat ze er alleen maar voor probeert te zorgen dat ze – in haar eigen woorden – niet de "gek van de week" wordt bij de commerciële zenders. Zodra openbaar wordt gemaakt dat ze Heather Bethany is, is haar oude leven voorbij. Ze zoekt een manier om jou de oplossing van de zaak te bieden zonder dat ze zichzelf hoeft op te geven.'

'Ik weet het niet, Gloria. Dit is niet mijn beslissing. In dit soort situaties moet er van hogerhand beslist worden, en dan kunnen ze me alsnog terugsturen om haar op te sluiten.'

'Als je haar opsluit, krijg je de zaak-Bethany niet van haar. Dan zegt ze dat het een waanidee was door dat ongeluk. Luister, je zou dolgelukkig moeten zijn met haar voorwaarden. Ze wil geen publiciteit en jouw afdeling komt ook niet graag in de media. Ik ben de verliezer hier, degene die niet in de schijnwerpers komt te staan en misschien zelfs naar haar geld kan fluiten.'

Nu kwamen de maniertjes terug; ze fladderde met haar wimpers en trok een pruilmondje. Shit, als er al iemand op Baby Huey leek, was het Gloria wel, met die vissenmond en die snavel van een neus. Een snavel, dat was het. Hij zag het nu duidelijk voor zich. Baby Huey was absoluut een eend, en een verdomd vreemde eend in de bijt als je het hem vroeg.

5

Ergens stond een radio aan. Of misschien was het een tv in een kamer verderop. In haar kamer was het doodstil en het begon eindelijk te schemeren, wat ze rustgevend vond. Ze dacht aan haar werk. Hadden ze haar al gemist? Ze had zich de vorige dag ziek gemeld, maar vandaag had ze niet geweten wat ze moest doen. Ze moest naar een andere staat bellen, maar ze had geen telefoonkaart bij de hand en ze wist niet wat er zou gebeuren als ze via de centrale van het ziekenhuis belde. Ze kon ook niet bij de betaaltelefoon op de gang komen zonder langs de surveillant voor haar deur te moeten. Waren telefoonkaarten trouwens wel ontraceerbaar? Ze kon het risico niet nemen. Ze moest het enige wat ze had beschermen: een bestaan van zestien jaar op basis van iemands dood, zoals alles in haar leven mogelijk was gemaakt door de dood van een ander. Dit was haar échte leven, voor wat het waard was; het langste leven dat ze tot nu toe had geleid. Ze was er zestien jaar lang in geslaagd iets vast te houden wat anderen een normaal leven zouden noemen, en ze was niet van plan er nu afstand van te doen.

Haar leven stelde eigenlijk niet veel voor. Ze had geen echte vrienden, alleen aardige collega's en receptionisten die haar goed genoeg kenden om naar haar te glimlachen. Ze had niet eens huisdieren. Maar ze had een appartement, klein, sober en netjes. Ze had een auto, haar prachtige Camry, een aankoop die ze had goedgepraat met het argument dat ze van en naar haar werk moest rijden, een rit van een uur, als ze geluk had. De laatste tijd had ze luisterboeken afgespeeld, dikke pillen, vrouwenboeken, vond ze. Maeve Binchy, Gail Godwin, Marian Keyes. Pat Conroy – dat was natuurlijk geen vrouw, maar wel dezelfde soort verhalenverteller, iemand die niet bang was voor grote emoties en grote verhalen. Shit, ze had er nog drie van de bieb liggen die zaterdag moesten worden ingeleverd. Zestien jaar lang was ze nog nooit ergens te laat mee geweest; betalingen, bibliotheekboeken, afspraken. Ze had het niet gedurfd. Wat gebeurde er als je je luisterboeken te laat inleverde? Stapelden de boetes zich op? Gaven ze je dan ergens aan?

Het was ironisch, gezien haar werk als programmeur aan de millenniumbug, maar ze was jaren bang geweest voor centralisatie, voor de dag waarop de computers met elkaar zouden leren communiceren, informatie konden vergelijken. Ook al was ze ervoor betaald om het te voorkomen, ze had stiekem gehoopt op een systeemuitval die alle data zou wegvagen, die elk beetje overheidsgeheugen zou vernietigen. De puzzelstukjes bestonden al, lagen ergens te wachten tot iemand ze in elkaar zou passen. *Deze vrouw heeft de naam van een kind dat in 1963 in Florida is overleden. Vreemd, want deze vrouw, die op haar lijkt, had naam van een kind dat in 1962 in Nebraska is overleden. Maar deze vrouw was een kind dat in 1964 in Kansas is overleden. En deze? Zij kwam uit Ohio, ook in 1962 geboren.*

Ze zou nu in elk geval makkelijk kunnen onthouden wie ze was: Heather Bethany, geboren op 3 april 1963, wonend aan Algonquin Lane. Een uitblinker op de basisschool. Waar had het gezin eerder gewoond? Een appartement in Randallstown, maar niemand zou van haar verwachten dat ze nog iets uit die tijd wist. Dat was het lastigste gedeelte. Niet het weten wat ze hoorde te weten, maar het onthouden wat ze niét zou weten.

Wat nog meer? School nr. 201. Dickey Hill. Voorspelbare grapjes over die naam. Een gebouw dat destijds nieuw was. Een klimrek, rekstokken in drie verschillende hoogtes, een glijbaan die in juni bijna te heet werd om aan te raken, een hinkelbaan van knalgeel geverfde tegels. Er was een draaimolen geweest, niet het soort met paarden maar zo'n gammel metalen geval dat je zelf moest aanduwen. Nee, wacht even, dat was niet op school geweest, maar ergens in de buurt op een plek die min of meer verboden was. Bij de appartementen in het bos rondom de school? Als eerste herinnerde ze zich het spoor in de aarde, want ze duwde de molen vaker dan ze erop zat. Met haar hoofd omlaag, als een ingespannen paard, was ze achter de jongens gaan staan, had haar linkerarm om de stalen stang gehaakt en was gaan lopen, zodat degenen die ze duwde het uitschreeuwden van plezier. Ze zag de neuzen van haar... Ze moest heel even nadenken over haar schoenen. Geen sportschoenen, daardoor raakte ze altijd in de problemen. Ze droeg haar schoolschoenen; bruine, altijd bruine, want bruin was praktisch. Maar zelfs praktisch bruin kon niet op tegen het oranje stof van die speelplaats, vooral na een lentebui. Dan kwam ze thuis met aangekoekte modder op de neuzen, tot grote ergernis van haar moeder.

Wat kon ze nog meer vertellen? Groep acht was dat jaar over acht klassen verdeeld. Heather had de liefste juf, mevrouw Koger. Ze legden de vaardigheidstest af en zij scoorde op alle onderdelen in het negenennegentigste percentiel. Ze deden biologieprojecten dat najaar. Ze had rivierkreeftjes gevangen in de Gwynn's Falls en ze in een groot aquarium gestopt, maar ze waren alle vier doodgegaan. Haar vaders theorie was dat het heldere water een schok voor hun gestel was geweest na het modderige, vervuilde beekje waarin ze hadden geleefd en haar onderzoek naar die hypothese had haar toch een tien opgeleverd. Nu, dertig jaar later, begon ze een idee te krijgen hoe de rivierkreeftjes zich hadden gevoeld. Je wist wat je wist, je wilde wat je wilde, zelfs als het letterlijk troep was.

Maar daar zouden ze natuurlijk niet naar vragen. Ze waren niet benieuwd naar Heather Bethany's verhaal van vóór 1975. Ze waren benieuwd naar de dertig jaar daarna en kleinigheden zouden niet volstaan. Ze kon ze niet tevredenstellen met anekdotes over, bijvoorbeeld, haar cassetterecordertje, dat knalrode met een hengsel waardoor hij op een tas had geleken. Het was de eerste aankoop die ze had mogen doen, de beloning voor zes maanden volgens hun regels leven om te bewijzen dat ze te vertrouwen was. De cassetterecorder hadden ze goedgekeurd, maar ze waren ontsteld geweest over de paar bandjes die ze erbij had gekocht. De Who, Jethro Tull, zelfs een paar van de eerste punkbands. Als ze thuiskwam, ging ze nog in haar schooluniform op haar bobbelige chenille sprei liggen en luisterde naar de New York Dolls en de Clash. 'Niet zo hard,' kreeg ze te horen. 'Niet met je schoenen op de sprei!' Ze gehoorzaamde, maar iedereen was evengoed geschokt. Misschien wisten ze dat ze, net als Holly in dat nummer van Lou Reed, van plan was om op de bus te stappen en het wilde leven op te zoeken.

Ironisch genoeg hadden zíj haar op die bus gezet, haar weggestuurd alsof zij de misdadiger was. Ze bedoelden het goed. Nou ja, híj bedoelde het goed. En zij? Zíj was blij geweest om van haar af te zijn. Irene had haar aanwezigheid in het gezin altijd afgekeurd – niet vanwege de schijn die voor de buitenwereld moest worden opgehouden, maar vanwege de realiteit van wat er binnenshuis gebeurde. Zíj was degene die altijd vitte over de schoenen op de sprei en erop stond dat de muziek fluisterzacht werd gezet. Zíj was degene die naliet troost of balsem voor de wonden te bieden, die niet eens wilde helpen een geloofwaardige verklaring te verzinnen voor wat haar verzet zo af en toe opleverde: de gescheurde lip, het blauwe oog, het manke loopje. *Je hebt het aan jezelf te wijten*, leek Irenes onbewogen houding te suggereren. *Je hebt het over jezelf afgeroepen en je hebt mijn gezin meegesleurd in je val.* In gedachten schreeuwde ze terug: *Ik ben nog maar een meisje. Ik ben nog maar een klein meisje!* Maar ze was wel zo wijs haar stem niet tegen Irene te verheffen.

De muziek verdrong alles. Zelfs fluisterzacht kon de muziek alles laten verdwijnen – het geweld, fysiek en emotioneel, de uitputting van het dubbelleven dat eigenlijk een driedubbel leven was, het verdriet op zijn gezicht iedere ochtend. *Laat het ophouden*, smeekte ze hem in stilte vanaf de andere kant van de ronde ontbijttafel, zo huiselijk en knus, al die dingen die ze had gedacht te willen. *Laat het alsjeblieft ophouden.* Zijn ogen antwoordden: *Dat kan ik niet.* Maar ze wisten allebei dat het een leugen was. Het was door zijn toedoen begonnen en hij was de enige die er een eind aan kon maken. Uiteindelijk had hij bewezen dat hij haar al die tijd al had kunnen redden, maar toen was het te laat. Tegen de tijd dat hij haar liet gaan, was ze onherstelbaar vernield, in meer scherven gevallen dan de hoofdjes van Irenes gekoesterde porseleinen poppen, die ze op een stralende najaarsmiddag met een pook kapot had geslagen. Toen Irene haar zelfbeheersing eindelijk verloor, was ze haar krijsend aangevlogen, en zelfs hij had gedaan alsof hij niet begreep waarom ze zoiets zou doen.

'Ze bleven maar naar me kijken,' zei ze hardop.

Het echte probleem was natuurlijk dat er niemand naar haar keek, dat niemand haar zag. Ze ging elke dag de wereld in met niets meer dan een naam en een haarkleur ter vermomming – en het viel niemand op. Ze ging aan de ontbijttafel zitten, met pijntjes in delen van haar lichaam die ze amper kende, maar niemand zei meer tegen haar dan: 'Wil je jam op je toast?' Of: 'Het is koud vanochtend, dus ik heb maar warme chocolademelk gemaakt.' *See me*, zong Roger Daltrey vanuit haar rode cassetterecordertje. *See me*. 'Zet die herrie zachter,' riep Irene van onder aan de trap 'Het is opera. Ik luister naar een opera,' gilde ze terug. *Spreek me niet tegen. Je moet nog karweitjes doen.*

Karweitjes. Ja, ze had volop 'karweitjes' te doen, en niet alleen overdag. Soms maakte ze een lijst van Wie-Ik-Het-Meest-Haat en Irene stond nooit lager dan de derde plaats en soms werd ze zelfs tweede.

Maar de eerste plek was altijd voor haarzelf en niemand anders.

Deel II

De man met de blauwe gitaar
(1975)

6

'Neem je zusje mee,' zei hun vader tegen hen allebei, zodat Sunny er later niet over kon liegen. Anders, wist Heather, had haar zus geknikt en gedaan alsof ze ermee instemde, maar haar daarna alsnog alleen thuis gelaten. Sunny was altijd zo achterbaks. Of dat probeerde ze tenminste te zijn, maar Heather had haar plannetjes meestal door.

'Waaróm?' protesteerde Sunny in een reflex. Ze moest hebben geweten dat ze de ruzie bij voorbaat had verloren. Het had geen zin om tegen hun vader in te gaan, hoewel hij er in tegenstelling tot hun moeder geen moeite mee had als ze een grote mond tegen hem hadden. Hij vond het prima om lange discussies aan te gaan waarbij hij hun standpunten tegen elkaar afwoog. Hij hielp hen zelfs hun argumenten te verwoorden, voor hun zaak te pleiten als een advocaat, iets wat ze konden worden, zoals hij vaak tegen hen zei. Ze konden alles worden wat ze maar wilden, zei hun vader regelmatig. Toch konden ze het in discussies nooit van hem winnen. Het was net zoiets als tegen hem dammen, als hij de hand van zijn tegenspeler leidde door licht met zijn hoofd te schudden en te knikken om de meisjes te behoeden voor rampzalige zetten die tot het verlies van twee of zelfs drie stenen konden leiden. En toch eiste hij op de een of andere manier in het eindspel altijd de overwinning op, zelfs als hij alleen nog maar één dam had.

'Heather is pas elf,' zei hij met wat de meisjes in gedachten zijn redeneerstem noemden. 'Ze kan niet alleen thuisblijven. Jullie moeder is al naar haar werk en ik moet om tien uur in de winkel zijn.'

Met haar hoofd over haar bord gebogen gluurde Heather tussen haar wimpers door naar de andere twee, roerloos als een kat die naar een eekhoorn loert. Ze was in tweestrijd. Meestal probeerde ze het onderste uit de kan te halen. Ze was geen klein kind meer. Over een week werd ze twaalf. Ze zou best alleen thuis mogen blijven op een zaterdagmiddag. Sinds haar moeder een baan had gekregen, vorig najaar, was Heather elke middag minstens een uur alleen thuis. De enige regels waren dat ze niet aan het fornuis mocht komen en geen andere kinderen mee mocht nemen. Heather was dol op dat uur. Ze mocht zelf weten naar welk tv-programma ze keek – meestal *The Big Valley* – en ze kon zo veel koekjes eten als ze maar wilde.

Maar dat beetje vrijheid was haar ouders opgedrongen. Eigenlijk hadden ze gewild dat Heather na schooltijd in de bibliotheek wachtte tot Sunny haar kwam halen, hetzelfde systeem dat ze in de twee jaar ervoor ook hadden gebruikt, maar de basisschool sloot om drie uur en Sunny kwam pas na vieren thuis nu haar busrit vanaf de middelbare school zo lang duurde. Het hoofd van Dickey Hill had Heathers ouders in niet mis te verstane bewoordingen te kennen gegeven – dat was hoe haar moeder het verhaal had verteld, en de uitdrukking 'in niet mis te verstane bewoordingen' was Heather bijgebleven – dat de bibliothecaresse geen oppas was. Zodoende hadden Heathers ouders, die pertinent niet de indruk wilden wekken dat ze een voorkeursbehandeling verwachtten, besloten dat Heather wel alleen thuis kon blijven. En als ze van maandag tot en met vrijdag elke dag een uur alleen thuis kon blijven, waarom zou ze dan op zaterdag geen drie uur alleen kunnen zijn? Vijf was meer dan drie. En als ze vandaag alleen thuis mocht blijven, hoefde ze misschien nooit meer zo'n dodelijk saaie zaterdag in de winkel van haar vader door te brengen, laat staan op het makelaarskantoor waar haar moeder werkte.

Maar die mogelijkheid voor op de lange termijn verbleekte bij het vooruitzicht van een zaterdag in winkelcentrum Security Square, een oord vol nieuwigheden voor Heather. Het afgelopen jaar had Sunny gevochten om het recht daar eens per maand op zaterdagmiddag te worden afgezet om met vriendinnen naar de middagvoorstelling in de bioscoop te gaan, en ze had gewonnen. Sunny mocht ook een baantje als oppas, voor vijfenzeventig cent per uur. Heather hoopte dat ze daar ook mee mocht beginnen zodra ze twaalf werd, wat volgende week al was. Sunny klaagde dat het haar altijd jaren kostte om toestemming voor bepaalde dingen te krijgen, terwijl Heather die toestemming al op veel jongere leeftijd kreeg. En wat dan nog? Dat was de prijs van de vooruitgang. Heather kon zich niet herinneren waar ze die kreet had gehoord, maar ze had hem overgenomen voor eigen gebruik. Je kon je niet tegen de vooruitgang verzetten. Tenzij het om zoiets ging als de snelweg door het park, dan kon het weer wel. Maar dat was omdat er herten en andere dieren leefden. Dat was het miliéu, dat was wel belangrijker dan de vooruitgang.

'Je mag vandaag naar het winkelcentrum, als je je zusje meeneemt,' herhaalde haar vader, 'of je mag samen met haar thuisblijven. Dat zijn je keuzemogelijkheden.'

'Als ik thuis moet blijven met Heather, hoor ik dan niet betaald te worden als oppas?' vroeg Sunny.

'Gezinsleden vragen elkaar geen beloning voor dingen die ze voor elkaar doen,' zei hun vader. 'Daarom is je zakgeld niet afhankelijk van de taken die je doet. Je krijgt geld omdat je moeder en ik erkennen dat je geld nodig hebt waar je zelf over kunt beschikken, ook al zijn we niet altijd even blij met de dingen die je koopt. Een gezin is een eenheid, verbonden door gezamenlijke belangen. Dus nee: je krijgt geen geld om op je zus te passen, maar ik zal wel de bus voor jullie allebei betalen als je naar het winkelcentrum wilt.'

'Joepie,' bromde Sunny, die haar pannenkoek in stukken hakte, maar hem niet opat.

'Wat zeg je?' vroeg haar vader dreigend.

'Niks. Ik neem Heather wel mee naar het winkelcentrum.'

Heather was opgetogen. Een buskaartje. Dat betekende vijfendertig cent extra om vrijelijk te besteden. Niet dat ze veel kon kopen voor vijfendertig cent, maar het was weer vijfendertig cent die ze niet uit hoefde te geven en dus kon opsparen. Heather kon goed sparen. Oppotten, noemde haar vader het op kritische toon, maar dat maakte

Heather niets uit. Ze had negenendertig dollar in een metalen kistje, omwikkeld met een ingewikkeld netwerk van elastiekjes, zodat ze het zou merken als iemand had geprobeerd het open te maken. Maar ze zou vandaag niet al haar geld meenemen naar het winkelcentrum, want dan kon ze ook niet in de verleiding komen het uit te geven. Nee, ze zou prijzen vergelijken, kijken waar ze aanbiedingen hadden, en als ze dan na veel wikken en wegen had besloten wat ze wilde hebben, zou ze terugkomen met haar verjaardagsgeld. Ze wilde geen geld verspillen aan een impulsaankoop, zoals Sunny vaak deed. Afgelopen herfst had Sunny een matrozentrui gekocht, crème met een rood biesje langs de kraag. Bij de eerste wasbeurt was het rode biesje doorgelopen en had een dubbele streep op het rugpand van de trui achtergelaten. Maar het was zo'n aanbieding geweest die je niet mocht ruilen en als hun moeder niet naar de winkel was gegaan om de verkoopster de les te lezen, was Sunny elf dollar kwijt geweest. Sunny had zich zo voor haar moeder gegeneerd dat ze haar niet eens had willen bedanken.

Hun vader zette de borden op het aanrecht en liep fluitend de keuken uit. Hij was heel gezellig geweest die ochtend, veel gezelliger dan normaal; hij had pannenkoeken gebakken en er zelfs stukjes chocola door gedaan – echte stukjes chocola, niet die carob die hij anders in zijn baksels verwerkte. En hij had Heather de radiozender laten kiezen, en hoewel Sunny haar had uitgelachen om haar keus, wist Heather dat Sunny er zelf 's avonds laat op haar kamer naar luisterde. Heather wist veel over Sunny en wat er zich op haar kamer afspeelde. Ze zag het als haar taak om haar grote zus te bespieden – nog een reden waarom ze dol was op haar uur alleen op doordeweekse dagen. Zo had ze de vorige dag de dienstregeling in Sunny's la gevonden waarop de tijden van bus 15 op zaterdag met zorg waren gemarkeerd.

Op dat moment was Heather eigenlijk op zoek geweest naar het dagboek van haar zus, een marokijnen boekje met een echt slot erop, maar iedereen kon het open prutsen zonder sleutel. Ze had Sunny's dagboek nog maar één keer eerder gevonden, meer dan een half jaar geleden, en het was triest van saaiheid geweest. Bij het lezen van het dagboek van haar zus had ze bijna medelijden met haar gekregen.

Heathers eigen leven was veel boeiender. Misschien was dat het: mensen met een boeiend leven hadden geen tijd om erover in hun dagboek te schrijven. Maar toen had Sunny haar erin geluisd. Ze had Heather in een gesprek een uitspraak ontlokt over iets in het dagboek en haar er toen op gewezen dat ze er niets vanaf had kunnen weten als ze niet in Sunny's dagboek had geneusd. Heather had er uitgebreid voor op haar kop gekregen, hoewel ze niet begreep waarom. Als een gezin alles hoorde te delen, waarom mocht Sunny haar gedachten dan voor anderen afsluiten?

'Heather kijkt gewoon zo tegen haar grote zus op,' had hun moeder tegen Sunny gezegd. 'Ze wil graag op je lijken, alles doen wat jij ook doet. Zo worden kleine zusjes groot.'

Echt niet, had Heather gedacht. Sunny was wel de allerlaatste op wie ze probeerde te lijken. Sunny zat al in de derde, maar ze had nog steeds geen vriendje. Heather wel, min of meer. Jamie Altman zat altijd naast haar tijdens schoolreisjes en koos ook altijd haar als ze jongen-meisje moesten lopen. Hij had haar ook een doosje bonbons gegeven op Valentijnsdag. Het was de kleinste maat, met maar vier bonbons, allemaal zonder nootjes, maar Heather was het enige meisje uit groep acht dat bonbons van een jongen had gekregen die niet haar eigen vader was, dus het had veel opzien gebaard. Sunny kon Heather niets leren.

Ze pakte de bijlage van de ochtendkrant en las haar horoscoop. Over vijf dagen zou er een horoscoop speciaal voor haar in de krant staan. Nou ja, en voor de andere mensen die op 3 april jarig waren. Ze popelde om te lezen wat erin stond. En er zou een verjaardagsfeestje komen, bowlen bij Westview Lanes en een taart van de bakker – een chocoladetaart met wit glazuur en blauwe roosjes. Misschien moest ze iets nieuws kopen om aan te trekken. Nee, nog niet. Maar ze zou wel haar nieuwe tas meenemen naar het winkelcentrum, een verjaardagcadeautje vooraf uit de winkel van haar vader. Het waren in feite verschillende tassen die aan dezelfde houten hengsels konden worden vastgeknoopt, zodat je de tas kon afstemmen op wat je aanhad. Ze had er een gekozen van spijkerstof met een rood zigzagbiesje, een van ruitjesstof en eentje met grote oranje bloemen. Haar vader was niet van plan geweest de tassen in te kopen, maar hun moeder had Heather naar de monstertassen zien kijken en hem aangespoord ze te bestellen, afgelopen februari. De tassen waren met afstand het succesvolste nieuwe artikel in zijn winkel, maar dat had haar vader alleen maar humeuriger gemaakt.

'Een modegril,' zei hij. 'Over een jaar wil je er echt niet meer mee lopen.'

Natuurlijk niet, dacht Heather. Over een jaar zou er een andere tas of trui zijn die je pertinent moest hebben, en daar zou haar vader blij om moeten zijn. Ze was pas elf, maar ze begreep al dat je geen geslaagde winkel kunt drijven als mensen geen spullen blijven kopen, jaar in, jaar uit.

Sunny, tot tranen toe gefrustreerd, keek haar vader zwijgend na toen hij de keuken uit liep. Hij had zich die ochtend vreemd gedragen: hij had pannenkoeken gebakken, hij had Heather naar WCBM laten luisteren en hij had zelfs meegezongen en commentaar gegeven op de nummers.

'Dit vind ik nou leuk,' zei hij telkens. 'Dat meisje...'

'Minnie Ripperton,' zei Heather.

'Haar stem klinkt net als een vogeltje, vind je niet?' Hij probeerde de waterval aan noten na te zingen en Heather lachte om zijn beroerde imitatie, maar Sunny voelde zich ronduit ongemakkelijk. Een vader hoorde geen liedjes te kennen als 'Lovin' You', laat staan dat hij ze mee zou mogen zingen. Trouwens, haar vader was een enorm liegbeest. Hij hield helemaal niet van dit soort nummers. Het feit alleen al dat het in de top-40 stond – zoals gold voor elke vorm van populariteit, of het nu ging om muziek, films, televisieprogramma's of mode – maakte dat haar vader het van zijn leven niet serieus zou nemen. In zijn studeerkamer luisterde hij door zijn koptelefoon naar jazz, Bob Dylan en de Grateful Dead, die Sunny al net zo vormeloos en onzinnig vond klinken als jazz. Het gaf Sunny een raar gevoel om met haar vader en zusje naar de radio te luisteren, alsof ze haar dagboek voor haar neus voor stonden te lezen, alsof ze wisten wat ze 's avonds laat dacht als ze naar bed ging met haar transistorradio bij haar ene oor. Haar smaak veranderde, maar sommige liefdesliedjes bleven onweerstaanbaar: 'You Are So Beautiful', 'Poetry Man', 'My Eyes Adored You'. Nerveus draaiend op haar stoel had ze haar pannenkoek in steeds kleinere stukjes gesneden, ernaar snakkend op te springen en de radio uit te zetten.

Toen kwam Ringo met 'The No-No Song' en had haar vader het eindelijk opgegeven met de woorden: 'Een mens heeft zo zijn grenzen. Als ik er alleen al aan denk...'

'Waaraan, papa?' vroeg Heather slijmerig.

'Niets. Wat zijn mijn meisjes vandaag van plan?'

En toen zei Heather: 'Sunny gaat naar het winkelcentrum.' Ze sprak met een slissende kleinemeisjesstem, een stem die ze allang was ontgroeid, een stem die ze sowieso nooit had gehad. Als Heather pleitte voor nieuwe vrijheden – toestemming om naar de winkels in Woodlawn te fietsen, bijvoorbeeld – gebruikte ze haar gewone stem. Maar als ze probeerde Sunny erbij te lappen, zette Heather dat kinderstemmetje op. Toch had haar moeder haar door. Sunny had haar moeder aan de telefoon horen zeggen dat Heather een elfjarige van veertig was. Sunny had afgewacht wat haar echte leeftijd was, maar die had haar moeder niet genoemd.

Sunny zette haar bord op de stapel die haar vader op het aanrecht had gezet. Ze probeerde een excuus te bedenken om de afwas nu niet te hoeven doen, maar ze wist dat het niet eerlijk was om haar moeder na een lange werkdag met een berg kleffe borden op te zadelen. Sunny wist dat haar vader zelfs nooit op het idee kwam om de afwas te doen, hoewel hij in vergelijking met andere vaders heel vooruitstrevend was. De buurtkinderen noemden hem 'de hippie', vanwege de winkel, zijn kapsel en zijn Volkswagen-busje, dat gewoon lichtblauw was, in de verste verte niet psychedelisch. Maar hoewel hun vader kookte (als hij daar zin in had) en beweerde dat hij er helemaal 'achter stond' dat zijn vrouw had besloten makelaar te worden, waren er bepaalde huishoudelijke taken waar hij nooit aan begon.

Als hij elke dag moest afwassen, dacht Sunny terwijl ze de overgebleven pannenkoeken in de afvalbak schraapte, zou hij vast niet zo fel tegen een afwasmachine zijn. Ze had hem de advertenties voor verrijdbare modellen laten zien en hem uitgelegd dat ze hem uit de keuken naar de veranda achter het huis konden rollen als ze hem niet nodig hadden, maar haar vader had gezegd dat zulke apparaten verkwistend waren, dat ze te veel water en stroom verbruikten. Intussen bleef hij zijn stereoapparatuur maar opwaarderen. Zijn studeerkamer was dan ook een plek voor bezinning, wees hij Sunny terecht wanneer ze erover klaagde, de plek waar hij de rituelen voor de zonsopkomst en -ondergang uitvoerde die bekendstonden als de *agnihotra*, een onderdeel van het vijfvoudige pad, dat volgens Sunny's vader geen religie was, maar iets beters.

'Heb jij me bespioneerd?' vroeg Sunny aan haar zusje, dat in zichzelf zat te neuriën en een lok haar om haar vinger wikkelde, verdiept in het een of andere binnenpretje. Hun moeder zei vaak dat ze van naam zouden moeten ruilen, dat Heather altijd vrolijk en opgewekt was, terwijl Sunny zo prikkelbaar was als een distel. 'Hoe wist je dat ik van plan was de bus naar het winkelcentrum te nemen?'

'Je had de dienstregeling op je bureau laten liggen, met de vertrektijden onderstreept.'

'Wat moest je in mijn kamer? Je weet toch dat je daar niet mag komen?'

'Ik zocht mijn haarborstel. Jij pikt hem altijd in.'

'Nietes.'

'Hoe dan ook,' zei Heather, die achteloos haar schouders ophaalde, 'ik zag die dienstregeling en toen dacht ik het gewoon.'

'Als we er eenmaal zijn, gaan we allebei onze eigen gang. Niet aan mij blijven plakken, oké?'

'Alsof ik dat zou willen. Je gaat toch alleen maar naar Singer om in de patronenboeken te bladeren, terwijl je vorig jaar op Rock Glen bijna was gezakt voor handwerken.'

'De machines daar zijn krakkemikkig doordat er zo veel leerlingen mee werken. De naalden breken telkens.' Het was het excuus dat haar moeder had aangedragen voor Sunny's lage cijfer voor handwerken. Sunny had het maar wat graag overgenomen. Ze vond het alleen jammer dat er niet ook een excuus was voor haar andere niet al te beste cijfers. Dromerigheid, zo luidde de vriendelijkste verklaring die haar ouders konden verzinnen. *Presteert niet naar vermogen*, had haar mentor geschreven. 'De hemdjurk die ik thuis heb gemaakt, samen met mam, was hartstikke mooi,' hielp Sunny haar zusje herinneren. Heather wierp haar een veelbetekenende blik toe. Technisch zat het jurkje goed in elkaar, en Sunny had zelfs de moeilijke dingen, zoals de figuurnaden in het lijfje en het zo knippen van de stof dat alle patroondelen op elkaar aansloten, heel behendig gedaan. Toch leek het of Heather een aangeboren kennis had van zaken die Sunny ontgingen. Heather zou nooit die zware, bijna kaasdoekachtige stof hebben gekozen, met een motief van maïskolven in verticale banen. Achteraf gezien had het er dik in gezeten dat Sunny ermee gepest zou worden. *Maïsmeisje, maïsbrood, maïskop.* Maar ze had zich zo mooi gevoeld toen ze zich 's ochtends had klaargemaakt voor school, met haar haar in twee zijstaartjes met groene strikken die de goudkleurige kolven in hun groene bladeren goed lieten uitkomen. Zelfs hun moeder had gezegd dat ze er leuk uitzag. Maar nog voordat ze de bus in stapte, nog voordat er 'maïsbal!' en 'maïsvreter!' werd geroepen, had Sunny al geweten dat die jurk haar zoveelste vergissing was. Dat de figuurnaden wel goed waren genaaid, maar het lijfje straktrokken over de borsten waar ze nog niet klaar voor was, maakte het er niet beter op.

'Enfin, als we er zijn, ga je niet achter me aan lopen. Pap zei dat hij ons om vijf uur zou komen halen, buiten. Ik zie je om tien vóór bij Karmelkorn.'

'En koop je dan popcorn voor me?'

'Hè? O, ja, natuurlijk. Popcorn of ijs, als je dat liever hebt. Je zegt het maar. Of weet je wat, ik geef je vijf dollar als je belooft dat je me met rust laat.'

'Vijf dollar, echt?' Heather was dol op geld, geld en spullen, maar ze vond het vreselijk om afstand van haar geld te doen om er spullen voor terug te krijgen. Hun ouders vonden dit een verontrustend trekje, wist Sunny. Ze probeerden er grapjes over te maken, noemden haar een kleine ekster en zeiden dat haar oog op alles viel wat maar glinsterde, wat ze dan meenam naar huis, naar haar nest. Maar dit was geen gedrag voor een Bethany en Sunny wist dat haar ouders zich zorgen maakten om Heather. 'Ze heeft een oog voor glans alleen,' citeerde hun vader somber het een of andere gedicht over een hertogin.

'Ja, dan hoef je helemaal niet aan je spaargeld te komen.' En, dacht Sunny, dan hoef je je geldkistje niet open te maken en kom je er niet achter dat ik geld van je heb geleend en dat die vijf dollar die ik je geef eigenlijk al van jou was. Heather was niet de enige die stiekem in andermans kamer in dingen neusde waar ze eigenlijk niet aan mocht komen. Het was Sunny zelfs gelukt het patroon van de elastiekjes te doorgronden waarmee Heather het kistje omwikkelde.

Net goed, moest ze maar niet zo spioneren.

7

Er stond een snoepautomaat in de motelkamer, echt erín, niet in de hal of ergens weggestopt in een doorgang. Miriam bleef voor de machine hangen, voelde aan de knoppen en stak haar vingers in het bakje voor het wisselgeld, zoals een klein kind dat zou kunnen doen. De wikkels om de repen waren een beetje verkleurd. Aangezien het vijfenzeventig cent kostte om een Zagnut- of een Clark-reep te kopen die in de automaat in de lobby vijfendertig cent kostte, en bij de supermarkt aan de overkant nog minder, was het waarschijnlijk lang geleden sinds iemand de nieuwigheid van een reep trekken in je eigen kamer had uitgeprobeerd. En toch, wat zouden Sunny en Heather die automaat fantastisch hebben gevonden, al die verboden schatten in één glimmende kast; zoetigheid tegen exorbitante prijzen, helemaal van jou door een snelle ruk aan een hendel. Als ze ooit in zo'n motel zouden overnachten – wat op zich al onwaarschijnlijk was, gezien Daves voorkeur voor campings, 'echte' plekken zoals hij het noemde, die ook nog eens goedkoop waren – zouden de meisjes smeken om muntjes voor in de automaat, terwijl Dave zou mopperen en zeuren over de verkwisting. Miriam zou door de knieën gaan, en dan zou hij haar voor de voeten gooien dat ze één lijn moesten trekken en de rest van de avond koel en afstandelijk doen.

Wat zou er nog meer gebeuren tijdens dit fantasiereisje naar een motel, nog geen tien kilometer bij hun eigen huis vandaan? Ze zouden tv-kijken, net als thuis – de meisjes mochten allebei een programma kiezen – en dan ging de tv uit en lazen ze tot het bedtijd was. Als er een radio op de kamer was, zou Dave mogelijk een jazz-zender opzoeken, of een praatprogramma. Ze stelde zich voor hoe ze hier door noodweer naartoe werden gedreven, zoals tijdens de orkaan Agnes drie jaar eerder, toen ze door het hoge water in de omgeving vast hadden gezeten in Algonquin Lane. De lichten waren uitgegaan, maar dat had destijds als een avontuur gevoeld; bij het licht van een zaklamp lezen en naar het nieuws luisteren op Daves radiootje op batterijen. Miriam was bijna teleurgesteld geweest toen het water zakte en de elektriciteit het weer deed.

Ze schrok toen ze een sleutel in het slot hoorde, maar het was Jeff, natuurlijk, die terugkwam met de gevulde ijsemmer.

'Gallo,' zei hij. Heel even dacht ze dat hij 'hallo' bedoelde, maar toen begreep ze dat hij het over het merk wijn in de emmer had.

'Hij zal nog wel even moeten afkoelen,' voegde hij eraan toe.

'Ja,' zei Miriam, hoewel ze een trucje kende om het proces te versnellen. Je zette de fles in een emmer met ijs, draaide hem precies honderd keer met de klok mee en presto: koude wijn. Toen Miriam zichzelf erop betrapte dat ze om twee uur 's middags de hals van een fles tussen haar nerveuze handpalmen heen en weer rolde, had ze besloten dat het tijd werd voor een baan. Ja, ze hadden het geld nodig, dringend zelfs, maar dat was een minder groot probleem dan het vooruitzicht een verzuurde, slonzige huisvrouw te worden die haar kinderen een drankadem in het gezicht blies terwijl ze hun naschoolse snack aten en over hun dag vertelden.

Jeff kwam naar haar toe en pakte haar kin. Zijn hand was nog koud van de emmer, maar ze vertrok geen spier en deinsde niet achteruit. Hun tanden stootten pijnlijk tegen elkaar toen de kus begon, alsof het hun eerste keer was. Gek, want ze hadden zo elegant de liefde bedreven op allerlei krappe of onhandige plekken – een kast op kantoor, een wc in een restaurant, de achterbank van zijn kleine sportwagen – maar nu ze de ruimte hadden en, vergeleken met wat ze gewend waren, de tijd, hadden ze niet stunteliger kunnen zijn.

Ze probeerde haar gedachten van zich af te zetten, toe te geven aan haar gewoonlijke verlangen naar Jeff, en het begon te werken. Dit moest hun zevende keer zijn, en nog steeds verbaasde het haar hoe léúk het was. Seks met Dave was altijd een gewichtige aangelegenheid, alsof hij zijn feminisme moest bewijzen door de daad voor hen allebei even vreugdeloos maken, door haar voortdurend lastig te vallen met zijn ernstige vragen. Socratische seks, noemde Miriam het in gedachten. *Hoe voelt dit? En als ik dit doe? Of als ik het zo probeer?* Als ze een poging had gedaan om het aan haar vriendinnen uit te leggen – als ze vriendinnen had gehad, wat niet het geval was – had het nukkig en ondankbaar geklonken, wist ze. Ze zou niet hebben kunnen overbrengen dat ze het gevoel had dat Dave, door te doen alsof hij alleen haar genot belangrijk vond, er eigenlijk voor probeerde te zorgen dat ze helemaal niet genoot. Hij leek altijd medelijden met haar te hebben, een beetje maar, en zichzelf te beschouwen als een geschenk aan haar, dat donkere, beschermd opgevoede meisje uit het noorden.

Jeff draaide haar om, plantte haar voeten op de vloer, drukte haar handen op het nog opgemaakte bed, verstrengelde zijn vingers met de hare en gleed van achteren bij haar binnen. Het was niets nieuws voor Miriam, want ook Dave bestudeerde de *Kama Sutra* plichtsgetrouw, maar door Jeffs zwijgen en doelgerichtheid voelde het als iets nieuws. Volgens Dave was het fysiek onmogelijk voor haar – ja, Dave bleef haar eindeloos uitleggen hoe ze zelf anatomisch in elkaar stak – om in deze houding klaar te komen, maar als ze met Jeff was, gebeurde het toch regelmatig. Maar nog niet, nu nog niet. Ze hadden nog een hele middag in de motelkamer voor zich en deden het dus kalm aan. Dat probeerden ze althans.

Miriam had geen verhouding in haar achterhoofd gehad toen ze de werkende wereld betrad, zelfs geen kantoorflirt, zoveel was zeker. Seks was niet belangrijk voor Miriam, of dat had ze zichzelf voorgehouden toen ze besloot met Dave te trouwen. Haar seksuele ervaring was vrij beperkt, wat aan de normen van haar tijd was toe te schrijven. En niet alleen aan de normen, maar ook aan het risico dat met seks gepaard ging. Voorbehoedsmiddelen waren verre van ideaal en moeilijk te krijgen als je niet getrouwd was. Desondanks was Miriam geen maagd meer geweest toen ze Dave leerde kennen. God, nee, ze was tweeëntwintig en ze was een halfjaar verloofd geweest met een medestudent met wie ze geweldige seks had gehad. Uit je dak gaan, noemden ze het tegenwoordig, maar Miriam was pas uit haar dak gegaan toen haar verloofde er opeens en zonder bevredigende verklaring vandoor ging, waarmee hij haar moeders doemvoorspellingen over meisjes om mee te vrijen en meisjes om mee te trouwen waarmaakte.

Een zenuwinzinking, zo hadden ze het genoemd, en Miriam had het de perfecte beschrijving gevonden. Het was alsof haar zenuwstelsel niet meer functioneerde. Ze was verkrampt en van slag; al haar lichaamsfuncties – slapen, eten, stoelgang – waren onvoorspelbaar geworden. De ene week sliep ze soms niet meer dan vier uur en at ze helemaal niets. De week erna kwam ze alleen op uit bed om zich vol te proppen met de gekste dingen, alsof ze zwanger was – rauw koekjesdeeg, zachtgekookte eieren met ijs, wortels en stroop. Ze had haar studie gestaakt en was weer thuis gaan wonen, in Ottawa, waar haar ouders concludeerden dat haar problemen niet veroorzaakt waren door de vrijage met de verloofde, die ze best geschikt hadden gevonden, maar door haar flirt met de Verenigde Staten zelf. Miriam had per se in Amerika willen studeren, tegen hun zin. Misschien waren ze bang dat het de eerste stap was van een plan om Canada voorgoed te verlaten, en daarmee ook hen.

Jeff drukte Miriams hele lichaam op het bed. Hij had nog geen woord gezegd sinds de opmerking over de wijn en hij had zelfs nauwelijks gekreund. Nu draaide hij haar weer om, zo gemakkelijk alsof hij een pannenkoek omkeerde, en duwde zijn gezicht tussen haar benen. Miriam voelde zich er niet bij op haar gemak, nog iets waar ze Dave de schuld van gaf. 'Jij bent toch joods?' had hij gevraagd toen hij het voor het eerst had geprobeerd. 'Ik bedoel, ik weet dat je niet praktiserend joods bent, maar dat is je afkomst, toch?' Perplex als ze was, had ze alleen maar kunnen knikken. 'Nou, zo'n *mikwe* heeft zijn nut. Je geloof staat me in veel opzichten niet aan, maar die grondige reiniging na de menstruatie kan geen kwaad.'

Dave had antisemitische trekjes, hoewel hij zelf bij hoog en bij laag volhield dat zijn vooroordelen gebaseerd waren op het milieu, niet op de religie, een reactie op de rijke buurt waarin hij het enige arme kind was geweest. Miriam had nooit melkbaden genomen, maar ze was wel een tijdje grootinkoper van vaginale sprays en spoelingen geweest. Tot ze een artikel had gelezen waarin stond dat die hele industrie onzin was, weer zo'n zogenaamde oplossing voor een probleem dat niet bestond. Toch had ze nooit van het gevoel af kunnen komen dat ze eeuwig naar bloed smaakte, roestig en metalig. Als het echt zo was, kon het Jeff duidelijk niets schelen. Jeff, die toevallig voor alles stond wat Dave verafschuwde – hij was een rijke jood uit Pikesville met een lidmaatschap van een golfclub, een patserig huis en drie verwende nesten van kinderen. En Miriam generaliseerde niet. Ze had de kinderen op kantoor gezien en ze waren afgrijselijk. Ze had Jeff echter niet uitgekozen omdat hij alles in zich had wat Dave vervloekte. Ze had hem uitgekozen, voor zover je van kiezen kunt spreken, omdat hij er was en haar wilde, en omdat ze het zo fijn vond dat iemand haar wilde dat het niet in haar opkwam om nee te zeggen.

Het was link, dit afspraakje. Hun wederhelften waren niet op hun achterhoofd gevallen. De hare niet, in elk geval. Morgen, als Dave de zondagseditie van de krant las, zou het hem kunnen opvallen dat er geen open huizen werden gehouden, aangezien het Pasen was, en dan zou hij zich kunnen afvragen waarom Miriam op zaterdag naar kantoor had gemoeten terwijl er niets te doen was. De hele verhouding was link, want Miriam noch Jeff had behoefte aan een scheiding of een ontwricht leven. Nou ja, Jeff waarschijnlijk niet. Miriam wist niet goed meer wat ze wilde, waar ze mee bezig was.

Jeff begon ongeduldig te worden. Meestal was ze snel, bijna té snel, maar deze keer kon ze haar gedachten niet tot zwijgen brengen. En hoewel Jeff over het algemeen beleefd was, zou hij het uiteindelijk opgeven en voor zijn eigen genot kiezen, als ze niet snel klaarkwam. Ze richtte zich op dat ene onderdeel van haarzelf, paste haar bewegingen aan zijn mond aan, vond het ritme, en algauw voelde ze het. Haar orgasmes met Jeff deden haar denken aan het zingen van een glas: het was alsof ze reageerde op een toon die zo hoog was dat ze trilde tot ze uiteindelijk brak. Daarna had je niets meer aan haar, want ze kon zich amper nog bewegen, maar daar was Jeff wel aan gewend. Hij schikte haar ledematen onder zich als die van een lappenpop, drong bij haar binnen en stootte nogal ruw tot ook hij aan zijn trekken was gekomen.

Wat nu? Normaal gesproken trokken ze hun kleren gewoon weer aan – niet dat ze zich ooit eerder helemaal hadden uitgekleed – en gingen weer aan het werk of naar huis, of wat dan ook. Jeff pakte de fles wijn uit de plastic ijsemmer. 'Geen kurkentrekker,' zei hij, glimlachend om zijn eigen onnadenkendheid. Alsof het de gewoonste zaak van de wereld was, brak hij de hals van de fles op de rand van de wasbak in de badkamer, schonk de waterglazen vol en plukte er een paar stukjes glas uit die met de wijn waren meegekomen.

'Ik vind het lekker om je in bed te naaien,' zei Jeff.

'Onze eerste keer was in een bed,' zei Miriam.

'Dat telt niet.'

Waarom niet? dacht ze, maar ze vroeg het niet hardop. Hun eerste keer was in het huis van een cliënt geweest. Het feit dat ze misbruik hadden gemaakt van de ruimte die hun was toevertrouwd had veel schokkender geleken dan het overspel zelf. Toen Jeff haar vroeg of ze meeging naar het nieuwe huis, had ze geweten dat ze seks zouden hebben, maar zich van den domme gehouden. *Vrouwen bepalen altijd het tempo*, had Miriams moeder haar op haar eufemistische manier verteld toen ze probeerde de reden voor Miriams inzinking te achterhalen. Miriam deed graag alsof Jeff alles had bepaald, zo moeiteloos als hij met haar lichaam solde in bed. Bij Jeff voelde Miriam zich vederlicht, bijna alsof ze haar meisjeslichaam weer had. Naarmate ze ouder werd, was ze niet aangekomen, maar wel wat uitgedijd, iets wat ze had kunnen negeren tot haar de figuurtjes van haar eigen dochters waren opgevallen, zo onmogelijk rank en met zulke smalle heupen. Ze zagen er allebei uit alsof je ze zo doormidden kon breken.

'Wat nu?' vroeg ze.

'Nu, als in hier en nu? Of als in morgen en volgende week en volgende maand?'

Ze wist het niet. 'Allebei.'

'Hier en nu gaan we het nog een keer doen. Misschien wel twee keer, als we boffen. Morgen, als je in de kerk zit ter ere van Jezus' zogenaamde wederopstanding...'
'Ik ga niet naar de kerk.'
'Ik dacht...'
'Ik hoefde me van hem niet te bekeren. Hij heeft alleen gezegd dat hij niet wilde dat de meisjes gelovig werden opgevoed en dat hij ze alleen wilde blootstellen aan de meer wereldlijke tradities. Kerstbomen, paaseieren.'

Ze had een ongeschreven regel overtreden door over haar kinderen te beginnen en het gesprek viel ongemakkelijk stil. Miriam wist niet hoe ze over het onderwerp moest beginnen waar ze het eigenlijk over wilde hebben. *Hoe maken we hier een eind aan? Als we dit alleen doen omdat de seks lekker is, kan het dan op een dag niet meer lekker zijn op een makkelijke manier, voor ons allebei? Zal ik naar je verlangen als je verdergaat met iemand anders? Of andersom?* Hoe lopen verhoudingen af?

De hunne was op dat moment afgelopen, zou Miriam later beseffen, op een banale en catastrofale manier. Misschien was het altijd al zo gegaan. Toen er een paddenstoelvormige wolk boven Hiroshima oprees, waren sommige mensen die door de straten renden, geschokt en verbrand, verjaagd uit een bed dat niet het hunne was, op een plek waar ze niet hoorden te zijn. Tsunami's overspoelden clandestiene minnaars en overspeligen waren op de trein naar Auschwitz gezet, alleen niet om die specifieke reden.

Dit was haar erfenis, dit was haar 'ervoor', het moment waar ze keer op keer naar terug zou gaan. Als Miriam probeerde zich te herinneren wanneer ze voor het laatst gelukkig was geweest, kon ze zich alleen een lauw glas Gallo-wijn met glassplinters erin voor de geest halen, en een stoffige wikkel met een muffe reep erin.

8

Het bushokje aan Forest Park Avenue was een meer dan vertrouwde plek voor Sunny, al bijna drie jaar een onderdeel van haar schooldag, maar die middag keek ze ernaar alsof ze het voor het eerst zag. Hoewel het een simpel doel had – de buspassagiers misschien niet uit de kou, maar wel uit de regen houden – had iemand toch de moeite genomen een paar niet-essentiële voorzieningen te treffen waardoor het hokje bijna aantrekkelijk leek. Het afdak was groen, de tint die hun moeder had willen gebruiken voor het houtwerk van hun huis, maar hun vader had gezegd dat het te donker was. Aangezien hun vader de artistiekeling van het gezin was, won hij dit soort discussies altijd. De gelige bakstenen muren voelden ruw aan en de houten bank had dezelfde kleur als het afdak.

De jongens uit de buurt, die geen oog hadden voor de moeite die de maker van het bushokje zich had getroost, hadden de muren met krijt en spuitbussen van grove teksten voorzien. Iemand had na hen geprobeerd het ergste te verwijderen, maar een aantal hardnekkige vloeken en karaktermoorden waren achtergebleven. Heather inspecteerde ze ernstig.

'Hebben ze jou…' begon ze.

'Nee,' zei Sunny snel. 'Ze laten me met rust.'

'O.' Heather klonk bijna alsof ze medelijden had met Sunny.

'Ze mogen me niet vanwege die ruzie, de kinderen uit de bus.'

'Maar die wonen hier niet,' zei Heather. 'Die graffiti komt van mensen die hier wonen, toch?'

'Ik ben de enige die naar Rock Glen gaat. De anderen zijn allemaal veel ouder of jonger. Dat was het probleem, weet je nog? "Wij hadden het recht, zij hadden de macht." De meerderheid bepaalt.'

Verveeld door dit familieverhaal waar ze zelf geen deel van uitmaakte, ging Heather op het bankje zitten, maakte haar tas open en inspecteerde neuriënd de inhoud. De bus zou pas over een kwartier komen, maar Sunny had niet het risico willen lopen dat ze hem zouden missen.

De ruzie om de schoolbusroute was Sunny's eerste aanvaring met grove onrechtvaardigheid geweest, een lesje in hoe geld het van principes kan winnen. De meeste leerlingen uit Sunny's bus woonden in de buurt van Forest Park Avenue, helemaal aan de andere kant van Garrison Boulevard, maar volgens het beleid van vrije schoolkeuze van de stad konden Sunny's ouders ervoor kiezen Sunny naar elke mogelijke school te sturen, en ze hadden besloten de zwarte school die het dichtst in de buurt was aan zich voorbij te laten gaan en in plaats daarvan gekozen voor Rock Glen in het zuidwesten van de stad, een nog grotendeels blanke school. Er was een particuliere busdienst opgezet waarvoor de ouders samen betaalden. Sunny's halte, het bushokje aan Forest Park Avenue, was elke ochtend de laatste halte die werd aangedaan en elke middag de eerste. Twee jaar lang had dit alle betrokkenen de meest logische route geleken. En toen niet meer.

De vorige zomer waren de ouders die aan het eind van de route woonden gaan mopperen dat hun kinderen veel minder lang in de bus zouden zitten als die niet aan het eind van Forest Avenue hoefde te stoppen voor Sunny. Of, zoals ze haar noemden, 'die ene'. Als in 'die ene scholier'. Of: 'Waarom mag die ene scholier de rest zoveel last bezorgen?' Ze hadden gedreigd een andere busdienst te zoeken, zodat dit bedrijf alleen 'die ene' zou overhouden, die de kosten van het traject nooit zou kunnen dekken. Sunny's ouders waren ontzet, maar ze konden er niets tegen beginnen. Als ze gebruik wilden blijven maken van de busdienst – die voor hen onmisbaar was, aangezien ze allebei werkten – moesten ze instemmen met een compromis: de route werd 's middags omgedraaid. En dus zag Sunny elke middag haar eigen halte voorbij zoeven terwijl de bus naar het begin van de route reed en de scholieren in omgekeerde volgorde thuisbracht, met Forest Park Avenue als eindpunt. In aanmerking genomen dat hun ouders de strijd hadden gewonnen, zouden de andere scholieren zich hoffelijk moeten opstellen, maar Sunny was erachter gekomen dat het zo niet werkte. Ze hadden een nog grotere hekel aan haar gekregen doordat hun ouders de hare zo ongeveer voor racistisch hadden uitgemaakt. 'Neonazi,' had een van de grotere jongens haar toegebeten. 'Je ouders en jij zijn neonazi's.' Ze had geen idee wat het betekende, maar het klonk doodeng.

De schoolbusdienst, Mercer Transportation, liet zich koeioneren, maar het reguliere openbaar vervoer niet. Als het je vijfentwintig minuten kostte om bij Security Square te komen, tussenstops meegerekend, kostte het ook vijfentwintig minuten om weer thuis te komen. Het openbaar vervoer was 'egalitair', een woord dat ze van haar vader had overgenomen en extra mooi vond omdat het haar deed denken aan *The Three Musketeers* met Michael York. Als Sunny volgend jaar naar Western High School ging, was het de bedoeling dat ze met het openbaar vervoer zou gaan reizen, op de gratis bonnen die maandelijks aan scholieren werden verstrekt. Om haar daarop voor te bereiden hadden haar ouders Sunny toegestaan om oefenritjes te maken – naar het centrum, naar Howard Street en de grote warenhuizen. Zodoende had ze beredeneerd dat ze best de bus naar Security Square kon nemen zonder het aan iemand te vertellen. Sunny vond de bus nemen de gewoonste zaak van de wereld.

Heather daarentegen, die nog nooit de bus ergens naartoe had genomen, stuiterde op het houten bankje van opwinding, haar ene hand om haar busgeld geklemd, de andere om de hengsels van haar nieuwe tas. Sunny had ook een tas uit de winkel van haar vader, eentje van macramé, maar wat andere kinderen ook dachten, ze kregen die dingen niet gratis. Als het geen cadeautje was, zoals Heathers tas, moesten ze de volle verkoopprijs betalen, want de 'marges' waren volgens haar vader te klein om iets weg te geven. Marges deden Sunny altijd denken aan haar typelessen, waar ze voor ging zakken, al kwam het niet door de marges. Haar probleem was dat ze verschrikkelijk laag scoorde als ze op aanslagsnelheid werd getoetst. Er werden zoveel punten voor typefouten afgetrokken dat ze op een negatieve typesnelheid uitkwam. Als haar snelheid niet werd bijgehouden, kon ze uitstekend typen.

Sunny vroeg zich af waarom haar ouders erop hadden gestaan dat ze de typecursus zou volgen, of ze dachten dat ze zou moeten typen om de kost te verdienen. Sinds de basisschool, toen het merendeel van haar vriendinnen geschikt was bevonden voor de 'verrijkingsstof' van Rock Glen, terwijl zij alleen maar 'hooggemiddeld' was, maakte ze zich zorgen dat haar toekomst misschien was ontspoord toen ze even niet oplette, dat ze mogelijkheden was kwijtgeraakt waarvan ze het bestaan niet eens had gekend. Toen ze klein was, hadden opa en oma haar een verpleegsterskoffertje gegeven, terwijl Heather een dokterskoffertje had gekregen. Destijds was het verpleegsterskoffertje begeerlijker geweest, omdat er een mooi meisje op de plastic verpakking had gestaan, terwijl er op het dokterskoffertje een jongetje stond. Wat had Sunny dat er bij Heather ingewreven: 'Jij bent een jongen.' Maar misschien was het achteraf toch beter om de dokter te zijn? Of dat de mensen in elk geval tegen je zeiden dat jij de dokter kon worden? Hun vader zei dat ze alles konden worden wat ze maar wilden, maar Sunny was er niet van overtuigd dat hij het zelf geloofde.

Heather zou natuurlijk de verrijkingsstof krijgen als ze volgend jaar naar Rock Glen ging, al was de uitslag van de toets nog niet bekend. Heather zou het verrijkingsprogramma volgen, en daarna hoogstwaarschijnlijk in de 'A-stroom' van Western worden geplaatst, wat inhield dat ze de eerste en tweede klas in één jaar zou doen. Niet dat Heather slimmer was dan Sunny, dat niet. Hun moeder zei dat uit IQ-tests bleek dat beide zusjes slim waren, bijna hoogbegaafd, maar Heather was goed in school, zoals je goed kon zijn in hardlopen of honkballen. Ze snapte de regels, terwijl Sunny steeds leek te struikelen door te hard haar best te doen om creatief en anders te zijn. En hoewel haar ouders juist die dingen belangrijker beweerden te vinden dan tienen halen en dingen uit je hoofd leren, waren ze wel degelijk teleurgesteld geweest toen Sunny niet geschikt was bevonden voor de verrijkingsstof. Was ze daarom altijd zo boos op ze? Haar moeder lachte en noemde het een fase, terwijl haar vader haar aanmoedigde om de discussie aan te gaan – 'maar wel rationeel', een bevel dat haar nóg irrationeler maakte. De laatste tijd had ze regelmatig kritiek geleverd op zijn politieke standpunten, datgene wat hem het meest na aan het hart lag, maar haar vader was gekmakend kalm gebleven en had haar als een klein meisje behandeld, als Heather.

'Als jij Gerald Ford wilt steunen bij de verkiezingen van volgend jaar, moet je dat vooral doen,' had hij nog maar een paar weken eerder tegen haar gezegd. 'Het enige wat ik van je vraag, is dat je goed onderbouwde standpunten hebt en nagaat of de zijne daarmee overeenkomen.'

Sunny was niet van plan om ook maar iemand te steunen bij de verkiezingen. Politiek was stom. Ze schaamde zich als ze terugdacht aan haar bevlogen toespraken voor McGovern in 1972, in het kader van de vrijdagmiddagdebatten over de actualiteit die haar leraar van groep acht had gehouden. Maar zes kinderen uit de zevenentwintig leerlingen tellende klas hadden op McGovern gestemd toen ze hun eigen verkiezing hielden – één minder dan tijdens de peiling aan het begin van het schooljaar. 'Sunny heeft me omgepraat,' zei Lyle Malone, een jongen die wist hoe goed hij eruitzag, toen hem werd gevraagd uit te leggen waarom hij van gedachten was veranderd. 'Als zij hem zo geweldig vindt, kan het nooit wat zijn, dacht ik.'

Als Heather zich daarentegen voor McGovern had uitgesproken, had iedereen in haar klas haar mening overgenomen. Die uitwerking had Heather op anderen. De mensen vonden het fijn om haar te zien, haar aan het lachen te maken, haar goedkeuring te krijgen. Ook nu weer leek de buschauffeur, het type dat anders woest werd op iedereen die in de open deur treuzelde, gecharmeerd te zijn van het opgewonden meisje dat haar tas van spijkerstof aan haar borst klemde. 'Gooi je geld maar in het bakje, lieverd,' zei hij, en Sunny wilde gillen: *Zo lief is ze niet.* In plaats daarvan liep ze de treden op, met haar blik op haar schoenen gericht, sleehakken die ze nog maar net twee weken had. Het was er niet echt het weer voor, maar ze had ernaar gesnakt ze te dragen en dit was de grote dag.

9

Op de zaterdag voor Pasen was het drukker dan anders in Woodlawn Avenue; mensen stroomden gestaag de kapper en de bakker in en uit. De aanstaande herrijzenis van Jezus leek vers vlechtbrood en geschoren, blote nekken te vereisen, althans voor degenen die nog in frisse kapsels geloofden. Er was ook een lentefeest op het terrein van de basisschool, een ouderwetse braderie met suikerspinnen en goudvissen voor iedereen die een pingpongbal door de smalle hals van een vissenkom kon mikken. Dit is het soort stad waar verandering maar langzaam op gang komt, dacht Dave, een eeuwige buitenstaander in zijn eigen stad. Hij had de hele wereld afgereisd, vastbesloten ergens anders te gaan wonen, waar dan ook, maar op de een of andere manier was hij toch weer hier beland. Hij had het goedgepraat met de redenatie dat zijn winkel de wereld naar Baltimore zou brengen, maar Baltimore moest er niets van hebben. Hoeveel mensen er ook op straat liepen, er was er niet één blijven staan om de etalage te bekijken, laat staan dat er iemand binnen was gekomen.

Nu het bijna drie uur was volgens de 'Tijd voor de kapper'-klok aan de gevel van de kapperszaak aan de overkant, kon Dave geen manieren meer bedenken om zich te vermaken. Als hij niet had beloofd Sunny en Heather bij het winkelcentrum af te halen, had hij het misschien al voor gezien gehouden, maar stel dat er net in dat laatste uur een klant kwam, een klant met smaak en geld, vastbesloten om van alles te kopen, en hij die klant voor altijd verspeelde? Het was iets waar

Miriam eindeloos over tobde. 'Het hoeft maar één keer te gebeuren,' zei ze dan. 'Eén keer dat iemand voor een dichte deur staat die open zou moeten zijn, en dan ben je niet alleen die klant kwijt, maar ook alle mond-tot-mondreclame die hij je zou kunnen hebben bezorgd.'

Was het maar zo makkelijk, was vroeg komen, laat weggaan en iedere minuut ertussenin hard werken maar het enige wat je hoefde te doen om te slagen. Miriam had niet genoeg ervaring in de werkende wereld om te beseffen hoe aandoenlijk naïef haar ideeën waren. Ze geloofde nog steeds dat de ochtendstond goud in de mond heeft, dat de schildpad het van de haas kan winnen, al die clichés. Daar stond tegenover dat als ze niet in die dingen had geloofd, ze misschien ook niet zo makkelijk had ingestemd met zijn plan een winkel te beginnen, want het betekende wel dat hij zijn ambtenarenbaan eraan moest geven, een baan die zo ongeveer levenslange garantie op een inkomen bood. De laatste tijd begon hij zich af te vragen of Miriam niet had gedacht dat ze hoe dan ook aan het langste eind zou trekken. Of ze zouden rijk worden van de winkel, of ze zou de rest van hun leven iets hebben om Dave mee om de oren te slaan. Ze had hem zijn kans gegeven en hij had hem verknoeid. Sindsdien waren al hun ruzies geënt op die onuitgesproken context: *Ik geloofde in je en je hebt het verknald*. Had ze al die tijd gehoopt dat hij zou falen?

Nee, zo machiavellistisch was Miriam niet, dat wist hij wel zeker. Miriam was de eerlijkste persoon die Dave ooit had ontmoet en ze aarzelde nooit om iemand de eer te gunnen die hem toekwam. Ze had ruiterlijk toegegeven dat ze niets in het huis aan Algonquin Lane had gezien, een vervallen boerenbehuizing die het slachtoffer was geworden van herhaaldelijke architectonische blunders; een koepel, een zogenaamde buitenkamer. Dave had het huis teruggebracht tot zijn oorspronkelijke skelet en een eenvoudig, organisch bouwwerk gecreëerd dat een eenheid leek te vormen met de grote, verwilderde tuin. Bezoekers jubelden altijd over Daves scherpe blik, wijzend op de voorwerpen die hij tijdens zijn reizen had verzameld. Ze wilden weten hoe duur ze waren geweest en zeiden dan dat ze wel vijf, tien, twintig keer zoveel zouden willen betalen als hij een winkel begon.

Dave had ze op hun woord geloofd. En dat deed hij nog steeds. Zulke complimenten konden met geen mogelijkheid beleefdheidsfrasen zijn, want Dave had dat soort overdreven tact nooit bij anderen opgeroepen. Integendeel zelfs; hij was altijd een magneet geweest voor botte, onaangename waarheden, agressie vermomd als eerlijkheid.

Tijdens hun allereerste afspraakje had Miriam tegen hem gezegd: 'Moet je horen, ik vind het heel vervelend om dit te moeten zeggen...'

Hij was wel gewend aan dit soort openingszinnen, maar toch was de moed hem in de schoenen gezonken. Hij had gedacht dat het met deze goed verzorgde jonge vrouw, met haar Canadese manieren en uitspraak, anders zou gaan. Ze was administratief medewerker op het bureau Begroting en Bestuur van de staat Maryland, waar Dave als analist werkte. Hij had haar pas na drie maanden durven vragen of ze met hem uit wilde.

'Ja?'

'Het gaat om je adem.'

In een reflex had hij zijn hand voor zijn mond geslagen, als Adam die zijn naaktheid verbergt na een hap van de appel, maar Miriam had op de hand geklopt die op de tafel was blijven liggen.

'Nee, nee, nee... Mijn vader is tandarts. Het is eigenlijk heel eenvoudig.' Dat was het ook. Door hem floss, tandenstokers en, uiteindelijk, een operatie aan zijn tandvlees aan te raden, had Miriam Dave bevrijd van een leven waarin mensen altijd achterover hadden geleund, een beetje maar, als ze met hem praatten. Pas toen dat ophield, begreep Dave wat het betekende als mensen hun kin introkken en hun neus lieten zakken. *Hij stonk. Ze probeerden zijn lucht niet in te ademen.* Tegen wil en dank vroeg hij zich af of die eerste vijfentwintig jaar, de riekende jaren, zoals hij ze in gedachten noemde, hem niet onherstelbaar hadden beschadigd. Als je de eerste kwart eeuw van je leven ziet dat de mensen voor je achteruitdeinzen, durf je dan nog te verwachten dat je ooit zult worden omarmd en geaccepteerd?

Zijn dochters hadden hem de enige kans op een schone lei geboden. Tenslotte had zelfs Miriam Dave een poosje met zijn slechte adem gekend. De meisjes hadden hem zo uitdrukkelijk aanbeden dat hij de stommiteit had begaan te geloven dat ze nooit genoeg van hem zouden krijgen, maar nu leek Sunny hem te zien als een bron van gêne, de wandelende belichaming van een scheet of een boer. Heather, vroegwijs als altijd, probeerde bij vlagen al net zo koeltjes te doen als haar grote zus, maar hoewel zijn dochters hem nu op afstand probeerden te houden, konden ze hem niet buitensluiten. Het voelde alsof hij in hun hoofd leefde, de wereld door hun ogen zag en al hun overwinningen en teleurstellingen zelf beleefde. 'Je begrijpt er niks van,' snauwde Sunny steeds vaker tegen hem. Het echte probleem was dat hij het precies begreep.

Neem nu die nieuwbakken bezetenheid van het winkelcentrum. Sunny dacht dat Dave een hekel had aan winkelcentra vanwege de nadruk op goedkope, massaal geproduceerde consumentenpleziertjes, finaal het tegenovergestelde van het unieke handwerk dat hij in zijn winkel verkocht, maar wat hem vooral tegenstond, was het effect dat het winkelcentrum op Sunny had. Het lokte haar aan als de sirenes die Odysseus hadden toegezongen. Hij wist wat ze daar deed. Het was niet zoveel anders dan wat hij in zijn eigen tienerjaren in Pikesville had gedaan: heen en weer lopen langs de winkels in Reisterstown Road in de hoop dat iemand, wie dan ook, aandacht aan hem zou besteden. Hij was in alle opzichten een buitenbeentje geweest, als zoon van een alleenstaande moeder terwijl verder iedereen twee ouders had, als protestant, zij het dan alleen in naam, in een buurt vol gegoede joodse gezinnen. Zijn moeder had als serveerster gewerkt bij het toenmalige Pimlico Restaurant, zodat het kapitaal van het huishouden samenhing met de vrijgevigheid van de vaders van zijn klasgenootjes, mannen die aan het eind van de maaltijd een oordeel over Daves moeder velden en haar fooi met vijfentwintig cent verhoogden of met vijftig cent verlaagden, terwijl elke cent van belang was geweest. O, nee, niemand had hem openlijk gepest omdat hij arm was. Hij was de moeite niet waard, wat in zekere zin nog erger leek.

En nu was Sunny vastgelopen in hetzelfde leven. Hij kon haar hunkering bijna ruiken. En hoewel wanhoop vervelend genoeg was voor een tienerjongen, was het ronduit gevaarlijk voor een meisje. Hij hield zijn hart vast voor Sunny. Als Miriam probeerde zijn angst weg te nemen, wilde hij zeggen: *Ik weet het, ik weet het. Maar jij hebt geen idee wat er door het hoofd van een man gaat als hij een meisje in een strak truitje ziet, hoe laag en primair die driften zijn.* Maar als hij dat tegen Miriam zei, zou ze kunnen vragen wat er door zíjn hoofd ging, elke dag weer, als hij de meisjes van Woodlawn High langs zag lopen op weg naar de bakker, de ijssalon of de pizzeria.

Niet dat hij ook maar iets met die tieners te maken wilde hebben, integendeel. Soms wilde hij een tiener zíjn, of tenminste een man van onder de dertig. Hij wilde de vrijheid hebben om in deze nieuwe wereld rond te lopen, waar het haar van de meisjes lang en los over hun schouders danste en hun behaloze borsten onder strakke shirtjes op en neer deinden. De vrijheid om rond te lopen en zich te vergapen, maar niet meer dan dat. Toen hij nog voor de overheid werkte, had hij genoeg collega's voor die verleiding zien bezwijken. Zelfs op de cultureel achterlijke boekhoudafdeling hadden mannen ineens bakkebaarden laten staan en flitsende nieuwe kleren gekocht. Ongeveer tien maanden daarna – echt, Dave kon er de klok op gelijk zetten dat exact tien maanden na de verschijning van bakkebaarden op het gezicht van een man het einde van zijn huwelijk volgde – pakte de man in kwestie zijn biezen en vertrok naar een van die nieuwe appartementencomplexen met de serieuze verklaring dat zijn kinderen niet gelukkig konden zijn als hij dat niet was. *Ja, duh,* zoals Sunny neerbuigend zou kunnen zeggen. Dat zou Dave, die in een vaderloos gezin was opgegroeid, zijn dochters nooit aandoen.

De uurwijzer van de 'Tijd voor de kapper'-klok kroop richting de vier. Hij was hier al bijna zes uur, en er was nog geen klant zijn winkel binnengekomen. Rustte er misschien een vloek op de plek? Een paar weken eerder had Dave een praatje gemaakt met een van de vrouwen achter de toonbank van bakkerij Bauhoff's terwijl ze koekjes in een zak van vetvrij papier liet vallen. Bij de bakker werd nog steeds een ouderwetse weegschaal gebruikt, het soort dat werd verdrongen door elektronische weegschalen die tot op de gram konden meten. Dave prefereerde de onnauwkeurige elegantie van die oude weegschalen, genoot ervan toe te kijken hoe de schalen met het vallen van de koekjes langzaam op dezelfde hoogte kwamen.

'Eens even zien,' zei de vrouw achter de kassa, Elsie, die op haar tenen moest gaan staan om bij de weegschaal te komen. 'Er heeft jarenlang een gereedschapswinkel gezeten, Fortunato's. Hij was zo ziek van de rassenrellen in 1968 dat hij de tent heeft opgedoekt en naar Florida is verhuisd.'

'Er zijn nooit rassenrellen geweest in Woodlawn. De problemen waren kilometers verderop.'

'Klopt, maar toch kon hij er niet tegen. Benny deed de winkel dus over aan de een of andere vrouw die kinderkleren verkocht, maar ze waren te kostbaar.'

'Kostbaar?'

'Te duur. Wie geeft er nu twintig dollar uit aan een truitje waar een baby binnen een maand uit is gegroeid? Dus verkocht zij de winkel door aan een restaurant, maar dat sloeg niet aan. Dat jonge stel wist van toeten noch blazen; ze konden nog niet eens binnen drie kwartier een eenvoudige omelet op tafel zetten. En daarna kwam er een boekenwinkel, maar wie gaat er nu naar Woodlawn om een boek te kopen als je ook naar Gordon's in Westview of naar Waldenbooks in Security Square kunt? En daarna kwam de smokingverhuur...'

'The Darts,' zei Dave, die zich de gebogen man met het meetlint om zijn nek herinnerde, en de verlegen vrouw die door een dicht gordijn van vroegtijdig grijs haar gluurde. 'Ik heb hun huurcontract overgenomen.'

'Aardig stel, verstandige types, maar mensen gaan altijd naar dezelfde adressen als ze uitgaanskleding zoeken. Een smoking is iets traditioneels. Net als een begrafenisonderneming. Je gaat naar de zaak waar je vader altijd naartoe ging, en hij ging weer naar de zaak waar zijn vader altijd heen ging, enzovoort. Als je een nieuwe zaak wilt starten, dan moet je naar een nieuwe wijk gaan, waar de bewoners nog geen vaste adresjes hebben.'

'Vier verschillende zaken dus, in minder dan zeven jaar.'

'Ja. Het is een van die zwarte gaten. In elke straat zit er wel eentje, die ene winkel die het nooit redt.' Ze bracht haar hand naar haar mond, met het vetvrije papier nog in haar hand. 'Neem me niet kwalijk, meneer Bethany. Ik weet zeker dat u er wat van zult maken met uw kleine, eh...'
'*Tchotchkes?*'
'Wat?'
'Niets.' In een Duitse bakkerij waar zonder enige ironie of verontschuldiging 'joods' roggebrood werd verkocht, was het waarschijnlijk te veel gevraagd om te verwachten dat er Jiddisch werd verstaan, laat staan de masochistische hoon in Daves gebruik van het woord. Tchotchkes dus. De artikelen in zijn winkel waren mooi, uniek, maar zelfs de mensen die hij via het vijfvoudig pad kende, gelijkgestemden op spiritueel vlak, waren er niet zo happig op zijn materiële waren te omarmen. Als hij in New York of San Francisco had gezeten, of desnoods in Chicago, was zijn winkel een succes geweest, maar hij zat in Baltimore, wat nooit zijn bedoeling was geweest. Daar stond tegenover dat dit de stad was waar hij Miriam had ontmoet, waar zijn familie woonde. Hoe kon hij iets anders willen?

Het windorgel boven de voordeur tingelde zachtjes. Een vrouw van middelbare leeftijd. Dave schreef haar onmiddellijk af in de veronderstelling dat ze de weg kwam vragen. Toen zag hij dat ze waarschijnlijk maar een paar jaar ouder was dan hij, niet ouder dan een jaar of vijfenveertig. Haar kleding, een tuttig roze tricot mantelpakje met een lompe handtas, had hem op het verkeerde been gezet.

'Ik had gedacht dat u misschien iets bijzonders voor een paasmandje zou hebben,' zei ze, struikelend over haar woorden alsof ze bang was dat er in deze ongewone winkel wellicht een ongewone etiquette werd vereist. 'Iets wat kan dienen als aandenken?'

Verdomme. Miriam had voorgesteld meer seizoensgebonden artikelen in te slaan en hij had niet geluisterd. Met Kerstmis had hij het natuurlijk wel gedaan, maar Pasen had hem vergezocht geleken. 'Jammer genoeg niet.'

'Echt niet?' De vrouw leek overdreven teleurgesteld te zijn. 'Het hoeft niet per se voor Pasen te zijn, maar wel iets wat in het thema past. Een ei, een kippetje, een haas. Zoiets.'

'Een haas,' herhaalde hij. 'Weet u, ik geloof dat we nog wat houten hazen uit Ecuador hebben. Maar ze zijn een beetje groot voor een paasmandje.'

Hij liep naar de planken met Latijns-Amerikaanse kunstnijverheid, pakte behoedzaam een van de houten hazen en gaf hem aan de vrouw alsof het een baby was die moest worden gewiegd. Ze hield hem voor zich met stijve, gestrekte armen. De haas was eenvoudig en primitief, een beeldje dat met een paar snelle, zekere houwen van een mes was gemaakt, veel te mooi om als troostprijs te dienen in het paasmandje van een of ander kind. Dit was geen speelgoed. Dit was kunst.

'Zeventien dollar?' vroeg de vrouw met een blik op het handgeschreven prijsje op de onderkant. 'En toch zo simpel.'

'Ja, maar de eenvoud...' Dave nam niet eens de moeite zijn zin af te maken. Het was duidelijk een verloren zaak. Toen dacht hij aan Miriam, aan haar aandoenlijke vertrouwen in hem, en deed nog een laatste poging. 'Weet u, ik heb achter nog wel wat houten maasballen liggen. Ik heb ze in West Virginia op een braderie gevonden en ze zijn in vrolijke, primaire kleuren beschilderd, rood, blauw...'

'Echt?' Het vooruitzicht leek haar vreemd enthousiast te maken. 'Wilt u ze voor me halen?'

'Nou...' Het was een lastig verzoek, want het betekende dat hij haar alleen in de winkelruimte moest laten. Dat kreeg je ervan als je je geen parttime hulp kon veroorloven. Soms vroeg Dave zijn klanten mee te gaan naar de achterkamer en wekte de schijn dat ze een voorkeursbehandeling van hem kregen, zodat ze niet beledigd zouden zijn door de suggestie dat hij bang was voor diefstal. Hij kon zich echter niet voorstellen dat deze vrouw iets in haar tas zou stoppen of zou proberen zijn kassa leeg te halen, zo'n ouderwetse die keihard rinkelde wanneer hij opensprong. 'Wacht hier maar even, dan kijk ik of ik ze kan vinden.'

Het duurde langer om de ballen terug te vinden dan de bedoeling was. In zijn hoofd hoorde hij Miriams stem zeuren – zachtjes, maar zeuren is zeuren – dat hij de inventaris moest bijhouden, dat hij protocollen en systemen moest hebben, maar het idee van de winkel was nu juist geweest om aan dat soort dingen te ontsnappen, om zichzelf te bevrijden van de terreur van cijfers. Hij herinnerde zich nog hoe teleurgesteld hij was geweest toen Miriam niet had begrepen wat de naam van de winkel betekende.

'"De man met de blauwe gitaar" – zullen de mensen niet denken dat het een muziekwinkel is?'

'Snap je het niet?'

'Nou ja, ik snap wel dat het... grappig bedoeld is. Net als "De fluwelen paddenstoel", zoiets. Toch zou het verwarrend kunnen zijn.'

'Het is een verwijzing naar Wallace Stevens. Die dichter die ook verzekeringsagent was.'

'O, die van "The Emperor of Ice Cream". Natuurlijk.'

'Stevens was net als ik een kunstenaar, opgesloten in een zakenman. Hij verkocht verzekeringen, maar hij was ook dichter. Ik was fiscaal analist, maar dat gaf geen voldoening. Zie je de overeenkomst?'

'Was Stevens geen directeur van een verzekeringsmaatschappij? En bleef hij niet gewoon werken, ook in de tijd dat hij zijn gedichten schreef?'

'Nou ja, het is niet precies hetzelfde, maar emotioneel gezien wel.'

Daar had Miriam niets op gezegd.

Hij vond de eieren en liep terug. De winkel was weer leeg. Onmiddellijk controleerde hij de kassa, maar zijn schamele voorraad wisselgeld was er nog, en een snelle blik langs de kostbare artikelen – nou ja, min of meer kostbaar: de sieraden met opalen en amethisten – wees erop dat er niets uit de vitrinekast weg was. Pas toen zag hij de envelop op de toonbank, geadresseerd aan Dave Bethany. Was de postbode geweest terwijl hij achter was? Maar er zat geen postzegel op, en er stond niet meer op dan zijn naam.

Hij maakte hem open en vond een briefje, geschreven in een emotioneel golvend handschrift dat deed denken aan de stem van de vrouw in het roze pakje.

Beste meneer Bethany,
U zou toch moeten weten dat uw vrouw een verhouding heeft met haar baas, Jeff Baumgarten. Waarom grijpt u niet in? Er zijn kinderen bij betrokken. Bovendien is meneer Baumgarten heel gelukkig getrouwd en zal hij zijn vrouw nooit verlaten. Dit is precies waarom een moeder niet op kantoor thuishoort.

De brief was niet ondertekend, maar Dave twijfelde er niet aan dat mevrouw Baumgarten hem had geschreven, wat betekende dat haar paasmissie een omslachtige dekmantel was geweest. Dave kende Miriams baas niet, maar hij wist dat hij joods was, uitgesproken joods, en dat hij waarschijnlijk maar een paar klassen hoger dan Dave had gezeten op de middelbare school van Pikesville. Misschien was het mevrouw Baumgartens plan geweest de brief ongezien op de toonbank te leggen, maar was dit mislukt doordat de winkel verder leeg was. Of had ze de brief voor de zekerheid geschreven, voor het geval ze niet de moed zou kunnen opbrengen hem aan te spreken. Wat vreemd, die laatste regel, alsof ze een grotere maatschappelijke kwestie nodig had om haar rol als benadeelde partij te onderbouwen. In de fractie van een seconde die Daves geest nodig had om het woord 'hoorndrager' te vinden en op zichzelf te betrekken, voelde hij medelijden met deze keurige burgervrouw met haar anonieme briefje. Nog niet zo lang geleden had het plaatselijke nieuws bol gestaan van de verhalen over de vrouw van de gouverneur, die smadelijk was gedumpt voor zijn persvoorlichtster. Ze had zich in het landhuis van de gouverneur verschanst en geweigerd zich buiten te vertonen, ervan overtuigd dat haar echtgenoot wel tot rede zou komen. Ze had op deze vrouw geleken: afkomstig uit het noordwesten van Baltimore, joods, mollig en goed gekleed, een integraal onderdeel van het succes van haar echtgenoot. Verhoudingen waren het voorrecht van de man, iets wat hun vrouw al dan niet tolereerde. De vrouwen die verhoudingen hadden waren jong, aantrekkelijk en ongebonden – secretaresses en stewardessen, zoals Goldie Hawn in *Cactus Flower*. Miriam kon geen verhouding hebben. Ze was moeder, een goede moeder. Arme mevrouw Baumgarten. Haar echtgenoot ging duidelijk vreemd, maar ze had blindelings uitgehaald naar Miriam omdat zij een makkelijk doelwit was.

Hij draaide Miriams kantoornummer, maar de telefoon bleef maar overgaan en de receptioniste nam niet op. Nou ja, Miriam was vast nog bij een open huis en de receptioniste was zeker al weg. Hij zou haar er vanavond naar vragen, iets wat hij eigenlijk vaker zou moeten doen. Miriam naar haar werk vragen. Want dat zelfvertrouwen van de laatste tijd moest ze wel uit haar werk putten. Het was alle commissie die haar stralende gezicht verklaarde, haar verende tred en de tranen in de badkamer 's avonds laat.

De tranen in de badkamer... Nee, dat was Sunny, die arme gevoelige Sunny, voor wie de derde klas de marteling van buitensluiting had betekend, alleen maar omdat Miriam en hij mot hadden gehad met de andere ouders over de route van de bus. Althans, dat hield hij zichzelf voor als hij 's avonds laat in zijn studeerkamer zat en dat gedempte gesnik hoorde in de badkamer boven aan de trap, die door het hele gezin werd gedeeld. Hij zat in zijn studeerkamer en deed alsof hij naar muziek luisterde, alsof hij de privacy respecteerde van een jonge vrouw die maar een trap bij hem vandaan zat.

Dave verscheurde de brief, pakte zijn sleutels en sloot af. Hij ging naar Monaghan's Tavern verderop in de straat, waar ook prima zaken werden gedaan op de zaterdag voor Pasen.

10

'Je zou bij me uit de buurt blijven,' beet Sunny Heather toe nadat de zaalwacht hen de bioscoop uit had gegooid en gezegd dat ze die dag niet meer terug mochten komen. 'Je had het belóófd.'

'Ik was bezorgd toen je maar niet terugkwam van de wc. Ik wilde alleen even kijken of alles goed met je was.'

Het was geen leugen, niet echt. Natuurlijk had Heather zich afgevraagd waarom Sunny na het eerste kwartier van *Escape From Witch Mountain* was weggegaan en niet was teruggekomen. En ze was bang geweest dat Sunny haar probeerde te lozen, dus was ze de zaal uit gelopen, had in de wc's gekeken en was toen de andere zaal binnengeglipt, waar het niet voor jeugdige kijkers geschikte *Chinatown* draaide. Sunny had dit trucje vaker uitgehaald, dacht Heather: een kaartje kopen voor de jeugdfilm aan de ene kant van de bioscoop en dan via een bezoekje aan de wc binnenkomen bij de film voor boven de zestien jaar als er niemand keek.

Ze ging twee rijen achter Sunny zitten, dezelfde manoeuvre die ze bij *Escape From Witch Mountain* had toegepast. ('Het is een vrij land,' had ze hooghartig verkondigd toen Sunny haar kwaad aankeek.) Deze keer was ze onopgemerkt gebleven tot het moment dat het kleine mannetje zijn mes in Jack Nicholsons neus stak. Toen had ze duidelijk hoorbaar naar adem gehapt, en Sunny had zich naar haar omgedraaid.

Heather was ervan uitgegaan dat Sunny haar zou negeren, niet dat ze de aandacht op hen allebei zou vestigen, maar Sunny was naar haar toe gelopen en had gespannen fluisterend tegen haar gezegd dat ze onmiddellijk weg moest gaan. Heather had haar hoofd geschud en erop gewezen dat ze zich hield aan de regels die Sunny haar had opgelegd. Ze was niet met Sunny meegelopen, ze waren gewoon toevallig in dezelfde bioscoop beland. Het was een vrij land. Een oude dame had de zaalwacht geroepen en toen ze niet de juiste kaartjes konden laten zien, waren ze er allebei uit gegooid. Heather zou Heather niet zijn geweest als ze niet had gelogen dat ze haar kaartje kwijt was, maar Sunny, die traag was, had het kaartje voor zaal 1 laten zien, waar *Escape* draaide. Zonde, want lang en rondborstig als ze was, had Sunny best door kunnen gaan voor zeventien. Als hun leeftijden waren omgedraaid, als Heather de oudste was geweest, had ze hen er wel uit kunnen kletsen door te liegen over haar kwijtgeraakte kaartje, over dat ze al zeventien was en redenerend dat een zus gold als de volwassen begeleiding die vereist was voor een expliciet gewelddadige film. Wat had het nu voor zin om een grote zus te hebben als ze zich daar niet naar gedroeg? Daar stond Sunny dan, bijna in tranen vanwege de een of andere domme film. Heather vond het gestoord, kostbare winkeltijd in het donker doorbrengen terwijl er zoveel te zien en te ruiken en te proeven viel.

'Het was toch saai,' zei Heather. 'Ook al was het best eng toen die man z'n neus werd afgesneden.'

'Jij weet ook níks,' zei Sunny. 'Die film was geregisseerd door die man met dat mes, Roman Polanski. En zijn vrouw is weer vermoord door Charles Manson. Hij is een genie.'

'Laten we naar Hoschild's gaan, of naar de Pants Corral. Ik wil die nieuwe strijkvrije spijkerbroeken zien.'

'Spijkerbroeken kreuken bijna niet,' zei Sunny, die nog boos was. 'Het is een stom idee.'

'Alle meisjes dragen ze nu we op school spijkerbroeken mogen dragen.'

'Je moet geen dingen willen alleen maar omdat de rest ze ook heeft. Je moet geen kuddedier zijn.' Sunny sprak met de stem van hun vader en Heather wist dat Sunny er zelf ook geen woord van geloofde.

'Oké, laten we dan naar Harmony Hut gaan, of naar de boekwinkel.' Tijdens haar laatste bezoekje aan het winkelcentrum had Heather een stiekeme blik geworpen op iets wat een vies boek moest zijn, hoewel ze het niet helemaal zeker wist. Er stonden allemaal veelbelovende beschrijvingen in van hoe de borsten van de heldin bijna uit de dunne stof van haar jurk knapten, meestal een goed teken dat er iets spannends ging gebeuren. Ze probeerde moed te verzamelen om dat boek te lezen met de rits op de voorkant – geen echte rits, zoals op die plaat van de Rolling Stones die Sunny had, maar eentje die evengoed een stukje van een ontblote vrouwenboezem onthulde. Ze had een groter boek nodig om ervoor te houden, zodat ze erin kon lezen zonder aandacht te trekken. Bij Waldenbooks kon het de verkopers niet schelen hoe lang je in een boek stond te lezen zonder het te kopen, als je maar niet op de grond ging zitten. Dan joegen ze je weg.

'Ik wil niks met je te maken hebben,' zei Sunny. 'Het kan me niks schelen waar je heen gaat. Als je maar iets voor jezelf gaat doen en hier om vijf uur terug bent.'

'En dan krijg ik popcorn van je.'

'Ik heb je vijf dollar gegeven. Koop je eigen popcorn.'

'Vijf dollar én popcorn, had je gezegd.'

'Ja, best, wat maakt het uit? Als je hier om vijf uur terug bent, krijg je je popcorn, maar dan wil ik je ook niet meer zien. Dat was de afspraak, weet je nog?'

'Waarom doe je zo lelijk tegen me?'

'Ik wil gewoon niet met een klein kind opgezadeld zitten. Is dat nou echt zo moeilijk te begrijpen?'

Sunny liep in de richting van Sears aan het eind van het winkelcentrum, de gang in waar Harmony Hut en Singer Fashions zaten. Heather dacht erover haar te volgen, ook al zou dat betekenen dat ze geen popcorn kreeg. Sunny had het recht niet haar voor een klein kind uit te maken. Sunny was het kleine kind, zij moest altijd om de kleinste dingen huilen. Heather was geen klein kind.

Ooit had Heather het heerlijk gevonden om de kleinste te zijn, had ze ervan genoten. En toen Heather bijna vier was en haar moeder zwanger was geraakt, hadden ze het over 'de baby' gehad en dat had haar dwarsgezeten. 'Ik ben de baby,' had ze hysterisch gezegd, met een vinger midden tegen haar borst gedrukt. 'Heather is de baby.' Alsof er maar ruimte was voor één baby in het gezin, in de hele wereld.

Toen waren ze naar Algonquin Lane verhuisd, naar het huis met genoeg slaapkamers voor iedereen. Jong als ze was, had Heather geweten dat ze werd gelijmd: *Je krijgt je eigen slaapkamer, maar dan ben je niet langer de baby.* Het huis was gigantisch vergeleken bij hun appartement, zo groot dat drie kinderen ieder een eigen kamer konden hebben. Op de een of andere manier fleurde Heather ervan op. Zelfs de nieuwe baby zou niet altijd de baby zijn. En Heather mocht als tweede kiezen welke kamer ze wilde. Ze vond dat zij de eerste keus zou moeten krijgen, aangezien ze haar status als jongste zou kwijtraken, maar haar ouders hadden uitgelegd dat Sunny, die ouder was, korter in haar kamer zou zitten voordat ze zou gaan studeren en daarom de eerste keus hoorde te hebben. Als Heather de kamer die Sunny koos heel graag wilde hebben, kon ze er nog drie jaar in voordat zijzelf het huis uit ging. Zelfs met haar vier, bijna vijf jaar voelde Heather dat die logica niet klopte, maar ze beschikte nog niet over de woorden om de discussie aan te gaan en met driftbuien maakte ze geen indruk op haar ouders. Dat was ook precies wat haar moeder zei als ze het probeerde: 'Ik ben hier niet van onder de indruk, Heather.' Haar vader zei: 'Ik reageer niet op zulk gedrag.' Heather zou niet weten op welk gedrag hij dan wel reageerde. Kijk maar naar Sunny. Zij hield zich aan hun regels, verzamelde argumenten en presenteerde ze keurig, maar zij kreeg ook bijna nooit wat ze wilde. Heather was veel geniepiger, en zij kreeg meestal wel haar zin. Het was haar zelfs gelukt om de kleinste te blijven, hoewel ze er niets voor had hoeven doen. De baby bleek gewoon niet sterk genoeg om buiten hun moeders buik te kunnen leven.

Toen de baby doodging had hun vader het belangrijk gevonden Heather en Sunny haarfijn uit te leggen wat een miskraam was. Daarvoor moest hij eerst uitleggen hoe de baby in hun moeder terecht was gekomen. Tot hun grote verbijstering had hij de officiële woorden gebruikt: penis, vagina, baarmoeder.

'Waarom zou mama dat goedvinden?' had Sunny willen weten.
'Omdat baby's zo worden gemaakt. En trouwens, het is een fijn gevoel. Als je volwassen bent,' had haar vader eraan toegevoegd. 'Als je volwassen bent, voelt het fijn, ook al maak je geen kindje. Het is iets heiligs, een manier om te laten zien dat je van iemand houdt.'
'Maar, maar... daar komt plas uit. Misschien heb je wel in haar geplast.'
'Urine, Sunny. En de penis weet dat hij dat niet moet doen als hij in een vrouw zit.'
'Hoe dan?'
Hun vader begon uit te leggen hoe een penis groeit als hij een baby wil maken, dat er een tweede soort vloeistof vol met zaad in zit dat sperma wordt genoemd, totdat Sunny haar handen tegen haar oren drukte en zei: 'Getver, ik wil het niet weten. Hij kan toch nog in de war raken? Hij kan toch nog binnen plassen?'
'Hoe groot wordt hij?' wilde Heather weten. Haar vader had zijn handen uit elkaar gehouden, als een man die aangeeft hoe groot de vis is die hij heeft gevangen, maar ze had hem niet geloofd.
Aangezien Heather voordat ze naar school ging al precies wist hoe je een baby maakte, verbaasde het haar dat de leerlingen pas in groep acht seksuele voorlichting kregen en dat er zo zwaar aan werd getild dat er toestemmingsbriefjes van de ouders waren gevraagd. Toch schepte ze niet op over wat ze wist en legde ze er geen nadruk op. (Dat was nog zoiets wat Sunny nooit zou begrijpen, dat het goed is om dingen voor je te houden, om niet alles tegelijk prijs te geven. Niemand houdt van bluffers.)
Maar toen ze in groep zes zaten, was de moeder van Heathers vriendinnetje Beth zwanger geraakt en hadden Beths ouders haar verteld dat God de baby daar had gestopt. Net als haar vader vond Heather verkeerde informatie onduldbaar. Ze bracht een klein klasje bijeen onder het klimrek op het schoolplein en vertelde alles wat ze wist over hoe je een baby maakt. Beths ouders klaagden en Heathers ouders werden op school gesommeerd, maar haar vader weigerde niet alleen zijn excuses aan te bieden, hij was zelfs trots op Heather. 'U kunt mij

er niet op aanspreken dat andere ouders liever tegen hun kinderen liegen,' zei hij, in het bijzijn van Heather. 'En ik vraag mijn dochter niet te zeggen dat ze niet de waarheid had mogen vertellen over iets wat volkomen natuurlijk is.'

Natuurlijk was goed. Het was de grootste lof die haar vader kon geven. Natuurlijke stoffen, natuurlijk eten, natuurlijk haar. Nadat hij de winkel was begonnen, had hij zijn haar laten uitgroeien tot een groot, wollig afrokapsel, tot grote gêne van Sunny. Hij gebruikte zelfs een Black Power-kam voor zijn haar, met een handvat dat uitliep in een gebalde vuist. Hij zou ook iets tegen strijkvrije spijkerbroeken hebben, waar beslist iets onnatuurlijks in moest zitten om ervoor te zorgen dat ze niet kreukten, maar Heather wist zeker dat ze hem of haar moeder kon overhalen haar toestemming te geven er een te kopen, als ze haar verjaardagsgeld ervoor gebruikte.

Ze liep richting de Pants Corral. Meneer Pincharelli, Sunny's muziekleraar, speelde orgel bij Kitts. Sunny was ooit verliefd op hem geweest, wist Heather uit het dagboek, maar de vorige keer dat ze samen naar het winkelcentrum waren gegaan, had Sunny zich langs de orgelwinkel gehaast alsof ze zich voor hem geneerde. Vandaag stond hij rechtop en gedreven 'Daar juicht een toon' te spelen, en er stond een groepje mensen te kijken. Meneer Pincharelli's gezicht glom van het zweet en hij had grote zweetplekken in de oksels van zijn overhemd met korte mouwen. Heather kon zich niet voorstellen dat je verliefd op hem kon worden. Als hij haar muziekleraar was, zou ze onophoudelijk de draak met hem steken. Toch leken de bewondering en het plezier van het publiek oprecht te zijn. Heather merkte dat de sfeer aanstekelijk was en ging op het randje van een fontein iets verderop zitten. Ze zat zich net te verbazen over een zinnetje uit de tekst – *het klinkt door gansje Ruzalem?* – toen iemand haar bij haar elleboog pakte.

'Hé, je zou...' De stem klonk boos; niet hard, maar snauwerig genoeg om boven de muziek uit gehoord te worden door de mensen die vlakbij stonden, die zich omdraaiden om te kijken. De man liet haar arm snel los, mompelde 'laat maar' en verdween weer in de menigte winkelende mensen. Heather keek hem na. Ze was blij dat ze niet het meisje was dat hij zocht. Dat meisje zat echt in de nesten.

'Daar juicht een toon' werd gevolgd door 'Superstar', het liedje van de Carpenters, niet dat over Jezus. Vorige week nog had Sunny Heather al haar platen van de Carpenters gegeven, omdat ze vond dat ze stom waren. Muziek was het enige opzicht waarin het de moeite zou kunnen zijn op Sunny's smaak af te gaan, en als zij de Carpenters stom vond, wist Heather niet zo zeker of zij er wel iets mee te maken wilde hebben. Vijf dollar: het was genoeg voor een elpee en dan had ze nog iets over. Misschien zou ze toch maar naar de Harmony Hut gaan om iets te kopen, iets van... Jethro Tull. Hij leek haar best wel cool. En als Sunny toevallig ook in de platenwinkel was... Tja, het was een vrij land.

Deel III

Donderdag

11

'Het punt is,' zei Infante tegen Lenhardt, 'dat ze er gewoon niet uitziet als een Penelope.'
Lenhardt hapte. 'Hoe ziet een Penelope er dan uit?'
'Ik weet het niet. Blond haar. Roze helm.'
'Hè?' Hij rekte het woord op tot twee lettergrepen.
'Die oude tekenfilmserie? Met elke zaterdag een autorace, en dan maakten ze je wijs dat het nog niet duidelijk was wie er ging winnen? Hoe dan ook, dat mooie meisje heette Penelope Pit Stop. Ze lieten haar bijna nooit winnen.'
'Maar het is toch een Griekse naam, of niet soms? Ik bedoel, niets ten nadele van Hanna-Barbera, maar volgens mij bestaat er een of ander beroemd verhaal over een Penelope, iets met handwerken en een hond.'
'Wat dan, zoiets als Betsy Ross, die de eerste vlag heeft genaaid?'
'Iets eerder dan dat. Een paar duizend jaar eerder, oen.'
Nog maar een dag geleden, toen Infante nog uit de gratie was, zou dit gesprek heel anders verlopen zijn; met dezelfde woorden, misschien, maar op een veel minder vriendelijke toon. Lenhardt was vast wel bereid geweest hetzelfde onzinnige gesprek te voeren, maar de beledigingen, de sarcastische opmerkingen over Infantes intelligentie, zouden gemeende, stekelige verwijten zijn geweest. Vandaag was Infante echter een prima gozer. Twee uur overwerk de avond ervoor, vanochtend al vroeg fris op zijn plek, ondanks een tussenstop bij het

terrein met in beslag genomen auto's op weg naar zijn werk, en nu zat hij aan zijn computer met de gegevens van Penelope Jacksons rijbewijs, dat was afgegeven in North Carolina, en had hij al geregeld dat de staatspolitie daar hem een foto van haar zou faxen.

Lenhardt tuurde naar de foto, die wazig was geworden door de vergroting op het kopieerapparaat. 'Dus ze is het echt?'

'Het zou kunnen. In theorie. Haar leeftijd, achtendertig, zit er niet ver naast, hoewel onze dame zegt dat ze ouder is, wat natuurlijk niet vaak voorkomt. Ze heeft dezelfde kleur haar en ogen. Ze heeft lang haar op de foto, kort in het echt. En de vrouw in het ziekenhuis is beslist dunner dan deze.'

'Vrouwen gaan zo vaak naar de kapper,' zei Lenhardt met een wat melancholische stem, alsof het hem verdriet deed. 'En soms slagen ze er zelfs in een paar pondjes kwijt te raken rond hun veertigste, of dat heb ik althans gehoord.' Mevrouw Lenhardt was een stuk, maar wel aan de mollige kant.

'Toch denk ik niet dat het om hetzelfde gezicht gaat. Deze heeft een bepaalde uitstraling, iets vals en geslepens. Die onbekende vrouw in het St.-Agnes is zachter. Ik bedoel, niet dat ik eraan twijfel dat ze tegen me liegt...'

'Natuurlijk niet.'

'Maar ik weet niet zeker waaróver ze liegt, of waarom. Als ze Heather Bethany niet is – als ze Penelope Jackson is of nog iemand anders – hoe kwam ze er dan op om over een zaak van dertig jaar geleden te beginnen toen ze werd opgepakt? En is het niet al te toevallig dat ze voldoet aan het signalement, min of meer?'

Infante opende een ander bestand op zijn computer, dat hij had opgevraagd bij een landelijke database van vermiste kinderen. Hij had niet geweten hoe het moest, maar een telefoontje naar Nancy Porter, zijn voormalige partner, had uitkomst geboden. Dit waren de twee meisjes, Heather and Sunny, zoals ze eruit hadden gezien op hun laatste schoolfoto's, toen ze elf en veertien waren. Eronder stonden schetsen van hoe de meisjes er inmiddels uit zouden kunnen zien.

'Ziet ze er zo uit?' Lenhardt tikte met zijn wijsvinger op Heathers

foto en liet een veeg achter op Infantes beeldscherm, midden op de neus van het meisje.
'Een beetje. Misschien. Ja en nee.'
'Wel eens naar een reünie geweest, van je studie of van de middelbare school?'
'Nee, dat soort dingen zegt me niks. En het is helemaal in Long Island, daar ken ik niemand meer.'
'Een paar jaar geleden ben ik naar een reünie van mijn middelbare school van dertig jaar geleden geweest. Iedereen wordt op een andere manier oud. Sommige mensen blijven op zichzelf lijken, ja, maar dan wat ouder. Sommige mensen laten zich gewoon gaan, zowel mannen als vrouwen. Alsof ze geen zin meer hebben om hun best nog te doen. Er waren cheerleaders die nu honderdvijftig kilo wogen, voormalige footballspelers die het voor elkaar hadden gekregen kaal te worden en toch roos te hebben. Ik bedoel, ze lijken in de verste verte niet meer op de mensen die ze ooit waren.'
'Dat vond je vast wel leuk: naar een reünie gaan met een mooie vrouw van vijftien jaar jonger dan jij.'
Lenhardt trok quasiverbaasd zijn wenkbrauwen op, alsof het nog nooit in hem was opgekomen dat zijn vrouw een lekker ding was, hoewel Infante wist dat hij leefde voor de jaloerse blikken die hem werden toegeworpen.
'Maar er is nog een derde type, alleen onder de vrouwen,' zei hij. 'De nieuwe, verbeterde vrouw, beter dan ze ooit is geweest. Soms dankzij plastische chirurgie, maar niet altijd. Ze gaat trainen. Ze verft haar haar. Die vrouwen hebben zichzelf helemaal herschapen en dat weten ze. Dat is precies de reden waarom ze naar een reünie gaan, om het je in te peperen. De enige manier waarop je erachter kunt komen hoe oud ze zijn, is door naar hun ellebogen te kijken.'
'Wie kijkt er nou naar de ellebogen van een vrouw, perverse eikel?'
'Ik zeg alleen maar dat het de enige plek is waar een vrouw haar leeftijd niet kan verbergen. Dat heb ik van mijn vrouw. Zij zet de hare soms in de citroen. Dan snijdt ze een citroen doormidden, holt hem uit, vult hem met olijfolie en koosjer zout en dan zit ze daar aan haar

toilettafel met haar pootjes omhoog als een konijntje.' Lenhardt deed het voor. 'Echt waar, Kevin, het is verdomme net alsof je bij een salade in bed kruipt.'

Infante schoot in de lach. De vorige dag had hij er niet over gepeinsd zichzelf te bekennen hoe zorgwekkend zwaar hij in ongenade was gevallen bij zijn chef. Hij had zich liever kwaad gemaakt over de oneerlijkheid ervan. Maar vandaag was hij weer in de gratie; hij was een goede rechercheur met een verdomd interessante zaak, en hij kon niet ontkennen dat het een opluchting was. Als die vrouw Heather Bethany was, zou ze een lastige zaak voor hen oplossen. Als ze het niet was... Nou ja, ze wist in elk geval iets.

'Er is me iets opgevallen,' zei hij. Hij draaide de aantekeningen om die hij op het opslagterrein had gemaakt. 'Deze auto is twee jaar geleden in North Carolina geregistreerd. Penelope Jackson woont niet langer op dit adres en toen ik haar huisbaas had opgespoord, vertelde hij me dat ze niet het type degelijke burger was dat opgeeft waar de post naartoe kan worden gestuurd. Hij zei dat ze iedere man achterna ging die ze in haar klauwen kon krijgen en losse baantjes achter de bar en als serveerster had. Tien maanden geleden is ze dus verhuisd, maar ze heeft haar kentekenregistratie en rijbewijs niet laten omzetten.'

Lenhardt floot tussen zijn tanden. 'Wat een slécht mens. Hoe lang woonde jij al in Maryland toen je je auto eindelijk eens liet registreren?'

'Je hebt geen idee hoe je wordt genaaid als je je auto laat overschrijven naar een andere staat,' zei Infante. 'Maar jij bent dan ook een van die Baltimongolen die denken dat ze iets van de wereld hebben gezien omdat ze dertig kilometer buiten de stad zijn gaan wonen. Hoe dan ook, de achterbank van de auto ziet er niet uit: bezaaid met hamburgerverpakkingen, sommige nog vrij vers, en peuken, hoewel dat mens in het ziekenhuis absoluut geen roker is. Anders zou je het wel aan haar ruiken en zou ze ontwenningsverschijnselen hebben. De auto ziet eruit alsof hij al een hele reis achter de rug heeft. Maar geen koffer. Wel een tas, maar ze had geen portefeuille toen ze werd opgepakt, en geen contanten. Er ligt alleen maar rotzooi in, en de autopapieren.

Hoe kun je een rit van vijf-, zeshonderd kilometer maken zonder creditcard of een bundel bankbiljetten?'

Lenhardt reikte langs Infante heen, sloeg een paar toetsen aan en klikte heen en weer tussen Penelope Jackson uit Asheville, North Carolina, en de Heather Bethany van toen en nu. 'Ik wou dat we zo'n computer hadden als filmrechercheurs altijd hebben,' zei hij.

'Ja, dan hoefden we niet meer te doen dan de naam Penelope Jackson invoeren, en haar laatst bekende adres, en dan rolde haar hele leven eruit. Ik kan niet wachten tot ze worden uitgevonden. Die computers en raketrugzakken.'

'Niets in NCIC?'

'Niets in NCIC. Geen legerdossiers. En geen melding dat het om een gestolen voertuig gaat.'

'Weet je,' zei Lenhardt, terwijl hij de informatie op de website voor vermiste kinderen doorlas, 'er staan hier behoorlijk veel details. Genoeg voor een true-crimejunkie om mee aan de slag te gaan, zeg maar.'

'Ja, daar heb ik aan gedacht. Maar er staat ook van alles níét op. Hun precieze adres bijvoorbeeld, in Algonquin Lane. En die surveillant die haar aanhield? Die zei dat ze iets raaskalde over een oude apotheek bij Windsor Mills en Forest Park. Die is er nu niet meer, maar ik heb de bibliotheek gebeld, en ze hebben uitgevonden dat er inderdaad een apotheek aan Windsor Hills was rond de tijd dat de meisjes verdwenen.'

'Kevin heeft de bieb gebeld? Man, jij bent hard op weg om werknemer van de maand te worden. Maar hoe zit het met het dossier van die zaak? Daar vind je pas de details in die het een willekeurige internetter onmogelijk maken je te bedonderen.'

Infante wierp zijn baas alleen een blik toe, zo'n blik die een wereld van betekenis kon omvatten, een blik die alleen bruikbaar was voor jarenlang getrouwde stellen of collega's die al vele jaren binnen dezelfde bureaucratie met elkaar deelden.

'Je gaat me verdomme niet vertellen...'

'Ik heb er gistermiddag over gebeld, zodra ik terug was uit het ziekenhuis. Het is niet hier.'

'Weg? Echt weg? Wat krijgen we nou?'

'De rechercheur die destijds het onderzoek leidde, een gast die inmiddels brigadier is geworden en is overgeplaatst naar Hunt Valley, had een aantekening gemaakt over waar het zou moeten zijn. Hij reageerde nogal schaapachtig toen ik hem had getraceerd. Hij gaf toe dat hij het had meegegeven aan zijn voorganger en er daarna nooit meer aan had gedacht.'

'Schaapachtig? Hij had in zijn broek moeten schijten. Het is al erg genoeg om een dossier mee te nemen van het bureau, maar om het mee te geven aan een voormalig politieman en het te vergeten?' Lenhardt schudde zijn hoofd om zoveel idiotie. 'Wie heeft het dan nu?'

Infante wierp een blik op de naam. 'Chester V. Willoughby de Vierde. Ken je hem?'

'Van gehoord. Hij is nog voor mijn tijd met pensioen gegaan. Maar hij kwam nog wel eens naar de reünies van Moordzaken. Je zou kunnen zeggen dat hij nogal, eh, atypisch was.'

'Atypisch?'

'Nou, om te beginnen is hij een vierde in lijn. Je komt hier wel eens iemand tegen die junior achter zijn naam heeft staan, maar heb jij ooit een nummer vier gezien? En hij komt uit een rijke familie, hoefde niet eens te werken. Wanneer heeft hij het dossier meegenomen?'

'Twee jaar geleden.'

'Laten we maar hopen dat hij inmiddels nog niet is overleden. Het zou niet voor het eerst zijn dat de een of andere geobsedeerde ouwe mafkees een dossier mee naar huis neemt en we zo ongeveer naar de rechter moeten om het terug te krijgen.'

'Man, ik hoop dat ik nooit zo word.'

Lenhardt reikte naar de klapper met interne nummers, bladerde erin en toetste toen een nummer in: het begin van de jacht naar het huisadres van de gepensioneerde rechercheur. 'Hallo... Ja, ik wacht wel.' Hij keek vertwijfeld omhoog. 'Zit ik verdomme in de wacht bij mijn eigen afdeling. En wie probeer jij in de maling te nemen, Infante?'

'Hè?'

'Er horen zaken te zijn die aan je vreten. Zo niet, dan ben je een geluksvogel. Of stom. Deze kerel had de jackpot te pakken: twee engelachtige meisjes die op een zaterdagmiddag verdwenen uit een winkelcentrum met honderden mensen. Ik zou m'n kont nog niet af willen vegen met een rechercheur die zoiets niet de rest van zijn leven met zich meedraagt.' Hij praatte verder in de telefoon. 'Ja? Ja. Chester Willoughby. Heb je een adres van hem?' Lenhardt werd duidelijk weer in de wacht gezet en maakte een pompend gebaar met zijn linkerhand tot hij weer iemand aan de lijn kreeg. 'Geweldig. Bedankt.'

Hij hing lachend op.

'Wat valt er te lachen?'

'In de tijd die dit heeft gekost, had je er bijna heen kunnen lopen. Hij woont in Edenwald, achter winkelcentrum Towson, nog geen kilometer hiervandaan.'

'Edenwald?'

'Een serviceflat, zo'n dure instelling waar je extra geld betaalt om in je eigen bed te mogen sterven. Rijke familie, zoals ik al zei.'

'Denk je dat rijke smerissen meer overuren draaien, of minder?'

'Ze werken vast meer, maar ze schrijven hun uren denk ik niet. Hé, misschien moet jij gewoon eens doen alsof je rijk bent, kijken hoe het bevalt om eens een uurtje liefdewerk te doen.'

'Dat doe ik zelfs niet voor die blauwe ogen van jou.'

'En als ik je nu eens een kusje geef?'

'Dan heb ik liever dat je me van achteren pakt en me het geld geeft.'

'Zo, dus je bent een nicht én een hoer.'

Infante pakte fluitend zijn sleutels en liep naar buiten, tevredener dan hij zich in tijden had gevoeld. Hadden zijn exen hem maar zo goed begrepen; misschien had hij er dan geen twee gehad.

12

'Buenas días, señora Toles.'
Miriam viste haar sleutels uit haar sleetse tas – 'dat is de look', zou ze zeggen als ze hem probeerde te verkopen – en maakte de deur van de galerie open. Ze vond het heerlijk hoe 'Toles' in het Spaans klonk: Toe-lez, in plaats van de vlakke, lelijke enkele lettergreep die het eigenlijk moest zijn, *Toolz*, een woord dat aan tol betalen deed denken. Hoe lang ze ook al in Mexico woonde, het ging nooit vervelen, die klanktransformatie van haar meisjesnaam.

'Buenas días, Javier.'
'Hace frío, señora Toles.' Javier wreef over het kippenvel op zijn blote armen. Zo'n maartse dag zou een godsgeschenk zijn geweest in Baltimore, om over Canada nog maar te zwijgen, maar naar de maatstaven van San Miguel de Allende was het steenkoud.

'Misschien gaat het wel sneeuwen,' zei ze in het Spaans, en Javier lachte. Hij was simpel en lachte om bijna alles, maar toch waardeerde Miriam zijn gulle schaterlach. Ooit, ervóór, was haar gevoel voor humor een wezenlijk deel van haar persoonlijkheid geweest. Nu gebeurde het nog maar zelden dat ze iemand aan het lachen maakte, wat haar verbaasde, want Miriam had het gevoel dat ze nog altijd geestig was. In haar hoofd vermaakte ze zich voortdurend. Toegegeven, ze had een zwart gevoel voor humor, maar ze was altijd al vrij cynisch geweest, zelfs toen dat cynisme nog niet terecht was.

Javier had zich aan de galerie verbonden, en aan Miriam, kort nadat ze er was komen werken. Destijds, toen hij nog een tiener was, spoot hij de stoep voor de winkel schoon, zeemde zonder dat iemand erom vroeg de ramen en vertelde de *turistas* vertrouwelijk fluisterend dat de winkel *el mejor* was, de beste van alle winkels in San Miguel de Allende. De eigenaar, Joe Fleming, was niet alleen maar blij met hem. 'Met dat loensende oog en dat gespleten verhemelte jaagt hij waarschijnlijk net zo veel klanten weg als hij aanbrengt,' klaagde hij tegen Miriam. Zij mocht de jongen echter wel, en zijn genegenheid voor haar leek voort te komen uit iets diepers dan de fooien die ze hem toeschoof.

'¿*Ha visto nieve?*' Hebt u wel eens sneeuw gezien?

Miriam dacht terug aan haar jeugd in Canada, de eindeloze winters die haar het gevoel gaven dat haar familie was verbannen uit een prettiger klimaat. Ze had nooit een bevredigend antwoord gekregen op de vraag waarom haar ouders ervoor hadden gekozen Engeland te verruilen voor Canada. Haar gedachten versprongen naar de sneeuwstorm van 1966 in Baltimore, een legendarische gril van de natuur. Het was op Sunny's zesde verjaardag geweest en ze hadden zes kleine meisjes uit haar klas meegenomen naar *The Sound of Music* in een bioscoop in de stad. Het was zonnig en wolkeloos geweest toen ze naar binnen gingen. Iets meer dan twee uur later, toen de nazi's verslagen waren en de wereld weer veilig was voor zingende gezinnen, trof het gezelschap buiten een stad aan waarin alles zo goed als wit was. Dave en zij hadden zich een weg door de straten van Baltimore moeten worstelen om iedere dochter weer bij haar ouders af te leveren. En ze hadden ze letterlijk afgeleverd, ze in hun armen gedragen zodat hun feestschoentjes niet bedorven werden en ze overhandigd aan vaders en moeder die bezorgd in hun deuropening stonden. Achteraf hadden ze erom gelachen, maar op het moment zelf was het doodeng geweest, die oude stationwagen die over de weg schoof met de meisjes gillend achterin. Toch hadden Sunny en Heather het zich later herinnerd als een groots avontuur. Het was het wonder van een goede afloop: een eng verhaal kunnen navertellen alsof het alleen maar spannend was.

'Nee,' zei ze tegen Javier. 'Ik heb nog nooit sneeuw gezien.'
'Fijne dag, señora Toles.'
Ze vertelde voortdurend van die leugentjes om bestwil. Het was makkelijker. In Mexico waren minder leugens nodig dan in de plaatsen waar ze ervoor had gewoond, omdat het er wemelde van de mensen die allerlei dingen en mensen achter zich probeerden te laten. Ze nam aan dat de andere expats net zoveel logen als zij.

Miriam was in 1989 voor een weekend naar San Miguel de Allende gegaan en eigenlijk nooit meer vertrokken. Ze was van plan geweest een minder veramerikaanste Mexicaanse stad uit te zoeken om zich in te vestigen – en, niet minder belangrijk: een goedkopere, waar ze misschien van haar spaargeld en investeringen had kunnen leven zonder te hoeven werken, maar binnen achtenveertig uur nadat ze uit de trein was gestapt, kon ze zich al niet meer voorstellen dat ze ooit ergens anders zou wonen. Ze was teruggegaan naar Cuernavaca om haar spullen op te halen en had geregeld dat de rest van haar bezittingen die ze had opgeslagen in de vs werden verkocht. Toen ze haar kleine huisje, haar *casita*, had gekocht, was ze begonnen met niets dan haar bed en haar kleren. Vandaag de dag had ze niet veel meer. Dat was ook zoiets, net als het horen van de zachte Spaanse variant op haar naam, dat nooit ging vervelen: wakker worden in een lege ruimte zonder rommel, met witgekalkte muren en fladderende witte vitrages. Het meubilair, voor zover aanwezig, was van grenenhout en de terracotta tegelvloeren waren kaal. De enige kleuren in Miriams appartement waren het helblauw en -groen dat terug te vinden was in haar servies en keukengerei, dat ze met korting in de galerie had gekocht. Als ze zou besluiten opnieuw te verhuizen, zou het haar maar een dag of twee kosten om van haar spullen af te komen. Ze was niet van plan om te verhuizen, maar ze vond het fijn dat ze de keus had.

Het huis in Algonquin Lane had volgestaan met spullen, was ervan uit zijn voegen gebarsten. Miriam had het eerst niet erg gevonden. Om te beginnen was veel van wat ze toen met zich meedroegen van de meisjes geweest. Kinderen reisden nu eenmaal niet licht, zelfs niet in het tijdperk van vóór het autozitje. Ze hadden speelgoed en mutsen en wanten en poppen en knuffels en van die afschuwelijke trollen en, in Heathers geval, een dekentje dat 'Bud' heette en dat met zijn periodieke verdwijningen het hele huis op zijn kop zette. Om niet voor haar zusje onder te doen had Sunny een denkbeeldig vriendje genomen, een hond die Fitz heette. Vreemd genoeg raakte Fitz al net zo makkelijk zoek als Bud. Sterker nog, Fitz wist altijd net zoek te raken als Bud ook zoek was, en hij was ook altijd moeilijker te vinden. Sunny stommelde de trap van het huis op en af en deed somber verslag van waar hij allemaal níet was. 'Niet in de kelder.' 'Niet in de badkamer.' 'Niet in jullie bed.' 'Niet in het gootsteenkastje.' Voor een denkbeeldige hond had Fitz behoorlijk veel zorg gevergd. Sunny was begonnen voer voor hem neer te zetten en had geweigerd te begrijpen dat het een uitnodiging voor kakkerlakken en muizen was. Ze liet de achterdeur open zodat Fitz naar buiten kon. Op regenachtige dagen begon Miriam bijna te geloven dat ze de geur van natte hond in huis rook.

Het huis in Algonquin Lane had zo zijn eigen bagage, zo bleek. Ze hadden het gekocht op een veiling, waar Miriam voor het eerst had gemerkt dat ze talent had voor onroerend goed, en ze hadden het gekocht 'in de huidige staat'. Miriam en Dave hadden begrepen dat dit betekende dat er geen garanties waren, dat het een beetje een gok was. Wat ze zich niet hadden gerealiseerd, was dat het huis niet schoon zou worden opgeleverd. Het huis, dat lang bewoond was geweest door een vrouw op leeftijd, wekte de indruk van een abrupt afgebroken leven, alsof er buitenaardse wezens naar binnen waren gevlogen die de bewoners hadden ontvoerd. Er stond een kopje op een schoteltje op tafel, en er lag een lepeltje klaar voor een pot thee die nooit was gezet. Op de trap lag een boek, als om iemand eraan te herinneren dat het mee naar boven moest. Over de ruggen van de oude stoelen waren antimakassars gedrapeerd, sommige een beetje scheef, wachtend op een zachte hand die ze recht zou leggen. Het deed Miriam denken aan een victoriaanse versie van het automatische huis in het verhaal van Bradbury, 'There Will Come Soft Rains'. Het gezin was verdwenen, maar het huis leefde voort.

In het begin hadden de spullen die waren achtergebleven een bonus geleken, een meevaller. Een paar meubelstukken waren nog bruikbaar en het servies was zelfs waardevol: Lowestoft-porselein, te duur voor dagelijks gebruik en nog mooier dan Miriams goede servies. In de achtertuin hadden de meisjes op de vreemdste plekken restanten van theeserviezen teruggevonden: tussen de verwrongen wortels van de oude eiken, onder de seringen, waar ze een beetje waren gaan roesten. Maar deze ontdekte schatten werden al gauw benauwend. Ze moesten al net zoveel uit het huis zien te krijgen als erin. Waarom waren er zoveel spullen achtergebleven? Ze woonden al twee maanden in het huis toen een behulpzame buurvrouw vertelde dat de vorige eigenaar van het huis in de keuken was vermoord door haar eigen neef, haar enige erfgenaam.

'Daarom is het ook geveild,' zei de buurvrouw, Tillie Bingham. 'Zij was dood en hij zat in de gevangenis, dus hij kon het niet erven.'

Ze was zachter gaan praten, ook al waren de meisjes buiten gehoorsafstand en leken ze niet geïnteresseerd in het gesprek over de schutting. 'Drugs.'

Miriam had geschrokken geprobeerd Dave over te halen het huis weer in de verkoop te doen, ook al zou het verlies opleveren. Ze konden in de stad gaan wonen, zei ze tegen hem, wetend wat hem zou aanspreken, in een van die grote, oude herenhuizen in Bolton Hill. Dit was nog voordat het centrum weer in opkomst raakte, maar Miriams intuïtie klopte altijd als het om onroerend goed ging. Als Dave haar advies had opgevolgd, hadden ze uiteindelijk in een veel waardevoller huis gezeten, want de huizenprijzen in hun kleine uithoek in het noordwesten van Baltimore waren al jaren gestagneerd.

En dan waren de meisjes ook nog in leven geweest, natuurlijk.

Dat was het geheime spelletje dat Miriam nooit kon nalaten met zichzelf te spelen, al wist ze dat ze er niets mee opschoot. Teruggaan in de geschiedenis en één ding veranderen. Niet de dag zelf. Dat was te voor de hand liggend, te makkelijk. Ze waren definitief gedoemd geweest vanaf het moment dat Sunny besloot die middag naar het winkelcentrum te gaan en Heather had gehengeld naar toestemming om met haar mee te mogen. Maar als je iets verder terug in de tijd kon gaan, kon het noodlot worden afgewend. Als ze het huis in Algonquin Lane te koop hadden gezet, zoals Miriam graag had gewild, of als ze het nooit hadden gekocht, had de aaneenschakeling van gebeurtenissen kunnen worden doorbroken. Ze vroeg zich af van wie het huis tegenwoordig was, of de huidige bewoners wisten hoeveel dood het huis al had aangetrokken. Eén moord was al erg genoeg, maar als een koper het hele verhaal van het huis in Algonquin Lane kende – nee, dan zou zelfs Miriam het niet kunnen verkopen, en dat terwijl ze in haar hoogtijdagen zo goed als alles had kunnen slijten.

Achteraf was het natuurlijk makkelijk praten, hoewel dat gezegde niet voor iedereen opging. Na de verdwijning van de meisjes had Dave zich nog kortzichtiger over hun verleden getoond dan hij al over hun heden was geweest. Hun probleem, hun vloek, bezwoer hij neutrale buitenstaanders, was dat ze gelúkkig waren. Hun leven was perfect en daarom moest alles wel instorten. Zoals Dave erover vertelde, was Algonquin Lane een waar paradijs en was er een onbekende kracht hun leven binnen gekronkeld om zijn daden op hen af te schuiven.

De media hadden het ook geslikt. De mensen waren toen minder cynisch en er waren minder kanalen. Vandaag de dag had de schok van twee vermiste zusjes de landelijke nieuwszenders gedomineerd, een sterk detectiveverhaal voor gelukkige ouders die wél wisten waar hun kinderen waren. Destijds was de verdwijning van de meisjes een plaatselijk verhaal geweest dat niet meer dan een terloopse vermelding in een artikel over vermiste kinderen in *Time Magazine* had verdiend. Meer landelijke aandacht had misschien opgeleverd wat Miriam in gedachten behoedzaam een oplossing had genoemd, maar ze nam aan dat ze beter af waren zonder. Tegenwoordig zou het een amateurblogger waarschijnlijk niet meer dan drie dagen kosten om de aard van Miriams 'alibi' boven tafel te krijgen, om nog maar te zwijgen van de schulden waaronder het gezin gebukt ging. Dertig jaar geleden kon de politie dat soort geheimen nog bewaren en had de bank stilletjes hun eerste en tweede hypotheek afgelost. (Kinderen vermist en vermoedelijk dood? Dan verdient u een gratis huis.)

Toch was Daves versie van het verhaal goed voor zijn winkel geweest, en al helemaal voor haar eigen carrière. Vooral in dat eerste jaar wist Miriam precies wanneer haar naam voor een nieuwe cliënt de doorslag had gegeven bij de keuze van een makelaar. Halverwege haar verkooppraatje, terwijl ze uiteenzette wat ze voor een gemotiveerde verkoper kon betekenen, hoe het bedrijf potentiële kopers kon helpen met de financiering, zag ze dan dat een van de cliënten, meestal de echtgenote, haar ernstig opnam. *Hoe kun je verder met je leven*, was de onuitgesproken vraag. *Hoe kun je nu niét verder met je leven*, was Miriams onuitgesproken antwoord. *Wat heb ik voor keus?*

Soms zou ze willen dat Dave haar nu kon zien, werkend in een winkel die veel weghad van de zijne. Hij had de ironie kunnen waarderen: Miriam, die zoveel weerzin tegen De man met de blauwe gitaar had gehad, maar nu hetzelfde Mexicaanse aardewerk verkocht dat Dave aan de burgerij van Baltimore had geprobeerd te slijten, lang voordat die eraan toe was. Maar ze had een baan nodig gehad, en hoewel ze geen hoge dunk had van de smaak van de galeriehouder, had ze hem op het eerste gezicht aardig gevonden. Joe Fleming was een vrolijke, flamboyante homo – wanneer hij met zijn klanten praatte. Miriam had van meet af aan geweten dat het een act was, een dekmantel voor iets duisters en treurig. De show van Joe, noemde ze het tegenwoordig. 'Er komen klanten aan,' riep ze dan naar hem. 'Zet je masker op.' 'Ik kom al,' antwoordde Joe dan, zijn lijzige Texaanse accent extra aanzettend. En hoewel Miriam Joes smaak niet deelde, was ze subliem in het verkopen van de artikelen die hij inkocht. Haar geheim was dat het haar geen donder kon schelen. Met haar goede lichaamshouding, haar nog altijd fantastische figuur en haar donkere haar met maar een paar stugge zilveren draden erin, had ze een afstandelijke, koele manier van doen waarmee ze de meeste klanten tot een aankoopmanie wist op te zwepen, alsof ze daarmee haar goedkeuring konden winnen, hun goede smaak konden bewijzen.

Het was rustig in de winkel die ochtend. De bejaardentrek was terug naar het noorden; de paasdrukte zou pas over een week beginnen. Miriam was in de week van Pasen in 1989 voor het eerst in San Miguel de Allende terechtgekomen, zuiver toevallig. Ervóór was Pasen een wereldlijk feest voor haar geweest, iets wat meer ging om de mandjes die ze met zoveel zorg samenstelde en het zoeken van de eieren die Dave door de hele tuin had verstopt. Ze waren geen van beiden in een belijdend gezin opgegroeid; Miriam was zo 'joods' en Dave zo 'luthers' als zij Duits was en hij Schots. En hoewel veel mensen haar hadden aangeraden haar geloof weer op te pakken om haar verdriet hanteerbaar te maken, had Miriam er juist nog minder in gezien na de verdwijning van de meisjes. 'Geloof verklaart niets,' had ze tegen haar ouders gezegd. 'Het vraagt je alleen op een verklaring te wachten die al dan niet na je dood zal volgen.'

Het geloof waaraan Miriam was blootgesteld, was beleefd geweest, ingetogen. Zelfs het vijfvoudige pad, zoals beoefend door Dave, was ingehouden en bescheiden. In Mexico had het geloof nog iets woests en onwettigs. Ze vroeg zich af of dat kwam door de jaren dat het verboden was geweest, toen het katholicisme iets ondergronds was geworden, in de jaren dertig, maar die theorie was pas in haar opgekomen toen ze hier al een paar jaar woonde en zich had verdiept in boeken als *Distant Neighbours* van Alan Riding en *The Lawless Roads* van Graham Greene. Op de dag waarop ze in San Miguel aankwam, wist ze alleen dat de menigte de hijgerige concentratie had van een publiek dat op het begin van een popconcert wachtte. Ze was er uit pure nieuwsgierigheid bij gaan staan. Toen de processie eindelijk in zicht kwam, met een schrikbarend echt lijkende pop die Jezus moest voorstellen in een glazen kist, gedragen door in het zwart en paars geklede vrouwen, had Jezus onder het glas Miriams weerzin gewekt, maar dat hij door vrouwen werd gedragen, had haar aangesproken. Dat was op Goede Vrijdag geweest. Op Paaszondag had ze besloten dat ze in San Miguel wilde wonen.

Gedenkdagen. Er was wel een specifieke datum, natuurlijk: 29 maart. Het zou logisch zijn op die dag om haar dochters te rouwen, maar die steeds verschuivende zaterdag tussen Goede Vrijdag en Paaszondag zat Miriam veel hoger. Het ging meer om de dag van de week dan om de datum. Het was roekeloos geweest om te doen alsof ze die dag moest werken. Zelfs Dave, hoe naïef hij ook was, had moeten kunnen bedenken dat geen enkele makelaar, ook niet de gedreven, allerbeste makelaar van Baumgarten, op zaterdag hoeft te werken als er op zondag geen open huizen worden gehouden. Had Dave alle signalen dat zijn vrouw hem bedroog maar niet genegeerd, had hij haar maar aangesproken op wat ze een week of twee eerder had gedaan. Maar hij was waarschijnlijk bang geweest dat ze hem zou verlaten. Tot op de dag van vandaag wist ze niet of ze dat wel zou hebben gedaan als de kinderen nog hadden geleefd.

Joe kwam laat binnen, het voorrecht van de eigenaar. 'Texanen,' zei hij met een gebaar naar het raam, waar een groepje toeristen sceptisch de etalage bestudeerde. Hij sprak het woord uit als een cowboy in een oude western die het over indianen heeft. 'Red me.'

'Je bent zelf een Texaan,' wees Miriam hem terecht.

'Dat is precies waarom ik ze niet verdraag. Neem jij ze maar. Ik ben achter.'

Miriam keek hoe Joe achter de vrolijk gekleurde gordijnen verdween die de galerie van de werkplaats erachter scheidden. Met zijn rode gezicht en de reusachtige buik die onder zijn overhemd opbolde, zag hij er ongezond uit, maar dat was altijd al zo geweest. Toen ze hem in 1990 had ontmoet, was ze ervan uitgegaan dat hij HIV had, maar zijn middel was ronder en ronder geworden, terwijl zijn benen spichtig en wankel waren gebleven. De show van Joe de volkskunstpro. Ze hadden vanaf het begin zo hun eigen 'wat niet weet, wat niet deert'-beleid gevoerd en die oppervlakkige hartelijkheid hielden ze nu al vijftien jaar vol. *Als jij niets vraagt, hoef ik niet te liegen. Als je mij geen geheimen vertelt, hoef je de mijne ook niet te horen.* Ooit, na een lang, met drank overgoten diner, toen Joe was afgewezen door een jongen die hij maanden het hof had gemaakt, leek hij op het punt te staan om Miriam in vertrouwen te nemen, al zijn geheimen te vertellen. Miriam, die zijn behoefte had aangevoeld, had zijn biecht de pas afgesneden door vooruit te springen naar de zegening die hij duidelijk nodig had.

'Wij zijn zulke goede vrienden, wij hoeven elkaar geen details te vertellen, Joe,' had ze met een klopje op zijn hand gezegd. 'Ik weet het. Ik wéét het. Er is iets ergs gebeurd, iets waar je vrijwel nooit over praat.

En zal ik jou eens wat zeggen? Je doet er goed aan om het voor je te houden. Iedereen beweert altijd het tegendeel, maar dat klopt niet. Over sommige dingen kun je beter niet praten. Wat je ook hebt gedaan, wat er ook is gebeurd, je hoeft het niet tegenover mij of wie dan ook te rechtvaardigen. Hou het binnen.'

En toen ze elkaar de volgende dag in de galerie zagen, merkte ze dat Joe blij was dat ze hem dat advies had gegeven. Ze waren beste vrienden die elkaar nooit iets belangrijks vertelden, en zo moest het zijn.

'Is dit echt zilver?' vroeg een van de Texaanse vrouwen, die de winkel binnenviel en een armband uit de etalage griste. 'Ik heb gehoord dat er veel nep is hier.'

'Dat kun je zo zien,' zei Miriam. Ze draaide de armband om en liet de vrouw het zilvermerk zien, maar ze gaf hem niet terug – haar eigen tactiek. Ze hield hem vast alsof ze hem opeens niet meer wilde afstaan, alsof ze plotseling besefte dat ze hem zelf wilde hebben. Een eenvoudig trucje, maar je kon er het juiste type klant wild van begeerte mee krijgen.

De Texanen bleken een flinke hoeveelheid sieraden te willen inslaan, zoals altijd, maar een van de vrouwen beschikte over een bovengemiddelde smaak en werd aangetrokken door een antieke *retablo* van Onze Lieve Vrouwe van Guadaloupe. Miriam, die haar interesse opmerkte, rook haar buit, ging erop af en vertelde het verhaal van de geliefde figuur, over een boer die in opdracht van de Dame een mantel vol rozenblaadjes naar de bisschop brengt, waarna de beeltenis van Maria op de mantel verschijnt.

'O, wat enig,' kirde de vrouw. 'Enig gewoon. Hoe duur?'

'Je weet het wel te brengen, zeg,' zei Joe, toen hij tevoorschijn kwam nadat het viertal vergezeld van Javiers uitbundige goede wensen was vertrokken.

'Dank je,' zei Miriam, die de lucht in het kielzog van de Texaan opsnoof. 'Heb je... Hangt hier een vreemd luchtje vanochtend?'

'Gewoon de normale muffigheid die we hier altijd hebben bij vochtig weer. Hoezo, wat denk je te ruiken?'

'Ik weet het niet. Het lijkt een beetje op... natte hond.'

Niet in de slaapkamer, meldde Sunny. *Niet in de kelder. Niet onder de seringen. Niet op de veranda.* Er zijn natuurlijk eindeloos veel plekken waar iemand níét is, maar er is maar één plek waar iemand zich wel bevindt. Miriam dacht graag dat Fitz in elk geval zijn weg naar de meisjes had gevonden en al die jaren bij hen was gebleven, als trouwe beschermer.

Wat Bud betrof, Heathers arme dekentje waar nog maar een vierkantje van over was, die was hier in Mexico bij Miriam; een verschoten blauw lapje, geconserveerd in een lijstje dat op haar nachtkastje stond. Niemand vroeg haar er ooit naar. Als iemand dat wel had gedaan, dan had ze erover gelogen.

13

Infante was de hele dag niet te stuiten geweest, maar op de oprit van Edenwald aarzelde hij. Verzorgingshuizen – of hoe ze het ook maar noemden, seniorencomplexen of ondersteund wonen, het bleven verzorgingshuizen – vond hij eng. In plaats van rechts af te slaan naar het parkeerterrein van Edenwald, ging hij naar links, het winkelcentrum in, naar een TGI Friday's. Het liep tegen enen en hij had honger. Hij had het recht om honger te hebben om één uur. Hij was al een paar jaar niet meer in een Friday's geweest, maar de medewerkers droegen nog altijd die gestreepte scheidsrechtershirtjes, die hij nooit echt had begrepen. Een scheids, bewaker van de tijd, beschermer van de regels, was niet zijn idee van lol maken.

Het menu stond ook vol tegenstrijdige boodschappen. Dingen vol kaas of uit de frituur werden aangeprezen, maar achter andere gerechten stond precies hoeveel koolhydraten en transvetten erin zaten. Zijn voormalige partner, Nancy Porter, had altijd elke hap zo geanalyseerd, afhankelijk van welk dieet ze volgde. Op calorieën, op koolhydraten, op vet, en altijd op deugdzaamheid. 'Ik ben braaf,' kon ze zeggen. 'Ik ben stout.' Het was het enige wat hij niet miste aan haar als partner, dat eindeloze ontleden van alles wat ze in haar mond stopte. Infante had Nancy eens verteld dat ze geen idee had wat stout was als ze dacht dat het iets was wat je in een donut terugvond.

Over stout gesproken – hij glimlachte naar een serveerster, niet de zijne, maar eentje bij een andere tafel. Het was een afwerende glimlach, een 'voor het geval ik je ken'-glimlach, want ze zag er vaag bekend uit met die hoge paardenstaart. Ze wierp hem een werktuiglijke glimlach toe, maar maakte geen oogcontact. Dus hij kende haar niet. Of, en dit was nog nooit eerder in hem opgekomen, misschien was zij hém wel vergeten.

Hij rekende af en besloot zijn auto te laten staan en via Fairmount Avenue naar Edenwald te lopen. Wat was het toch met de geur in dit soort oorden? Of ze nu superchic waren, zoals dit tehuis, of niet veel meer dan een streekziekenhuis, ze roken en voelden allemaal hetzelfde. Oververhit en koud tegelijk, bedompt, een strijd van luchtverfrissers en schoonmaakmiddelen tegen de medicinale geur. De wachtkamer van de dood. En hoe harder ze zich verzetten, zoals hier, met al die vrolijke folders in de hal – uitstapjes naar het museum, de opera of New York – hoe duidelijker het was. Infantes vader had zijn laatste jaren in een verpleeghuis op Long Island gesleten, een plek zonder tierlantijnen waar ze nog net niet zeiden: 'Je bent hier om te sterven, en een beetje snel, graag.' Er was wel iets te zeggen voor de eerlijkheid van die aanpak, maar als je je een plek als deze kon veroorloven, tekende je daar natuurlijk voor. Je familie hoefde zich in elk geval minder schuldig te voelen.

Hij liep naar de receptie en zag dat de vrouwen hem taxerend opnamen, zich afvroegen of hij misschien een vaste klant zou worden. Hij taxeerde hen ook, maar zag niets wat de moeite waard was.

'Meneer Willoughby is thuis,' zei de receptioniste.

Natuurlijk, dacht Infante. Waar zou hij anders moeten zijn? Wat zou hij anders te doen hebben?

'Zeg maar Chet,' zei de man in het bruine vest, dat er duur uitzag; misschien kasjmier. Infante had zich schrap gezet voor een ontmoeting met iemand die broos en stokoud was, dus de slanke, goedgeklede man was een beetje een schok. Hij had moeten bedenken dat politiemensen na twintig jaar met pensioen kunnen als ze willen. Willoughby was waarschijnlijk in de zestig, niet veel ouder dan Lenhardt, maar aanzienlijk gezonder. In sommige opzichten leek hij zelfs gezonder dan Infante, godbetert.

'Fijn dat u me zo snel wilde ontvangen.'

'U hebt geluk,' zei hij. 'Meestal speel ik op donderdagmiddag golf bij Elkridge, maar door deze laatste snik van de winter ging het niet door. Hoor ik een vleugje New York in uw stem?'

'Een vleugje maar. Ze hebben het meeste eruit geramd in de twaalf jaar dat ik hier woon. Nog tien jaar en ik praat plat Baltimoors.'

'Ja, maar dat is meer een arbeidersaccent. Er zijn ook families die al vierhonderd jaar in Baltimore wonen, maar geen accent hebben, dat kan ik u verzekeren.'

Oppervlakkig gezien leek het een hufterige opmerking, een slimme manier om te laten doorschemeren dat zíjn familie oud en rijk was, voor het geval de terloopse verwijzing naar de Elkridge Country Club niet was aangekomen. Infante vroeg zich af of hij als rechercheur ook al zo was geweest, of hij van twee walletjes had willen eten. Een smeris, maar wel een die zijn collega's nooit liet vergeten dat hij geen smeris hoefde te zijn. In dat geval moesten ze de pest aan hem hebben gehad.

Willoughby zakte in een armfauteuil, zijn vaste stoel, te oordelen naar het vettige streepje ter hoogte van de plek waar zijn gemillimeterde haar ophield. Infante ging op de bank zitten, die duidelijk door een vrouw was uitgekozen, want hij was rozerood en zat voor geen meter. Toch had Infante zodra hij over de drempel stapte geweten dat hier al een tijd geen vrouw meer woonde. Het appartement was schoon en netjes, maar er heerste een tastbare afwezigheid. Van geluid, van geuren. En dan waren er nog die kleine dingetjes, zoals die vette streep op de armfauteuil. Hij kende het gevoel uit zijn eigen huis. Je merkte het altijd als er ergens regelmatig een vrouw aanwezig was.

'Volgens de gegevens hebt u het dossier van de zaak-Bethany. Ik hoopte dat ik het zou kunnen meenemen.'

'Ik heb het...' Willoughby leek confuus te zijn. Infante hoopte maar dat hij niet seniel begon te worden. Maar misschien was hij daarom al zo jong naar Edenwald verhuisd, al zag hij er prima uit. Toen lichtten zijn bruine ogen op. 'Zijn er ontwikkelingen?'

Infante had op deze vraag gerekend en zich erop voorbereid. 'Waar-

schijnlijk niet. Maar we hebben een vrouw in het St.-Agnes die van alles beweert.'
'Zegt ze dat ze iets weet?'
'Ja.'
'Beweert ze dat ze iemand ís?'
Infante zou het liefst liegen. Hoe minder mensen iets wisten, hoe beter. Hoe kon hij erop vertrouwen dat die man het nieuws niet in Edenwald zou rondbazuinen, een kans om zijn eigen glorietijd te herleven? Anderzijds had Willoughby het onderzoek wel geleid. Hoe goed het dossier ook was, hij zou er iets van waarde aan toe kunnen voegen.
'Dit moet onder ons blijven...'
'Uiteraard.' Een snelle belofte, met een kort knikje.
'Ze zegt dat ze de jongste is.'
'Heather.'
'Juist.'
'Zegt ze ook waar ze heeft gezeten, wat ze heeft uitgespookt, wat er met haar zus is gebeurd?'
'Ze zegt eigenlijk niet zoveel meer. Ze heeft om een advocaat gevraagd en nu werken ze ons samen tegen. Toen ze met haar verhalen begon, gisteren, dacht ze dat ze flink in de nesten zat. Ze was betrokken bij een ongeluk op de ringweg en ze was doorgereden. Toen ze haar vonden, liep ze in de berm van de I-70, daar waar hij doodloopt op een parkeerterrein.'
'Dat is maar een kilometer bij het huis van de Bethany's vandaan,' prevelde Willoughby, bijna alsof hij in zichzelf praatte. 'Is ze gek?'
'Officieel niet. Niet op de manier die uit een psychologisch onderzoek naar voren zou komen. Maar volgens mijn officieuze mening is ze kierewiet. Ze zegt dat ze een nieuwe identiteit heeft, een nieuw leven dat ze wil beschermen. Ze zegt dat ze de oplossing voor die moord wil geven, maar niet haar huidige identiteit. Volgens mij moet er veel meer achter zitten, maar als ik haar te slim af wil zijn, moet ik de zaak door en door kennen.'
'Ik heb het dossier inderdaad,' zei Willoughby een tikje schaapachtig – maar meer ook niet. 'Ongeveer een jaar geleden...'

'Het dossier is al twee jaar weg.'
'Twee jaar? Jezus, de tijd vliegt als je niet meer werkt. Ik zou even moeten nadenken voor ik weer wist dat het donderdag was. Als ik niet regelmatig ging golfen... Enfin, er stond een necrologie in de krant die me aan het denken zette, dus vroeg ik of ik nog eens naar het dossier mocht kijken. Ik had het niet mogen houden – ik weet wel beter – maar het ging toen opeens heel slecht met Elaine, mijn vrouw, en, nou ja, voor ik het wist moest ik me druk maken om een heel ander sterfgeval. Ik was vergeten dat ik het nog had, maar ik weet zeker dat het ergens in mijn studeerkamer moet liggen.'

Terwijl hij opstond, dacht Infante al na over wat er zou gebeuren. Willoughby zou erop staan de kartonnen doos te tillen, maar hoe sterk en gezond hij er ook uitzag, Infante moest toch een manier verzinnen om hem voor te zijn zonder hem te beledigen. Hij had het bij zijn eigen vader gezien toen die nog thuis in Massapeque woonde, hoe hij erop had gestaan de koffer van zijn zoon uit de achterbak van de auto te pakken. Hij liep met Willoughby mee naar de studeerkamer, maar die tilde de doos al op voordat Infante er iets tegen kon doen, liep kreunend en moeilijke gezichten trekkend terug naar de woonkamer en zette hem op het oosterse tapijt.

'De necrologie ligt bovenop,' zei hij. 'Dat weet ik zeker.'

Infante maakte de kartonnen doos open en zag een knipsel uit de *Beacon-Light*: 'Roy Pincharelli, 58, was jarenlang leraar.' Zoals vaak het geval was bij necrologieën, was de foto veel eerder genomen, misschien wel twintig jaar eerder. *De vreemde ijdelheid van de doden*, dacht Infante. De man had bruine ogen en donker haar, een dikke, dichte wolk op de zwart-witfoto, en hij leek zichzelf een godsgeschenk te vinden. Op het eerste gezicht zag hij er wel oké uit, maar als je iets langer naar de foto keek, begon je de schoonheidsfoutjes te zien: de wijkende kin, de haakneus.

'Longontsteking met complicaties,' dreunde Willoughby uit zijn hoofd op. 'Dat is vaak een eufemisme voor aids.'

'Dus hij was homo? Hoe strookt dat met de verdwijning van de zusjes Bethany?'

'Volgens het artikel was hij jaren orkestleider op verschillende scholen. In 1975 gaf hij les op Rock Glen, waar Sunny een van zijn leerlingen was. In het weekend schnabbelde hij bij als orgelverkoper bij Jordan-Kitts, een muziekwinkel in winkelcentrum Security Square.'

'Man, docenten en politiemensen en hun bijbanen. Wij doen het zware werk voor de maatschappij en toch moeten we overuren draaien. Sommige dingen veranderen ook nooit, hè?'

Willoughby keek hem niet-begrijpend aan en Infante herinnerde zich weer dat hij rijk was, dat hij nooit had geweten hoe het was om de eindjes aan elkaar te moeten knopen op een politiesalaris. Nou, fijn voor hem.

'Hebt u hem destijds gesproken?'

'Natuurlijk. En sterker nog: hij zei dat hij Heather vroeg in de middag had gezien. Ze stond tussen de omstanders toen hij paasliedjes speelde. Eén lied. Ik weet niet of het repertoire omvangrijker is dan "Daar juicht een toon" alleen, hoewel ik aanneem dat je ook dat liedje over die haasjes in het knollenland zou kunnen zingen, al wordt er een doodgeschoten.'

Het gebrek aan paasliedjes kon Infante niet boeien. 'U zei dat hij les gaf aan Sunny. Hoe kende hij Heather?'

'Het gezin ging trouw naar schooluitvoeringen en dergelijke. De Bethany's hechtten veel waarde aan gezinssolidariteit. Nou ja, Dave Bethany dan, om precies te zijn. Hoe dan ook, Pincharelli zei dat hij Heather tussen de omstanders had gezien die dag. Een man van in de twintig pakte haar bij de arm, begon tegen haar te schreeuwen en liep toen net zo snel weg als hij was gekomen.'

'En dat zag hij allemaal terwijl hij "Daar juicht een toon" speelde?'

Willoughby glimlachte en knikte. 'Precies. Een winkelcentrum op zaterdag is een drukke, hectische plek. Waarom zou je die ene ontmoeting zien? Tenzij...'

'Tenzij je al op het meisje gefocust was. Maar hij was homo.'

'Dat is mijn deductie.' Infante kon het niet uitstaan hoe die gast praatte, met zijn dure woorden en zonder ook maar een vleugje ironie of zelfspot. Er moest een goede rechercheur onder al die aanstellerij

hebben gezeten, anders hadden de anderen hem binnen de kortste keren aan flarden gescheurd.
'En wat zou een homo in twee meisjes zien?'
'In de eerste plaats hoeft het niet noodzakelijk om een sekueel delict te gaan. Het is wel de voor de hand liggende conclusie, maar niet de enige. Een paar jaar vóór de meisjes Bethany hebben we een zaak gehad van een man die doorsloeg en een jong meisje vermoordde omdat iets in haar hem aan zijn gehate moeder herinnerde. Desondanks heb ik me meer dan eens afgevraagd of Heather die dag zonder het zelf te beseffen iets heeft gezien wat de leraar de stuipen op het lijf joeg. Als hij homo was, moet hij het destijds verborgen hebben gehouden uit angst dat hij zijn baan zou verliezen als het naar buiten kwam.'
'Dus, hoe kan het dat beide meisjes vermist zijn geraakt?'
Willoughby zuchtte. 'Daar komen we altijd weer bij terug. Waarom twee meisjes? Hoe krijgt iemand het zelfs maar voor elkaar, twee tegelijk? Maar als het de leraar was en hij Heather eerst te pakken kreeg en haar ergens opsloot, achter in zijn busje bijvoorbeeld, en daarna Sunny ging zoeken, had hij een groot voordeel. Hij was haar leraar, iemand die ze kende en vertrouwde. Als hij tegen haar had gezegd dat ze met hem mee moest, zou ze blindelings hebben gehoorzaamd.'
'Hebt u hem ooit weten te breken, hem zover gekregen dat hij zijn verhaal aanpaste?'
'Nee. Hij bleef consequent, zij het op de manier waarop leugenaars consequent zijn. Misschien werd hij die middag in de wc van het winkelcentrum gepijpt door een tienerjongen en was hij bang dat dat uit zou komen. Hoe dan ook, hij is altijd bij zijn verhaal gebleven en nu is hij dood.'
'Ik neem aan dat u de ouders hebt nagetrokken, hoe ziek dat idee ook mag zijn?'
'Ouders, buren, vrienden. Het staat allemaal in het dossier. En er waren ook afpersingstelefoontjes, mensen die beweerden dat ze de meisjes hadden. Het bleek nooit waar te zijn. Je zou bijna in het paranormale gaan geloven, of in ontvoeringen door buitenaardse wezens.'
'Aangezien u de necrologieën zo goed bijhoudt...'

'Dat gaat u op een dag ook doen.' Willoughby had een manier van glimlachen die een soort superioriteit op alle fronten suggereerde. Om je dood te ergeren. 'Sneller dan u denkt.'

'Ik neem aan dat u wel weet of de ouders nog in leven zijn? Ik heb ze niet kunnen vinden, maar ik ben niet zo handig met de computer en mensen met een strafblad zijn makkelijker te traceren.'

'Dave is gestorven in het jaar dat ik met pensioen ging, in 1989. Miriam verhuisde eerst naar Texas, daarna naar Mexico. Ze heeft me nog een tijdje kerstkaarten gestuurd...'

Hij stond op en liep naar een glanzend gepolitoerd meubelstuk dat Infante in gedachten een damesbureautje noemde omdat het klein en onpraktisch was, met tientallen laatjes en een klein, schuin aflopend blad waar je niet eens een computer op kon zetten. De oude rechercheur moest er dan misschien aan worden herinnerd dat hij het dossier van de zaak-Bethany nog had, hij wist donders goed waar die kerstkaarten lagen. *Jezus, dacht Infante, het kan me niet schelen wat Lenhardt zegt. Ik hoop gewoon dat ik nooit zo'n zaak krijg.*

Toen bedacht hij dat hij al zo'n zaak hád, dat hij een kartonnen erfenis aan zijn voeten had staan. Hij zag al voor zich hoe hij deze doos over dertig jaar aan een volgende rechercheur doorgaf met het verhaal over de onbekende vrouw die iedereen een paar dagen had belazerd voordat ze erachter waren gekomen dat ze een oplichter was. Als je aan zoiets als de zaak-Bethany begon, kwam je er dan ooit nog van los?

'De envelop is allang weg, dus zelfs als er een adres op stond, zou ik je niet kunnen vertellen wat het was, maar ik kan me de plaats nog wel herinneren. San Miguel de Allende. Zie je? Ze noemt hem.'

Infante inspecteerde de kaart, een kantachtig knipsel van een duif op zwaar velijnpapier. Aan de binnenkant stond in rode letters FELIZ NAVIDAD gedrukt met een paar geschreven regels eronder. *Hoop dat je deze kaart in goede gezondheid ontvangt. San Miguel de Allende lijkt mijn nieuwe woonplaats te zijn, of ik het wil of niet.*

'Van wanneer is die kaart?'

'Van minstens vijf jaar geleden.'

Infante rekende het na. 'Het vijfentwintigste jaar van hun verdwijning.'

'Daar zal Miriam niet bewust bij hebben stilgestaan. Ze was vastbesloten de herinneringen te onderdrukken, verder te gaan. Dave was precies het tegenovergestelde. Elke dag van zijn leven was een welbewust eerbetoon aan die meisjes.'

'Is ze daarom verhuisd, na zijn dood?'

'Na... O, nee, mijn fout. Ik ga uit van wat mijn vrouw de onderliggende context noemde, alsof jij alles weet wat ik weet. Des te onvergeeflijker als je die context voor jezelf hebt gehouden. Miriam en Dave zijn iets meer dan een jaar nadat de meisjes waren verdwenen uit elkaar gegaan en toen heeft ze haar meisjesnaam, Toles, weer aangenomen. Het was geen gelukkig huwelijk, daarvoor ook al niet. Ik mocht Dave wel. Sterker nog, ik beschouwde hem als een vriend. Maar hij besefte niet hoe goed Miriam voor hem was.'

Infante speelde met de kaart en bestudeerde het gezicht van de oudere man. *Maar jij wel, of niet soms?* Dat Willoughby de kaart had opgeborgen op een plek die makkelijk te onthouden was, kwam niet alleen voort uit het gevoel dat het werk nog niet was gedaan. Hij vroeg zich af hoe de moeder eruitzag, of ze ook een zonnige blondine was, net als de dochters. Een bepaald slag politieman, zoals deze Willoughby, viel als een blok voor mooie vrouwen in nood.

'Ik neem aan dat de medische dossiers erbij zitten?'

'Voor zover aanwezig.'

'Hoe bedoelt u?'

'Dave had nogal, eh, aparte ideeën over artsen. Hoe minder, hoe beter, vond hij. Geen geknipte amandelen voor zijn dochters, en als ik het goed begrijp was hij wat dat betreft zijn tijd ver vooruit, maar hij was ook tegen röntgenfoto's, want hij geloofde dat ook een kleine dosis straling gevaarlijk was.'

'U bedoelt...' *Godver.*

'Precies. De gebitsgegevens bestaan uit welgeteld één set foto's van allebei, gemaakt toen Sunny negen was en Heather zes. Meer niet.'

Geen gebitsgegevens, geen informatie over hun bloed, nog geen bloedgroep. Infante had niet eens het werkmateriaal waar hij in 1975 op zou hebben gerekend, laat staan in 2005.

'Nog goede raad?' vroeg hij terwijl hij het deksel op de doos deed.

'Als het verhaal van die vrouw van jou niet in strijd blijkt te zijn met de informatie uit het dossier, zoek Miriam dan en haal haar hierheen. Ik zou haar moederinstinct de doorslag laten geven.'

Ja, en je wilt je oude vlam waarschijnlijk wel weer eens zien nu je toch weduwnaar bent, dacht Infante.

'Verder nog iets?'

Willoughby schudde zijn hoofd. 'Nee, ik moet… U moest eens weten wat er door me heen gaat nu ik die doos alleen maar zie. Het is niet gezond. Het is heel moeilijk om u ermee weg te laten lopen, om u niet te smeken of ik mee mag naar het ziekenhuis om die vrouw aan de tand te voelen. Ik weet zo veel over die meisjes, over hun leven en vooral over die laatste dag. In zekere zin ken ik hun leven beter dan het mijne. Misschien ken ik ze wel te goed. Stel je voor dat iemand die er met frisse blik naar kijkt iets ziet waar ik al die jaren geleden gewoon overheen heb gekeken.'

'Hoor eens, ik hou u op de hoogte. Als u wilt. Wat het ook wordt, ik zal bellen om te vertellen hoe het is afgelopen.'

'Oké,' zei Willoughby op een toon die deed vermoeden dat hij het helemaal niet oké vond. Infante had het gevoel dat hij iemand die had gezworen dat hij zou stoppen, maar het nooit voor elkaar kon krijgen, een borrel opdrong. Hij kon die man waarschijnlijk beter met rust laten, zo mogelijk. Hij had verwacht dat Willoughby gefascineerd zou zijn door het opduiken van de oude zaak, maar hij keek door het raam naar de lucht alsof het weer hem meer boeide dan de zusjes Bethany die in een ver verleden waren verdwenen.

14

'Heather...'
'Ja, Kay?'
Heathers gezicht lichtte op bij het horen van haar naam. Die naam te horen uitspreken voelde al als een thuiskomst, als een hereniging. Waarom was dit haar zo lang ontzegd? Waar kon ze zijn geweest, wat kon er met haar zijn gebeurd dat ze haar identiteit niet jaren geleden al had kunnen opeisen?
  'Ik vind het vreselijk om hier nu mee te komen, maar er moet van alles worden geregeld. Een betalingsplan, de verzekering...'
  'Ik ben verzekerd. Echt waar. Het ziekenhuis krijgt zijn geld, maar ik kan je het polisnummer nog niet geven, mijn burgerservicenummer.'
  'Ik begrijp het.' Kay dacht na over wat ze net had gezegd, iets wat ze iedere dag zei, een zinnetje dat iedereen om de haverklap gebruikt. Het was een automatisme. En het was maar zelden waar. 'Hoewel, eigenlijk begrijp ik het helemaal niet, Heather.' Weer dat sprankje opleving. 'Wat er ook is gebeurd, jij bent hier duidelijk het slachtoffer. Ben je bang? Probeer je je voor iemand te verstoppen? Misschien zou het goed voor je zijn om met iemand van psychiatrie te praten, iemand die ervaring heeft met posttraumatische stress.'
  'Ik heb al met iemand gepraat.' Heather trok een grimas 'Een raar mannetje.'
  Kay moest het met die evaluatie van Schumeier eens zijn. 'Hij heeft

je een standaard psychologische test laten doen. Maar als je misschien andere... kwesties zou willen bespreken, kan ik dat regelen.'

Heathers glimlach was vreugdeloos, spottend. 'Soms klink je alsof je de leiding over het ziekenhuis hebt, alsof de artsen allemaal doen wat je van ze vraagt.'

'Nee, zo zit het niet, maar ik ben hier al zo lang, bijna twintig jaar al, en ik heb al op zoveel afdelingen gewerkt...' Kay hakkelde alsof ze op een leugen was betrapt, of toch tenminste op de zelfoverschatting die Heather suggereerde. Het voorlopige psychologische verslag gaf aan dat Heather klinisch gezien normaal was, maar dat ze niet uitgesproken meelevend of geïnteresseerd in mensen was. Toch merkte ze van alles op, begon Kay door te krijgen, allerlei subtiele details. *Raar mannetje.* Het was Schumeier in een notendop. *Soms klink je alsof je de leiding over het ziekenhuis hebt.* Ze merkte dingen op en gebruikte ze direct tegen mensen.

Gloria Bustamante zeilde de kamer in, het gebruikelijke lichamelijke wrak, maar met heldere, scherpe ogen.

'Waar hebben we het over?' vroeg ze terwijl ze op de enige stoel in de kamer ging zitten. Haar stem klonk afgemeten en meer dan bijtend.

'Ontslag,' zei Kay.

'Kay...' zei Heather waarschuwend.

'Een interessant onderwerp. Ontslag bedoel ik. Niet Kay. Hoewel Kay op haar eigen manier fascinerend is, natuurlijk.' Zat er iets wellustigs in die glimlach? Had ze Kays verzoek om deze gunst verkeerd begrepen? Wist ook maar iemand echt wat Gloria's geaardheid was, of waren de geruchten over haar al net zo onzinnig als de dingen die achter haar rug om over Kay werden gezegd?

'Ik heb mijn hoofd gestoten,' zei Heather. Ze klonk nukkig nu, de act van het pruilende kind. 'Ik heb mijn arm gebroken. Waarom kan ik niet in het ziekenhuis blijven?'

Gloria schudde haar hoofd. 'Lieverd, al was je hele hoofd geamputeerd, dan zouden ze nog proberen je uit je dure bedje te krijgen, waar ze net zoveel voor rekenen als voor een suite in het Ritz-Carlton. En aangezien je niet wilt zeggen bij wie je verzekerd bent, is het ziekenhuis er des te harder op gebrand van je af te komen, omdat ze anders straks met de rekening zitten.'

'Niet-betalende patiënten maken het liggeld voor alle anderen hoger,' zei Kay, die haar eigen belerende toontje ook wel hoorde. 'Het is echt zonde van het bed. Onder normale omstandigheden was een patiënt als Heather misschien een nachtje ter observatie gehouden vanwege haar hoofdwond, maar er is geen medische reden om haar hier nog langer te laten blijven, dus er moet iets gebeuren.'

'Iedereen hoort de meter lopen,' zei Gloria. 'Het ziekenhuis, ik. De enige die zich op dit moment niet druk maakt over de rekening is rechercheur Kevin Infante. Hij heeft me vanochtend laten weten dat Heather in Baltimore moet blijven, onder een vorm van toezicht. Het OM lijkt nog steeds te vinden dat je in hechtenis moet blijven tot dit allemaal is uitgezocht.'

Heather schoot overeind, haar gezicht vertrokken van pijn. 'Dat niet... Geen gevangenis, geen politiecel. Dat overleef ik niet. Dat overleef ik echt niet.'

'Maak je geen zorgen,' stelde Gloria haar gerust. 'Ik heb de politie erop gewezen dat het rampzalige publiciteit zou opleveren, het opsluiten van een van de vermiste zusjes Bethany.'

'Maar ik wíl helemaal geen publiciteit, dus hoe kun je daarmee dreigen?'

'Dat weet ik. Dat weet jij.' Een zijdelingse blik op Kay. 'En nu weet zíj het ook. Ik vertrouw erop dat jij ons niet verklikt, Kay. Ik ben hier om jou een dienst te bewijzen, dus zoveel ben je me wel verschuldigd.'

'Ik zou nooit...'

Gloria praatte door, niet geïnteresseerd in wat Kay te zeggen had. Het zou vast boeiend zijn om de uitslag van een psychologische test van Gloria Bustamante te bekijken.

'Dat jongetje blijkt niet zo zwaar gewond te zijn. Naar het schijnt zag het er afschuwelijk uit en ze waren bang dat hij rugletsel had, maar hij is al van Traumatologie naar de Intensive Care overgebracht.'

'Het jongetje?' vroeg Heather, met gefronst voorhoofd.

'Uit de SUV die is gekanteld nadat je hem had geramd.'

'Maar ik zag een meisje... Ik wist zeker dat ik een meisje zag, een meisje met oorwarmers van konijnenbont...'

'Misschien zat er ook wel een meisje in de auto,' zei Gloria, 'maar er is een klein jongetje naar Traumatologie gebracht.'

Heather ging nog rechter zitten. 'En ik heb niemand geramd. De bestuurder van die SUV raakte míj, en hij reageerde verkeerd. Het is niet míjn schuld.'

'Dat zou ik beter kunnen aanvoeren voor de rechtbank,' zei Gloria droogjes, 'als je niet was doorgereden en je beschadigde auto niet in de berm had achtergelaten. Maar dat schrijven we toe aan dat hoofdletsel; we voeren wel een Halle Berry-verdediging.'

'Wie?' vroeg Kay, en de beide andere vrouwen keken haar aan alsof ze van een andere planeet kwam, maar ze keek maar zelden tv en de meeste films die ze de laatste jaren had gezien gingen over pratende dieren of Pixar-creaties.

Gloria ging op een hoekje van Heathers bed zitten. 'Een nijpender probleem is dat de politie zegt dat je verplicht bent je te identificeren en anders de gevangenis in moet. Mijn standpunt is dat je dat al hebt gedaan. Je hebt je echte naam en geboortedatum opgegeven, evenals je laatst bekende adres onder die naam. De vraag is of de politie het recht heeft om te weten wie je nú bent, het pseudoniem dat je gebruikt sinds... Hoe lang is het geleden, Heather, sinds je voor het laatst Heather Bethany was?'

Ze deed haar ogen dicht. Haar huid was zo licht en haar oogleden waren zo dun dat het leek alsof ze met blauw-roze oogschaduw waren bestoven.

'Heather is dertig jaar geleden verdwenen. De laatste keer dat ik van naam ben veranderd... Dat is zestien jaar geleden. De langste periode dat ik dezelfde naam heb gedragen tot nu toe. Ik heb deze identiteit langer gehad dan welke andere ook.'

'Penelope Jackson?' vroeg Kay, die wist welke naam de surveillant had genoemd toen Heather op dinsdagavond was opgenomen.

'Nee,' zei Heather bits, en haar ogen vlogen open. 'Ik ben Penelope Jackson niet. Ik ken Penelope Jackson niet eens.'

'Maar hoe...?'

Gloria stak haar hand op alsof ze Kays vragen wilde tegenhouden en het was onmogelijk om niet op te merken hoe afgebladderd haar nagels waren, en hoe dof haar diamanten ringen eruitzagen. Een sieraad moest wel heel vies zijn voordat Kay zag dat het dof was.

'Kay, ik vertrouw je, echt. En ik heb je hulp nodig, maar je zult mijn grenzen moeten respecteren. Er zijn een paar dingen die voorlopig tussen Heather en mij moeten blijven. Als – en dan ook echt áls, begrijp goed dat het nog hypothetisch is – Heather haar huidige identiteit op een illegale manier heeft verkregen, maak ik ervan dat ze het recht heeft die informatie te verzwijgen: ze hoeft zichzelf niet te belasten. Zij probeert haar leven te beschermen, ik probeer haar rechten te beschermen.'

'Prima. Maar het is lastiger om te helpen als ik niet voldoende informatie heb.'

Gloria, die er niet intrapte, glimlachte. 'Ik heb geen assistent nodig, Kay. Ik heb iemand nodig die onderdak voor Heather kan regelen terwijl dit allemaal wordt uitgezocht. Onderdak, en misschien een voorlopige uitkering.'

Kay nam de moeite niet te vragen waarom Gloria haar cliënt geen geld kon lenen, waarom zij haar niet in huis nam. Zoiets zou een gruwel zijn in de ogen van de advocate, die al inbreuk maakte op haar eigen principes door een zaak aan te nemen zonder een fiks voorschot.

'Gloria, je hebt echt geen flauw benul hoe de sociale dienstverlening in elkaar zit. Er is in Maryland al geen financiële ondersteuning voor alleenstaande volwassenen meer sinds, weet ik veel, begin jaren negentig. En om ergens voor in aanmerking te kunnen komen heb je papieren nodig. Geboorteakte, burgerservicenummer.'

'Hoe zit het met de slachtofferhulp? Is er niet een of andere belangenvereniging waar we Heather mee in contact kunnen brengen?'

'Die zijn gespecialiseerd in emotionele steun, geen financiële.'

'Dat is precies waar de politie op rekent,' zei Gloria. 'Heather Bethany heeft geen geld, geen plek waar ze naartoe kan – behalve de cel. Om dat te voorkomen, moet ze onthullen waar ze al die tijd heeft gewoond, wat ze heeft gedaan. Maar dat wil Heather niet.'

Heather schudde haar hoofd. 'Op dit moment is het leven dat ik heb opgebouwd het enige wat ik heb.'

'Je moet toch inzien dat het een verloren zaak is,' zei Kay.

'Waarom?' Een kinderlijke vraag, op een kinderlijk toontje.

'Omdat de zaak-Bethany er een van het soort is dat veel media-aandacht trekt,' antwoordde Gloria.

'Maar ik heb je al verteld dat ik niet dát meisje wil zijn.'

'Je wilt niet zijn wie je bent?' vroeg Gloria.

'Ik wil niet dat ik, als ik terugkom in het leven dat ik voor mezelf heb opgebouwd, door iedereen word behandeld als de een of andere gek, het meisje dat op dat moment in het nieuws is. Het heeft me veel moeite gekost om de schijn te wekken dat ik normaal ben. Ik ben als kind van mijn ouders gescheiden. Ik heb dingen gezien die... . Ik heb mijn studie niet afgemaakt en allerlei baantjes gehad tot ik eindelijk iets vond wat bij me paste, waarmee ik het soort leven kon leiden dat voor alle andere mensen vanzelfsprekend is.'

'Heather, vat het niet verkeerd op, maar er zijn allerlei financiële mogelijkheden voor je, als je ze wilt aangrijpen. Jouw verhaal is verkoopbaar.' Gloria glimlachte wrang. 'Althans, dat neem ik aan. Ik moet maar geloven dat je bent wie je zegt.'

'Dat ben ik. Je mag me alles vragen over mijn ouders. Dave Bethany was de zoon van Tillie Bethany, die al vroeg in haar huwelijk door haar man in de steek werd gelaten. Ze werkte als serveerster in het oude Pimlico Restaurant en wilde liever Bop-bop worden genoemd dan oma of zoiets. Na haar pensioen ging ze naar Orlando, in Florida. We gingen elk jaar bij haar op bezoek, maar we gingen nooit naar Disney World, want dat vond mijn vader niet goed. Mijn vader is in 1934 geboren en volgens mij in 1989 overleden. Tenminste, toen is zijn telefoon afgesloten.' Ze raasde door, alsof ze bang was iemand anders aan het woord te laten, of vragen te laten stellen. 'Ik heb ze natuurlijk in de gaten gehouden. Mijn moeder, Miriam, moet ook overleden zijn, want ze is spoorloos verdwenen. Misschien komt het doordat ze Canadees is. Er is hoe dan ook niets meer over haar te vinden, niet waar ik heb gezocht, dus ik ga ervan uit dat ze dood is.'

'Je moeder was Canadees?' herhaalde Kay oenig, terwijl Gloria op hetzelfde moment zei: 'Maar je moeder leeft nog, Heather. Tenminste, dat denkt die rechercheur. Vijf jaar geleden woonde ze in Mexico en ze proberen haar nu te traceren.'

'Mijn moeder... leeft nog?' De tegenstrijdige emoties op Heathers gezicht waren op een vreemde manier mooi, zoals van die onweersbuien midden op een zonnige zomerdag, het soort waarbij oude vrouwen knikkend zeiden dat de duivel zijn vrouw sloeg. Kay had nooit gezien hoe zulke extremen van verdriet en blijdschap probeerden samen te gaan. De blijdschap begreep ze wel. Heather Bethany had gedacht dat ze een wees was, dat ze niet meer kon opeisen dan een naam en een goed verhaal. Nu bleek haar moeder nog in leven te zijn. Ze was niet alleen. Toch was er ook woede, de scepsis van iemand die niemand vertrouwde.

'Weet je het zeker?' vroeg Heather. 'Je zegt dat ze vijf jaar geleden in Mexico was, maar weet je zeker dat ze nog leeft?'

'De oorspronkelijke rechercheur leek daar wel van overtuigd te zijn, maar het klopt dat ze haar nog niet hebben gevonden.'

'En als ze haar echt vinden...'

'Dan halen ze haar waarschijnlijk hierheen.' Gloria maakte nadrukkelijk oogcontact met Heather en hield haar blik vast. Het was de blik van een slangenbezweerder, als je je tenminste een lichtelijk geïrriteerde slangenbezweerder in een gekreukt tricot mantelpak kon voorstellen. 'Als ze hier eenmaal is, Heather, zullen ze een DNA-test willen afnemen. Begrijp je dat, snap je wat dat betekent?'

'Ik lieg niet.' Heathers stem was mat en lusteloos, alsof ze duidelijk wilde maken dat liegen domweg te veel inspanning kostte. 'Wanneer komt ze?'

'Dat hangt ervan af wanneer ze haar vinden, en wat ze dan tegen haar zeggen.' Gloria wendde zich tot Kay. 'Kan het ziekenhuis Heather niet hier houden tot, laten we zeggen, haar moeder er is? Zij zal haar vast willen helpen.'

'Dat is onmogelijk, Gloria. Ze moet vandaag weg. Het ziekenhuis is er heel duidelijk over.'

'Je speelt de politie in de kaart, je geeft ze precies wat ze nodig hebben om haast achter de zaak te zetten, Heather te dwingen zich aan hun schema te houden. Als ze wordt ontslagen zonder dat we een plan hebben, zonder iemand die haar borg betaalt, sluiten ze haar op...'

Heather kreunde; een onaards, onmenselijk geluid.

'En het blijf-van-mijn-lijfhuis dan? Kan ze daar niet heen?'

'Dat is een opvanghuis voor mishandelde vrouwen en je weet net zo goed als ik dat het tjokvol zit.'

'Ik bén mishandeld,' zei Heather. 'Telt dat niet?'

'Dan heb je het over dertig jaar geleden, toch?' Kay voelde de opwinding van een weinig sierende belangstelling, het verlangen om precies te weten wat er met die vrouw was gebeurd. 'Ik denk niet...'

'Oké, oké, oké, oké, *oké*.' De woorden klonken instemmend, maar Heather schudde tegelijkertijd zo woest met haar hoofd dat haar blonde krullen, hoe kort ze ook waren, dansten en zwaaiden. 'Ik zal het vertellen. Ik zal het je vertellen, dan weet je waarom ik niet naar de gevangenis kan, waarom ik er niet op kan vertrouwen dat die mensen daar me geen kwaad zullen doen.'

'Niet waar Kay bij is,' waarschuwde Gloria, maar Heather was door het dolle heen, niet meer te stuiten. Ze weet niet dat ik er ben, dacht Kay. Of ze weet het wel, maar het kan haar niet schelen. Was het geloof of onverschilligheid, een motie van vertrouwen of een signaal dat Kay helemaal niets voor haar betekende?

'Het was een politieman, oké? Er kwam een politieman naar me toe die tegen me zei dat er iets met mijn zusje was gebeurd en dat ik snel moest komen. En ik ging mee en zo kreeg hij ons allebei te pakken. Eerst haar, toen mij. Hij sloot ons achter in het busje op en nam ons mee.'

'Een man die zich uitgaf voor een politieman...' verduidelijkte Gloria.

'Hij deed niet alsof. Een echte politieman, hier uit Baltimore, met penning en al. Hoewel hij geen uniform droeg, maar politiemensen dragen niet altijd een uniform. Michael Douglas en Karl Malden droegen in *The Streets of San Francisco* ook geen uniform. Hij was een politieman en hij zei dat alles goed zou komen en ik geloofde hem. Dat is de enige echte fout die ik ooit heb gemaakt, die man geloven, en het heeft mijn leven verwoest.'

Met dat woord, 'leven', kwam er een lang binnengehouden emotie los en barstte Heather zo ongegeneerd in tranen uit dat Gloria ervoor terugschrok en niet wist wat ze moest doen. Wat kon Kay anders doen, wat kon ieder mens met gevoel anders doen dan om Gloria heen reiken en proberen Heather te troosten, maar wel voorzichtig, gezien de tijdelijke spalk om haar linkeronderarm en de algehele beursheid die op een auto-ongeluk volgt?

'We regelen wel iets,' zei ze. 'We vinden wel een plek voor je. Ik ken wel iemand, een gezin in mijn buurt dat met vakantie is. Daar kun je zeker een paar dagen blijven.'

'Geen politie,' snikte Heather. 'Geen gevangenis.'

'Natuurlijk niet,' zei Kay, die oogcontact met Gloria maakte om te zien of zij het met Kays oplossing eens was. Maar Gloria glimlachte, zelfvoldaan en triomfantelijk.

'Kijk eens aan,' zei de advocate, 'dáár kunnen we iets mee.'

15

Nog één nacht. Eén nachtje nog. Iedereen had gezegd dat ze maar tot vandaag in het ziekenhuis kon blijven, maar ze had ze nog één nacht afgetroggeld, wat maar weer bewees wat ze altijd had geloofd: iedereen liegt, de hele tijd. *One more night.* Er was jaren geleden een afgrijselijke popsong geweest met die titel, iets over een afgewezen minnaar die nog een laatste keer wilde vrijen. Het was een steeds terugkerend thema in de popmuziek, nu ze erover nadacht. *Touch me in the morning. I can't make you love me if you don't.* Ze had er nooit iets van begrepen. Toen ze jonger was en zich nog aan relaties waagde – die ze, weinig verrassend, steeds weer verprutste – verlieten de mannen haar meestal al na een paar maanden, alsof ze haar bederf konden ruiken, alsof ze haar geheime uiterste houdbaarheidsdatum hadden gevonden en zich realiseerden hoe kapot ze was. Hoe dan ook, als een man het met haar uitmaakte, was nog één nacht wel het laatste wat ze van hem wilde. Soms gooide ze met dingen en soms huilde ze. Soms lachte ze opgelucht. Maar ze was nooit zo diep gezonken dat ze om een laatste nacht had gesmeekt, seks uit medelijden, hoe je het ook wendde of keerde. Je bewaarde de trots die je nog had.

Ze liet zich uit het bed glijden. Alles deed zeer. Haar lichaam leek al te begrijpen dat het voorlopig niet op haar linkerarm kon rekenen en dat de rechterarm moest bijspringen. Wonderbaarlijk, hoe snel een lichaam zich aanpast, veel sneller dan de geest. Ze liep naar het raam, trok het gordijn opzij en keek naar buiten; het parkeerterrein, de wazige contouren van de stad in de verte, de verstopte rijstroken van de I-95 in de spits. *Kom naar het raam, de nachtlucht is zacht.* Een dichtregel die was blijven hangen, een erfenis van de nonnen, die geloofden dat je geheugen de weg naar intelligentie was. De snelweg was vlakbij, nog geen kilometer verderop. Zou ze daar kunnen komen, een duim opsteken en naar huis liften? Nee, dan zou ze voor de tweede keer op de vlucht slaan. Ze moest dit uitzitten, maar hoe?

Om de leugens maakte ze zich geen zorgen. Die kon ze wel bijhouden. Het risico zat hem in de beetjes waarheid. Een goede leugenaar redt het door zo min mogelijk waarheid te gebruiken, want de waarheid haalt je veel vaker in. Van haar gewoonte om steeds van naam te veranderen had ze geleerd dat je elke identiteit met een schone lei moest beginnen, dat je niets mee moest nemen uit je verleden. Maar door de dreiging van de gevangenis die middag was ze in paniek geraakt, net als door de mogelijkheid van een arrestatie, die eerste avond. Ze moest íéts zeggen. Het had een goede inval geleken, over de politieman vertellen, Karl Malden erbij halen. Losse, triviale details waardoor de rest ook authentiek klonk. Maar Karl Malden zou niet genoeg zijn. De naam van haar 'ontvoerder' was er maar één van de vele waar ze om zouden schreeuwen, en ze zou ze iets moeten geven, of iemand.

'Het spijt me,' fluisterde ze naar de nachtlucht.

Ze wist niet wie haar meer zorgen baarden, de doden of de levenden, wie het gevaarlijkst waren. Maar de levenden kon je tenminste misleiden. De doden lieten zich niets wijsmaken.

Deel IV

(1976)

Prajapataye svaha.
Prajapataye idam na mama.

Agnihotra mantra's moeten worden gereciteerd in hun oorspronkelijke vorm in het Sanskriet. Ze mogen niet worden vertaald naar een andere taal.

Agnihotra mantra's moeten worden gereciteerd op een ritmisch uitgebalanceerde toon, zodat het geluid door het hele huishouden trilt. De toon mag niet te luid, noch te zwak te zijn, noch gehaast. De mantra's moeten met heldere stem worden gereciteerd... Tijdens het reciteren van de mantra's ontwikkelt zich een gevoel van volledige overgave.

– Bewerking van instructie voor het uitvoeren van de agnihotra, het ritueel voor zonsopgang en zonsondergang dat centraal staat in de praktijk van het vijfvoudig pad

16

Toen de zon bijna onderging, pakte Dave de geklaarde boter, de *ghee*, uit de koelkast en ging naar zijn studeerkamer, Chet en Miriam aan de keukentafel achterlatend met hun koppen thee. Zonder zelfs maar te proberen iets te zeggen nipten ze van hun kruidenthee en staarden voor zich uit. Iedereen was uitgeput en schor na een lange dag interviews geven, hoewel Dave het meest had gepraat. Miriam liet Dave het woord voeren en de rechercheur zei weinig. Soms vond Dave Willoughby's zwijgzaamheid geruststellend. Een man van de daad hoorde bondig te zijn. Op andere momenten vermoedde hij dat deze stille wateren niet zulke diepe gronden hadden, maar Chet was inmiddels vertrouwd, als een waardige zwerfhond die ze hadden geadopteerd na jarenlang te hebben gezegd dat ze geen zin hadden in het gedoe dat een hond met zich meebrengt.

In zijn studeerkamer ging hij in de lotushouding op zijn kleedje zitten. Het was geen echt gebedskleed – afgezien van de koperen piramide voor het offer waren er geen rituele objecten nodig voor de agnihotra, wat een groot deel van de charme ervan was – maar deze *dhurrie* die hij jaren geleden, tijdens de reizen na zijn studie, op een Indiase markt had gevonden. Zijn moeder woonde toen nog in Baltimore, en in weerwil van haar bezwaren en verdenkingen had hij zijn schatten naar haar appartement laten versturen. 'Wat zit er in die dozen?' had ze hem bij zijn thuiskomst aan de tand gevoeld. 'Drúgs? Als de politie aan de deur komt, ga ik niet voor je liegen, hoor.'

Hij deed de plak gedroogde koeienmest in de piramide, voegde een in ghee geweekte kamferbal toe, gevolgd door het laatste beetje mest en de rijstkorrels, en keek op zijn horloge of het exacte tijdstip van zonsondergang al was aangebroken.

'Agnaye svaha,' zei hij terwijl hij het eerste deel van de met ghee besmeerde rijstkorrels offerde. 'Agnaye idam na mama.'

De mensen dachten vaak dat het vijfvoudig pad een van de souvenirs van zijn reizen was, maar Dave was al met Miriam getrouwd en werkte voor de overheid toen hij er voor het eerst over hoorde, op een feestje in Baltimore. Het vijfvoudig pad bleek de bindende factor tussen de meeste mensen op het feest te zijn, dat werd gehouden in een prachtig oud victoriaans huis in Old Sudbrook. Dave had als kind in Pikesville niet geweten dat zulke huizen bestonden, laat staan zulke mensen, hoewel Herb en Estelle Turner op nog geen drie kilometer van het oude appartement van zijn moeder woonden. De Turners waren hartelijk en afstandelijk, en Dave nam aan dat hun ernstige waardigheid voortkwam uit het vijfvoudig pad. Het zou nog een tijdje duren voordat hij over de problemen met hun dochter hoorde, en over Estelles zwakke gezondheid. En hoewel Miriam het echtpaar wantrouwde en beweerde dat ze die avond zieltjes hadden willen winnen, waren ze pas over het vijfvoudig pad begonnen toen Dave vroeg wat die zoete, rokerige geur in huis was, zo onverwacht op een warme lenteavond. Hij had half verwacht, half gehoopt dat het wiet was, wat Miriam en hij graag wilden uitproberen, maar de geur kwam van het ritueel voor zonsopgang en zonsondergang van de agnihotra, en het was bijna alsof hij zich in de botten van het huis had genesteld. Toen Estelle Turner had uitgelegd wat de geur was, en hoe die verbonden was aan het vijfvoudig pad, had Dave er een manier in gezien om de Turners te zíjn: elegante, zelfverzekerde mensen die in een prachtig, maar niet protserig huis woonden.

Wat Miriam betrof rook het huis door de agnihotra naar stront – letterlijk. Toen ze naar Algonquin Lane waren verhuisd, had ze erop gestaan dat Dave zijn praktijken beperkte tot zijn studeerkamer, met de deur dicht. Zelfs toen was ze wanhopig geweest over de vettige neer-

slag van de ghee op de muren, een glanzend laagje dat bestand was tegen elke schoonmaakmethode. Dave vermoedde dat hij de piramide nu op de eettafel zou kunnen zetten zonder dat Miriam een kik gaf. Ze vitte nooit meer op hem, en hij miste het bijna. Bijna.
Breng je geest tot rust, spoorde hij zichzelf aan. *Richt je op je mantra*. Het had geen zin om het ritueel uit te voeren als hij zich er niet in kon verliezen.
'Prajapataye svaha,' zei hij terwijl hij het tweede offer bracht. '*Prajapataye idam na mama*.' Nu moest hij mediteren tot het vuur was gedoofd.

De journalisten waren in drieën gekomen: drie kranten, drie televisiezenders, drie radiostations en drie persbureaus. In elke groep was er een verslaggever geweest die had geprobeerd een exclusief verhaal te krijgen, een gesprek onder vier ogen met Dave en Miriam, maar de jonge honden hadden beweerd dat ze er alle begrip voor hadden wanneer Chet zei dat de Bethany's het verhaal niet eindeloos konden blijven vertellen en het daarom maar één keer per medium wilden doen. De verslaggevers waren allemaal even beleefd en aardig, veegden allemaal hun voeten aan de deurmat met 'welkom' erop en bewonderden het gerenoveerde huis, ook al was er het afgelopen jaar helemaal niets aan gedaan. Hun stemmen waren vriendelijk, hun vragen omzichtig. Een jonge vrouw van Channel 13 schoot prachtig vol terwijl ze naar de foto's van de meisjes keek. Het waren niet de schoolfoto's, de portretten tegen een hemelsblauwe achtergrond. De televisiemensen hadden Dave en Miriam uitgelegd dat die al zo vaak in beeld waren gebracht dat ze 'hun kracht hadden verloren' en dat het verstandig zou zijn om nieuwe foto's te gebruiken. Ze hadden de spontane kiekjes uit Daves studeerkamer gekozen, aandenkens aan een uitstapje naar het oude Enchanted Forest aan Route 40. Heather zat in kleermakerszit op een paddenstoel, terwijl Sunny met haar handen in haar zij stond te doen alsof ze er niets aan vond, maar het was een heerlijke dag geweest in Daves herinnering, van Sunny's puberale humeur was nauwelijks iets gebleken en ze waren allemaal lief voor elkaar geweest.
De krantenverslaggevers, het laatste groepje van die dag, hadden er

geen bezwaar tegen om de schoolfoto's te gebruiken die al hadden gecirculeerd sinds de meisjes waren verdwenen, maar ze hadden aangedrongen op een nieuwe foto van Dave en Miriam, met de ingelijste schoolfoto's voor hen op de salontafel. Dave zag er verschrikkelijk tegen op om dat tafereel morgen in de krant terug te zien: zijn verkrampte arm om Miriams schouders, de afstand tussen hun lichamen, hun van elkaar afgewende gezichten.

'Ik weet dat er één losgeldeis is geweest, in de eerste week,' zei de verslaggever van de *Beacon*, de ochtendkrant. 'En dat bleek een grap te zijn. Zijn er het afgelopen jaar nog meer van die doodlopende sporen geweest?'

'Ik weet niet of...' Dave keek maar Miriam, maar die zei niets als het niet hoefde.

'Ik verwacht niet dat u me iets vertelt wat het onderzoek in gevaar kan brengen.'

'Er zijn andere telefoontjes geweest. Geen losgeldeisen. Eerder... zieke grappen. Obscene telefoontjes, maar niet in de traditionele zin van het woord.' Hij aaide over zijn kin, de beginnende baard, of althans zijn poging daartoe, en keek naar Chet. Die fronste zijn voorhoofd. 'Weet u, misschien kunt u dat er beter niet in zetten. De politie heeft vastgesteld dat het gewoon een rotjochie was. Hij kende ons niet, en de meisjes ook niet. Het stelde niets voor.'

'Ik begrijp het,' zei de journalist van de *Beacon*, die verwoed knikte om zijn medeleven te betuigen. Hij was rond de veertig, was oorlogsverslaggever geweest in Vietnam en had als buitenlandcorrespondent gewerkt in steden als Londen, Tokio en São Paulo. Hij was als eerste aangekomen en erin geslaagd dat allemaal over zichzelf te vertellen tijdens de kennismakingsronde in het begin. Zijn staat van dienst moest een geruststelling zijn, nam Dave aan, de verzekering dat de opdracht aan een van de deskundigste journalisten van de krant was toevertrouwd. Dave had echter ook ongewild het gevoel dat de man zichzelf net zo goed gerust wilde stellen. Twee vermiste meisjes vielen in het niet bij oorlogen en wereldpolitiek. Hij was zo te zien een drinker, met zijn aardbeienneus en ongezond rode wangen.

'De enige losgeldeis, die vanaf War Memorial Plaza, hebben ze ooit uitgevonden wie dat telefoontje had gepleegd?' Het was de verslaggeefster van de *Light*, klein en pittig. Met haar korte pagekopje en haar minirokje leek ze amper volwassen. Een jogger, dacht Dave met een blik op de harde kuiten tegen de onderste spijl van de keukenstoel waarop ze zat. Hij was na nieuwjaarsdag begonnen met hardlopen, al was het niet in het kader van zijn goede voornemens. Als geroepen door ongeziene stemmen was hij op een dag opgestaan, had zijn sportschoenen aangetrokken en was richting Leakin Park gerend, om de tennisbanen en de modelspoorbaan heen. Hij was naar Crimea gelopen, het zomerhuis van de oorspronkelijke eigenaren van het park achter de spoorweg, langs de oude kerk waar het volgens zijn dochters had gespookt. Hij zat nu op acht kilometer per dag, hoewel hij het joggen in het begin leuker had gevonden, toen het nog moeilijk ging en hij zich op elke hijgende ademhaling moest concentreren. Nu hij binnen een paar minuten de toestand van euforie van de hardloper bereikte, kon zijn geest weer vrijelijk dwalen, en hij kwam altijd op dezelfde plek terecht.

'Nee, ik... Nee, luister, er is geen nieuws. Het spijt me. Er is weer een jaar voorbij en er is nog steeds geen nieuws. Het spijt me. We staan u te woord omdat we hopen dat uw artikelen misschien iemands geheugen zullen opfrissen, dat u net die ene persoon zult bereiken die iets weet... Het spijt me.'

Miriam wierp hem een blik toe die alleen een echtgenoot begrijpt. *Hou op je te verontschuldigen.* Zijn ogen antwoordden: *Ik hou op zodra jij ermee begint.*

De journalisten leken het niet op te merken. Wisten ze het? Had Chet ze – uiteraard *off the record* – ingelicht over alle familiegeheimen en toen gezegd dat ze losstonden van de verdwijning van de meisjes? Dave zou nu bijna willen dat het hele verhaal was uitgekomen. Op goede dagen wist hij dat het niet Miriams schuld was. Waar Miriam die dag ook was geweest – bij een open huis, hier in Algonquin Lane of in een motel, een motel, een motél godbetert – ze had de meisjes niet kunnen redden. Trouwens, hij had zelf een groot deel van de middag in een café gezeten, al had hij zich vermand en was hij niet meer dan vijf minuten te laat bij het winkelcentrum aangekomen om de meisjes op te pikken. Zijn borst verkrampte nog steeds als hij eraan dacht hoe hij zich die middag had gevoeld. Boos, in de veronderstelling dat de meisjes te laat waren, niet aan hem dachten. Bang, maar op een veilige 'straks is het voorbij en dan kan ik weer boos zijn'-manier. Na drie kwartier was hij de beveiliging van het winkelcentrum gaan zoeken. Hij dacht nog vol genegenheid terug aan de dikke bewaker die met hem door de straten had gelopen, zijn rommelende, bassende stem die onschuldige mogelijkheden opsomde. 'Misschien hebben ze de bus naar huis genomen. Misschien doen ze mee aan zo'n enquête in het kantoor. Misschien hebben ze een lift gekregen van een vader of moeder van een vriendinnetje en dachten ze dat ze op tijd thuis zouden zijn om u op uw werk te bellen.'

Dave had zich aan de woorden van de bewaker vastgeklampt alsof ze een toezegging waren en was naar huis gescheurd in zijn Volkswagenbusje in de vaste overtuiging de meisjes daar aan te treffen, maar alleen Miriam was er geweest. Het was vreemd geweest haar te zien, de confrontatie te willen aangaan, maar het opeens ondergeschikte feit van haar ontrouw opzij te moeten schuiven. Miriam was bewonderenswaardig kalm gebleven, had de politie gebeld en met Dave afgesproken dat hij terug zou gaan naar het winkelcentrum om door te zoeken, terwijl zij thuis zou blijven voor het geval ze daar zouden opduiken. Om zeven uur gingen ze er nog steeds van uit dat de meisjes wel boven water zouden komen. Het was lastig te beschrijven hoe langzaam die verwachting, die hoop, die ooit terecht had geleken, hun was ontglipt. Emoties waren echter grillig, en door het uitblijven van een definitief antwoord bleef Daves fantasie rare sprongen maken, vergezochte eindes verzinnen. Dit was iets wat in een soap thuishoorde, dus waarom zou het geen soapeinde krijgen? Gelijktijdig geheugenverlies, een excentrieke Griekse miljardair die de kinderen had ontvoerd, ongedeerd, naar zijn Beierse kasteel. Waarom niet?

Wat Miriams zondes ook mochten zijn, Dave was degene geweest die toestemming had gegeven voor het uitstapje naar het winkelcentrum en hoewel Miriam hem keer op keer had verzekerd dat hij niets verkeerd had gedaan, bleef hij de schuld toch... aan háár geven. Hij was afwezig geweest, gespannen. Destijds had hij gedacht dat hij zich zorgen maakte over zijn zaak, maar achteraf gezien had hij geweten dat er iets verkeerd zat in hun huwelijk, dat zijn onderbewustzijn signalen oppikte die het niet kon duiden. Als hij zijn gedachten erbij had kunnen houden die dag, als hij zich op zijn dochters had gericht, had hij kunnen beseffen dat ze te jong waren voor zoveel vrijheid. Miriam had hem ertoe aangezet.

Hij voelde zich niet schuldig tegenover Jeff Baumgarten of zijn vrouw, die herhaaldelijk door de politie was verhoord nadat Miriam de waarheid had opgebiecht. Tenslotte was Thelma Baumgarten om drie uur in Daves winkel geweest en was de winkel niet meer dan vijf kilometer bij het winkelcentrum vandaan. Het motel bleek zelfs nog dichterbij te zijn. Dave had een grotere hekel aan mevrouw Baumgarten dan aan Jeff. Jeff had zijn vrouw geneukt, maar mevrouw Baumgarten... Tja, mevrouw Baumgarten met haar stomme briefje had geprobeerd het allemaal op Dave te projecteren. Die vette troela. Als ze haar echtgenoot tevreden had gehouden, had hij Miriam misschien met rust gelaten.

'Zijn er ooit belangrijke verdachten geweest?' vroeg de verslaggeefster van de *Light* en Dave keek naar Chet, hunkerend naar toestemming, aanmoediging, om alles over de Baumgartens te vertellen. Chet schudde bijna onmerkbaar zijn hoofd. *Het zou de zaken maar vertroebelen*, zei hij tegen Dave wanneer die ervoor pleitte om alles, álles openbaar te maken op grond van het argument dat ieder stukje van de waarheid belangrijk was, dat het niet alleen een deugd op zich was, maar ook van essentieel belang om erachter te kunnen komen wat er met zijn dochters was gebeurd. Hoe meer je de mensen vertelde, hoe meer aanknopingspunten ze hadden om hen te helpen. Misschien had mevrouw Baumgarten iemand ingehuurd. Misschien had Jeff Baumgarten geregeld dat de kinderen werden ontvoerd zodat hij Miriam kon dwingen hun buitenechtelijke affaire voort te zetten en was er iets misgegaan. Openheid was bevrijdend, redeneerde Dave, en zou worden beloond. Ze zouden alles naar buiten moeten brengen en het stof daarna laten neerdalen.

Misschien had Chet daarom besloten dat hij bij de interviews aanwezig moest zijn. Dave kon verder geen enkele reden bedenken waarom de rechercheur hier zou willen zijn. Er was maar weinig achtergehouden in de eerste weken van het onderzoek: de vondst van Heathers tas, de telefoontjes van mensen die de meisjes hadden gezien in verschillende staten (South Carolina, West Virginia, Virginia, Vermont) en in verschillende staat (levend en lachend, zwemmend en spelend, hamburgers etend, vastgebonden en gekneveld). Gek, maar die fantasten waren op hun eigen manier erger dan de grapjassen. Mensen dachten dat hun waandenkbeelden hielpen, maar ze veroorzaakten alleen maar pijn.

'Hebt u... Kunt u...' De verslaggever van de *Star*, die zo uit het verleden leek te komen met die hoed achter op zijn hoofd en dat smalle stropdasje, zocht naar woorden die, zo wist Dave, maar over één ding konden gaan. 'Hebt u nog altijd hoop dat uw dochters levend zullen worden gevonden?'

'Natuurlijk. Hoop is essentieel.' *Gelijktijdig geheugenverlies, een Beiers kasteel, een vriendelijke excentriekeling die twee goudharige dochters wilde, maar ze nooit, absoluut nooit iets zou aandoen.*

'Nee,' zei Miriam.

In de hoek van de kamer zette Chet zich schrap alsof hij verwachtte dat hij zou moeten ingrijpen. Had de speurder eindelijk iets bespeurd? Zou hij kunnen weten dat Dave op dat moment niets liever wilde dan zijn vrouw slaan? Het zou niet de eerste keer zijn in het afgelopen jaar dat Dave zich tegen die drang moest verzetten. De verslaggevers leken ook ontdaan te zijn, alsof Miriam een soort ongeschreven protocol voor rouwende ouders in de wind had geslagen.

'Neemt u het mijn vrouw niet kwalijk,' zei Dave. 'Ze is emotioneel en het is een heel moeilijke tijd...'

'Ik ben geen kind dat zijn middagdutje heeft overgeslagen,' zei Miriam. 'En ik ben vandaag niet emotioneler dan anders. Ik zou er heel graag naast willen zitten, maar als ik in dit stadium de waarschijnlijkheid van hun dood niet accepteer, hoe moet ik dan leven? Hoe moet ik dan verder?'

De verslaggevers maakten geen aantekeningen tijdens deze uitbarsting, viel Dave op. Ze hadden de natuurlijke neiging, zoals iedereen, altijd, om Miriam te beschermen, om aan te nemen dat haar ongepaste opmerkingen voortkwamen uit verdriet. Verslaggevers hoorden cynisch te zijn en misschien waren ze dat ook wel, als ze Watergate-achtige verhalen over intriges en samenzweringen moesten verslaan, maar Daves ervaring was dat ze de meest naïeve, optimistische mensen waren die hij ooit had gezien.

'Het spijt me,' zei hij, hoewel hij deze keer zelf niet eens wist waar hij zich voor verontschuldigde.

Een seconde daarna knikte Miriam ook, haar schouders krommend om Dave uit te nodigen een arm om haar heen te slaan. 'Het is moeilijk,' zei ze. 'Heel moeilijk om ruimte voor hoop te houden als je eigenlijk moet rouwen. Wat ik ook doe of zeg, het voelt alsof ik mijn dochters verloochen. We willen gewoon weten wat er is gebeurd.'

'Zijn er wel eens momenten dat u er niet aan denkt?' vroeg de journaliste van de *Light*.

De vraag overrompelde Dave, deels doordat hij niet eerder was gesteld. *Hoe ga je verder? Hoe kun je er niet aan denken?* Die vragen kende hij. Maar waren er ook momenten dat hij níet aan de meisjes dacht? Rationeel gezien moesten ze er wel zijn, maar hoe hij zijn best ook deed, hij zou niet weten wanneer. Als hij over het eten nadacht, hield hij nog steeds rekening met wat de meisjes lekker vonden. *Alweer gehaktbrood?* Als hij voor een rood licht stond in het middagverkeer, hoorde hij in zijn hoofd de gesprekken die ze ooit hadden gehad over het kantoor van de Sociale Dienst daar in de buurt en waarom er zoveel mensen werkten die ervoor zorgden dat het verkeer elke middag om vier uur vast kwam te zitten. *Dus zij geven ons geld als we later oud zijn? Cool!* Als hij nadacht over hoe erg hij Jeff Baumgarten haatte, hoe graag hij hem bij zijn huis in Pikesville wilde opwachten om met de vw-bus over hem heen te rijden als hij naar buiten kwam om de ochtendkrant van de ronde oprit te pakken – ging dat uiteindelijk niet ook over de meisjes? Net als wanneer hij zijn brievenbus openmaakte, zijn *New York Magazine* pakte, de advertentie voor Ron Rico-rum op de achterkant zag en zich herinnerde hoe gefascineerd Heather erdoor was geweest, terwijl Sunny giechelde om de wekelijkse woordenwedstrijd. Alles op aarde, van het ingestorte hutje dat de meisjes in de achtertuin hadden gebouwd, een groen, glinsterend bierblikje in de goot tot Miriams versleten blauwe badjas, deed hem aan de meisjes denken. Algemeen werd aangenomen dat je niet eeuwig zo intens kon blijven voelen, dat alle pijn vervaagde, maar hij wílde het blijven voelen. De doffe woede die hij voelde was als een lamp achter het raam, wachtend tot de meisjes de weg terug naar huis vonden.

Zelfs nu bleven zijn gedachten malen, in strijd met het doel van de agnihotra. Hij had geprobeerd het tactvol te sprake te brengen bij de anderen die het vijfvoudig pad volgden. Estelle Turner was al lang en breed dood natuurlijk, en Herb was na haar dood naar het noorden van Californië vertrokken, naar eigen zeggen omdat hij alle schepen achter zich moest verbranden om verder te kunnen. Dave had hem gebeld over de meisjes, maar Herb leek het hem te verwijten dat hij hem aan zijn vorige leven in Baltimore herinnerde en had het gesprek zo weten te draaien dat het over hém ging, over al zijn desillusies en verliezen. 'Ik kan de wég gewoon niet vinden, man,' had hij herhaaldelijk gezegd. Maar alles was toen ook ver van Herbs bed geweest – behalve Estelle. Zelfs de dood van zijn eigen dochter had Herb afgedaan als een soort spirituele test, een deel van zijn verdomde reis.

Er waren nog anderen in Baltimore die het vijfvoudig pad volgden, en zij waren het afgelopen jaar buitengewoon aardig voor Dave geweest en hadden Miriam, zoals ze het droog noemde, voorzien van een onuitputtelijke voorraad vegetarische maaltijden. Toch waren zelfs die vrienden kwaad geworden toen hij voorzichtig opperde dat hun gezamenlijke geloof misschien niet groot genoeg was om hem hier doorheen te helpen. Wat betekende het als hij niet in staat was om zijn hoofd leeg te maken voor zijn dagelijkse meditatie? Kon hij er beter mee ophouden tot hij de concentratie vond die hij nodig had, of moest hij blijven proberen, elke zonsopgang en zonsondergang, zijn hoofd leeg te maken en het hier en nu te omarmen?' Daar zat hij dan, bijna aan het eind van het zonsondergangsritueel, en hij kon zich er niets meer van herinneren, had geen enkele rust of voldoening gevonden. In plaats daarvan begon hij de agnihotra te zien zoals Miriam die altijd had gezien: een mestgeur en vettige rook die op de muren van de studeerkamer neersloeg.

Het vuur was gedoofd. Hij deed de as, die hij als mest gebruikte, in een zakje en ging weer terug naar de keuken om een glas wijn voor zichzelf en een whisky voor Chet in te schenken. Hij gaf Miriam ook een glas wijn.

'Eerlijk, Chet, zijn we ook maar iets verder gekomen? Als je terugkijkt naar het afgelopen jaar, kun je dan beweren dat we ook maar iets aan de weet zijn gekomen?' Hij vond het ruimhartig van zichzelf dat hij 'we' zei. Stiekem vond Dave de rechercheurs wel aardig en oprecht, maar ook ronduit onbekwaam.

'We hebben veel scenario's uitgesloten. Die muziekleraar van Rock Glen. Eh, anderen.' Chet was zo'n heer dat hij Miriam het gedoe met de Baumgartens niet wilde inwrijven. Dave kon het niet uitstaan dat de politie Miriam nog net niet had geprezen voor haar openheid over de verhouding, dat ze goedkeurend hadden geknikt, die zondagavond toen ze alles opbiechtte. Die eerlijke Miriam, die open Miriam, die haar neiging tot zelfbescherming en zelfbehoud opzijzette om alles te doen wat nodig was om haar dochters terug te vinden. Maar als Miriam geen talent voor bedrog had gehad, als ze nooit aan die stomme verhouding was begonnen, had ze helemaal niets te verbergen gehad. Net als Dave.

Toch was het Dave geweest die aanvankelijk had gelogen, die eerst het bezoek van mevrouw Baumgarten had verzwegen en onhandig had gestameld over zijn besluit de winkel eerder te sluiten en een biertje te gaan drinken bij het café verderop in de straat. Hij was tijdens die allereerste gesprekken met de politie nerveus en onzeker geweest, en hij had schichtig om zich heen gekeken. Was dat het probleem geweest? Waren de rechercheurs door Daves vreemde gedrag gaan denken dat hij de schuldige was? Ze ontkenden het nu, maar Dave wist zeker dat ze hem hadden verdacht.

'Heb je je mantra's opgezegd?' Chet kende Daves gewoontes inmiddels.

'Ja,' zei Dave. 'Een nieuwe dag, een nieuwe zonsondergang. Zullen we hier over driehonderdvijfenzestig zonsondergangen weer staan om ons verhaal te vertellen, in de hoop dat iemand zich zal melden? Of krijgen de gedenkdagen steeds grotere tussenpozen na het eerste jaar? Eerst vijf jaar, tien jaar, dan twintig, dan vijftig?
'Driehonderdenzesenzestig,' zei Miriam.
'Hè?'
'Het is een schrikkeljaar. 1976. Dus er is een extra dag. Het is driehonderdzesenzestig jaar geleden dat de meisjes verdwenen. Ik bedoel dagen, driehonderdzesenzestig dagen.'
'Nou, knap hoor, Miriam, dat je het tot op de dag weet. Je moet wel veel meer van ze hebben gehouden dan ik. Alleen is het vandaag de zevenentwintigste, niet de negenentwintigste. De verslaggevers hebben nog tijd nodig om hun verhalen en verslagen af te maken voor de editie van maandag, als het echt een jaar geleden is. Dus strikt genomen is het eigenlijk dag driehonderdvierenzestig.'

'Dave...' Dit was Chets echte rol in hun leven: meer die van vredestichter dan die van politieman. Maar Dave voelde zich toch al schuldig. Een jaar eerder, hoewel, driehonderdvierenzestig dagen eigenlijk, had hij gedacht dat het verlies van zijn vrouw de grootste tragedie van zijn leven zou zijn. Met kromme schouders aan de bar van Monaghan's had hij alle emoties van de bedrogen echtgenoot gevoeld: woede, wraaklust, zelfmedelijden, angst. Hij had met het idee gespeeld om van Miriam te scheiden, ervan overtuigd dat hij gezien de omstandigheden die ene vader zou zijn die wél de voogdij over zijn kinderen zou houden. In plaats daarvan was hij zijn kinderen kwijtgeraakt en had hij zijn vrouw gehouden.

Als hij had mogen kiezen... Maar hij had niets te kiezen gehad. Wie had er echt iets te kiezen als het op belangrijke dingen aankwam? Als hij de keus had gekregen, dan had hij zich geen twee keer hoeven bedenken om Miriam op te offeren als hij Sunny en Heather daarmee terug kon krijgen, en hij nam aan dat zij hetzelfde met hem zou doen. Hun huwelijk was een broos aandenken aan hun verloren dochters, werkelijk het allerminste wat ze konden doen.

Hij liet Chet uit en ging met zijn glas naar de veranda achter het huis. Daar keek hij naar de autoband van de schommel die aan de enige stevige boom in de tuin hing en de berg takken en brandhout bij de schutting. Toen de meisjes nog klein waren, hadden ze het leuk gevonden om forten te bouwen in de achtertuin, hutten van takken en twijgen, met 'tapijten' erin van het mos dat ze uit andere gedeeltes van de tuin haalden, en irissen en paardenbloemen als voedselvoorraad. De meisjes waren al een paar jaar te oud voor dit soort spelletjes, maar hun laatste fort had nog overeind gestaan tot afgelopen winter, toen het was bezweken onder het gewicht en het vocht van de sneeuw. Dave had het gevoel dat hijzelf in een huis van geknapte takken leefde, alsof hij op de scherpe uiteinden was gespietst, het mos allang afgestorven en de voorraad irissen uitgeput.

17

Eindelijk alleen – alweer alleen, natuurlijk weer alleen, zoals in dat nummer dat Sunny de hele dag had gedraaid toen ze elf was tot ze er allemaal hoorndol van werden. Miriam liep naar het aanrecht en goot haar glas wijn in de spoelbak. Alcohol smaakte haar niet meer zo, al merkte Dave zulke dingen niet op. Dat zou pas kunnen als hij inzag hoeveel meer hij zelf dronk, en dat type zelfkennis boeide Dave niet.

Boven het aanrecht was een groot raam met uitzicht op de achtertuin, de enige aanpassing waar Miriam op had aangedrongen toen het huis werd gerenoveerd. *Een vrouw moet een raam boven het aanrecht hebben*, had ze gezegd toen ze Daves oorspronkelijke bouwtekeningen zag, met Mexicaanse tegels boven het aanrecht. Het was een uitspraak van haar moeder, en Miriam had hem aan haar eigen dochters doorgegeven. Ze herinnerde zich hoe Heather haar poppenhuis had ingericht. Het was een rechthoekig, sober huis van blauw hout, heel anders dan het grillige victoriaanse huis dat Heather zelf zou hebben uitgezocht. Er zat zelfs modern Scandinavisch meubilair bij van stevig hardhout. 'Het aanrecht moet voor de vrouw staan,' had de rubberachtige moederpop tegen de rubberachtige vaderpop gezegd toen Heather het inrichtte, en Miriam had Heathers variant op haar verordening niet verbeterd. De poppetjes waren het enige uit de set wat niet oerdegelijk was. Ze verkruimelden en verdroogden zoals rubber onvermijdelijk doet, en de verf was van hun gezichtjes gebladderd, maar het huis en de meubeltjes stonden nog steeds in Heathers kast te wachten op... Wat? Wie?

De kamers van de meisjes waren grotendeels hetzelfde gebleven, hoewel Miriam zich uiteindelijk had vermand, de lakens had gewassen en de bedden had opgemaakt, het overhoopgehaalde, rommelige van Heather en het gladde, nauwelijks gekreukte van Sunny. De meisjes hadden ieder hun eigen manier van slapen aangevoerd als argument om hun bed niet op te maken. 'Ik maak er toch weer een zootje van,' zei Heather. 'Je kunt toch bijna niet zien dat ik erin heb gelegen,' zei Sunny. Ze hadden een compromis gesloten: van maandag tot en met vrijdag moesten de bedden worden opgemaakt en in het weekend niet. Wekenlang had Miriam troost geput uit de aanblik van die onopgemaakte bedden, het bewijs dat hun dochters van plan waren er weer in te slapen, dat de maandag zou terugkomen, samen met haar dochters.

In de onmiddellijke nasleep – hoewel, 'nasleep' was het verkeerde woord, want het suggereerde een tastbare gebeurtenis, iets onherroepelijks. Wat was de 'sleep' in hun situatie, wat was het 'na'? In de eerste achtenveertig uur, toen nog niets duidelijk en alles nog mogelijk was, had Miriam zich gevoeld alsof ze in een koude, snelle stroom was beland en alleen maar kon proberen de schok te overleven. Ze at niets, ze sliep nauwelijks en ze leefde op cafeïne omdat ze helder en alert moest zijn. Het enige waar ze van uitging, die eerste dagen, was dat er een antwoord zou volgen. Met het rinkelen van de telefoon of een klop op de deur zou alles worden onthuld.

Wat een belachelijk hooggespannen verwachting was dat geweest.

Rechercheur Willoughby – hij was nog geen Chet voor haar geweest, alleen de rechercheur, de politieman – had het zo moedig en onbaatzuchtig van haar gevonden dat ze nog vóór het weekend voorbij was had toegegeven waar ze die middag precies was geweest. 'De natuurlijke reactie is liegen,' zei hij tegen haar. 'Over de kleinste dingen. Je zou er versteld van staan hoe vanzelfsprekend en reflexmatig mensen tegen de politie liegen.'

'Als ik mijn dochters ermee terug kan krijgen, wat maakt het dan uit? En zo niet... wat dan nog?'

Dat had ze op de zondag na de verdwijning van de meisjes gezegd. De eerste vierentwintig uur, de eerste achtenveertig uur... Iedereen leek een vuistregel te hebben voor de cruciale periode. En iedereen leek ongelijk te hebben. Er waren helemaal geen regels, had Miriam ontdekt. Ze hoefden bijvoorbeeld niet te wachten voordat ze de meisjes als vermist mochten opgeven. De politie had hen vanaf het eerste telefoontje serieus genomen; er waren politiemensen naar hun huis gestuurd en toen naar het winkelcentrum, waar ze met Miriam en Dave door de uitgedunde zaterdagavondmenigte hadden gelopen. Andere mensen waren ook behulpzaam geweest. De zaalwacht van de bioscoop herinnerde zich de meisjes nog. Hij herinnerde zich ook nog dat ze kaartjes hadden gekocht voor *Escape From Witch Mountain* en daarna hadden geprobeerd bij *Chinatown* naar binnen te glippen. Miriam had zich vreemd trots op Sunny gevoeld toen ze dat hoorde. Die gehoorzame, brave Sunny was stiekem naar binnen geglipt bij een film waar ze te jong voor was, en nog zo'n goede ook. Ze had niet geweten dat haar dochter dat in zich had. Als ze er weer was zou ze niet boos zijn, integendeel. Sterker nog: ze zou de bioscoopagenda met Sunny doornemen, haar vragen of er nog andere films waren die ze graag wilde zien. Coppola, Fellini, Herzog – Sunny en zij konden samen naar buitenlandse films gaan.

Wat had ze zich die zaterdagavond nog meer voorgenomen? Ze zou weer iets van een spiritueel leven oppakken. Niet Daves vijfvoudig pad, maar misschien het judaïsme of desnoods de unitariërskerk. En ze zou Dave niet meer lastigvallen over het pad, hem niet meer plagen met het feit dat hij een spirituele gewoonte had overgenomen uit jaloezie op de rijkdom van de mensen die hem ermee in aanraking hadden gebracht. Hoe dankbaar ze de Turners ook was, ze deelde Daves blinde bewondering voor hen niet. Hun vrijgevigheid naar de Bethany's toe was voortgekomen uit zelfzuchtigheid, hoe tegenstrijdig dat ook mocht klinken.

Meer voornemens. Ze zou een betere moeder worden, gezonde maaltijden bereiden en minder vaak een beroep op de Chinees en Marino's pizzeria doen. Ze zou de was van de meisjes met zorg doen.

Misschien was het wel tijd om Sunny's kamer eens op te knappen, als symbool voor haar overgang naar de bovenbouw volgend jaar? En begon Heather niet te groot te worden voor de *Max en de maximonsters*-rand langs het plafond van haar kamer, hoe mooi die ook was? Miriam had hem gemaakt door twee exemplaren van het boek te kopen, de bladzijden eruit te halen en ze op de muur te plakken en te vernissen, zodat het hele verhaal erop stond. Ze zouden met zijn drieën naar de rommelmarkt en de kringloopwinkel gaan, tweedehands meubelen kopen en die in vrolijke, hippe kleuren verven. Goed textiel kon je niet namaken, dus ze zou naar de uitverkoop moeten, straks in januari…

Dat dacht Miriam allemaal toen de aanblik van de blauwe denim tas, die eruitzag als een vlek in het schemerige licht van het parkeerterrein, haar met een plotse, ziekmakende schok uit de toekomst terughaalde. Ze slaakte een kreet en zakte midden op het parkeerterrein door haar knieën, maar de jonge agent had haar tegengehouden.

'Niet aanraken, mevrouw. We moeten… Alstublieft mevrouw, dit kan zo niet.'

Meisjes raken dingen kwijt. Tassen en sleutels en haarlinten en schoolboeken en jassen en truien en mutsen en wanten. Spullen kwijtraken hoort erbij als je een kind bent. Voor Heather, eigenwijze, materialistische Heather, zou het kwijtraken van haar tas reden genoeg zijn om te weigeren naar huis te gaan, om nog eens haar gangen na te gaan, en nog eens en nog eens en nog eens. 'Heb je er wel eens over nagedacht,' had Miriam nog maar een paar weken eerder gevraagd, 'hoe het komt dat je iets wat je kwijt bent altijd terugvindt op de laatste plek waar je zoekt?' Wat had Heather dat malle woordgrapje prachtig gevonden toen ze het eenmaal doorhad. Rechtlijnige Sunny had alleen maar gezegd: 'Ja, hè-hè.'

Op haar knieën op het parkeerterrein snakte Miriam ernaar de tas te pakken alsof het haar dochter was, maar de jonge agent bleef haar tegenhouden. Er zat een vlek op, een voetafdruk, een bandenspoor. Wat zou Heather dat erg vinden. Er hadden twee andere tasjes bij de set gezeten, maar dit denim exemplaar was Heathers favoriet geweest.

Ze zouden het hebben vervangen, zonder haar een standje te geven voor haar onachtzaamheid. En morgen zouden ze eieren gaan zoeken, ook al hadden de meisjes gezegd dat ze er nu te oud voor waren. Althans, Sunny had gezegd dat ze er te oud voor was, dat ze geen moeite hoefden te doen, en Heather had zich er onmiddellijk bij aangesloten. Een speciale zoektocht, met chocola, maar ook met verbijsterende schatten. Ze kon de chocolade-eieren bij High's kopen, maar waar kon ze op dit uur nog schatten bemachtigen? Het winkelcentrum was nog maar een minuut of twintig open. Of ze moest naar de Blauwe gitaar gaan en zich van Daves waren bedienen – wat kon het ook schelen hoe rood ze al stonden? Ze zou sieraden en speelgoed uitzoeken, en aardewerken vaasjes voor de narcissen en krokussen die hun kopjes net boven de aarde begonnen te steken.

Het leven zou nooit meer zo indringend voelen als op dat moment. Dag na dag, naarmate de mogelijkheid dat er uitsluitsel zou komen kleiner werd, raakten Miriams zintuigen iets verder afgestompt. De meisjes zouden niet ongedeerd worden gevonden. De meisjes zouden niet levend worden gevonden. De meisjes zouden niet... intact worden gevonden, het altijd inzetbare eufemisme dat Miriam voor alles gebruikte, van seksueel misbruik tot afgehakte ledematen. Maar het zou lang duren tot het bij iemand opkwam dat de meisjes misschien helemaal niet gevonden zouden worden.

En Miriam had gewacht tot de meisjes gevonden zouden worden, besefte ze, niet alleen omdat ze wanhopig graag wilde weten wat er was gebeurd, maar ook omdat ze van plan was geweest bij Dave weg te gaan zodra dit achter de rug was. De tragische verdwijning van hun dochters – de verwijten, de last – hoorden net zo goed bij de echtelijke boedel als het huis, de meubelstukken en de winkel. Ze moest het hele verhaal kennen, zodat ze het onderling konden verdelen, fiftyfifty, eerlijk is eerlijk. Maar wat als het eind van het verhaal nooit kwam? Moest ze dan bij Dave blijven? Zelfs als ze schuld had aan de dood van haar dochters – hoewel Miriam zelfs in haar zwartste momenten niet kon geloven dat welke god, welk geloof dan ook, twee kinderen zou doden om een overspelige moeder te straffen, en als er al zo'n god bestond, wilde ze niets met hem of haar te maken hebben – moest ze dan als levenslange straf haar huwelijk uitzitten? Het was hiervoor al doods genoeg geweest, met hun plezier in de meisjes als enige lichtpuntje. Hoe lang moest ze blijven? Hoeveel was ze Dave verschuldigd? Ze keek naar haar spiegelbeeld in de ruit boven het aanrecht. *Een vrouw moet een raam boven haar aanrecht hebben*, had haar moeder gezegd. *De afwas is zo saai, je moet uitzicht hebben.* Voor zover ze wist, was het de enige eis die haar moeder ooit had uitgesproken. Ze had zich beslist nooit afgevraagd of het wel de vrouw moest zijn die de afwas deed, de maaltijden bereidde en het huis schoonmaakte, en ze had al helemaal geen bezigheden buitenshuis gezocht. Miriams generatie vrouwen eiste van alles, maar hoe ongelukkig haar moeder ook was met haar leven in Ottawa, ze had niet meer gevraagd dan een raam, en Miriam had haar voorbeeld gevolgd. Bij daglicht kon je de grote, overwoekerde, bijna verwilderde tuin zien. Dat verwilderde was een met zorg gecultiveerde illusie. Miriam had haar tuin bijgehouden zoals ze haar kinderen had opgevoed: ze gaf hem de ruimte om zijn eigen gang te gaan, respecteerde wat er was – kamperfoelie, munt, aronskelk – en had niet geprobeerd hem iets op te dringen wat er niet thuishoorde, zoals rozen en hortensia's. Wat ze had toegevoegd had erbij gepast en niets verstoord, vaste planten die het goed deden in de schaduw.

Maar wanneer de zon eenmaal onderging, liet het raam je alleen nog je eigen gezicht zien. De vrouw die Miriam aankeek zag er uitgeput, maar nog steeds aantrekkelijk uit. Een nieuwe man vinden zou geen probleem zijn. Sterker nog, het afgelopen jaar leken de mannen zich meer dan ooit tot haar aangetrokken te voelen. Chet was duidelijk verliefd op haar, en niet alleen omdat ze een jonkvrouw in nood was. De wetenschap dat Miriam een verhouding had gehad, het geheim dat hij voor de wereld had afgeschermd, wond hem op. Ze was een slechte vrouw. En hoewel Willoughby rechercheur moordzaken was, leek hij niet zoveel persoonlijke ervaring met slechte vrouwen te hebben.

Er waren ook andere mannen, die niet wisten wat Willoughby wist, maar zich toch tot Miriam aangetrokken voelden door het waas van gedoemdheid en onherstelbare schade dat haar leek te omhullen, die uitgeputte ogen die duidelijk zeiden: *Ik doe niet meer mee.* Het was eigenlijk griezelig, hoeveel mannen er op beschadigde vrouwen vielen. Ja, ze kon makkelijk een andere man vinden. Ze had er alleen geen behoefte aan. Wat zij zocht, was een excuus om weg te gaan, een doorslaggevende reden om naar boven te gaan, een tas in te pakken en weg te rijden, zonder dat ze gezien zou worden als de kille, onmenselijke vrouw die haar man in de steek had gelaten toen hij haar het hardst nodig had. De echtgenoot die haar had vergeven, zo ruimhartig, zo royaal. Anderzijds: hoe grootmoedig was een gebaar eigenlijk als je je er constant van bewust was hoe groots het was?

Ze zou het nog zes maanden geven, tot oktober. Maar oktober was vorig jaar zo zwaar geweest voor Dave; het prachtige weer, Halloween, de verklede buurtkinderen. November, december? Maar de feestdagen waren nog pijnlijker. In januari zou Sunny's verjaardag zijn en daarna kwam maart er al weer aan, als het twee jaar geleden was, en Heathers verjaardag de week erna. Er zou nooit een goed moment komen om weg te gaan, dacht Miriam. Er zou gewoon een moment komen. Snel.

Ze stelde zich voor hoe ze over de snelweg reed, richting… Texas. Ze kende een meisje uit haar studietijd dat in Austin was gaan wonen en lyrisch was geweest over hoe vrij en makkelijk iedereen daar leefde. Miriam zag zichzelf al in de auto zitten, naar het westen rijden en dan naar het zuiden, door Virginia, door de lange Shenandoah-vallei, langs de plekken die ze met de meisjes hadden bezocht, de grotten van Luray, Skyline Drive, Monticello, steeds zuidelijker, helemaal naar Abingdon en dan naar Tennessee. Ze voelde een huivering. Ja, dat was ook zo, iemand had de meisjes zogenaamd in Abingdon gezien. Een goedbedoelde melding, maar Miriam stoorde zich meer aan de bemoeials die er niets van snapten dan aan de echte grappenmakers.

Van alle dingen waar ze terecht boos om was, vond Miriam het nog het ergst dat haar persoonlijke tragedie algemeen bezit was geworden, iets waar anderen ook door getroffen beweerden te zijn. Kijk maar naar die verslaggevers vandaag, hoe ze hadden gepretendeerd ook maar enigszins te weten hoe ze zich voelde. De zogenaamde getuigen waren daar weer een variatie op, mensen die probeerden zich iets toe te eigenen, alsof de 'meisjes Bethany' een openbare bron of schat waren, een te groot bezit voor één gezin alleen, zoals de Hope-diamant in het Smithsonian, al werd er van die edelsteen dan ook gezegd dat er een vloek op rustte.

De Hope-diamant deed haar denken aan de reusachtige diamant die Richard Burton aan Elizabeth Taylor had gegeven. Miriam herinnerde zich dat ze het ooit luisterrijke stel in *Here's Lucy* had gezien, samen met Sunny en Heather. Miriam had Lucille Ball altijd verontrustend gevonden; een mooie vrouw zou zich niet zo moeten aanstellen om aandacht te krijgen. Schoonheid bood al bestaansrecht op zich, je hoefde maar naar Elizabeth Taylor te kijken als je daaraan twijfelde, maar de meisjes hielden van Lucy alsof ze een gekoesterde tante was en de comédienne had aan hun opvoeding bijgedragen door hen menig middag te vermaken via de wazige ontvangst van een zender uit Washington. De meisjes hadden ook wel door dat de serie die nu 's avonds werd uitgezonden op geen stukken na de magie had van het origineel, maar ze bleven uit loyaliteit kijken. In de aflevering waar ze nu aan dacht, paste Ball de ring van Taylor en kreeg ze hem niet meer af. Wat volgde was hilariteit alom, een en al grote ogen en wijd open monden.

De mensen pasten Miriams verdriet op dezelfde manier, gaven het vorm voor haar, bijna alsof ze verwachtten dat ze zich gevleid zou voelen door hun belangstelling, maar zij konden het moeiteloos afschudden als de tijd daar was. Ze leverden het weer bij haar in en gingen verder met hun heerlijk onbewogen leven, zelfgenoegzaam en tevreden.

18

Het had een heleboel smeekbedes en beloftes en onderhandelingen gekost, maar uiteindelijk had ze toestemming gekregen om naar een feestje te gaan. Ze had geprotesteerd – hoewel, niet écht geprotesteerd, want je stem verheffen was ontoelaatbaar – en had gezegd dat het vreemd zou lijken als ze de uitnodigingen die ze op school kreeg altijd afsloeg. Ze moest voor een normaal kind doorgaan, en kinderen gingen naar feestjes. Oom en tante, zoals ze hen in het openbaar moest noemen, wilden pertinent niet vreemd overkomen op anderen. Dat vond ze logisch, gezien alle geheimen die ze bewaarden en alle leugens die ze vertelden, maar ze begreep niet hoe ze hun vreemdheid voor zichzelf konden verbergen. Hoe konden ze in vredesnaam niet doorhebben hoe vreemd ze waren, hoeveel ze in alles afweken van wat normaal was? Buitenshuis was het 1976, het midden van een decennium waarin al was gebleken dat alles mogelijk was, zelfs in zo'n gehucht als dit. Een oorlog was beëindigd en een president afgezet omdat de mensen verandering hadden geëist. Ze hadden hun mening uitgesproken, hadden ervoor gedemonstreerd en waren er in een paar gevallen zelfs voor gestorven. Ze dacht niet aan de soldaten in Vietnam. Daar dacht ze nooit aan. Ze dacht aan het bloedbad op Kent State, de vier studenten die waren doodgeschoten tijdens een demonstratie. Het was jammer dat ze er niet meer aandacht aan had besteed toen het gebeurde, maar toen was ze nog een stuk jonger geweest. Het was niet iets wat een klein meisje kon bevatten, laat staan dat ze zich er iets van aan zou trekken.

Nu trok ze het zich echter wel aan. In de bibliotheek had ze een exemplaar van *Time Magazine* gevonden met daarin de foto van het meisje dat op haar knieën bij de dode student zat. Het meisje was van huis weggelopen, was van haar pad geraakt, op een plek terechtgekomen waar ze niet thuishoorde en de geschiedenis in gedwaald. De foto was een soort belofte geworden. Zij kon ook weglopen. Zij kon ook de geschiedenis opzoeken. En als ze de geschiedenis vond, als ze iets kon doen wat groots en belangrijk genoeg was, zou ze misschien vergiffenis krijgen.

Voorlopig was ze al blij dat ze op een feestje in het souterrain van een huis in de stad zat, wachtend tot iemand haar zou kiezen voor 'vijf minuten in de hemel'. Het spelletje was met ruzie begonnen, niet omdat er meisjes waren die niet mee wilden doen, want iedereen stond te popelen om mee te doen, maar omdat er onenigheid was over hoe lang de stelletjes in de kast moesten blijven. Sommigen zeiden twee minuten, op basis van de niet geringe autoriteit van *Are You There God? It's Me Margaret*, terwijl anderen zeiden dat het zeven minuten moest zijn omdat dat goed klonk: *zeven minuten in de hemel*. 'We nemen het gemiddelde,' besloot de gastvrouw, Kathy. Ze was een populair meisje, maar wel aardig; ze hanteerde haar macht met gratie. Als Kathy zei dat het oké was om vijf minuten in de hemel te spelen, moest het wel oké zijn.

Dat was nog iets anders wat oom en tante niet van de wereld vlak achter hun voordeur wisten: seks was overal, zelfs hier, zelfs onder de allerjongsten, juist onder de allerjongsten. Doktertje, flesje draaien, en nu vijf minuten (of twee, of zeven) in de hemel. Seks kwam als eerste in de rij van experimenten, ruim voor drank en drugs, hoewel de meesten hier op drugs neerkeken. Te hippieachtig. Haar klasgenoten vonden hun weg naar de jongvolwassenheid op de tast, letterlijk en figuurlijk.

Toch was zij de enige die al echt gemeenschap had in een zacht bed. Dat wist ze vrij zeker, hoewel ze het niet aan de anderen durfde te vragen. Als ze iemand over haar leven thuis zou vertellen, zouden ze haar weghalen, en dan zou het nog erger kunnen worden.

Ze vond het lastig om overdag, op een zaterdagmiddag, aan zoenen te denken. Seks was iets voor 's nachts, verbeten en geluidloos, in een huis waar iedereen deed alsof hij het gepiep van de veren niet hoorde, hoe het bed schoof en telkens tegen de muur stootte, met een gedempte bons, als golven die tegen een dam slaan. Golven tegen een dam... Ze was in Annapolis, op het mosselfeest. Ze was acht. Ze had een oranje-met-roze broekrok aan. Ze hield niet van mosselen, maar ze vond het feest leuk. Iedereen was blij, vroeger, toen ze acht was.

Overdag was ze een ver nichtje uit Ohio, opgezadeld met een naam die ze echt vervloekte: Ruth. Zo gewoon, zo saai, die naam. Ruth. Als ze dan een nieuwe naam moest krijgen, waarom dan niet Cordelia of Geraldine, een van de namen die Anne uit *Anne van het groene huis* voor zichzelf had gekozen? Maar oom had uitgelegd dat er weinig keus was en dat hij er niets mooiers dan Ruth van kon maken. Ruth was een echt meisje geweest, ooit, een meisje dat maar drie of vier jaar oud was geworden en toen samen met haar hele familie was omgekomen bij een brand in een plaatsje dat Bexley heette. Ruth was jonger geweest dan zij, dus ze hadden haar in de verkeerde klas gezet. Ze had verwacht dat het saai zou zijn, nog een keer hetzelfde, maar haar nieuwe school, Shrine of the Little Flower, bleek moeilijker te zijn dan haar vorige. Ze wist niet of het door de nonnen kwam of doordat het een kleine klas was, of misschien allebei. Door al het huiswerk had ze geen tijd om alles te leren wat ze over haar nieuwe zelf moest weten, en ze maakte zich zorgen dat iemand haar vragen over Ohio zou stellen die ze niet zou kunnen beantwoorden: de hoofdstad van Ohio, de bloem van Ohio, de vogel van Ohio. Niemand vroeg echter ooit iets. Haar nieuwe klasgenoten waren samen opgegroeid en hadden weinig ervaring met onbekenden, en het was hun expliciet verboden Ruth te vragen naar de gruwelijkheden die haar familie in Ohio waren overkomen.

Eén meisje, dat thuis voor mongool zou zijn uitgemaakt, al leek het woord hier niet gebruikt te worden, had haar naar de tekens gevraagd.

'Tekens?'

'Van de brandwonden?'

'O, líttekens.' Ze hoefde maar heel even na te denken. Liegen begon een tweede natuur te worden. 'Ze zitten op een plek waar je ze niet kunt zien.'

Ze had er spijt van, want de jongens van Little Flower hadden het gehoord en ze hadden erom gewed wie Ruths geheime littekens het eerst zou zien. Zelfs vandaag, toen er was voorgesteld vijf minuten in de hemel te spelen, had ze gezien hoe Jeffrey naar haar wees, Bill een stomp tegen zijn bovenarm gaf en goed hoorbaar fluisterde: 'Misschien zie jij Ruths littekens straks wel.' Ze wist dat Jeff haar leuk vond, dat zijn geplaag een vorm van flirten was, maar ze was te moe om zich erover op te winden. De meisjes van Little Flower mochten dan niet weten wat ze met een nieuw meisje aanmoesten, de jongens wisten het maar al te goed, of dat dachten ze tenminste. Ze vonden haar leuk, die mysterieuze, verboden Ruth met haar tragische verleden waar niemand over mocht beginnen. Ze was bang dat ze de seks aan haar konden ruiken, ondanks de uitgebreide douches 's ochtends en 's avonds die haar op boze preken over het opraken van uit de grond gepompt water en de gasprijs kwamen te staan.

'Zevenenveertig,' riep Bill. Dat was haar nummer. De andere kinderen joelden, zoals elke keer. Ze liep zo waardig mogelijk naar de kast, in aanmerking genomen dat ze wist dat Bill achter haar rug gekke bekken naar zijn vrienden stond te trekken. Ze hield zichzelf voor dat alle zelfbewuste jongens nu eenmaal zo deden.

De kast was eigenlijk een voorraadkamer, waar Kathy's moeder haar ingeblikte zomeroogst bewaarde. Tomaten, paprika's en perziken keken op hen neer. Ze deden haar denken aan de weckpotten in een horrorfilm, aan de hersenen op sterk water in *Young Frankenstein*. Abby. Abby Normaal! Dat zou nog eens een goede schuilnaam zijn. Tante weckte ook, en ze maakte heerlijke jams en confitures. Appels, perziken, pruimen, kersen – nee, niet aan de kersenboom denken. Er stond een grote koelbox op de grond waar ze op gingen zitten, heup aan heup, onhandig en verlegen.

'Wat wil je doen?' vroeg Bill.

'Wat wil jij doen?' kaatste ze terug.

Hij haalde zijn schouders op, alsof de situatie hem niet boeide, alsof hij alles al had gezien en gedaan.

'Wil je met me zoenen?' waagde ze.

'Ja, oké.'

Zijn adem smaakte naar taart en chips, wat wel prettig was. Hij opende zijn lippen, maar probeerde niet zijn tong in haar mond te steken. En hij hield zijn handen in zijn zij, bijna alsof hij bang was haar aan te raken.

'Lekker,' zei ze beleefd, maar ook gemeend.

'Wil je het nog een keer doen?'

'Goed.' Ze hadden vijf minuten.

Deze keer stak hij een piepklein puntje van zijn tong tussen haar lippen en hield het daar, nauwelijks ademend, alsof hij verwachtte dat ze bezwaar zou maken of hem weg zou duwen, maar zij had al haar concentratie nodig om niet in een reflex haar mond te openen en zijn tong naar binnen te zuigen. Ze was inmiddels goed gedresseerd, een expert in de technieken waarmee ze de nachtelijke handelingen kon versnellen. Wat zou Ruth doen, de echte Ruth, als ze niet op haar vierde was verbrand? Wat zou Ruth weten, wat zou zij doen? Het puntje van Bills tong lag op haar onderlip, als een restje eten of een haarlok die ze weg wilde vegen, maar ze liet het liggen.

'Wat wil je verder doen?' vroeg Bill, die zich van haar losmaakte om adem te halen.

Hij wist het niet, begreep ze. Hij had er geen idee van wat je allemaal kon doen, zelfs in maar vijf minuten. Heel even overwoog ze het hem te demonstreren, maar ze wist dat het rampzalig zou uitpakken. Toen hun vijf minuten eindelijk om waren en de anderen op de kastdeur bonsden en riepen dat ze de kleren moesten aantrekken die helemaal niet uit waren gegaan, was Bill nog steeds zo onwetend als zij zou willen zijn. Toen riep Kathy's moeder naar beneden dat het tijd was om iets te komen drinken en hoefde ze geen nummer meer te roepen.

'Hoe was het feestje?' vroeg oom.

'Saai,' zei ze. Het was de waarheid, maar ze wist dat het een waarheid was die hem blij zou maken. Als dit feestje saai was geweest, wilde ze misschien niet nog een keer naar een feest. Hij maakte zich ongerust om haar als ze buiten was zonder dat er iemand uit het gezin op haar lette. Hij vertrouwde haar niet helemaal buitenshuis. Ze vond het trouwens ook fijn om hem blij te maken. Op zijn eigen vreemde manier stond hij aan haar kant, en hij was de enige in huis; zelfs de honden waren ruw en gemeen, en deden niet meer dan jassen vies maken en je maillots aan flarden scheuren.

'Ik wilde eigenlijk even naar buiten,' zei ze.

'In deze kou?'

'Gewoon even om het huis heen lopen. Niet te ver.'

Ze liep naar de boomgaard, naar de kersenboom. In deze tijd van het jaar was het lastig te zien of er echt knoppen in zaten of dat je zag wat je hoopte te zien, een speling van het maartse licht, dat grijsgroene schaduwen wierp die eruitzagen als een belofte van nieuw leven.

'Ik heb vandaag met een jongen gezoend,' vertelde ze de boom, de schemering, de grond. Ze waren niet onder de indruk, maar de gewoonheid van het vertellen gaf haar het gevoel dat ze misschien ooit weer normaal zou kunnen zijn, dat ze op haar schreden kon terugkeren en alles recht kon zetten. Ooit.

Ze was Ruth uit Bexley, Ohio. Haar hele familie was omgekomen bij een brand toen ze drie of vier jaar was. Zij was uit een raam op de bovenverdieping gesprongen en had haar enkel gebroken. Daardoor zat ze een klas te laag, doordat ze zo lang in het ziekenhuis had gelegen. Nee, ze was niet blijven zitten. Ze had dat jaar alleen geen schoolwerk kunnen doen. En in Ohio leerde je andere dingen op school. Zo kwam het dat ze soms iets niet wist wat ze wel hoorde te weten.

Ja, ze had littekens, maar ze zaten op een plek waar je ze niet kon zien, zelfs niet als ze een badpak droeg.

Deel v

Vrijdag

19

'Ik kan het niet,' zei ze. 'Ik kan het gewoon niet.'
Vreemd, de dingen die je bijbleven van school. Infante was geen geweldige leerling geweest, maar hij had geschiedenis een poosje leuk gevonden. Op vrijdagochtend, in de ziekenhuiskamer van de onbekende vrouw – hij bleef haar in gedachten een onbekende noemen, nu meer dan ooit – moest Infante denken aan iets wat hij ooit had gehoord over Lodewijk de Veertiende. Of misschien de Zestiende. Waar het om ging, was dat hij zich herinnerde dat sommige koningen hun bedienden lieten toekijken terwijl ze zich aankleedden en dat ze dat deden om hun macht te laten gelden. Kleden, baden en god weet wat nog meer. Als veertienjarige jongen uit Massapequa had hij dat niet geloofd. Wat zag er nu minder machtig uit dan een naakte man, of een poepende man? Maar terwijl hij toekeek hoe de onbekende vrouw haar ding deed, schoot die geschiedenisles hem weer te binnen.

Niet dat ze zich voor hem uitkleedde, absoluut niet. Ze had nog altijd haar ziekenhuishemd aan, met een felgekleurde sjaal om haar benige schouders gedrapeerd. En toch commandeerde ze Gloria en de maatschappelijk werkster van het ziekenhuis, hoe heette ze ook alweer, als een koningin in het rond, alsof hij helemaal niet in de kamer was. Als hij niets van haar had geweten – en nogmaals, daar hield hij het ook op – had hij haar ingeschat als een rijke trut, of in ieder geval een vaderskindje, iemand die eraan gewend was haar zin te krijgen. Bij mannen én vrouwen. Deze twee wrongen zich vrijwillig voor haar in bochten.

'Mijn kleren...' begon ze met een blik op de kleren die ze had gedragen toen ze was opgenomen, en zelfs Kevin kon zien waarom ze die niet meer aan wilde. Het was een soort joggingpak, een wijd topje en een yogabroek van het merk Under Armor dat hier zo populair was, en er kwam een muffe geur af. Niet de bijtende zweetlucht van een training, maar de geur van iemand die er te lang in had geslapen en rondgelopen. Hij vroeg zich af hoeveel kilometer ze er voor het ongeluk in had rondgereden. *Kom je helemaal uit Asheville? Hoe heb je dan kunnen tanken, zonder pasjes of contant geld?* Zou ze haar portemonnee uit het raam van de auto hebben gegooid? Gloria bleef proberen de gebeurtenissen na het ongeluk toe te schrijven aan onversneden paniek, de verkeerde beslissingen die je door adrenaline worden ingegeven, maar je zou ertegenin kunnen brengen dat het allemaal beredeneerd was, dat ze de plek van het ongeluk was ontvlucht om zichzelf de tijd te geven om een verhaal te bedenken.

Een verhaal dat was uitgebreid met een misdadige politieman toen de vrouw ontdekte dat het om vond dat ze in de cel moest worden gezet, zonder borgtocht, omdat ze vluchtgevaarlijk was. En inderdaad: de officier van justitie had verbaasd met zijn ogen geknipperd en haar haar vrijheid gegund, mits Gloria ervoor in zou staan dat ze in Baltimore bleef. Infante moest toegeven dat iemand wel heel veel lef moest hebben om Gloria te durven ontvluchten. Ze zou de vrouw al opsporen voor haar honorarium, laat staan voor de borgsom die ze zou moeten betalen.

'Er zit een vestiging van het Leger des Heils aan Patapsco Avenue,' zei de maatschappelijk werkster. Kay, zo heette ze. 'Ze hebben er mooie kleren.'

'Patapsco Avenue,' zei mevrouw X peinzend, alsof ze het zich herinnerde, een beetje op mijmerende toon, een beetje neerbuigend, dacht Infante te horen. 'Volgens mij zat daar ooit een goedkoop vistentje. Mijn ouders kochten er altijd krab.'

Daar haakte hij op in. 'Jullie gingen helemaal daarheen om vis te kopen, terwijl jullie in het noordwesten van Baltimore woonden?'

'Mijn vader was dol op koopjes. Koopjes en... eigenaardigheden.

Waarom zou je tien minuten rijden voor gestoomde krab als je ook dwars door de stad kon rijden om tien cent per pond te besparen en nog een goed verhaal te hebben ook? Nu ik erover nadenk, zat daar niet ook een tentje waar ze in poedersuiker gedoopte gefrituurde groenepaprikaringen hadden?'

Kay schudde haar hoofd. 'Ik heb er wel van gehoord, maar ik woon al mijn hele leven in Baltimore en ik heb het nog nooit ergens op de kaart zien staan.'

'Dat je iets niet ziet, wil nog niet zeggen dat het niet bestaat.' Ze was weer een koningin, zoals ze haar kin naar voren stak. 'Ik heb jarenlang in het volle zicht geleefd, maar toch heeft niemand me ooit gezien.'

Mooi, ze kwam eindelijk in de buurt van het onderwerp waar het al die tijd al over had moeten gaan. 'Was uw uiterlijk helemaal niet veranderd?'

'Mijn haar werd twee tinten donkerder geverfd. Ik wilde graag rood haar, net als Anne uit het groene huis, maar wat ík wilde deed er zelden iets toe.' Ze keek hem aan. 'Ik neem aan dat u niet zo'n fan van L.M. Montgomery was.'

'Wie was dat?' vroeg hij gehoorzaam, wetend dat hij in de val liep en dat de drie vrouwen hem zouden uitlachen. Hij kon het zich wel veroorloven uitgelachen te worden, misschien kon hij het zelfs wel in zijn voordeel gebruiken. Laat haar maar denken dat hij een idioot was. Zou het niet fantastisch zijn als Gloria met Kay meeging om kleren te kopen? Maar zoveel mazzel zou hij nooit hebben. 'Even serieus...'

'Ik begon te groeien,' zei ze, alsof ze wist waar hij naartoe wilde. 'En hoewel iedereen wist dat ik zou groeien als ik nog in leven was, denk ik toch dat het mede daardoor kwam dat niemand me ooit herkende. Daardoor, en ook doordat ik nog maar alleen was.'

'Ja, uw zus. Wat is er met haar gebeurd? Dat lijkt me een goed beginpunt.'

'Nee,' zei ze. 'Dat lijkt mij niet.'

'Gloria zei dat u van alles te vertellen had. Over een politieman, zelfs. Ik ben hier vanochtend naartoe gestuurd omdat u er klaar voor zou zijn me alles te vertellen.'

'Ik kan de grote lijnen vertellen. Ik weet nog niet zeker of ik wel in details moet treden, op dit moment. Ik heb niet het gevoel dat u aan mijn kant staat.'

'U zegt dat u een slachtoffer bent, een gijzelaar die tegen haar wil is vastgehouden, en u zinspeelt erop dat uw zus is vermoord. Waarom zou ik niet aan uw kant staan?'

'Zie je, daar heb je het al: *u zegt*. Het is niet zo, maar ik zég dat het zo is. Uw achterdocht maakt het heel moeilijk voor me om u te vertrouwen. Daar komt nog bij dat u waarschijnlijk al het mogelijke zou doen om een verhaal dat iemand uit uw eigen korps in een kwaad daglicht stelt in diskrediet te brengen.'

Daar raakte ze een zere plek, maar hij was niet van plan haar te laten merken hoe erg het hem dwarszat, dat het allerlei alarmbellen had doen rinkelen op het bureau. Die voldoening gunde hij haar niet. 'Het is maar bij wijze van spreken, meer niet. Zoek er niet te veel achter.'

Ze haalde haar rechterhand, de hand die niet verbonden was, door haar haar, zonder zijn blik los te laten. Hun spelletje wie de ander het langst kon aankijken ging door tot ze met haar ogen knipperde alsof ze doodmoe was. Toch had hij het gevoel dat ze hem de illusie gunde dat hij had gewonnen, dat ze het veel langer had kunnen volhouden. Het was me er eentje, echt uniek.

'Ik heb ooit een meisje gekend...' begon ze met haar ogen dicht.

'Heather Bethany? Penelope Jackson?'

'Het was op de middelbare school. Toen ik nog bij hém was.'

'Waar...'

'Later. Alles op zijn tijd.' Haar ogen waren nu open, maar ze keken naar de muur links van haar. 'Ik kende een meisje dat heel populair was. Een cheerleader, een goede leerling. Maar lief. Het soort meisje dat door volwassenen wordt bewonderd. Ze had veel vriendjes. Oudere jongens, studenten. In... daar waar het was... was een meer waar jongeren 's avonds naartoe gingen om te drinken en te vrijen. Haar ouders hadden liever niet dat ze 's avonds laat in de auto zat, dat ze over dat soort weggetjes reed met onervaren jongens. Ze maakten dus een dealtje met haar. Als zij haar vriendjes mee naar huis nam, zouden ze haar privacy respecteren. Ze kreeg dan de hobbykamer in het souterrain tot haar beschikking met haar vriendje. Ze mochten het zo laat maken als ze wilden. Ze mochten bier drinken, met mate. Tenslotte konden ze ook de staatsgrens oversteken, waar je destijds op je achttiende mocht drinken. Ze mochten bier drinken en tv-kijken in de wetenschap dat haar ouders onder geen beding de kamer binnen zouden komen, tenzij ze 'brand!' of 'help!' zou roepen. Haar ouders zouden op hun slaapkamer blijven, twee verdiepingen hoger, en haar privacy respecteren. Wat denkt u dat er gebeurde?'

'Geen idee.' *Christus, wat kan mij het schelen.* Maar Kevin moest doen alsof het hem wel wat kon schelen. Deze dame dronk aandacht als water.

'Ze deed alles. Echt álles. Ze perfectioneerde de kunst van het pijpen. Ze liet zich ontmaagden. Haar ouders dachten dat ze het zo slim hadden aangepakt, dat ze haar alle vrijheid konden geven, maar dat ze te geremd zou zijn om er gebruik van te maken. Ze dachten dat ze hen niet zou geloven, dat ze bang zou zijn dat ze toch binnenkwamen. Dus dit lieve, populaire meisje nam nog net geen pornofilms op in de hobbykamer van haar ouders, en toch veranderde het geen klap aan haar reputatie.'

'Gaat dit verhaal over u?'

'Nee. Het is een verhaal over perceptie, over wat je in het openbaar bent en wat je privé bent. Op dit moment ben ik nogal op mezelf. Anoniem, onbekend, alledaags. Maar zodra ik vertel wat er met me is gebeurd, zult u me vies vinden. Obsceen. U zult er niets aan kunnen doen. Die cheerleader in de hobbykamer kon zoveel pijpbeurten geven als ze wilde, maar het kleine meisje dat niet probeert te ontsnappen aan degene die haar gevangenhoudt en misbruikt, dat iedere nacht wordt verkracht, dat meisje is lastiger te begrijpen. Ze moet het wel lekker hebben gevonden, als ze niet wegliep. Toch? En dan hebben we het nog niet eens over het feit dat de man in kwestie een politieman was.'

'Ik ben rechercheur,' zei hij. 'Ik beschuldig geen slachtoffers.'

'Maar u stopt ze wel in hokjes, toch? U denkt anders over, laten we zeggen, een vrouw die door haar man wordt doodgeslagen dan over een straatdealer die door een concurrent wordt vermoord. Dat is menselijk. En u bent menselijk, toch?' Kevin wierp een blik op Gloria. De ervaring had hem geleerd dat ze haar cliënten kort hield, dat ze verhoren onderbrak en bijstuurde, maar deze dame liet ze de dienst uitmaken. Ze leek zelfs een beetje in de ban van haar te zijn. 'Ik wil u helpen, maar ik wil ook het beetje normaalheid beschermen dat ik nog heb. Ik wil niet de gek van de week worden op al die nieuwszenders. Ik wil niet dat de politie in mijn huidige leven gaat neuzen, dat er buren, collega's en chefs worden uitgehoord.'

'En vrienden? Familie?'

'Die heb ik niet.'

'Maar u weet toch dat we proberen uw moeder te vinden, Miriam, ergens in Mexico?'

'Weet u zeker dat ze nog leeft? Want...' Ze maakte haar zin niet af.

'Want wat? Want u denkt dat ze dood is? U rékende erop dat ze dood zou zijn?'

'Waarom noemt u mijn naam nooit als u met me praat?'

'Pardon?'

'Gloria doet het. Kay ook. Maar u noemt me nooit bij mijn naam. U noemde de naam van mijn moeder daarnet, maar nooit die van mij. Gelooft u me niet?'

Ze luisterde goed, beter dan de meesten. Je moest echt goed luisteren om te horen wat een ander tijdens een gesprek weglaat, en ze had gelijk: hij piekerde er niet over om haar Heather te noemen. Hij geloofde haar niet, zo simpel was dat, had haar van meet af aan als leugenaar geclassificeerd. 'Hoor eens, het gaat niet om geloof of vertrouwen of sympathie. Ik ga liever uit van vaststaande feiten. Dingen die bewezen kunnen worden, en die hebt u me nog niet gegeven. Waarom wist u zo zeker dat uw moeder niet meer leefde?'

'Tegen de tijd dat ik achttien werd...'

'In welk jaar was dat?'

'Op 3 april 1981. Toe nou, rechercheur. Ik weet echt wel wanneer ik jarig ben. Best knap trouwens, gezien het aantal verschillende verjaardagen dat ik in mijn leven heb gehad.'

'Heather Bethany's verjaardag is op internet te vinden. Hij heeft in de kranten gestaan. Iedereen weet dat Heather Bethany maar een paar dagen voor haar twaalfde verjaardag is verdwenen.'

Ze nam de moeite niet in te gaan op dingen waar ze niet op in wilde gaan, nog meer bewijs van hoe geslepen ze was. 'Hoe dan ook, tegen de tijd dat ik achttien werd, kwam ik er alleen voor te staan. Ik werd vrijgelaten, op de bus gezet, kreeg prachtige afscheidscadeaus en dat was het dan.'

'Hij liet u vrij, zomaar? Hij had u zes jaar vastgehouden en zwaaide u toen uit, zonder zich af te vragen waar u naartoe zou gaan of wat u zou vertellen?'

'Hij vertelde me dag in, dag uit dat mijn ouders me niet wilden, dat er niemand naar me zocht, dat ik geen familie meer had om naar terug te gaan, dat mijn ouders uit elkaar waren en ergens anders waren gaan wonen. Uiteindelijk ging ik het geloven.'

'En toch, wat gebeurde er toen u achttien werd? Waarom liet hij u gaan?'

Ze haalde haar schouders op. 'Hij had geen belangstelling meer voor me. Naarmate de tijd verstreek, werd ik minder... plooibaar. Hij had me nog steeds onder de duim, maar ik begon in die duim te bijten, mijn eigen eisen te stellen. Het was tijd om voor mezelf te zorgen. Ik nam de bus...'

'Waar?'

'Nog niet. Ik ga niet vertellen waar ik instapte, maar ik stapte uit in Chicago. Het was er ijskoud voor april. Ik had nooit geweten dat april zo koud kon zijn. En er was een optocht voor de astronauten van de spaceshuttle die net waren geland. Ik weet nog dat ik bij de bushalte wegliep, het centrum in, en terechtkwam in de nasleep van een groots feest. Ik had het leukste stuk gemist; alleen het afval was er nog.'

'Mooi verhaal, geloof ik. Is het waar of is het maar een metafoor?'

'U bent slim.' Bewonderend en beledigend tegelijk.

'Waarom zou ik dat niet zijn? Omdat ik een smeris ben?'

'Omdat u knap bent.' Tot zijn eigen ergernis bloosde hij, ook al was het verre van de eerste keer dat een vrouw zijn uiterlijk prees. 'Het mes snijdt aan twee kanten, hoor. Mannen denken dat mooie meisjes dom zijn, maar vrouwen denken hetzelfde over een bepaald type man. Als vrouw kun je bijna niets ergers doen dan een relatie beginnen met een man die mooier is dan jij. U zou nooit mijn vriend kunnen zijn, rechercheur Infante.'

Gloria Bustamante had er roerloos bij gezeten, als een waterspuwer, maar nu schraapte ze rumoerig haar keel om de ongemakkelijke stilte te vullen. Misschien was ze nog harder geschrokken dan Infante van de wending die het gesprek had genomen.

'Heather wil je wel iets geven,' zei Gloria. 'Iets triviaals, iets wat je kunt natrekken en dat, als het waar blijkt te zijn, grotendeels kan bewijzen dat haar beweringen kloppen.'

'Waarom kan ze niet gewoon een verklaring afleggen?' vroeg hij. 'Data, tijden, plaatsen. De naam van de man die haar heeft ontvoerd en haar zusje heeft vermoord. Ze heeft zes jaar met hem samengewoond. Ik mag aannemen dat ze weet hoe hij heet, godsamme.'

De vrouw in het ziekenhuisbed – hij kon geen benamingen meer voor haar bedenken – onderbrak hem, met fonkelende ogen. 'Wisten jullie dat "trivia" oorspronkelijk niets met kleinigheden te maken heeft, maar bij de Romeinen als woord voor "driesprong" werd gebruikt? De betekenis is op den duur verschoven. Het was een teleurstelling voor me. Taal zou sterker moeten zijn, zich moeten verzetten tegen aantasting.'

'Ik ben hier niet om over taal te praten.'

'Oké, dan krijgt u nu waar u voor gekomen bent. Aan Interstate 83, net voorbij de grens met Pennsylvania, de eerste afslag, ergens bij Shrewsbury. Het was toen nog niet zo volgebouwd en de straatnamen zijn misschien veranderd, maar er was een boerderij aan een weggetje dat Old Town Road heette en dat van Glen Rock naar Shrewsbury liep, helemaal naar York. De boerderij had een postbus, maar aan het begin van de oprit stond een brievenbus met het nummer 13350. De oprit was anderhalve kilometer lang, bijna tot op de meter nauwkeurig. Het huis was van steen, de deur was knalrood geverfd. Er stond een schuur. Niet ver van de schuur was een boomgaard. Daar zult u het graf van mijn zus vinden, onder een kersenboom.'

'Hoeveel kersenbomen staan er?'

'Een paar, en er stonden ook andere soorten bomen. Appels en peren, een paar kornoeljes voor de kleur. In de loop der tijd heb ik in onbespiede momenten een patroon in de schors gekrast. Niet haar initialen. Dat zou zijn opgevallen. Alleen een kring van kruisjes.'

'We hebben het over dertig jaar geleden. Die boom kan allang weg zijn. Het huis kan allang weg zijn. De wereld draait door.'

'Maar de gegevens van het kadaster worden bewaard. En als u het adres natrekt dat ik u heb gegeven, weet ik zeker dat u een naam zult tegenkomen die terug te vinden zal zijn in de personeelsbestanden van de regiopolitie Baltimore.'

'Waarom vertelt u me verdomme niet gewoon hoe de man die u dit heeft aangedaan heet?'

'Ik wil dat u me gelooft. Ik wil dat u de boerderij ziet, dat u zijn naam in het kadaster ziet en vergelijkt met uw eigen personeelsbestanden. Ik wil dat u de botten van mijn zusje vindt. Als u hem dan vindt – áls u hem vindt, want hij zou ook dood kunnen zijn, ik heb geen idee – dan weet u dat het waar is.'

'Waarom gaat u niet met ons mee om het me aan te wijzen? Zou dat niet eenvoudiger zijn, en sneller?' *Of is eenvoudig en snel juist wat je niet wilt, juffie? Waarom blijf je tijd rekken? Wat is je motief?*

'Dat,' zei ze, 'is het enige wat ik nooit zal doen. Zelfs niet na bijna vijfentwintig jaar. Ik wil die plek nooit meer zien.'

Dat kon hij nog geloven, maar ook niet meer dan dat. De angst op haar gezicht was oprecht, de huivering was door haar sjaal heen te zien. Ze kon de gedachte aan het uitstapje niet verdragen. Waar ze dinsdagavond ook op weg naartoe was geweest, Pennsylvania was het niet.

Toch geloofde hij nog steeds niet dat ze Heather Bethany was.

20

Zodra Heather over de drempel van huize Forrest stapte, trok ze haar neus op.

'Ik ben allergisch voor katten,' zei ze tegen Kay, alsof ze het tegen een achterlijke makelaar had. 'Dit gaat niet lukken.'

'Maar ik dacht dat je het had begrepen. Ik heb toch verteld dat mijn zoon, Seth, een centje bijverdiende door voor de planten en huisdieren hier te zorgen?'

'Ik geloof dat ik alleen de planten heb gehoord. Het spijt me, maar...' ze wendde haar hoofd af en niesde, een elegante, droge nies. Een katachtige nies, toevallig. 'Binnen een paar minuten ben ik helemaal rood en opgezwollen. Ik kan hier echt niet blijven.'

Haar wangen leken inderdaad rood te worden en haar ogen traanden. Kay liep met Heather mee naar buiten, naar de natuurstenen veranda voor het huis. Er liep een zwarte vrouw door de straat met haar dochter, en hoewel het meisje nog op een fiets met zijwieltjes zat, was ze schandalig goed gekleed in een lichtgele overgooier met bijpassende schoenen. De moeder, die een complementaire kleur geelgroen droeg, keek duidelijk wantrouwig naar de beide vrouwen op de veranda. Een buurvrouw, Cynthia Huppeldepup. Mevrouw Forrest had gezegd dat Cynthia een éénvrouws buurtwacht was, dat ze met een gerust hart met vakantie zou zijn gegaan als de planten en Felix, de kat, er niet waren geweest. Kay zwaaide in de hoop dat het de vrouw gerust zou stellen, maar die zwaaide niet terug. Ze glimlachte niet eens, maar kneep alleen haar ogen tot spleetjes en knikte kort, alsof ze een waarschuwing wilde geven. *Ik zie je. Als er ook maar iets gebeurt, zal ik aan je denken.*

'Nou, dan weet ik het ook niet meer,' zei Kay. 'Je kunt hier niet blijven, maar ik kan je ook niet terugbrengen naar het ziekenhuis. En als dat niet kan...'

'Niet naar de gevangenis,' zei Heather met een schorre schraapstem, maar misschien kwam dat door de kat. 'Kay, je moet toch snappen dat een vrouw die een politieman beschuldigt zich daar niet veilig voelt. En ook geen opvanghuis,' voegde ze eraan toe alsof ze Kays volgende vraag voorzag. 'Ik hou het niet uit in een opvanghuis. Te veel regels. Ik ben niet goed in regels, mensen die me de wet voorschrijven.'

'Zo gaat het in de noodopvang, waar de bedden dagelijks worden uitgegeven op basis van wie het eerst komt, het eerst maalt, maar er zijn ook plekken voor de langere termijn. Daar zijn er niet zoveel van, maar als ik wat telefoontjes pleeg...'

'Dat is gewoon niets voor mij. Ik ben eraan gewend alleen te zijn.'

'Heb je dan nog nooit met iemand samengewoond? Ik bedoel, niet meer sinds...'

'Sinds mijn vertrek van de boerderij? O, ik heb wel een paar keer met een vriendje samengewoond, maar het is niets voor mij.' Ze glimlachte scheef. 'Ik heb een intimiteitsprobleem. Logischerwijs.'

'Dus je bent in therapie geweest?'

'Nee.' Fel, beledigd. 'Waarom denk je dat?'

'Ik dacht gewoon... Ik bedoel, de woorden die je gebruikt. En gezien alles wat je hebt meegemaakt. Het zou...'

Heather ging op de veranda zitten, en hoewel Kay de kou en het vocht door haar schoenzolen heen voelde, leek het niet meer dan netjes bij haar te gaan zitten, op haar niveau met haar te praten, in plaats van boven haar uit te torenen.

'Wat zou ik een psychiater moeten vertellen? En wat zou een psychiater mij moeten vertellen? Mijn leven is me afgenomen voor ik goed en wel een tiener was. Mijn zus is voor mijn ogen vermoord. In feite vind ik dat ik het best goed heb gedaan. Tot tweeënzeventig uur geleden had ik een prima leven.'

'En wat bedoel je met prima?'
'Ik had een baan. Niets indrukwekkends of fascinerends, maar ik was er goed in en ik kon mijn rekeningen betalen. Als het lekker weer was in het weekend ging ik fietsen. En als het slecht weer was zocht ik een recept uit in een kookboek, iets ingewikkelds, en probeerde het te maken. Het lukte net zo vaak als het mislukte, maar dat hoort bij het leerproces. Ik huurde films. Ik las boeken. Ik was... gelukkig kun je het niet noemen. Gelukkig probeer ik al heel lang niet meer te worden.'
'Content?' Kay dacht eraan hoeveel medelijden ze met zichzelf had gehad na de scheiding, hoe makkelijk ze met woorden als 'ongelukkig', 'verdrietig' en 'depressief' had gesmeten.
'Dat komt er dichter bij in de buurt. Niet óngelukkig zijn, daar streefde ik naar.'
'Wat treurig.'
'Ik leef nog. Dat is meer dan mijn zus heeft gekregen.'
'Maar hoe zit het met je ouders? Heb je er ooit bij stilgestaan hoe zij zich moesten voelen?'
Heather tikte met twee vingers tegen haar getuite lippen. Het gebaar was Kay al eerder opgevallen. Het leek alsof het antwoord daar lag, in haar mond, klaar om naar buiten te springen, maar ze eerste alle consequenties wilde overdenken.
'Kunnen wij geheimen delen?'
'Juridisch gezien? Ik verkeer niet in de positie...'
'Niet juridisch gezien. Ik weet dat je in een rechtszaal gedwongen kunt worden te vertellen wat je weet, maar ik verwacht niet dat ik een rechtszaal vanbinnen te zien zal krijgen. Gloria zegt dat ik niet eens zal worden voorgeleid. Maar kunnen we geheimen delen als kennissen, als mensen?'
'Of je me kunt vertrouwen, bedoel je?'
'Zo ver zou ik niet willen gaan.' Heather besefte prompt dat haar woorden kwetsend waren, onaardig. 'Kay, ik vertrouw helemaal niemand. Hoe zou ik dat nog kunnen? Maar zonder gekheid, vind je niet dat ik op mijn eigen verwrongen manier een succesverhaal ben? Het

feit alleen dat ik iedere dag opsta en ademhaal en eet en naar kantoor ga en mijn werk doe en weer naar huis ga en slechte tv-programma's kijk en de volgende dag weer opsta om precies hetzelfde te doen en dat ik nooit iemand kwaad heb gedaan...' Haar onderlip begon te trillen.
'In elk geval niet opzettelijk...'
'Met het kind dat bij het ongeluk was betrokken komt het weer helemaal goed. Geen hersenletsel, geen rugletsel.'
'Geen hérsenletsel,' herhaalde Heather wrang. 'Álléén maar een gebroken been. Mijn hemel!'
'En daar heeft zijn vader net zoveel schuld aan als jij, zo niet meer. Denk je eens in hoe hij zich moet voelen.'
'Om eerlijk te zijn vind ik dat moeilijk. Me inleven. Als ik op mijn werk mensen hoor praten over wat zij pijnlijk of moeilijk vinden, zou ik uit elkaar willen springen, zou ik willen dat er iets goors en slijmerigs uit mijn ingewanden barstte, net als in een sciencefictionfilm. Wat andere mensen als ellende beschouwen stelt niet veel voor. Natuurlijk kan die vader zichzelf verwijten maken over wat er is gebeurd, maar hij reageerde op mijn fout...'
'Een fout die werd veroorzaakt door de toestand van het wegdek, die niet jouw verantwoordelijkheid was,' merkte Kay op.
'Kan wel zijn, maar denk je dat degene die bij dat vorige ongeluk was betrokken, of die halve zool van een wegwerker die de snelweg niet behoorlijk schoon heeft gespoten, denk je dat zij ooit het verband hebben gezien? Nee, en dat zullen ze ook nooit doen. Iemand moet de schuld krijgen, of dat nou terecht is of niet.'
Ze waren afgedwaald van wat het ook was dat Heather Kay had willen toevertrouwen. Kay vroeg zich af of ze Heather weer naar dat punt terug kon leiden. Haar interesse had niets voyeuristisch, dat wist ze deze keer zeker. Ze zou de meest belangeloze bondgenoot kunnen zijn die Heather had. De politie, Gloria – die vrouw was bijna ondergeschikt aan hun motieven. Het kon Kay niet schelen wie ze tegenwoordig was, ze hoefde het mysterie van Heathers verdwijning niet op te lossen.
'We kunnen geheimen delen,' zei ze, zich de oorspronkelijke vraag

herinnerend. 'Je mag me dingen vertellen en ik zal ze voor me houden, tenzij ik jou of anderen daarmee schaad.'

'Weer zo'n scheve glimlach. 'Iedereen heeft een achterdeurtje.'

'Dat noemen ze ethiek.'

'Oké, daar komt mijn geheim. Toen ik eenmaal zelfstandig was, heb ik geprobeerd het leven van mijn ouders te volgen, door de jaren heen. Mijn vader was niet moeilijk te vinden, want hij woonde nog in ons oude huis. Ze zeiden dat hij er niet meer woonde, maar dat was wel zo. Maar mijn moeder... Ik kon mijn moeder niet vinden. Dat wil zeggen, ik vond haar wel, maar ik ben haar een jaar of zestien geleden weer kwijtgeraakt. Ik nam aan dat ze dood was, maar ik heb niet zo goed gezocht, heb niet alles gedaan wat ik kon. Het was een raar soort opluchting, het idee dat ze dood was, want ik was gaan geloven wat ze tegen me zeiden: dat het haar niets kon schelen, dat ze me toch niet wilde zien.'

'Hoe kon je dat geloven?'

Ze schokschouderde, sprekend een tiener, net Kays eigen dochter Grace.

'Wat mijn vader betreft,' zei ze, niet de moeite nemend Kays vraag te beantwoorden. 'Wat mijn vader betreft, er kwam een dag... Nou ja, ik wil niet in details treden, maar op een dag wist ik dat hij niet meer op hetzelfde adres woonde, en ik kon me niet voorstellen dat hij zou verhuizen. Het moet rond 1990 zijn geweest, toen hij in de vijftig was. Ik schrok me kapot, want het moest wel iets aan zijn hart zijn, of kanker. Ik liep dus rond met de gedachte dat ik niet veel ouder dan vijftig zou worden. Nu zeggen ze dat mijn moeder nog leeft, maar dat kan ik gewoonweg niet geloven. Voor mij is ze al zo lang dood. En ik ben voor haar waarschijnlijk ook dood geweest. Hoe graag ik haar ook wil zien, natuurlijk, ik zie er eigenlijk ook tegen op. Want ze zal niet meer dezelfde persoon zijn die ik me al die tijd heb herinnerd en ik zal ook niet de persoon zijn die zij zich heeft herinnerd.'

'Heb je ooit... Sorry, dit is misschien ongepast.'

'Ga je gang.'

'Heb je ooit naar die tekeningen op internet gekeken? Die pogingen om te voorspellen hoe je eruit zou gaan zien naarmate je ouder werd?'

Deze keer was haar glimlach oprecht, niet ironisch. 'Griezelig, hè? Hoe dicht ze in de buurt kwamen? Zo goed kan het niet bij iedereen werken. Ik bedoel, sommige mensen worden dík. O, sorry.'

Zonder die verontschuldiging had Kay de opmerking niet op zichzelf betrokken. Die kinderlijke tactloosheid van Heather was haar al eerder opgevallen. Het was geen onbeleefdheid; ze wist echt niet wat je al of niet kunt zeggen tijdens een beleefd gesprek.

'Hoor eens,' zei Heather, die haar blunder al was vergeten. 'Ik geloof best dat je niet veel verdient, maar kun je me niet in een motel onderbrengen, een of andere oude keten? De Quality Inn aan Route 40 is er misschien niet meer, maar iets wat erop lijkt. Je kunt het op een creditcard zetten en ervan uitgaande dat we dit snel hebben geregeld, kan ik je tegen die tijd terugbetalen. Hé, misschien kan mijn moeder je zelfs wel terugbetalen.'

Ze leek het grappig te vinden.

'Het spijt me, Heather, maar mijn kinderen en ik hebben het niet bepaald breed. En het is ook niet goed. Ik ben maatschappelijk werker. Ik heb mijn grenzen.'

'Maar je bent niet míjn maatschappelijk werker, niet echt. Het enige wat je voor me hebt gedaan, is Gloria voor me bellen. En we moeten nog maar afwachten hoe dat gaat uitpakken.'

'Mag je Gloria niet?'

'Het gaat er niet om of ik haar mág. Ik vraag me gewoon af of haar eigenbelang wel strookt met het mijne. Als puntje bij paaltje komt, voor wie zou ze dan kiezen, denk je?'

'Voor haar cliënt. Gloria is nogal vreemd, dat geef ik toe, en ze is dol op publiciteit. Maar ze zal zich naar je schikken. Als je tenminste niet tegen haar liegt.'

Weer dat tikkende gebaar, twee vingers tegen haar lippen. Het deed Kay denken aan de manier waarop kinderen indiaantje speelden, oorlogskreten slakend door met hun hand tegen hun mond te roffelen. Ze vroeg zich af of kinderen dat zouden blijven doen, of dat de groeiende bewustwording het eind van dergelijke spelletjes betekende. Bepaalde culturele iconen verdwenen. Alley Oop, bijvoorbeeld, de holbewoner uit de strip, en wie kon er met weemoed terugdenken aan holbewoners die hun vrouwen aan hun haren meesleurden? En Linke Loetje, maakte die nog steeds ruzie met zijn vrouw? Ze had in geen jaren meer naar de krantenstrips gekeken.

'Kom op, Kay. Er moet toch een oplossing zijn.'

'Als ik Felix nu eens meeneem naar mijn huis?'

'Nee, dit huis is verzadigd van de kattenharen en -huidschilfers. Maar als de kinderen en jij nou eens hierheen gingen, en ik jouw huis nam?'

Kay was met stomheid geslagen door de redelijke toon waarop Heather dit voorstel deed. Ze leek het bepaald geen belasting voor Kay te vinden, laat staan dat het vreemd zou zijn. Kay was voorzichtig met het plakken van etiketten, maar Heather vertoonde een vleugje narcisme. Anderzijds was het misschien van essentieel belang geweest om te kunnen overleven.

'Nee, dat zouden Seth en Grace niet willen. Het zijn gewoontedieren, zoals de meeste kinderen, maar...' Ze wist dat ze hier een grens naderde. Of nee, ze ging er ruimschoots overheen met dit voorstel, dat haar veel ellende op haar werk zou kunnen bezorgen. Toch zette ze door: 'We hebben een kamer boven de garage. Er zit geen verwarming of airco in, maar dat zou in deze tijd van het jaar geen probleem moeten zijn, niet als we een straalkacheltje neerzetten. Het is ingericht als werkkamer, maar er staat een bank en er is een badkamer met een wc en een douche. Misschien kun je daar logeren, in elk geval tot je moeder er is.'

Het was maar voor een dag of twee, praatte Kay het voor zichzelf goed. En Heather was geen cliënt van haar, niet officieel. Het zou niet meer zijn dan een gunst aan Gloria. Bovendien kon ze Heather niet door de politie laten opsluiten. Een vrouw die een groot deel van haar jeugd gevangen had gezeten, zou kapotgaan in de cel.

'Zou ze rijk zijn?' vroeg Heather.

'Hè?'

'Mijn moeder. We zijn nooit rijk geweest, integendeel. Maar hij zei dat ze in Mexico woonde, dat klinkt wel rijk. Misschien ben ik wel een rijke erfgename. Ik heb me altijd afgevraagd wat er met het bedrijf van mijn vader en het huis is gebeurd, na zijn dood. Soms las ik die juridische oproepen. Je weet wel, over bankrekeningen en kluisjes die niet door de erfgenamen zijn opgeëist? Maar ik heb er nooit een op mijn naam gezien. Waarschijnlijk kon hij me ook niet in zijn testament zetten, aangezien iedereen dacht dat ik dood was. Ik weet niet wat er met onze studierekening is gebeurd. Niet dat daar zoveel op stond, trouwens.'

Kay voelde hoe de koude vochtigheid van de steen door haar rok trok, maar toch waren haar handen vreemd warm en zweterig.

'En nu komt ze terug, zeg je. Ik zal Gloria bellen, eens horen wat zij hier allemaal van denkt. Misschien moet ik morgen maar vrijwillig gaan, het hele verhaal toch maar vertellen. Ik durf te wedden dat ze me tegen die tijd wel zullen geloven.'

21

Er zweefden baby's over het computerscherm. Nee, geen baby's, meervoud – alleen dé baby, de enige baby die er sinds het nieuwe millennium toe deed. *Aan de kant, Jezus,* dacht Kevin, *hier komt Andrew Porter junior.* En nu had zijn computervaardige moeder een eindeloze hoeveelheid afbeeldingen van hem ingevoerd, zodat de computer in de slaapstand een diashow van de kleine Andy gaf. Andy als piepkleine baby in de armen van zijn reusachtige vader. Andy die at, Andy die een prentenboek 'las', Andy die naar een kerstboom tuurde. Zijn vaders genen waren van het gezicht en het vlezige lijf van het jongetje af te lezen, maar Kevin mocht graag denken dat hij iets van Nancy Porters heerlijke wantrouwen in die dichtgeknepen ogen terugzag. *Dus je beweert dat er een of andere kerel bestaat die me cadeautjes komt brengen? Wat schiet hij daarmee op? En wat heeft die boom er in vredesnaam mee te maken?*

'De administratie van de staat Pennsylvania is een ramp,' zei Nancy nu, terwijl ze haar cursor verschoof zodat Andy verdween en haar computer weer een gearchiveerde webpagina opende. 'Of ik kan er gewoon niet mee omgaan. In Maryland heb ik niet meer nodig dan een adres en het district en dan kan ik tot jaren terug uitvinden wie de eigenaar van een perceel was, maar het is me nog niet gelukt iets soortgelijks in Pennsylvania te vinden. De enige treffer die ik kreeg bij het adres dat je me gaf, was van een v.o.f. die het een paar jaar geleden van de hand heeft gedaan.'

'Een vof?'

'Een vennootschap onder firma, een bedrijfje. Mercer. Kan van alles zijn geweest, van een marktkraam tot een schoonmaakbedrijf. Maar er komt geen Mercer voor in onze personeelsdossiers, dus waarschijnlijk moeten we de eigenaar ervóór hebben.'

Nancy, die blond en lekker mollig was geweest voordat ze moeder werd, zei nu graag dat ze ronduit dik was, maar ze leek zich niet zo druk te maken om haar gewicht. Toen ze weer aan het werk ging, had ze overplaatsing naar het coldcaseteam gevraagd, een verzoek waar Infante stiekem op neer had gekeken. Het leek hem saaie materie, oude zaken uitpluizen en zoeken naar een toevallige doorbraak, die ene getuige die eindelijk bereid was na al die jaren de waarheid te vertellen, de echtgenoot die het beu was geheimen te bewaren. Hij kon zich wel voorstellen dat een jonge moeder een baan wilde met regelmatige werktijden, maar hij vroeg zich af of hij het wel echt recherchewerk vond. Nancy had echter een talent voor computerwerk en een feilloos gevoel voor het vinden van informatie zonder achter haar bureau vandaan te hoeven komen. Als de godin van de kleinigheden, zoals Lenhardt haar ooit had gedoopt, traceerde ze nu de minuscuulste beetjes informatie, zoals ze ooit in staat was geweest een kogelhuls van honderd passen afstand op te merken. Ze was normaal gesproken niet voor één gat te vangen, maar de manier waarop in Pennsylvania gegevens werden bijgehouden, stelde haar voor een raadsel.

'Het is een schot in het duister,' zei Infante terwijl Nancy op de kaart klikte en hem de locatie liet zien, 'maar ik ga er wel naartoe, zien wat er te doen is, buren uithoren.'

'Dertig jaar geleden. Vierentwintig jaar, als ze inderdaad in 1981 is weggegaan, zoals ze beweert. Blijft er nog wel iemand zo lang op dezelfde plek wonen?'

'We hebben er maar eentje nodig. Liefst een bemoeizuchtig type met een ijzersterk geheugen en een fotoalbum.'

Kevin reed naar het noorden, zich verbazend over de gestage stroom zuidwaarts verkeer zo midden op de dag. Lenhardt woonde hier ergens in de buurt en klaagde constant over de last van het forenzen. Hij praatte erover alsof het een soort oorlog was, een dagelijks terugkerende strijd. *Waarom doe je het dan?* vroeg Infante altijd als hij het gezeur zat was. Hij kreeg de voor de hand liggende antwoorden: kinderen, scholen, problemen waar een vrije jongen geen weet van heeft. Toch had hij er bijna alles van geweten. Er was een schrikmoment geweest, met zijn eerste vrouw. Althans, zo hadden ze het achteraf genoemd, toen duidelijk werd dat ze toch niet zwanger was. Een schrikmoment, een afgewend gevaar. Zo had hij er destijds niet echt over gedacht, hoewel hij later, toen hun huwelijk strandde, wel reden had om het zo te zien. Hij had er eigenlijk wel een beetje op gehoopt, had geprobeerd zich voor te stellen dat hij vader was en er een goed gevoel bij gehad. Het was Tabitha die bezorgd was geweest, die had getobd over haar nieuwe baan bij een hypotheekbank, zich angstig had afgevraagd wat het zou betekenen voor haar plannen om onroerendgoedtransacties af te gaan handelen. Ze hadden het dus een schrikmoment genoemd en zij was voorzichtiger geworden. Vervolgens wilde ze helemaal niet meer met hem naar bed en was hij het buiten de deur gaan zoeken. Wat er eerst was gebeurd, werd het vraagstuk van de kip en het ei dat hun scheiding beheerste. Wat Infante nog steeds dwarszat, was dat Tabby toegaf dat hij de waarheid sprak, dat hij pas andere vrouwen was gaan pakken toen zij weigerde zich te laten pakken, maar weigerde te erkennen dat het een kwestie van oorzaak en gevolg was.

'Je moet vechten voor een huwelijk,' had ze naar hem gekrijst. 'Je had me erop moeten aanspreken, of in therapie moeten gaan, of moeten bedenken hoe je me weer... vrouwelijk kon laten voelen.' Wat dat laatste betekende, had hij nooit goed geweten, maar hij dacht dat het iets te maken had met voetmassages, misschien met schuimbaden en spontane cadeautjes. 'Ik vecht er nu toch voor?' had hij teruggeschreeuwd. 'Ik praat met je, ik zit hier bij een therapeut, wat trouwens niet wordt vergoed door de verzekering.'

Maar het was afgelopen, haar beslissing. Met wie hij ook praatte, het was altijd hetzelfde liedje: het waren de vrouwen die wilden scheiden.

Natuurlijk waren er altijd eikels, mannen die niets om andermans gevoelens gaven, die hun vrouw zonder scrupules inruilden voor een nieuwer model, maar Infantes ervaring was dat die echte klootzakken dun gezaaid waren. De meeste gescheiden mannen die hij kende, waren net als hij: jongens die fouten maakten, maar vast van plan waren getrouwd te blijven. Lenhardt, die sinds sinds zijn tweede huwelijk een beetje schijnheilig deed als het ging om huiselijk geluk, zei graag dat een verzoek om therapie het eerste teken was dat je vrouw bij je weg wilde. 'Voor vrouwen is een relatie net zoiets als een potje schaken,' zei hij. 'Ze overzien het hele bord en ze denken ver vooruit. Zij zijn tenslotte de koningin. Wij zijn maar koningen die steeds maar één vakje kunnen opschuiven en het hele verdomde spel in de verdediging zitten.'

Infante en zijn tweede vrouw, Patty, hadden niet eens de moeite genomen in therapie te gaan. Ze waren onmiddellijk naar de rechter gestapt, hadden advocaten ingehuurd die ze zich niet konden veroorloven en zich in de schulden gestoken om te kunnen steggelen over wie er recht had op hun schamele bezittingen. Ook deze keer was hij dankbaar geweest dat er geen kinderen in het spel waren. Patty, die nooit een fervent bijbellezer was geweest, of eigenlijk helemaal geen lezer, zou een eventueel kind al doormidden hebben gehakt voordat Salomo het kon opperen. Alleen zou zij het kind niet van top tot teen hebben verdeeld, maar het bij zijn middel in tweeën hebben gehakt en Infante de onderste helft hebben gegeven, de helft die poepte en pieste. Het gekke was dat hij het had gewéten. Hij had daar in de kerk gestaan – want Patty, die weliswaar twee keer eerder getrouwd was geweest, zette zichzelf graag in de schijnwerpers – en beseft dat hij een grote vergissing beging. Toen hij haar door het middenpad naar hem toe zag komen, had hij het gevoel dat er een vrachtwagen op hem af denderde.

Toch was de seks geweldig geweest.

De Interstate 83 liep vast zodra hij de grens met Pennsylvania overstak en de maximumsnelheid zakte twintig kilometer. Toch snapte hij wel waarom mensen die in Baltimore werkten ervoor kozen hier te gaan wonen, al was het een uur rijden, en dat was niet alleen omdat de belastingen hier lager waren. Het was mooi, op die manier van glooiende velden met amberkleurige golven graan. Hij nam de eerste afslag na de grens, volgde, op aanwijzing van de routebeschrijving die Nancy van internet had gehaald, een kronkelende weg naar het westen en sloeg vervolgens af naar het noordoosten. Een McDonald's, een K-mart, een Wal-Mart – het gebied was behoorlijk volgebouwd. Zijn banden leken bezorgd te gonzen. Hoe groot was de kans dat er zestien hectare grond ongerept was gebleven tussen al die projectontwikkeling?

Precies nul. Hoewel hij duidelijk in de buurt was, reed hij nog een paar kilometer voorbij Glen Rock Estates voordat hij weer omkeerde, in de hoop dat hij zich vergiste. Nee, op het oude adres stond nu een hekwerkwijk, eentje die een 'Exclusieve enclave met herenhuizen op royale kavels' beloofde. De definitie van 'ruim' leek tussen een halve en een hele hectare te liggen, en de 'exclusieve' huizen waren twee à drie jaar oud, te oordelen naar de spichtige bomen en nog vrij kale tuinen. Wat betreft die 'heren'-huizen: de auto's op de opritten duidden eerder op werkende mannen: Subaru's en Camry's en Jeep Cherokee's. In een echt dure wijk had er wel een Lexus of twee gestaan, misschien een Mercedes. Rijke mensen hoefden niet zo ver buiten de stad te gaan wonen als ze extra kamers en een dubbele garage wilden.

En de boomgaarden? Allang verdwenen. Als ze er al waren geweest. 'Komt dat even goed uit?' zei hij in zichzelf, met de intonatie van de 'church lady' uit de *Saturday Night Live Show*. De onbekende vrouw had overtuigend angstig gereageerd op het voorstel mee hiernaartoe te komen, maar nu vroeg hij zich af of ze misschien gewoon geen zin had gehad om haar toneelstukje opnieuw op te voeren. Hij noteerde de naam van de projectontwikkelaar die de wijk had laten bouwen. Hij zou bij de plaatselijke politie navragen of er beenderen waren opgegraven toen de grond bouwrijp werd gemaakt en Nancy in Lexis-Nexis laten zoeken. De districten Baltimore en York mochten dan aan elkaar grenzen, het was maar al te aannemelijk dat beenderen die hier waren gevonden niet zouden worden geassocieerd met een zaak uit

Maryland, laat staan met een dertig jaar oude zaak rond twee vermiste meisjes. Ook hier gold dat er geen landelijke database was, een soort Bones 'R' Us, waarin je wat informatie invoerde waarna je de vermiste personen voor het kiezen had.

Hij belde Nancy op haar mobiel.

'Heb je al iets?' vroeg ze. 'Want ik heb...'

'Er is een nieuwe wijk gebouwd op het terrein, maar ik heb een idee. Zou jij in het district York kunnen zoeken naar... Ik weet niet hoe je het moet formuleren, iets als 'York County' en 'stoffelijke resten', en dan met de straatnaam erbij. Als er een graf is geweest, moeten ze erop zijn gestuit toen ze de grond bouwrijp maakten, toch?'

'O, booleaans zoeken, bedoel je.'

'Boe-le wat?'

'Laat maar. Ik weet wat je bedoelt. Nu eerst even wat ík te pakken heb gekregen, lekker knus aan mijn bureau.'

Het leek Infante niet galant om op te merken wat Nancy nog meer te pakken zou krijgen, lekker knus aan haar bureau. Haar kont was een stuk breder geworden. 'Ja?'

'Het is me gelukt om de kadastergegevens terug te vinden. De eigendomsakte is in 1978 op naam van v.o.f. Mercer gezet, maar de laatste bewoner is een zekere Stan Dunham. En Dunham was inderdaad politieman, rechercheur vermogensdelicten. Hij is in 1974 met pensioen gegaan.'

Hij was dus al geen politieman meer toen de meisjes verdwenen, maar dat had voor een kind geen verschil gemaakt. Toch zou dit het iets verteerbaarder maken voor de afdeling. Iets.

'Leeft hij nog?'

'Min of meer. Zijn pensioen gaat naar een adres ergens in Carroll County, in de buurt van Sykesville. Het is een verpleeghuis. Op basis van wat de mensen daar me hebben verteld, wordt hij eerder in leven gehouden dan dat hij nog echt leeft.'

'Wat wil dat zeggen?'

'Er is drie jaar geleden alzheimer bij hem geconstateerd. Hij weet amper nog wie hij is. Hij heeft geen familie meer, volgens de instelling, niemand die ze moeten bellen als hij op sterven ligt, maar hij heeft wel een bewindvoerder.'

'Naam?'

'Raymond Hertzbach. En die woont in York, dus misschien moet je nog even bij hem langs voor je teruggaat. Sorry.'

'Hé, ík vind het leuk om erop uit te gaan. Ik ben geen smeris geworden om de hele dag achter een bureau te zitten.'

'Ik ook niet, maar de dingen veranderen nu eenmaal.'

Ze klonk een beetje zelfgenoegzaam, wat niets voor Nancy was. Misschien had ze zijn onuitgesproken vaststelling met betrekking tot haar nieuwe manier van werken en haar kont opgepikt. Het zij zo.

Rond York werd het nog drukker op de snelweg en Kevin was blij dat het niet zijn eigen auto was die hij blootstelde aan de scheuren en kuilen van Pennsylvania. De bewindvoerder, Hertzbach, leek een grote vis in een kleine vijver te zijn, zo'n notaris met een billboard langs de snelweg en een gerenoveerd victoriaans pand als kantoor. Hij was een beetje pafferig, zijn gezicht glom en hij droeg een roze overhemd met een gebloemde roze stropdas die goed bij zijn blozende gezicht paste.

'Stan Dunham heeft me benaderd in de tijd dat hij zijn boerderij verkocht.'

'Wanneer was dat?'

'Een jaar of vijf geleden, denk ik.'

De nieuwe eigenaar moest de boel vrij snel weer hebben doorverkocht, waarschijnlijk voor nog meer geld dan hij ervoor had betaald.

'Het was een meevaller voor hem, maar hij besefte dat hij een appeltje voor de dorst moest hebben. Zijn vrouw was overleden – ik had de indruk dat hij zijn land anders niet zou hebben verkocht – en hij zei tegen me dat hij geen kinderen had, geen erfgenamen. Op mijn advies investeerde hij het geld in een zorgpolis en een paar lijfrentepolissen via iemand hier, Donald Leonard, een vriend van de Rotary van me.'

En jij kreeg zeker een vette commissie, dacht Infante.

'Vroeg Dunham advies op crimineel gebied?'

Hertzbach glimlachte. 'Als dat zo was, kan ik er niets over zeggen, zoals u weet. Beroepsgeheim.'

'Maar ik heb begrepen dat hij niet meer in staat is...'

'Ja, hij is erg achteruitgegaan.'

'En als hij doodgaat, moet er dan niemand op de hoogte worden gesteld? Geen familieleden, geen vrienden?'

'Niet dat ik weet, maar ik ben laatst wel gebeld door een vrouw die nieuwsgierig was naar zijn financiën.'

Toen Infante dat hoorde, begon zijn brein bijna te zingen als een fluitketel: een vrouw die naar geld vroeg. 'Heeft ze gezegd hoe ze heette?'

'Vast wel, maar ik zou mijn secretaresse moeten vragen de telefoongegevens door te spitten als we de precieze datum en de naam willen weten. Ze was nogal... grof. Ze wilde weten wie er in zijn testament stonden – als er al iemand in stond – en hoeveel geld hij had. Dat mocht ik haar uiteraard niet vertellen. Toen ik haar vroeg wat haar relatie tot meneer Dunham was, smeet ze de hoorn op de haak. Ik vroeg me af of het iemand van het verzorgingshuis was die had geprobeerd hem te paaien toen hij nog lucide was. Gezien de timing.'

'De timing?'

'Meneer Dunham is in februari overgebracht naar een verpleeghuis voor terminale patiënten, wat betekent dat zijn levensverwachting niet meer dan een halfjaar is.'

'Gaat hij dood aan dementie? Kan dat?'

'Longkanker, terwijl hij op zijn veertigste is gestopt met roken. Ik moet zeggen dat hij een van de grootste pechvogels is die ik ken. Verkoopt hij zijn land voor een leuk bedrag, laat zijn gezondheid het afweten. Daar valt een les uit te leren.'

'Wat mag die dan precies zijn?'

Kevin had de notaris niet te slim af willen zijn, maar die stond met zijn mond vol tanden. 'Nou... Ik weet niet, pluk de dag,' zei hij uiteindelijk. 'Leef het leven ten volle.'

Dank voor die wijze woorden, maat.

Op de terugweg, hotsend en botsend naar de grens met Maryland, vroeg Infante zich af hoe toevallig het was, dat telefoontje van een vrouw die zich volgens de gegevens van de secretaresse heel creatief Jane Jones had genoemd. Het telefoontje dateerde van 1 maart, nog geen drie weken geleden. Een onbekende vrouw die naar het geld van een oude politieman had geïnformeerd. Wist ze dat hij niet lang meer te leven had? Hoe? Overwoog ze hem een proces aan te doen? Ze moest weten dat de moord op haar zus niet kon verjaren.

En dat er geen geld uit een strafzaak te halen viel.

Weer trof het hem hoe goed het allemaal uitkwam: de oude boerderij, weg, en god mocht weten wat er met dat vermeende graf was gebeurd. De oude man, op sterven na dood.

Zodra hij in Maryland was, tastte hij naar zijn mobiele telefoon en belde Willoughby om te vragen of hij ooit van Dunham had gehoord, maar hij kreeg geen gehoor. Hij besloot Nancy nog eens te bellen om te vragen wat ze te weten was gekomen.

'Infante,' zei ze. Hij moest er nog steeds aan wennen dat telefoontjes geen enkele vorm van mysterie meer met zich meebrachten, dat zijn naam op Nancy's scherm verscheen, dat de telefoon hem direct identificeerde.

'Die notaris had wat interessante feitjes, maar Dunham is voorlopig een doodlopend spoor. Ben jij inmiddels de grootste expert op het gebied van alles wat des Bethany's is?'

'Bijna. We hebben de moeder gevonden. Haar oude makelaarskantoor in Austin wist waar we haar konden bereiken. Ik kreeg geen gehoor en ze had geen antwoordapparaat, maar Lenhardt blijft het proberen. Dan nu de grootste vondst...'

'We moeten haar eigenlijk weg zien te houden tot we het zeker weten.'

'Ja, maar Infante...'

'Ik bedoel, ze zal willen geloven dat het waar is, dus dat moeten we in de gaten houden. En als het verhaal niet klopt, hoeven we haar tijd niet te verspillen.'

'Infante...'

'Ze moet toch in elk geval begrijpen dat er geen garantie is dat...'

'Infante, hou even je kop en luister naar me. Ik had een ingeving en ik heb in het wilde weg de naam Penelope Jackson ingevoerd in de Nexis-krantendatabase. Dat had jij nog niet gedaan, toch?'

Shit. Hij had er een bloedhekel aan als Nancy hem een stap voor was, zoals nu. 'Ik heb op een strafblad gezocht, dat soort dingen. En gegoogeld, maar er waren honderden treffers. Die naam komt te vaak voor. En trouwens, wat kan mij het schelen of ze een keer in het nieuws is geweest om een heel andere reden?'

'Ze dook op in een artikeltje in een krant uit Georgia...' - Nancy viel even stil terwijl ze erop los klikte, zoekend naar wat ze had opgeslagen - '... de *Brunswick Times*. Kerstmis vorig jaar. Een man die op kerstavond was omgekomen bij een brand, een ongeluk volgens het forensisch onderzoek. Zijn vriendin, die ten tijde van de brand thuis was, heette Penelope Jackson.'

'Het kan toeval zijn.'

'Zou kunnen,' stemde Nancy in. Haar zelfvoldaanheid was zelfs over de telkens wegvallende mobiele telefoonverbinding te horen. 'Maar de man die is omgekomen? Die heette Tony Dunham.'

'Zijn bewindvoerder zei dat hij geen erfgenamen had, ook vijf jaar geleden niet.'

'En de politie daar kreeg van Tony's vriendin te horen dat zijn ouders dood waren. Toch kloppen de leeftijden: hij was vierenvijftig toen hij stierf en zijn bsn begint met 21, wat aangeeft dat het in Maryland is uitgegeven. De Dunhams hebben waarschijnlijk in Maryland gewoond voordat ze naar Pennsylvania verhuisden.'

'Maar eenendertig jaar geleden was hij drieëntwintig. Misschien woonde hij toen al niet meer thuis.' En nu was hij dood, omgekomen bij een brand. Waarom liepen alle sporen dood in het geval van deze zaak, van deze vrouw? Het gezin dat ze had aangereden mocht van geluk spreken dat het redelijk goed was afgelopen, gezien haar staat van dienst. 'Misschien was hij opgeroepen. Heb je de archieven van Defensie al gecheckt?'

'Nog niet,' gaf ze toe, en het gaf hem een kick, hoe kleinzielig het ook was. *Ik heb lekker iets bedacht waar jij nog niet op was gekomen.*

'Waar ligt Brunswick eigenlijk? Hoe kom je daar?'

'Lenhardt heeft een ticket voor je gereserveerd. Je vliegt om zeven uur met Southwest naar Jacksonville. Brunswick ligt op ongeveer een uur rijden naar het noorden. Penelope Jackson heeft in een restaurant gewerkt, Mullet Bay, in een of ander vakantieoord daar dat St.-Simon's Island heet, maar ze heeft ongeveer een maand geleden haar ontslag genomen. Ze zou nog in de omgeving kunnen wonen, op een ander adres.'

Ze zou ook in Baltimore kunnen zijn, om iedereen op een vuile manier op te lichten.

22

'Weet je zeker dat je het alleen redt?'
'Ja, hoor,' zei ze, terwijl ze dacht: *ga nou, ga alsjeblieft weg.* 'Ik kan ook wel op Seth passen als hij wil blijven.'
'Top,' begon de jongen op hetzelfde moment dat Kay zei: 'Nee, nee, ik pieker er niet over om dat van je te vragen.' *Om dat risico te nemen, zul je bedoelen. Geeft niet, Kay. Ik zou ook geen kinderen aan mij toevertrouwen. Ik bood het alleen maar aan om niet verdacht over te komen.*
'Is het trouwens goed als ik in jouw huis tv-kijk?'
Ze zag aan Kay dat die liever niet zó gastvrij wilde zijn. Kay vertrouwde haar niet en dat was terecht, al kon Kay dat niet weten. Kay voerde een korte innerlijke strijd, maar haar gevoel voor rechtvaardigheid won het. O, ze was dol op Kay, die altijd zou doen wat aardig was, wat juist was. Het zou fijn zijn om zoals Kay te zijn, maar vriendelijkheid en eerlijkheid waren een luxe die ze zich niet kon veroorloven.
'Natuurlijk. En ga je gang als je iets wilt...'
'Na al dat heerlijke eten?' Ze klopte op haar buik. 'Er kan geen hap meer bij.'
'Alleen iemand die net twee dagen in het ziekenhuis heeft gelegen kan het eten van Wung Fu als "heerlijk" bestempelen.'
'We gingen er vroeger ook altijd chinees halen. O, ik weet wel dat het nu een ander restaurant is, met andere eigenaren, maar ik moest eraan denken toen we erheen reden.'

Een sceptische blik van Kay. Legde ze het er te dik bovenop, deed ze te hard haar best? Maar het was waar, dit was waar. Misschien waren haar leugens zo langzamerhand geloofwaardiger dan haar waarheden. Was dat de consequentie van jarenlang een dubbelleven leiden?

'Eendensaus,' zei ze, bewust niet te geanimeerd sprekend, niet te snel. 'Ik dacht dat de saus uit een eend kwam, zoals melk uit een koe. Ik dacht altijd dat als we maar vroeg genoeg naar het park in Woodlawn gingen, daar bij de Gwynn's Falls, ik Chinezen zou zien die de eenden molken. Ik stelde me voor dat ze van die strooien hoeden droegen – mijn hemel, we noemden het koeliehoeden, ben ik bang. God, wat waren we racistisch toen.'

'Waarom?' vroeg Seth. Ze mocht hem wel, en Grace ook, bijna tegen wil en dank. Ze had een afkeer van meeste kinderen, ze verafschuwde ze zelfs, maar Kays kinderen hadden iets liefs, een soort goedhartigheid die ze van hun moeder hadden geërfd of geleerd. Ze bekommerden zich ook om Kay, wat misschien een nevenproduct van de scheiding was.

'We wisten niet beter. En over dertig jaar zul jij waarschijnlijk hetzelfde zeggen tegen een jong iemand die niet kan geloven wat jíj allemaal hebt gezegd, gedaan, gedragen en gedacht.'

Ze zag aan Seths gezicht dat hij het niet geloofde, maar te beleefd was om haar tegen te spreken. Zijn generatie zou het goed aanpakken, in elk opzicht perfect zijn, alle mysteries ontrafelen. Tenslotte hadden zij iPods. Daardoor leken ze te denken dat alles mogelijk was, dat ze het leven onder de duim zouden krijgen zoals ze hun muziek onder de duim hadden, dankzij de toetsen op het wieltje. Ja, hoor, schat. Het was allemaal gewoon één lange afspeellijst die nog moest worden opgesteld, de heerlijke nieuwe *on demand*-wereld. Wat je wilde, wanneer je het maar wilde, altijd.

'We zouden binnen een uur terug moeten zijn,' zei Kay.

'Ik amuseer me wel.' *Of, zoals oom altijd zei: daar is het gat van de deur.*

Toen ze alleen was, zette ze de tv in de woonkamer aan en dwong zichzelf tien minuten naar een verbijsterend stompzinnig programma te kijken. Kinderen vergeten altijd wel iets, redeneerde ze, maar als je al tien minuten in de auto zit, moet het wel onmisbaar zijn wil een ouder ervoor terugrijden. Toen het programma voor de tweede keer werd onderbroken door de reclameblok, zette ze de gezinscomputer aan. *Geen wachtwoorden, geen wachtwoorden, geen wachtwoorden*, smeekte ze, en ze waren er natuurlijk ook niet. De trage Dell stond wagenwijd open. Ze zou sporen achterlaten, dat was onvermijdelijk, maar wie zou er op het idee komen ze hier te zoeken? Ze las snel haar e-mail via het web, zoekend naar iets dringends. Toen e-mailde ze haar chef dat er een ongeluk en een noodgeval in de familie waren geweest – daar was niets van gelogen, ze was tenslotte haar eigen familie – waarvoor ze op stel en sprong had moeten vertrekken. Ze verstuurde het bericht en sloot onmiddellijk haar e-mail af voor het geval haar chef online was en prompt een antwoord op haar af wilde vuren. Vervolgens wilde ze, hoewel ze wist dat het gevaarlijk was, 'Heather Bethany' in de zoekbalk van Google intypen..

H, e... Al na twee letters vulde Google de zoekterm aan. Kay, toch, nieuwsgierig aagje. Ze had flink wat buitenschoolse activiteiten ontplooid, de afgelopen dagen. Op de een of andere manier knapte ze ervan op, de wetenschap dat Kay ook niet zo nobel en gedienstig was, dat ze niet boven ordinaire nieuwsgierigheid verheven was. Ze nam de geschiedenis door, benieuwd waar Kays zoekacties haar hadden gebracht, maar het waren de voor de hand liggende plaatsen, de eenvoudigste. Kay had de archieven van de *Beacon-Light* opgezocht, maar was blijven steken toen bleek dat je moest betalen om erin te zoeken. Geen probleem, die verhalen kende ze toch al vrijwel uit haar hoofd. Dan was er nog de vermistekinderensite met die griezelige afbeeldingen van hoe ze er nu uit zou zien en de basisfeiten. En een heel enge blog van iemand uit Ohio die beweerde dat hij de zaak-Bethany had opgelost. Oké.

Wat zou het fantastisch zijn als Kay, als maatschappelijk werker, toegang had tot een of andere overheidsdatabase met vertrouwelijke gegevens, maar die was er natuurlijk niet, anders had ze hem wel gevonden en gehackt. Ze had de computerbronnen al lang en breed uitgeput.

Onwillig sloot ze de browser af en schakelde het scherm uit. Ze miste haar computer. Ze had nooit eerder nagedacht over haar band met het ding, nooit erkend hoeveel uur per dag ze naar een beeldscherm tuurde, maar nu ze het besefte, deed die zelfkennis niet sneu aan. Juist niet. Ze hield van computers, hun logica en ordelijkheid. De afgelopen jaren had ze geproest van het lachen om alle zorgen over internet, hoe het gebruikt kon worden om in contact te komen met minderjarige meisjes en jongens, hoe het de verspreiding van kinderporno in de hand werkte, alsof de wereld zo veilig was geweest voordat er computers waren. Als haar problemen in een chatroom waren begonnen, hadden haar ouders nog een kans gehad om in te grijpen. Maar nee, ze was alleen op stap geweest, had een-op-een met iemand gepraat, en daar waren de problemen mee begonnen: een simpel gesprek, het onschuldigste gesprek dat je je kon voorstellen.

'Vind je dit een goed nummer?'

'Pardon?'

'Vind je dit een goed nummer?'

'Ja.' Ze vond het niet echt goed. Het was helemaal niet het soort muziek waar ze van hield, maar dit gesprek – dat was een ander geval, en ze hoopte dat er geen eind aan zou komen. 'Ja, best wel.'

23

En toen, eindelijk, ging de telefoon.

Zo zou Miriam zich het moment herinneren. Ze begon de herinnering al te creëren terwijl het gebeurde, het heden corrigerend in het heden. Later zou ze zichzelf wijsmaken dat ze al aan het doffe, vlakke rinkelen zelf had gehoord hoe gedenkwaardig dit telefoontje zou zijn, dat was gekomen terwijl ze de tafel dekte voor een late avondmaaltijd, maar in feite had ze het pas een paar seconden later geweten, nadat een man zijn keel had geschraapt en was gaan praten met dat vreemde accent van Baltimore, vreemd en schokkend en na al die jaren nog steeds vertrouwd.

Ze hadden de meisjes gevonden.

Ze hadden lichamen gevonden, en zij zouden het kunnen zijn.

Weer een of andere gek die in de cel was gaan kletsen, snakkend naar strafvermindering of alleen maar aandacht.

Ze waren gevonden.

Lichamen gevonden, misschien ging het om hen.

Gek in de gevangenis, kraamt onzin uit, maar toch luisteren want moet wel.

Gevonden waren ze.

Sunny. Heather. Dave dood, arme, dode Dave, niet lang genoeg gebleven voor het eind van het verhaal. Of misschien gelukkige Dave, omdat hij niet de verschrikkelijke waarheid hoefde te horen die hij nooit onder ogen had kunnen zien?

Ze hadden de meisjes gevonden.

'Miriam Bethany?' De naam Bethany zei alles. Er was maar één context waarin ze Miriam Bethany was gebleven. 'Ja?'

'U spreekt met Harold Lenhardt, van de politie van Baltimore.'

Gevonden, gevonden, gevonden.

'Een paar dagen geleden is er een vrouw betrokken geraakt bij een auto-ongeluk en toen de politie ter plaatse kwam, zei ze...'

Gek, gek, weer een of andere verdomde gek. Nog een idioot, onverschillig voor het verdriet en de pijn die ze veroorzaakte.

'... dat ze uw dochter was. De jongste, Heather. Ze zegt dat ze uw dochter is.'

En het werd zwart voor Miriams ogen.

Deel VI

Telefoonmaatjes
(1983)

24

Toen de telefoon om halfzeven 's ochtends ging, nam Dave gedachteloos op. Hij had beter moeten weten. Nog maar een week eerder had hij in afwachting van dit jaarlijkse telefoontje een PhoneMate-antwoordapparaat gekocht bij Wilson's, de cataloguswinkel aan Security Boulevard. Daar zouden de prijzen lager zijn, al wist Dave het niet zeker omdat hij het geduld niet had om ze met die van andere winkels te vergelijken. Wel was het voor Dave, als mededetailhandelaar, zij het op veel kleinere schaal, interessant om te zien hoe de winkel de overheadkosten beperkte door het verkopend personeel tot het minimum te beperken en de inventaris niet in de winkel zelf op te slaan. Klanten noteerden de code van de artikelen die ze wilden hebben, gingen in de ene rij staan om ze in ontvangst te nemen en in de andere om te betalen. Misschien was de truc dat de mensen door dat ingewikkelde systeem gingen gelóven dat ze goedkoop uit waren. Al dat in de rij staan moest toch ergens goed voor zijn? De Russen stonden in de rij voor wc-papier, Amerikanen stonden in de rij voor antwoordapparaten, monddouches en 14-karaats gouden kettingen.

Antwoordapparaten waren iets nieuws, een technologie die was opgebloeid na de opsplitsing van AT&T, en nu wilde iedereen er opeens een hebben – om flauwe meldteksten in te spreken in de vorm van sketches en soms zelfs liedjes. Amerika bleek een vreselijk eenzame plek te zijn, waar iedereen bang was geweest dat ene telefoontje te missen dat je leven kon veranderen. Normaal gesproken had Dave de aanschaf van zo'n hebbeding zo lang mogelijk uitgesteld, als hij al ooit tot aanschaf was overgegaan, maar er was altijd een kans dat er iemand één keer wilde bellen en dan nooit meer. En dan waren er nog de telefoontjes die je niet aan wilde nemen, die je dankzij het apparaat kon afluisteren voordat je besliste of je de beller te woord wilde staan. Dave was er nog niet achter wat de beleefdheidsregels waren – als je eenmaal aan iemand had onthuld dat je had meegeluisterd terwijl hij zijn bericht insprak, hoe kon je dan ooit nog weigeren op te nemen als die persoon belde? Of deed je gewoon alsof je er niet was? Misschien kon je maar beter helemaal nooit opnemen. Het had hem bijna drie uur gekost om zijn meldtekst te verzinnen. *'U spreekt met Dave Bethany. Ik ben op dit moment niet thuis...'* Het hoefde niet waar te zijn, en hij hield niet van liegen, zelfs niet tegen onbekenden, en hij wilde al helemaal geen inbrekers op ideeën brengen. *'Dit is het antwoordapparaat van de Bethany's...'* Maar er waren geen Bethany's meer, alleen nog die ene Bethany in een steeds verwaarloosder ogend huis waarin niets kapot was, maar ook niets werkte zoals het hoorde. *'Met Dave, spreek een bericht in na de piep.'* Niet origineel, maar wel functioneel.

De PhoneMate stond zo ingesteld dat hij opnam als de telefoon vier keer was overgegaan en Dave, die nog versuft was door de droomloze slaap die hij tegenwoordig als een zegen beschouwde, stak blindelings zijn hand uit en pakte de hoorn. In de fractie van een seconde waarin hij hem naar zijn oor bracht, herinnerde hij zich de datum, de reden waarom hij de moeite had genomen de PhoneMate te kopen. Te laat.

'Ik weet waar ze zijn,' zei een mannenstem, hees en zwak.

'Donder op.' Dave smeet de hoorn op de haak, maar niet voordat hij het geluid had opgevangen van een als een razende op en neer gaande hand.

De telefoontjes waren vier jaar eerder begonnen en ze waren altijd hetzelfde, in elk geval wat de tekst betrof. De stem klonk elk jaar anders, en Dave had uitgeknobbeld dat de jaarlijkse beller last moest hebben van hooikoorts, waardoor zijn stemgeluid werd beïnvloed. Klonk de obscene beller hees, dit jaar? Dan moest de lente vroeg zijn, de lucht al vol stuifmeel. De man was Daves eigen voorjaarsbode. Zijn telefoonmaatje.

Plichtsgetrouw noteerde Dave de datum, het tijdstip en de inhoud van het telefoontje in het notitieblokje dat naast de telefoon lag. Rechercheur Willoughby had gezegd dat hij alles moest melden, ook als er meteen werd opgehangen, maar ook al noteerde Dave alles, hij had Willoughby nooit over deze lentewijding verteld. 'Wij maken wel uit wat belangrijk is,' had Willoughby de afgelopen acht jaar vaak tegen Dave gezegd, maar zo kon hij niet leven. Hij moest zelf onderscheid kunnen maken, al was het maar om niet krankzinnig te worden. Hoop was een onmogelijk gevoel om mee te leven, ontdekte hij, een veeleisende, ruwe metgezel. Emily Dickinson had het over 'dat ding met veertjes' gehad, maar haar hoop was klein en bevallig, een vriendelijke aanwezigheid in haar borstkas. De hoop die Dave Bethany kende had ook veren, maar het was meer een griffioen, met fonkelende ogen en scherpe tanden. Een scherpe snavel, verbeterde hij zichzelf. De griffioen heeft het lichaam van een leeuw, maar de kop van een adelaar. Dave Bethany's versie van hoop zat op zijn borstkas en pikte erin, het vlezige oppervlak van zijn hart doorborend.

Hij kon nog minstens een uur blijven liggen, maar het had geen zin te proberen weer in slaap te komen. Hij stond op, slofte naar buiten om de krant te halen en zette water op voor zijn koffie. Dave had er altijd op gestaan dat ze een filterapparaat bleven gebruiken om koffie te zetten, hoe Miriam ook smeekte om een elektrisch apparaat, een rage sinds Joe DiMaggio er reclame voor maakte. Nu keerden de fijnproevers, een decadente klasse naar Daves mening, weer terug naar de oude manieren van koffiezetten, al maalden ze hun bonen dan in kleine machientjes met een bol deksel die met veel pompeus ceremonieel snorden, bovenmaatse dildo's voor de delicatessenfetisjist. *Zie je nou,* zei hij tegen zijn onzichtbare tafelgenoot terwijl hij het dampende water over het maalsel schonk. *Ik zei toch dat alles uiteindelijk weer terugkomt.*

Hij had de gewoonte om onder het ontbijt tegen Miriam te praten nooit afgeleerd. Hij had er zelfs meer plezier in sinds ze weg was, want hij werd niet meer tegengesproken, geplaagd of in twijfel getrokken. Hij hield zijn betoog en Miriam stemde toe door haar zwijgen. Hij kon zich geen bevredigender regeling voorstellen.

Hij nam het stadskatern van de *Beacon* door. Er stond niets in over het belang van de datum, maar dat viel te verwachten. Toen het een jaar geleden was, was er een artikel aan gewijd, en toen het twee jaar geleden was ook, maar daarna nooit meer. Hij had ervan opgekeken toen het lustrum onopgemerkt voorbijging. Wanneer zouden zijn dochters er weer toe doen? Na tien jaar, twintig? Bij het zilveren jubileum, het gouden?

'De media hebben gedaan wat ze konden,' had Willoughby nog maar een maand geleden gezegd, toen ze stonden te kijken keken hoe er werd gegraven rondom een oude boerderij in de buurt van Finksburg.

'En toch, vanuit historisch oogpunt, het feit dat het is gebeurd alleen al...' Het landschap was hier prachtig. Waarom was hij nooit eerder naar Finksburg gegaan, waarom had hij niet eerder gezien hoe mooi het hier was, ondanks die stomme naam? Maar de snelweg was hier nog maar kortgeleden aangelegd. Daarvoor moest het ondoenlijk zijn geweest om hier te wonen en in de stad te werken.

'In dit stadium zal het op een veroordeelde aankomen,' had Willoughby gezegd terwijl de dag vorderde en er meer en meer kuilen werden graven en Dave de onderneming in gedachten opgaf. 'Iemand die meer weet en dat wil gebruiken om te marchanderen over zijn straf. Of misschien de dader zelf. Het zou me niets verbazen als hij al in hechtenis zit wegens een ander misdrijf. Er zijn genoeg onopgeloste zaken die alle publiciteit van de wereld hebben gekregen: Etan Patz, Adam Walsh.'

'Die kwamen later,' zei Dave, alsof het om het recht van de eerstgeborene ging. 'En de ouders van Adam Walsh hebben tenminste nog een lichaam.'

'Ze hebben een hoofd,' zei Willoughby zonder erbij na te denken, zijn betweterige aard die naar boven kwam. 'Ze hebben nooit een lichaam gevonden.'

'Weet je? Op dit moment zou ik een moord doen voor een hoofd.'

Het telefoontje over de boerderij was zo veelbelovend geweest. Om te beginnen was het afkomstig geweest van een vrouw, en hoewel vrouwen door de bank genomen niet normaler waren dan mannen, hadden ze niet het soort gekte dat een uitweg zocht in het kwellen van de ouders van twee vermoedelijke slachtoffers van moord. Bovendien was het iemand uit de buurt geweest, een vrouw die haar volledige naam had opgegeven. In het voorjaar van 1975 was er een man die Lyman Tanner heette in de buurt komen wonen, vlak voor de verdwijning van de meisjes. Ze herinnerde zich dat hij zijn auto had gewassen op de vroege ochtend van paaszondag, de dag nadat de meisjes waren verdwenen, wat haar vreemd had geleken omdat er regen was voorspeld.

Ze hadden haar gevraagd, had Willoughby aan Dave verteld, waarom ze zich acht jaar later nog zo'n detail kon herinneren.

'Simpel,' zei de vrouw, Yvonne Yepletsky. 'Ik ben orthodox, Roemeens-orthodox, maar ik ga naar de Grieks-orthodoxe kerk in de stad, zoals de meeste Roemeens-orthodoxen. Volgens onze kalender valt Pasen op een andere dag en mijn moeder zei altijd dat het tijdens hún Pasen altijd regent. En dat gaat meestal op.'

Toch had ze zich pas een paar maanden geleden herinnerd hoe vreemd dat autowassen was, toen Lyman Tanner overleed en zijn boerderij naliet aan wat verre verwanten. Toen was Yvonne Yepletsky te binnen geschoten dat haar buurman bij de Sociale Dienst werkte, vlak bij het winkelcentrum, en dat hij uitzonderlijk veel belangstelling had gehad voor haar dochters, nog jonge tieners toen hij naast hen kwam wonen. Hij had er niet om gemaald dat het oude kerkhof aan zijn erf grensde, iets wat veel andere kopers had afgeschrikt.

'En hij wilde met alle geweld een moestuin aanleggen, huurde een tractor en alles om de grond te bewerken, en vervolgens deed hij er niets meer mee,' zei mevrouw Yepletsky.

De politie van Baltimore huurde een bulldozer.

De ploeg had al vijf kuilen gegraven toen een andere buurtbewoner zo gedienstig was te vertellen dat mevrouw Yepletsky boos was omdat haar man het stuk land had willen hebben, maar de erfgenamen van

Tanner het niet aan hem hadden willen verkopen. De Yepletsky's waren geen leugenaars, niet echt. Ze waren de verhalen die ze over Tanner vertelden zelf gaan geloven. En een man wiens erfgenamen niet wilden verkopen aan de hoogste bieder, tja, dat moest wel een rare zijn. *Hij stond zijn auto te wassen terwijl er regen was voorspeld. Was dat niet rond de tijd dat die meisjes waren verdwenen? Hij moet het wel hebben gedaan.* De hoop die een hele week op Daves schouder had gezeten, streek weer neer op zijn borst en zette zijn snavel erin.

Aangezien zijn ontbijt alleen uit zwarte koffie bestond, had Dave maar twintig minuten nodig om die op te drinken, de krant te lezen, zijn mok om te spoelen en naar boven te gaan om zich aan te kleden. Het was nog voor zevenen. Driehonderdvierenzestig dagen per jaar hield hij de kamerdeuren van zijn dochters dicht, maar op deze dag maakte hij ze altijd open, liet hij zichzelf rondkijken. Hij voelde zich een soort omgekeerde Blauwbaard. Als er een vrouw bij hem in huis zou komen wonen, wat hij zich niet kon voorstellen, maar wat theoretisch mogelijk was, zou hij haar verbieden om in deze kamers te komen. Ze zou natuurlijk toch stiekem gaan kijken, maar in plaats van de lijken van zijn vorige vrouwen, zou ze de geconserveerde tijdscapsules van twee meisjeslevens vinden. April 1975.

In Heathers roze met witte kamer vloog Max van *Max en de maximonsters* rond de wereld, vond het eiland van de Wilde Dingen en kwam toch nog op tijd thuis voor het avondeten. Er was een aantal tieneridolen op de muur onder Max opgedoken, stuk voor stuk jongens met grote witte tanden, en in Daves ogen niet van elkaar te onderscheiden. De kamer ernaast, die van Sunny, was veel meer een tienerkamer, met als enige spoor van een voorbije kindertijd een wandkleed, een biologieproject uit groep acht, waarvoor ze een tijdrovend onderwaterlandschap in kruissteekjes had geborduurd. Ze had er een tien voor gekregen, maar niet voordat de juf Miriam langdurig aan de tand had gevoeld omdat ze niet geloofde dat Sunny het zelf had gemaakt. Wat was Dave er boos om geweest dat iemand twijfelde aan het talent of het woord van zijn dochter.

Je zou verwachten dat de kamers, afgesloten en onaangeroerd, stoffig en bedompt zouden worden, maar Dave trof ze verrassend fris en bezield aan. Zittend op de bedden in die kamers – en die ochtend probeerde hij ze allebei even, zo vrijpostig als Goudlokje – kon je je voorstellen dat hun bewoonsters 's avonds terug zouden komen. Zelfs de politie, die heel even de mogelijkheid had overwogen dat de meisjes waren weggelopen, had toegegeven dat de kamers de indruk wekten dat de meisjes ervan uit waren gegaan dat ze terug zouden komen. Goed, het was vreemd dat Heather al haar geld had meegenomen naar het winkelcentrum, maar misschien was dat ook wel de bron van alle ellende geweest. Er waren nu eenmaal mensen die een kind kwaad zouden doen voor veertig dollar, en het geld had niet in haar tas gezeten toen die werd gevonden.

Natuurlijk was Dave als verdachte aangemerkt zodra de politie had uitgesloten dat de meisjes uit vrije wil waren vertrokken. Tot op de dag van vandaag had Willoughby nooit toegegeven hoe onredelijk en gênant dat onderzoek was geweest, of hoeveel essentiële uren er waren verspild aan dat dwaalspoor, laat staan dat hij zijn excuses ervoor had aangeboden. Dave was erachter gekomen dat familieleden altijd werden verdacht in dergelijke zaken, maar de feiten van zijn leven – zijn zieltogende winkel, het studiefonds dat door Miriams ouders was opgericht – hadden de beschuldiging des te afschuwelijker gemaakt. 'Dus u denkt dat ik mijn kinderen om het geld heb vermoord?' had hij gevraagd, nog net niet uithalend naar Willoughby, die het niet persoonlijk had opgevat. 'Ik denk op dit moment niets, nu nog niet,' had Willoughby schokschouderend gezegd. 'Er zijn vragen en ik ben op zoek naar antwoorden, meer niet.'

Dave wist nog steeds niet wat hij erger vond: ervan worden verdacht dat hij een financieel motief had voor de dood van zijn dochters, of ervan worden beschuldigd dat hij ze had vermoord om zijn overspelige echtgenote terug te pakken. Miriam had gedaan alsof het zo nobel was dat ze haar geheim zo snel aan de politie had verteld, maar haar geheim was wel het perfecte alibi voor haarzelf én haar minnaar geweest. 'Wat als zij het hebben gedaan?' had Dave de politie gevraagd. 'Wat als zij het hebben gedaan en het op mij hebben afgeschoven zodat ze er samen vandoor kunnen gaan?' Maar zelfs hij had niet in dat scenario geloofd.

Hij vond het niet zo erg dat Miriam bij hem weg was gegaan, maar hij had al zijn respect voor haar verloren toen ze ook uit Baltimore was weggegaan. Ze had hun wake opgeven. Ze was niet sterk genoeg om te leven met die knagende, stekende hoop en de onmogelijkheden die die in zijn oor fluisterde. 'Ze zijn dood, Dave,' had Miriam tijdens hun laatste gesprek, meer dan twee jaar geleden, gezegd. 'Het enige waar we naar uit kunnen kijken, is de officiële ontdekking van wat we al weten. Het enige waar we ons aan kunnen vastklampen, is de hoop dat het minder gruwelijk was dan we ons durfden voor te stellen. Dat iemand ze heeft meegenomen en doodgeschoten, of ze pijnloos heeft vermoord. Dat ze niet seksueel zijn misbruikt, dat...'

'Hou op, hou op, hou op, HOU OP!' Het hadden de laatste woorden kunnen zijn die hij ooit tegen Miriam zei, maar dat wilden ze geen van beiden. Hij had zijn excuses aangeboden, zij had haar excuses aangeboden, en dát waren hun laatste woorden geweest. Miriam, die dol was op nieuwe snufjes, had vorig jaar een antwoordapparaat gekocht. Hij belde af en toe en luisterde dan naar haar bericht, maar sprak er zelf geen in. Hij vroeg zich af of Miriam meeluisterde als er berichten werden ingesproken, of ze zou opnemen als ze zijn stem op het apparaat hoorde. Waarschijnlijk niet.

Volgens de wetgeving van Maryland had hij al in 1981 een verzoek kunnen indienen om de meisjes officieel dood te laten verklaren, een juridisch foefje om het geld uit hun studiefonds vrij te maken, maar hij hoefde hun geld niet en hij wilde al helemaal niet dat de rechtbank zijn grootste angsten zou bekrachtigen. Hij liet het geld verkommeren. Dat zou iedereen een lesje leren.

Misschien zijn ze ontvoerd door een goedwillend ouderpaar, fluisterde de griffioen van hoop in zijn oor. *Een vriendelijk ouderpaar dat ontwikkelingswerk doet en ze heeft meegenomen naar Afrika. Of ze hebben een groepje vrije geesten gevonden, jongere versies van Kesey en zijn vrienden, en zijn ze samen op pad gegaan, precies zoals jij had kunnen doen als je geen kinderen had gekregen.*

Waarom bellen ze dan niet?
Omdat ze de pest aan je hebben.
Waarom?
Omdat kinderen de pest aan hun ouders hebben. Jij had de pest aan jouw ouders. Wanneer heb je je moeder voor het laatst gebeld? Zo duur is een telefoontje nu ook weer niet.
En toch, zijn dat mijn enige keuzes? Levend, maar zo vervuld met haat tegen mij dat ze weigeren te bellen? Of vol liefde voor mij, maar dood?
Nee, dat waren niet de enige opties. Er was ook nog de mogelijkheid dat ze waren vastgeketend in de kelder van de een of andere psychopaat die...
Hou op, hou op, hou op, hou op.

Het was eindelijk tijd om naar De blauwe gitaar te gaan. De winkel ging pas over drie uur open, maar tot die tijd was er genoeg te doen. Van alle ironieën in zijn leven was dit vreemd genoeg de pijnlijkste: de winkel was opgebloeid door alle publiciteit rond zijn dochters. In het begin waren de mensen gekomen om zich aan de diepbedroefde vader te vergapen, maar hadden alleen de efficiënte en invoelende juffrouw Wanda uit de bakkerij aangetroffen. Ze had hem haar tijd aangeboden, want, zo zei ze met klem, Dave zou uiteindelijk niet alleen wíllen werken, maar ook móéten werken. De vergapers werden kopers en dankzij de mond-tot-mondreclame was zijn winkel een groter succes geworden dan hij in zijn bescheidenheid ooit had durven dromen. Hij had zelfs kunnen uitbreiden met een kledinglijn en kleine huishoudelijke artikelen: meubelbeslag, wandborden. En de spullen die hij uit Mexico importeerde, waren nu een grote rage. De houtgesneden haas waar mevrouw Baumgarten haar neus voor had opgehaald, waar ze nooit dertig dollar voor zou willen betalen? Een museum in San Francisco dat een vleugel met volkskunst opende, had Dave er duizend dollar voor geboden, ingezien hoe waardevol het object was – een vroeg, naïef stuk van een Oaxacaanse meester. Hij had de haas niet verkocht, maar ter beschikking gesteld voor de openingsexpositie.

Hij ging op de veranda staan en liet het licht op zich inwerken. Nu de bomen nog betrekkelijk kaal waren en de wereld nog een paar weken op wintertijd moest draaien, hadden de ochtenden een bitterzoete helderheid. De meeste mensen waren blij met de zomertijd, maar Dave had het altijd een slechte deal gevonden: dit soort ochtenden opgeven voor een uurtje extra licht aan het eind van de dag. De laatste keer dat hij zich gelukkig had gevoeld, was op een ochtend geweest. Min of meer gelukkig. Hij had die ochtend geprobeerd om gelukkig te zijn door zich op de meisjes te richten, want hij wist dat Miriam iets in haar schild voerde, maar was nog niet klaar om de confrontatie aan te gaan met wat het ook maar mocht zijn. Hij had geprobeerd afleiding te zoeken door de supertoffe pa uit te hangen, en Heather had het geslikt, erin geloofd. Sunny... Sunny was er niet in getrapt. Ze had geweten dat hij er niet echt bij was, dat hij afwezig was. Was hij dat maar gebleven, was hij maar niet zo alert geweest erop te staan dat Sunny Heather mee zou nemen. Had hij maar – maar waar pleitte hij nu voor? Eén dode dochter in plaats van twee? Dat was *Sophie's Choice* – niet dat Dave het kon opbrengen om dat boek te lezen, hoewel Styrons *The Confessions of Nat Turner* een van zijn lievelingsboeken was geweest. Styron had de Holocaust nodig om het allerergste wat een ouder kon overkomen uit te leggen. Het punt was alleen dat het nog niet groot genoeg was. Zes miljoen doden betekenden niets als je je eigen kind was kwijtgeraakt.

Hij stapte in zijn oude Volkswagen-busje, nog zo'n oud aandenken dat hij niet kon loslaten, nog zo'n onderdeel van zijn stilstaande leven. Zijn hoop sprong op de passagiersstoel, pikte met zijn altijd bezige snavel in het scheurende, barstende vinyl, richtte zijn galkleurige ogen op Dave en herinnerde hem eraan dat hij zijn gordel vast moest maken.

Wie kan het eigenlijk wat schelen of ik leef of niet?

Niemand, gaf de Hoop toe, *maar als jij dood bent, wie zal er dan nog aan de meisjes denken? Miriam? Willoughby? Hun oude klasgenoten, van wie er een aantal inmiddels al is afgestudeerd? Jij bent alles wat ze hebben, Dave. Zonder jou zijn ze echt weg.*

25

Miriam had een geheime liefde: de pecanroomyoghurt van I Can't Believe It's Yogurt. Ze geloofde best dat het yoghurt was. Verder geloofde ze dat het lang niet zo gezond was als andere mensen leken te denken en dat de calorieën die erin zaten net zo goed telden als alle andere calorieën. Miriam liet zich niet inpakken door de beloftes van I Can't Believe It's Yogurt, uitgesproken of gesuggereerd, maar ze vond het lekker en de verleiding om een stukje om te lopen om een bakje te halen was groot. Het was een warme dag, zomers heet, misschien niet naar Texaanse maatstaven, maar wel naar de hare; heet genoeg om een middagje zwembad te rechtvaardigen. Miriam overwoog een middag vrij te nemen en naar het natuurzwembad te gaan, of helemaal naar het meer, maar ze had twee afspraken met mogelijke kopers in Clarksville.

Toch baarde het haar zorgen dat ze met het idee had gespeeld naar het zwembad te gaan, al was het maar even. Ze was zich hier echt thuis gaan voelen. Als ze niet uitkeek, zou ze binnenkort meedoen aan de lokale klaagzang van 'je had hier moeten wonen toen er nog...', het eindeloze gejammer over hoe hip, vrolijk en betaalbaar Austin was geweest. Dan werden er herinneringen opgehaald aan de zaken die er allemaal hadden gezeten – de Armadillo, de Liberty Lunch. Kijk maar naar Guadalupe Street, waar ze vandaag geen parkeerplek kon vinden. Ze zou de yoghurt moeten laten zitten en doorrijden naar haar afspraak.

Ze huiverde en ging haar gedachten na om te achterhalen waarom ze zo gespannen was. Parkeren – Austin – zwembad – *het meer*. Het afgelopen najaar waren er twee vermoorde meisjes gevonden bij het meer, op een kavel waar een duur nieuw huis in aanbouw was. Twee meisjes, geen zusjes, maar het aantal alleen was voldoende om haar aandacht te trekken, en er was geen enkel motief gevonden. Miriam, die beter dan anderen tussen de regels van krantenberichten door kon lezen, begreep dat de politie eigenlijk helemaal niets had, maar haar vrienden hadden uit de kaalste feiten allerlei vreemde samenzweringen afgeleid. Gedresseerd door de televisie als ze waren, bleven ze maar verwachten dat de zaak een verháál zou worden, iets verklaarbaars en *bevredigends*, hoewel haar ernstige vrienden in Austin zo'n woord nooit zouden gebruiken. Geobsedeerd als ze waren door hoe Austin veranderde – achteruitging, zoals de oudste bewoners zeiden, of groeide en bloeide, volgens de nieuwkomers die hadden ingezet op deze in opkomst zijnde stad – dachten ze dat de moorden op de een of andere manier voortkwamen uit het fenomeen groei. De meisjes, een soort motormeiden, kwamen uit gezinnen die al aan het meer hadden gewoond voordat het een gewilde locatie was geworden. Volgens de nieuwsberichten was de baai aan Lake Travis de plek waar ze feestten met hun vrienden, en hadden ze het feit dat er een huis werd gebouwd geen reden gevonden om daarmee op te houden. Het leek Miriam waarschijnlijk dat de meisjes waren vermoord door hun eigen opvliegende vrienden, maar de politie had de eigenaar van het terrein en de bouwvakkers die er werkten verhoord.

Miriams vrienden uit Austin beseften niet dat ze, door zich te richten op de botsing tussen oud en nieuw, stilstand en vooruitgang, zichzelf een aandeel gaven in het misdrijf, dat ze probeerden een op zich staande verschrikking te veranderen in iets begrijpelijks. En dat was natuurlijk nu net wat het nooit zou kunnen zijn, niet in het liberale Austin. Austin was zo innemend, betrouwbaar liberaal dat Miriam zich begon af te vragen hoe liberaal ze zelf eigenlijk was.

Neem nu de doodstraf, die een jaar geleden weer was ingevoerd in Texas. Haar collega's en buurtgenoten konden er niet over uit hoe schandalig het was, hoe ongepast happig Texas erop was mensen te executeren nu Utah het voorbeeld had gegeven, hoewel er tot nu toe nog maar één iemand ter dood was gebracht. Miriam hield zich buiten die gesprekken omdat ze bang was dat ze er zelf verhit vóór zou pleiten, wat kon leiden tot de troefkaart van de persoonlijke ervaring, die ze nooit wilde inzetten. Sinds haar aankomst in Texas, nu zes jaar geleden, had ze de luxe gehad dat ze niet langer de tot martelaar verklaarde moeder was, die arme, trieste Miriam Bethany. Sterker nog, ze was niet eens Miriam Bethany meer. Ze ging nu door het leven als Miriam Toles, haar meisjesnaam. Zelfs al zou iemand weten van de meisjes Bethany, al zouden hun namen vallen in de eindeloze speculaties over de dubbele moord bij Lake Travis, dan nog zou nog niemand het verband leggen. Ze had haar tijd in Baltimore zelfs gebagatelliseerd. *Slecht huwelijk, niets geworden, goddank geen kinderen, oorspronkelijk uit Ottawa, vind het klimaat hier veel prettiger.* Dat was alles wat de mensen van haar wisten.

Er waren momenten geweest van met wijn overgoten of van wiet doortrokken toenadering, meestal 's avonds laat, waarop Miriam met het idee had gespeeld iemand in vertrouwen te nemen. Nooit een man, want hoewel het Miriam opmerkelijk makkelijk afging om mannen te ontmoeten en met ze te slapen, wilde ze geen relatie, in welke vorm dan ook, en dat soort vertrouwelijkheid zou een man ertoe kunnen zetten haar serieus te nemen. Maar ze had ook vriendinnen gemaakt, onder wie Beth, die op haar eigen geheimen zinspeelde. Ze was een antropologiestudent van zevenendertig – Austin wemelde van de mensen die vastbesloten leken te zijn eeuwig te blijven studeren – en ze was gebleven na een feestje, toen ze was ingegaan op Miriams aanbod gebruik te maken van het bubbelbad in de achtertuin. Onder het genot van een fles wijn begon Beth over een afgelegen dorpje in Belize waar ze een aantal jaar had gewoond. 'Het was surrealistisch,' zei ze. 'Sinds ik daar heb gewoond, vraag ik me af of magisch realisme wel een literair genre is. Ik geloof dat die lui gewoon de waarheid schrijven.' Ze liet iets doorschemeren over verkrachting, heel vaag, maar Beth leek alle persoonlijke voornaamwoorden te laten varen, waardoor het onmogelijk was te bepalen of ze zelf het slachtoffer was geweest, of een omstander die werkeloos had toegekeken. Miriam en zij hadden rond het vuur van hun respectievelijke verledens gedanst en allebei prachtige schaduwen geworpen waaruit de ander alle conclusies kon trekken die ze wilde, maar ze waren nooit meer zo vertrouwelijk geworden, tot Miriams grote opluchting, en mogelijk ook die van Beth. Ze hadden elkaar daarna zelfs nauwelijks nog gezien.

Bij het eerste rode licht klapte ze haar agenda op de passagiersstoel open en wierp een blik op het adres van haar eerste afspraak. Een man op straat keek naar haar en ze zag zichzelf door zijn ogen als een *self-made* vrouw, zij het niet in de gangbare zin van het woord. Toegegeven, ze had het financieel goed gedaan, terwijl ze toch met maar heel weinig was begonnen hier. De camelkleurige Filofax, de kleding en schoenen van Joan Vass, de Saab met airco – daarmee kon ze haar succes uitstralen op een voor Austin gepaste manier. Miriam vond het echter belangrijker dat ze een nieuwe vrouw had gecreëerd: Miriam Toles, die haar dagen mocht doorbrengen zonder dat de tragiek zichtbaar aan alles trok wat ze deed. Het was al lastig genoeg om alleen vanbinnen Miriam Bethany te zijn. Miriam Toles was het suikerlaagje, de huls die alle rotzooi binnenhield, met moeite.

'Ze smelten wél,' had Heather geklaagd, en ze liet haar moeder haar met oranje, rood, geel en groen besmeurde handpalm zien. 'Hoe kunnen ze zo hard liegen?'

'Ze liegen in alle reclames,' zei Sunny, op haar elfde al filosofisch. 'Weet je nog toen we die honderd poppetjes hadden besteld met de bon op de achterkant van *Millie the Model* en dat ze maar zó groot waren?' Ze hield haar vingers iets uit elkaar om te laten zien hoe klein de poppetjes waren, hoe groot de leugen.

Terwijl ze in haar auto op groen wachtte, viel Miriams oog op de datum: 29 maart. De dag. Die dag. Het was voor het eerst dat ze op deze dag was aanbeland zonder zich er al te veel bewust van te zijn, voor het eerst dat ze niet tegen de zogenaamde gedenkdag had opgezien, voor het eerst dat ze niet badend in het zweet van gruwelijke nachtmerries wakker was geworden. Het hielp dat de lentes in Austin zo anders waren, dat het eind maart al zomers weer begon te worden. Het hielp dat Pasen al voorbij was, weer vroeg gevallen. Pasen was meestal het teken dat ze weer terechtkwam in wat ze als het veilige seizoen beschouwde. Als ze nog leefden... O god, als ze nog leefden, zou Sunny drieëntwintig en Heather bijna twintig zijn. Maar ze leefden niet. Als ze iets zeker wist, was het dat wel. Het geluid van een claxon, toen nog een en nog een. Miriam schoot bijna blindelings naar voren. Ze probeerde redenen te bedenken waarom Sunny en Heather blij zouden zijn dat ze hier niet waren. Het presidentschap van Reagan? Ze betwijfelde of de meisjes hun leven zouden hebben gegeven om dat te voorkomen. De muziek was juist beter geworden, in Miriams middelbare oren, en ze vond de kleding van nu ook mooi, de combinatie van draagbaarheid en mode, althans in sommige stijlen. Ze zouden Austin ook leuk hebben gevonden, al vonden de autochtonen dat de stad naar de knoppen was, helemaal naar de knoppen. Ze hadden hier goedkoop kunnen studeren, naar disco's kunnen gaan, hamburgers kunnen eten bij Mad Dog and Beans, *migas* kunnen proeven bij Las Mañanitas, frozen margarita's kunnen slurpen bij Jorge's en boodschappen kunnen doen bij Whole Foods, dat erin slaagde zowel biologisch (bulkverpakkingen gerst) als decadent (vijf verschillende soorten brie) te zijn. Eenmaal volwassen zouden Sunny en Heather haar gevoel voor humor hebben gedeeld, besloot Miriam nu; ze zouden net als zij hebben beseft hoe absurd Austin kon zijn, hoe lachwekkend. Ze hadden hier kunnen wonen.

En sterven. Ook hier stierven mensen. Ze werden vermoord op bouwterreinen. Ze kwamen om bij dronken auto-ongelukken op de kronkelende wegen tussen de boerderijen en markten in Hill Country. Ze waren verdronken bij de overstroming op zondag 24 mei, Memorial Day 1981, toen het water zo snel en zo woest was gestegen en de straten in verraderlijke rivieren waren veranderd.

Miriam geloofde heimelijk – of rationaliseerde heimelijk – dat haar dochters gedoemd waren te worden vermoord en dat zijzelf als ze terug kon gaan in de tijd om de omstandigheden van die dag te veranderen, niet meer had kunnen doen dan het drama uitstellen en het een andere vorm geven. Haar dochters waren bij hun geboorte al getekend, hadden het lot dat buiten Miriams macht lag al in zich gedragen. Dat was het enige wat anders was als je adoptie-ouder was: het gevoel dat er biologische factoren waren waar je nooit controle over zou hebben. Destijds had ze het gevoel gehad dat het gezond was, dat ze toegaf aan de realiteit dat biologische ouders – nooit *echte* ouders, hoewel je die nogal tactloze kreet zelfs in het goedbedoelende Austin nog steeds wel eens hoorde – het moeilijker konden accepteren. Als het op haar kinderen aankwam, had ze niet alles in de hand.

Natuurlijk had ze het voordeel dat ze een deel van Sunny en Heathers familie kende, hun grootouders van moederskant, Isabel en Herb Turner. Wat had Miriam zich schuldig gevoeld over haar onaardige eerste indruk van hen toen ze hun hele verhaal hoorde – de beeldschone dochter, Sally, die op zeventienjarige leeftijd was weggelopen om met een man te trouwen die haar ouders niet goedkeurden en hun hulp had geweigerd tot het veel te laat was. Het moest in 1959 zijn geweest, toen weglopen met je geliefde nog steeds werd gezien als een komisch avontuur: de ladder onder het raam, het jonge stel dat altijd werd betrapt, maar uiteindelijk toch de zegen van de ouders kreeg. Het was in de tijd toen getrouwde stellen op tv nog in aparte bedden sliepen en seks nog zo taboe was dat jonge mensen het gevoel moesten hebben gehad dat ze op springen stonden van al die gevoelens en gewaarwordingen waar niemand het ooit over had. Miriam wist er alles van. Miriam herinnerde het zich. Ze was niet zo gek veel ouder dan Sally Turner.

Ze had de rest zelf ingevuld: de lompe, dierlijke vrijer uit een ander milieu, de bezwaren van de Turners, die Sally had afgedaan als snobisme, terwijl ze waren voortgekomen uit een onfeilbare ouderlijke intuïtie. Nadat ze was weggelopen en met haar foute jongen getrouwd moest Sally trots zijn geweest, te trots om haar ouders te bellen en om hulp te vragen toen haar huwelijk steeds gewelddadiger werd. Sunny was net drie geworden en Heather was nog een baby toen hun vader eerst hun moeder en daarna zichzelf doodschoot. Vrijwel op hetzelfde moment dat de Turners aan de weet kwamen dat hun dochter dood was, ontdekten ze dat ze twee kleinkinderen hadden die door iemand moesten worden verzorgd. Helaas hadden ze een maand daarvoor ook te horen gekregen dat Estelle leverkanker had.

Het was Daves idee geweest om aan te bieden de kinderen te adopteren, en hoewel Miriam haar twijfels had aangaande zijn motieven – ze dacht dat het Dave meer te doen was om de band die hij met Estelle zou smeden dan om de meisjes zelf – had ze het graag gedaan. Ze was pas vijfentwintig, maar had al drie miskramen gehad. Hier waren twee prachtige meisjes die ze zo in huis konden nemen, zonder slepende adoptieprocedure. De Turners waren voor zover bekend de enige familie van de meisjes, wat later zou worden geverifieerd toen rechercheur Willoughby naging of de dode vader nog familie had. Zij hadden de voogdij en konden de ouderlijke macht overdragen aan de Bethany's. Het was heel makkelijk gegaan. En hoe wreed het ook mocht klinken, Miriam was opgelucht toen Estelle uiteindelijk stierf en Herb van hen vervreemdde, zoals ze allemaal hadden voorzien. De meisjes deden hem te veel denken aan de vrouw en dochter die hij had verloren. Hoe dankbaar Miriam ook was dat hij zich terugtrok, ze verachtte hem er ook om. Wat voor man wil er nu geen deel uitmaken van het leven van zijn kleindochters? Zelfs nu ze het hele verhaal kende, kon ze haar aanvankelijke afkeer van de Turners niet van zich afzetten, Herbs slaafse liefde voor Estelle, zijn onvermogen om van iemand anders te houden, iets om een ander te geven. Waarschijnlijk was Sally weggelopen omdat er geen plaats voor haar was in dat prachtige huis in Sudbrook, zo vol was het van Herbs overdadige liefde voor Estelle.

De meisjes hadden nooit het hele verhaal gehoord. Ze wisten natuurlijk dat ze geadopteerd waren, al had Heather altijd geweigerd het te geloven en pretendeerde Sunny zich veel meer te herinneren dan mogelijk was. ('We hadden een huis in Nevada,' verkondigde ze tegen Heather. 'Een huis met een schutting. En een pony!') Maar zelfs Dave, laten-we-eerlijk-zijn, laten-we-open-zijn-over-alles-Dave, kon het niet over zijn hart verkrijgen de meisjes de hele waarheid te vertellen – de jonge weglopers, de dodelijke woede van hun biologische vader, het verlies van twee levens omdat Sally zich er niet toe kon zetten de telefoon te pakken en haar ouders om hulp te vragen om te ontsnappen aan de echtgenoot die zij van meet af aan hadden afgekeurd. Miriam had gevonden dat de meisjes nooit iets te weten mochten komen, terwijl Dave vond dat het hun overgang naar de volwassenheid zou markeren, als ze een jaar of achttien waren.

Het lieflijke verhaal dat Dave in de tussentijd voor de meisjes had verzonnen, gaf haar echter een nog onbehaaglijker gevoel.

'Vertel eens over mijn andere mama,' zei Sunny of Heather dan als het bedtijd was.

'Nou, ze was heel mooi...'

'Lijk ik op haar?'

'Ja, sprekend.' Het was waar. Miriam had de foto's bij de Turners gezien. Sally had ook dat dansende blonde haar, die tengere bouw. 'Ze was mooi en ze trouwde met een man en ging met het mee, maar toen gebeurde er een ongeluk...'

'Een auto-ongeluk?'

'Zoiets.'

'Wat dan?'

'Ja, een auto-ongeluk. Ze zijn omgekomen bij een auto-ongeluk.'

'Waren wij erbij?'

'Nee.' Maar ze waren er wel bij geweest. Dat gedeelte verontrustte Miriam. De meisjes waren in het huis gevonden, Heather in een wieg, Sunny in een box. Ze waren in een andere kamer, maar wat hadden ze gezien, wat hadden ze gehoord? Wat als Sunny zich iets herinnerde wat echter was dan Nevada, het huis en de pony?

'Waar waren wij?'

'Thuis, met een oppas.'

'Hoe heette die?'

En dan bleef Dave maar doorgaan, details verzinnen tot het gewoon de kolossaalste leugen werd die Miriam ooit had gehoord. 'We vertellen de waarheid wel als ze achttien zijn,' zei hij dan.

Alsof het recht op de waarheid iets was wat bij een bepaalde leeftijd hoorde, alsof het bier was, of stemrecht. O, wat een nijvere, maar onbedreven bevers waren Dave en Miriam geweest, zoals ze provisorische dammen opwierpen tegen al hun geheimen, in de hoop het doorsijpelen van een riviertje tegen te houden terwijl hun een aardbeving te wachten stond. Uiteindelijk waren al hun geheimen en leugens in de wereld losgelaten, waar ze door niemand waren opgemerkt, want wie heeft er oog voor zulke onbenulligheden in een post-apocalyptische wereld die al onder het puin ligt? Op de dag dat Estelle en Herb Turner naar hen toe kwamen om hun hulp te vragen, had Miriam gedacht dat ze twee onschuldige meisjes een nieuwe start bood, maar uiteindelijk waren het de meisjes geweest die haar de kans hadden gegeven zichzelf opnieuw uit te vinden. En toen ze er niet meer waren, was ze dat deel van zichzelf ook kwijtgeraakt.

Wat kan het me ook schelen, verdomme, ik ga naar Barton Springs, dacht ze. Ze maakte op het laatste moment een illegale bocht naar links, maar keerde zodra het kon terug naar haar oorspronkelijke route. De huizenmarkt in Austin begon vast te lopen. Ze kon het zich niet permitteren om ook maar één klant te verliezen.

26

'Jij denkt nog sneller dan de kassa,' zei Randy, de bedrijfsleider van Swiss Colony.

'Pardon?'

'De nieuwe kassa rekent het wisselgeld voor je uit, doet al het denkwerk voor je, maar dat laat je niet over je kant gaan, zie ik. Je blijft hem een stap voor, Sylvia.'

'Syl,' zei ze, trekkend aan de mouwen van de dirndljurk die ze moesten dragen, compleet met schort en pofmouwen. De meiden hadden allemaal een hekel aan het diepe decolleté dat hun borsten etaleerde wanneer ze naar voren leunden om kaas of worst uit de koelvitrines te pakken. In de winter droegen ze coltruien onder hun jurk, maar nu april eraan kwam, was het lastig om een coltrui te rechtvaardigen. 'Het is Syl, niet Sylvia.'

'Maar je kunt voor geen meter inpakken,' zei hij. 'Ik heb nog nooit iemand zo zien hannesen met een rol vershoudfolie. En je doet geen aanbevelingen aan de klanten. Als ze worst nemen, moet je de mosterd aanprijzen. En als ze een klein geschenkmandje willen, moet je een grotere mand aanbevelen.'

We werken niet op commissiebasis, wilde ze zeggen, maar ze wist dat het onverstandig was. Als ze haar rechtermouw ophees, zakte de linker van haar schouder, en als ze die ophees, zakte de rechter van haar schouder. Ook goed, laat Randy maar naar haar schouder kijken.

'Heb je dit werk niet nodig, Sylvia?'

'Syl,' zei ze. 'Het is een afkorting van Priscilla, niet van Sylvia.' Ze probeerde zich de naam eigen te maken. Ze was nu Priscilla Browne, tweeëntwintig jaar volgens haar papieren: een geboorteakte, een burgerservicenummer en een identiteitskaart, maar geen rijbewijs.

'Je bent een beetje verwend, hè?'

'Pardon?'

'Je had niet veel werkervaring. Je zei dat je niet mocht werken toen je nog op school zat en nu zit je op het...' Hij wierp een blik op het papier dat hij voor zich had. '... het Fairfax Community College? Een vaderskindje, hè?'

'Wat?'

'Hij gaf je ruim zakgeld, je hoefde niet te werken. Hij heeft je bedorven.'

'Het zal wel.' O, ja, en óf hij me heeft bedorven.

'Nou, het gaat allemaal wat minder met de zaken. Al sinds kerst, toevallig. Dus ik moet een beetje snoeien...'

Hij keek haar verwachtingsvol aan, zo'n moment waar ze als een berg tegen opzag. Sinds ze gedwongen was op eigen benen te staan, was ze keer op keer in deze situatie terechtgekomen, een poging om een gesprek te houden in wat zij als het dialect van 'normaal' zag. De woorden waren min of meer hetzelfde als die uit de taal die ze kende, maar ze had moeite met de verschillende betekenissen. Als iemand een zin niet afmaakte en van haar verwachtte dat ze hem zou aanvullen, was ze bang dat haar gok er zo ver naast zou zitten dat ze zich automatisch verdacht maakte. Ze zou nu bijvoorbeeld aanvullen: '... en daarom ga ik nu de tuin in.' Maar dat was duidelijk niet wat Randy bedoelde als hij het over 'snoeien' had. Hij bedoelde... O shit, ze was ontslagen. Alweer.

'Je bent geen mensenmens,' zei hij. 'Je bent slim, maar je zou niet in de verkoop moeten zitten.'

'Ik wist niet eens dat ik in de verkoop zát,' zei ze. Er welden tranen in haar ogen op.

'Je bent verkoopster,' zei hij. 'Dat is je functieomschrijving: verkoopster.'

'Ik zou beter mijn best kunnen doen, met verkopen en inpakken. Ik zou...' Ze keek vanonder haar vochtige wimpers naar Randy op en staakte haar pleidooi. Hij was niet zo iemand die ze kon ompraten. Daar had ze een feilloze intuïtie voor. 'Is het per direct? Of moet ik de rest van mijn dienst afmaken?'

'Dat laat ik aan jou over,' zei hij. 'Als jij je laatste vier uur wilt werken, mag dat. Als je ze niet werkt, krijg je ze ook niet uitbetaald.'

Een fractie van een seconde overwoog ze de dirndl uit te trekken en in haar ondergoed de zaak uit te schrijden. Dat had ze een actrice een keer zien doen in een film en het had uitstekend gewerkt, maar er was hier niemand om haar bevrijding toe te juichen. Rond deze tijd was het winkelcentrum leeg, wat een deel van het probleem was. Zelfs een gewetensvolle, daadkrachtige verkoopster kon geen kaas slijten aan mensen die er niet waren. Er moest iemand worden ontslagen en zij was de aangewezen persoon: als laatste aangenomen, het minst competent, het nukkigst. Ze deed geen aanbevelingen aan de klanten, ze probeerde eerder ze bepaalde aankopen uit het hoofd te praten, vooral de stinkkazen, want die kon ze nauwelijks inpakken zonder te kokhalzen.

Dit was al de tweede baan die ze was kwijtgeraakt in de afgelopen acht maanden, en om dezelfde redenen. Ze was geen mensenmens. Ze was niet zelfstandig. Ze nam geen initiatief. Ze wilde tegenwerpen dat je van iemand die tegen het minimumloon werkt geen initiatief zou mogen verwachten. Ze wist hoe ze een uur moest uitzitten, hoe ze het trage verstrijken van de tijd moest doorstaan. Ze kon beter tegen verveling dan wie ook. Was dat dan niet genoeg? Blijkbaar niet.

Tijdens het sollicitatiegesprek afgelopen november, toen ze extra mensen hadden gezocht voor de drukte rond de feestdagen, had ze al gemerkt dat Randy haar niet gunstig gezind was. Ze maakte geen beschermdrang in hem los. Hij was homo, maar dat was de reden niet. Ze gebruikte geen seks om haar zin te krijgen, niet op die manier. Nee, er waren gewoon mensen die gevoelig voor haar waren en mensen die dat niet waren, en ze probeerde allang niet meer te begrijpen waarom. Het enige wat van belang was, was dat ze degenen eruit kon pikken die ze zo nodig zou kunnen manipuleren. Oom had op zijn eigen manier geprobeerd voor haar te zorgen, terwijl tante de pest aan haar had gehad. Mensen leken op het eerste gezicht te weten wat ze van haar vonden en daar bleven ze bij.

'Weet je?' zei ze tegen Randy. 'Als ik ontslagen ben, wil ik ook niet werken vandaag. Ik kom vrijdag wel voor mijn laatste loon en dan krijg je de jurk van me terug.'

'Je krijgt niet meer uitbetaald,' zei hij.

'Dat is waar, dat had je al gezegd.' Ze keerde hem de rug toe en streek de wijde rode rok glad.

'Gestoomd,' riep hij haar na. 'Die jurken moeten gestoomd worden.'

Ze liep het winkelcentrum in, een treurig, haveloos oord dat een groot deel van de klandizie was kwijtgeraakt aan Tysons Corner, het nieuwere, frissere winkelcentrum in het westen van de stad, maar dit was makkelijk te bereiken met de metro, de reden waarom ze ervoor had gekozen hier te gaan werken. Ze had geen auto. Sterker nog, ze kon niet eens autorijden. Dat was het enige wat oom haar niet had willen leren. En tegen de tijd dat ze het erover eens waren dat weggaan haar enige optie was, was er geen tijd meer geweest om het te leren. Zelfs wanneer ze een vaste baan had, kon ze zich niet voorstellen dat ze het geld voor rijlessen zou willen missen. Ze zou op plekken met openbaar vervoer moeten blijven wonen of iemand zoeken die haar rijles wilde geven. Ze dacht aan het soort relatie dat ze zou moeten hebben met iemand die haar rijles wilde geven en trok een grimas. Niet dat ze nooit de natuurlijke behoefte aan seks voelde. Ze had met plezier naar Mel Gibson in *The Road Warrior* gekeken. Ze had zelfs gedacht dat dat een wereld was waarin ze zich goed zou kunnen redden als het nodig was, een plek waar alles maar om één ding draaide en waar het ieder voor zich was. Het probleem was dat seks iets was wat ze had gebruikt om zichzelf te beschermen, een verdedigingsmiddel. *Oké, oké, ik doe het wel, doe me geen pijn meer.* Het was een betaalmiddel voor haar geworden, en ze wist niet hoe ze dat terug moest draaien. Als Randy bijvoorbeeld hetero was geweest, had ze nu waarschijnlijk op haar knieën voor hem gezeten, hoewel dat een laatste redmiddel was. Het was beter om seks te beloven, maar zelden over de brug te komen. Dat had gewerkt met haar baas in Chicago, van de pizzeria. Tot zijn vrouw binnen kwam lopen.

Toen oom haar vijfduizend dollar en een nieuwe naam had gegeven, had ze gedacht dat ze in een stad terecht zou komen. Steden boden meer anonimiteit, terwijl de dichtheid van de mensen en de bebouwing haar toch een veilig gevoel zouden geven. Ze had San Francisco – of eigenlijk Oakland – uitgekozen, maar dat was niets voor haar geweest. Stukje bij beetje, zonder het zelf in de gaten te hebben, was ze terug naar het oosten getrokken: Phoenix, Albuquerque, Wichita, nog een keer Chicago. Uiteindelijk was ze in het noorden van Virginia terechtgekomen, in Arlington, dat de bevolkingsdichtheid en energie van een stad had, met als bijkomend voordeel de vluchtigheid, mensen die zo vaak kwamen en gingen dat niemand probeerde je vriendschap op te dringen. Ze woonde in Crystal City, een naam die ze hilarisch vond. Het klonk zo nep, als een locatie in een sciencefictionfilm. Baltimore was nog geen tachtig kilometer verderop, Glen Rock nog eens vijftig, maar de rivier de Potomac leek zo breed en onbegaanbaar als een oceaan, een continent, een sterrenstelsel. Ze ging zelfs nooit het district in.

Ze ging op een bankje in het troosteloze winkelcentrum zitten, drapeerde haar volumineuze rok rond haar heupen en drukte hem plat, om hem onmiddellijk weer te zien opveren. Winkelcentrum – dat was nu eens een taal die ze wél sprak. Ze waren allemaal geruststellend hetzelfde, waar je ook was. Sommige waren luxueus, duur en vol energie, terwijl andere, zoals dit, iets treurigs hadden, doorweven met een gevoel van verwaarlozing, maar bepaalde dingen waren universeel, zoals de mierzoete geur van koekjes en kaneel die in de lucht hing, de geur van nieuwe kleren, de geur van de parfumstands in de warenhuizen.

Ze wandelde naar de speelhal, een van de plekken waar ze haar pauzes had doorgebracht. Ze had er kinderspelletjes gespeeld, Ms. Pac-Man en Frogger, en ze was er heel goed in geworden, zo goed dat ze er een uur kon doorbrengen met niet meer dan een dollar of twee. Ze begon de patronen in de spelletjes te doorzien, de eindigheid van de mogelijkheden. De scholen zouden pas over een paar uur uitgaan, dus ze was vrijwel alleen in de speelhal. Ze wist zeker dat ze er vreemd uitzag, een jonge vrouw in een dirndl die aan een joystick rukte om een gele blob puntjes te laten opschrokken. Ze kwam ver genoeg om de ontmoeting en de jacht mee te maken, maar ze verbruikte haar laatste leven voordat Baby Pac in zijn kinderwagen arriveerde. Op deze spelautomaat haalde ze Baby Pac zelden. Hij was net iets te snel afgesteld en speelde vals in het onoverwinnelijkheidsdeel van het spel, als elke milliseconde telde.

Van haar laatste kwartje kocht ze de *Washington Star* en in de metro las ze de vacatures, terwijl ze stiekem M&M's uit haar tas at. Eten en drinken was streng verboden in de metro, maar ze vond het leuk om stomme regels te omzeilen. Het hield haar in vorm voor als ze de boel een keer echt moest bedriegen, redeneerde ze. Ze vond het jammer dat ze het betaalsysteem niet ook te slim af kon zijn. Er waren verschillende prijzen, afhankelijk van de afgelegde route, en je moest een kaartje hebben om het station uit te komen. Over het draaihek springen was niets voor haar, maar er moest een manier zijn om de tarieven, die niet bepaald laag waren, te drukken.

Ze was niet van plan geweest zo te worden. Achterbaks, namelijk. Je zou kunnen zeggen dat ze niet meer zo hoefde te zijn. Ze had een nieuwe naam en daarmee ook een nieuw leven. 'Een schone lei,' had oom haar beloofd. 'De kans om opnieuw te beginnen, zonder dat iemand je lastigvalt. Je kunt worden wat je wilt. En ik zal er altijd voor je zijn als je me echt, écht nodig hebt.' Ze kon zich niet voorstellen dat ze hem nodig zou hebben. Ze hoopte hem nooit meer te zien. Ze bracht haar handen naar haar gezicht, maar liet ze snel weer zakken. Ze roken naar plastic en kaas. Ze had niet eens gewerkt, en toch rook ze naar plastic en kaas.

Eenmaal thuis in haar appartementje kleedde ze zich om en ging met de dirndl naar de gezamenlijke wasruimte in het souterrain. Wat Randy ook had gezegd, die jurk hoefde niet naar de stomerij. Randy kletste maar wat. Maar ze vergat hoe sterk die industriële wasmachines waren en waste de jurk op de hoogste temperatuur, zodat hij een paar maten kromp. Misschien zou hij een twaalfjarige passen, of een dwerg. Randy zou het waarschijnlijk als excuus gebruiken om haar laatste loon in te houden en het een of andere arme meisje dwingen de jurk toch te dragen, zodat de mannelijke klanten een verzetje hadden terwijl ze hun stomme kaas kochten. Hij kon de pot op. Ze gooide de jurk in de afvalbak en ging naar boven om haar huiswerk te doen. Ze had al een verslag moeten inleveren voor statistiek, maar de docent was een oude man wiens handen verschrikkelijk trilden als ze met hem praatte. Hij zou het haar wel wat extra tijd geven.

Deel VII

Zaterdag

27

Het stonk in Brunswick, Georgia. Infante had geprobeerd het op zijn eigen verbeelding af te schuiven, zijn werktuiglijke afkeer van alles uit het diepe Zuiden met een hoofdletter. Baltimore was al een cultuurschok geweest toen hij er als jonge twintiger kwam wonen, maar hij was eraan gewend en zou niet meer terug willen. In Baltimore kon je als politieman rondkomen van je salaris en overuren, wat op Long Island niet lukte. Misschien kon je verder naar het zuiden nóg meer met je geld doen, maar die stap zag hij zichzelf niet zetten. Hoe je het ook wendde of keerde, het stonk in Brunswick.

De serveerster van de Waffle House moest zijn opgetrokken neus hebben gezien toen hij binnenkwam.

'Papierfabriek,' zei ze zachtjes, alsof ze hem het wachtwoord van een geheime club gaf.

'Papier-wat?' Het kostte hem echt veel moeite om de mensen hier te verstaan, hoe lijzig ze ook praatten.

'Pa-pier-fa-briek,' herhaalde ze. 'Dat ruik je. Geeft niet, je bent er zo aan gewend.'

'Ik blijf hier niet lang genoeg om waar dan ook aan te wennen.' Hij gunde haar zijn mooiste glimlach. Hij was dol op vrouwen die hem eten brachten. Zelfs als ze alledaags en onaantrekkelijk waren, zoals dit dikkige, pokdalige meisje, was hij dol op ze.

Het was al bijna tien uur geweest toen hij de vorige avond in Brunswick aankwam, te donker en te laat om nog naar de buurt te gaan waar

Penelope Jackson en haar vriend hadden gewoond. Vanochtend was hij wel door de straat gereden, op weg naar zijn afspraak met de technisch rechercheur die de brand had onderzocht. Reynolds Street, of in elk geval het stuk waar Tony Dunham had gewoond en was gestorven, maakte een onsamenhangende indruk. Het was of in opkomst, of het begon in verval te raken. Anderzijds vond Kevin dat heel Brunswick er zo uitzag, alsof het hopeloos afgleed of zich juist weer opwerkte na een lange inzinking. Niks voor mij, dacht hij terwijl hij de stad bekeek vanuit de veilige beschutting van de Chevy Charisma die Alamo Rent-a-Car hem had verstrekt. Maar toen hij dichter bij het water kwam en de zachte, lieflijke bries voelde, bedacht hij dat de lente in Baltimore nog moest beginnen en begon het te begrijpen. Het weer had hier iets zachtaardigs, en dat hadden de mensen ook. Dat kon hij waarderen – in het weer, althans.

'O, het was beslist een ongeluk,' zei de technisch rechercheur, Wayne Tolliver, die na Infantes ontbijt een kop koffie met hem dronk, precies zoals hij het had uitgekiend. Hij vond het niet prettig om met werk bezig te zijn terwijl hij at, en hij was blij dat hij zijn onverdeelde aandacht had kunnen geven aan deze maaltijd, een bevredigende combinatie van eieren, worst en grutten. 'Zij zat in de voorkamer tv te kijken en hij was in de slaapkamer, rokend en drinkend. Hij viel in slaap, stootte de asbak om, die op het kleedje bij het bed viel, en het huis...' Hij maakte een weids gebaar, alsof hij een onzichtbare hand confetti de lucht in gooide. '... ging in vlammen op.'

'Wat deed zij?'

'De rookmelders deden het niet...' Tolliver trok een lelijk gezicht. Hij had een rond gezicht, blozende wangen en een vriendelijke uitstraling, en was waarschijnlijk niet zo oud als zijn sproetige kale hoofd deed vermoeden. 'De mensen denken vaak dat we overbezorgd doen als we zeggen dat ze hun batterijen iedere zes maanden moeten vervangen als de klok een uur wordt verzet, maar het is beter dan nooit. Hoe dan ook, het was kerstavond, koud voor deze contreien, en ze had een straalkacheltje aanstaan in de kamer waar ze zat. De tv stond in een oude serre zonder centrale verwarming. Tegen de tijd dat ze de rook opmerkte, was het al te laat. Ze heeft ons verteld dat ze naar de deur liep, maar er eerst aan voelde, zoals het hoort, en merkte dat hij heet was. Ze zei dat ze op de deur had gebonkt, zijn naam had geroepen en toen het alarmnummer had gebeld. De ramen konden niet open, een overtreding van de huisbaas, dat staat vast, maar de man had waarschijnlijk hoe dan ook geen schijn van kans, dronken als hij was. Ik vermoed dat hij al dood was door de rook die hij had ingeademd, of in ieder geval al hard op weg was dood te gaan, voordat zij er zelfs maar achter kwam wat er aan de hand was.'

'En dat was dat.'

Tolliver hoorde de kritiek in Infantes stem. 'Geen brandversnellers. Er was maar één brandhaard: het kleed. We hebben haar onder de loep genomen. Van alle kanten. Wat mij overtuigde, was dat ze niets uit die kamer had gehaald. Alles is verbrand, haar kleding, de sieraden, als ze die had, en ze hoefde het niet om zijn erfenis te doen. Integendeel. Hij ontving een lijfrente die ophield na zijn dood, dus het inkomen dat hij nog binnenbracht, was ze kwijt.'

'Een lijfrente?' De notaris in York had gezegd dat Stan Dunham een lijfrente had gekocht na de verkoop van de boerderij, dus dat klopte wel, maar hij had ook gezegd dat de man geen levende familieleden meer had.

'Het was een polis die maandelijks een bedrag uitkeerde, met een maximale duur van tien jaar. Weet je wel, die honkballers die van die enorme bedragen krijgen? Die worden gegarandeerd door lijfrentes. Grotere dan deze, natuurlijk. Het was niet veel, maar te oordelen naar hun manier van leven was het net genoeg om regelmatig los te gaan. Het waren feestbeesten, die twee. Je zou zeggen dat ze daar op hun leeftijd overheen hadden moeten zijn, want hij was in de vijftig, maar sommige mensen weten van geen ophouden.'

Er klonk een vleugje verdriet door in die uitspraak, alsof Tolliver er zelf ervaring mee had, een geliefde die nooit volwassen was geworden en hem hartzeer had bezorgd, maar Infante was hier niet naartoe gekomen om over Tolliver te praten.

'Wat ben je nog meer over die twee te weten gekomen?'

'Het was een... bekend adres voor onze broeders in het blauw. Klachten over geluidsoverlast. Vermoedelijk huiselijk geweld, maar die telefoontjes kwamen van de buren, niet van haar, en die zeiden er altijd bij dat ze niet zeker wisten wie er het zwaarst onder te lijden had. Ze was een kenau, zo'n boerentrien uit het achterland van North Carolina.'

Alles was relatief. Als deze man iemand een boerentrien noemde, moest het wel heel bar met haar zijn – iets uit de Dukes of Hazard *of* The Beverly Hillbillies.

'Hoe lang woonde ze op dat adres in Reynolds Street?'

'Dat weten we niet. Ze werd niet genoemd in de officiële documenten, zoals het huurcontract of de rekeningen van het energiebedrijf. Alles stond op zijn naam. Hij zat er sinds een jaar of vijf. Hij was vrachtwagenchauffeur, maar werkte niet voor een vast bedrijf. Volgens de buren had hij haar onderweg ontmoet en mee naar huis genomen. Hij stelde niet zoveel voor, maar hij kreeg het wel altijd voor elkaar om een vrouw om zich heen te hebben. Ze was de derde, als we de buren moeten geloven.'

'Hebben jullie bloedonderzoek gedaan?'

Weer een beledigde blik. 'Ja. En dat bevestigde dat hij stomdronken was en een slaappil had genomen, meer niet. Hij was zoals de meeste vrachtwagenchauffeurs: hij had pillen nodig om wakker te blijven, om zijn ritten te maken, en thuis had hij weer hulp nodig om tot rust te komen. Hij was de dag ervoor teruggekomen van een rit.'

'En toch...'

'Hoor eens, ik weet waar je naartoe wilt, maar ik heb verstand van branden, wil je dat tenminste van me aannemen? Een omgevallen asbak op een goedkoop katoenen kleedje. Weet je wel hoe berekenend ze had moeten zijn om zo brand te stichten, hoe koelbloedig? Het is natuurlijk geen kunst om een brandende sigaret op het kleed te gooien, maar ze moet er zeker van zijn dat hij niet meer wakker wordt, toch? Ze moet blijven staan, zien hoe de brand op gang komt, wachten tot het een vlammenzee is voordat ze belt. Als er geen brand ontstaat, kan ze niet nóg een sigaret op het kleed gooien, want daar komen we achter. Toch? Dan moet ze nog hopen dat de buren niets zien...'

'Het was kerstavond. Hoeveel mensen waren er thuis?'

Tolliver walste eroverheen. 'Ik heb die vrouw gesproken. Die was echt niet geslepen genoeg om zoiets voor elkaar te krijgen. De brandweer moest haar tegenhouden, anders was ze het huis weer in gerend. *Maar ze had wel de tegenwoordigheid van geest om aan de deur van de slaapkamer te voelen voordat ze naar binnen ging.* Alweer merkte Tolliver op wat Infante niet hardop zei. 'Mensen kunnen tijdens een noodsituatie heel kalm en beheerst zijn. Het overlevingsinstinct neemt het over. Ze had zichzelf gered, maar toen ze besefte dat hij nog binnen was, dat hij er echt niet meer was, sloegen de stoppen door. Ik heb het telefoontje naar het alarmnummer teruggeluisterd. Ze was doodsbang.'

'Waar is ze nu?'

'Ik weet het niet. Het huis is onbewoonbaar verklaard, dus daar is ze niet. Ze kan in de stad zijn, ze kan weg zijn. Ze kan gaan en staan waar ze wil. Ze is vrij, blank en eenentwintig.'

Als Infante die kreet al ooit had gehoord, moest het in een film of tv-serie zijn geweest, en geen recente. Op de hedendaagse werkvloer getuigde zo'n uitspraak van het soort gedachteloze discriminatie dat eindeloze gesprekken met mensen van personeelszaken tot gevolg zou hebben, maar Tolliver leek niet te beseffen dat zijn opmerking eigenlijk niet kon. En Infantes eigen vader en ooms hadden veel bewuster veel ergere dingen uitgekraamd, moest hij toegeven.

Op weg naar buiten vroeg hij zich af wat Tony Dunham naar het zuiden had gebracht, waarom hij hier uiteindelijk was gaan wonen. Het weer zou reden genoeg kunnen zijn. En gezien het feit dat hij vrachtwagenchauffeur was, kon hij niet blaken van ambitie. Dunham was geboren in de vroege jaren vijftig, dus een vervolgopleiding was nog niet verplicht geweest. En in de jaren zestig konden zelfs schoolverlaters goed verdienen, afhankelijk van de vakbond waarbij ze zich aansloten. Nancy's zoekactie had uitgewezen dat Tony Dunham geen veteraan was, maar het was niet duidelijk of hij thuis had gewoond in de jaren dat de vermeende Heather Bethany er naar eigen zeggen had verbleven. Ze had het niet over andere mensen in het huis gehad.

Anderzijds had ze sowieso niet veel prijsgegeven, behalve dan het adres en Stan Dunhams naam. Had ze gewild dat ze het verband tussen haar en Tony zouden vinden, of niet? En hoe paste Penelope Jackson in het plaatje?

Foto's logen niet. De vrouw in Baltimore was niet Penelope, althans niet de Penelope van het rijbewijs. Maar wie was ze dan? Wat als Penelope Heather Bethany was, en deze vrouw niet alleen haar auto maar ook haar identiteit had gestolen? Waar was Penelope dan? Hij kon alleen maar hopen dat de bewoners van Reynolds Street de mysterieuze vrouw zouden herkennen, haar band met deze mensen zouden kunnen verklaren.

Toen Infante in Reynolds Street informeerde naar Penelope Jackson en Tony Dunham, was het gebrek aan zuidelijke gastvrijheid opmerkelijk. Toegegeven, de eerste die hij sprak wilde misschien wel helpen, maar hij sprak meer Spaans dan Engels en bij de aanblik van Infantes penning klapte hij dicht. Toch keek hij knikkend naar de kopie van Penelope Jacksons rijbewijs uit North Carolina en zei: 'Si, si, is mevrouw Penelope,' en haalde zijn schouders op toen hij de foto van de andere vrouw zag, zonder enig teken van herkenning te geven. De buurvrouw links, een zwaargebouwde, zwarte vrouw, die vijf of zes kinderen leek te hebben, slaakte een zucht, alsof ze wilde aangeven dat ze al zo veel had gezien dat ze geen tijd had om naar nog meer te kijken. 'Ik bemoeide me met mijn eigen zaken en zij bemoeiden zich met de hunne,' zei ze toen Infante vroeg of ze wist waar Penelope Jackson kon zijn.

Aan de andere kant van het zwartgeblakerde blauwe huis haalde een man op leeftijd een bamboe hark over het gelige gras om de resten van de winter los te maken. Hij deed eerst afstandelijk en kortaf, maar draaide bij toen hij besefte dat hij met een officieel iemand te maken had

'Ik zeg het niet graag, maar ik heb liever een uitgebrand huis dan dat ik die twee weer terugkrijg,' zei de man, Aaron Parrish. 'Niet aardig van me... En zo'n tragedie wenste ik ze natuurlijk niet toe, maar het waren afschuwelijke mensen. O, wat een ruzies en geschreeuw.

En....' Hij ging zachter praten, alsof hij op het punt stond iets echt schandaligs te vertellen. '... en hij parkeerde zijn pick-up in de voortuin. Ik heb bij de verhuurder geklaagd, maar die zei dat ze hun huur netjes betaalden, en dat kon hij van de Mexicanen niet zeggen, maar ik vind Mexicanen betere buren, als je ze eenmaal het een en ander over Amerika hebt uitgelegd.'

'Ruzies, geschreeuw tussen die twee?'

'Regelmatig.'

'Belde u de politie?'

Een nerveuze blik in het rond, alsof ze afgeluisterd konden worden. 'Anoniem. Een paar keer. Mijn vrouw heeft zelfs geprobeerd er met Penelope over te praten, maar die zei dat het ons niet aanging, al zei ze het iets minder aardig.'

'Is dit haar?'

Parrish tuurde naar de pasfoto van het rijbewijs, vergroot en uitgeprint door Nancy. 'Zo te zien wel. Hoewel ze in het echt mooier was. Tenger, maar een prachtig figuurtje. Echt een poppetje.'

'Komt deze vrouw u bekend voor?' Infante liet een foto zien van haakjes-openen Heather Bethany haakjes-sluiten die tijdens het tweede gesprek was genomen met een digitale camera.

'Nee, nooit gezien. Jeetje, ze lijken wel op elkaar, vindt u niet?'

Was het waar? Infante keek naar de twee foto's, maar zag alleen een heel oppervlakkige gelijkenis: het haar, de ogen, misschien de bouw. Hoe hij Heather Bethany ook verafschuwde en wantrouwde, hij vermoedde een soort broosheid bij haar die Penelope Jackson niet had. Jackson zag eruit als een pittige tante.

'Heeft ze u wel eens iets over zichzelf verteld? Penelope Jackson, bedoel ik. Waar ze vandaan kwam? Waar Tony vandaan kwam? Hoe ze elkaar hadden ontmoet?'

'Ze was niet het type om een praatje te maken. Ik weet dat ze op St.-Simon's werkte, bij een tent die Mullet Bay heet. Tony werkte soms ook op het eiland, als hij geen vracht kon krijgen. Dan ging hij een poosje bij een hoveniersbedrijf werken. Maar ze konden er natuurlijk niet gaan wonen.'

'Waarom niet?'

Aaron Parrish lachte om Infantes naïviteit. 'De prijzen, jongen. Bijna niemand die op het eiland werkt, kan het zich veroorloven om er te wonen. Dat huis...' Hij wuifde naar de verkoolde resten van de driekamerbungalow. '... zou al rustig tweeënhalve ton opbrengen zoals het er nu bijstaat, als je het een kilometer of acht naar het oosten zou kunnen verplaatsen. St.-Simon's is voor miljonairs. Sea Island is nog duurder.'

Infante bedankte meneer Parrish en liet zichzelf binnen in het niet afgesloten huis, waar de geur van de brand was blijven hangen. Hij zag niet in waarom het onbewoonbaar was verklaard; de schade had zich grotendeels beperkt tot de slaapkamer. Misschien kon de verhuurder op die manier meer van de verzekering krijgen.

De deur naar de slaapkamer was uitgezet en klemde, maar hij kreeg hem open door zijn volle gewicht achter zijn schouder te zetten. Tolliver had gezegd dat Tony Dunham al dood was geweest voordat hij verbrandde, dat hij was gestikt in de rook, maar het was moeilijk te vergeten dat zijn vlees een poosje had gesist en geknetterd als op een barbecue. Die geur was ook blijven hangen. Infante bleef in de deuropening staan en probeerde het zich voor te stellen. Je moest wel keihard zijn om iemand op die manier te willen vermoorden: de asbak op het kleedje gooien, wachten tot het vlam zou vatten. Zoals Tolliver al had gezegd, kon je geen tweede sigaret gooien als het vuur niet op gang kwam. En als die gast wakker werd, moest je hem ervan kunnen overtuigen dat het een ongeluk was en dat je net binnenkwam, nogal een risico als hij je toch al regelmatig in elkaar sloeg. Je moest ook de discipline hebben om geen enkel gekoesterd eigendom mee te nemen, om alles in vlammen op te laten gaan. Je moest blijven staan tot je bijna stikte in de rook en dan de deur dichtdoen, de tranen van je gezicht wassen en wachten tot je zeker wist dat niemand de man aan de andere kant nog kon redden.

Die vrouw in Baltimore, hoe ze ook heette, was ertoe in staat, dat wist hij zeker, maar hij wist ook zeker dat zij Penelope Jackson niet was. Het was het enige echte feit dat hij had. *Ik ken Penelope Jackson niet*, had ze gezegd. Maar als ze haar echt niet kende, had ze het dan niet anders gezegd? *Ik ken geen Penelope Jackson.* Maar hoe ben je dan verdomme aan haar auto gekomen? Het was haar gelukt het antwoord op die vraag te omzeilen door de oplossing van een beruchte misdaad aan te bieden en vervolgens een politieman te aan te wijzen als de dader. Ze had van alles beweerd – met welk doel? Wat mochten ze niet zien?

Hij liet het huis achter zich, liet Reynolds Street achter zich. Het was een treurig huis geweest, zelfs al vóór de brand. Een huis vol ruzies en verwijten, waar twee ongelukkige mensen hun leven hadden gedeeld met frustratie en teleurstelling. Een huis vol ruzie en verwijten. Hij kon het weten, want hij had zelf in zo'n huis gewoond, twee keer. Of nee, één keer, tijdens zijn tweede huwelijk. Zijn eerste huwelijk was goed geweest, tot het niet meer goed was. Tabby was een lief meisje geweest. Als hij haar nu zou zien... Maar hij zou haar nooit meer zien, niet de Tabby die hem voor het eerst was opgevallen in de Wharf Rat, nu twaalf jaar geleden. Hij was haar kwijt, en hij had er een vrouw voor teruggekregen die hem als een vreemdganger en een bedrieger zag. Hij kwam Tabby nog wel eens tegen; Baltimore was nu eenmaal klein. Ze deed altijd beleefd tegen hem, beschaafd, en hij tegen haar. Ze lachten zelfs gemoedelijk samen om hun huwelijk, alsof het niet meer was geweest dan een uitstapje vol ongelukjes, allemaal vrolijke pech. Nu ze tien jaar verder waren, konden ze meer van hun jongere zelf hebben, om hun vergissingen lachen.

Toch hadden haar ogen een glans die nooit helemaal zou verdwijnen, een zweem van teleurstelling. Hij had er alles voor over om Tabby nog een keer te zien zoals ze naar hem had gekeken, die eerste avond in de Wharf Rat, toen hij nog iemand was die ze kon bewonderen en respecteren, maar dat zat er niet meer in.

Op een van de folders in de lobby van het Best Western-hotel stond dat er een of ander fort op St.-Simon's Island stond en hij besloot daar de tijd te doden tot ze in Mullet Bay, het eetcafé waar Penelope Jackson had gewerkt, begonnen met de voorbereidingen voor de avondspits.

Hij was gewend aan de teleurstellingen die de geschiedenis met zich meebrengt – toen hij amper tien was, had hij de Alamo gezien – maar er was absoluut niets over van wat ooit Fort Frederica was geweest, en hij stond naar de zee van onkruid te kijken die bekendstond als de Bloody Marsh, toen zijn mobiel ging.

'Hé, Nancy.'

'Hé, Infante.' Hij kende die toon. Hij hoorde meer in Nancy's stem dan hij in die van zijn beide echtgenotes had gehoord. Ze moest hem slecht nieuws geven.

'Zeg op, Nancy.'

'Onze dame heeft besloten dat ze wil praten. Vandaag.'

'Ik kom vanavond terug. Kan het niet wachten?'

'Ik vond van wel, maar Lenhardt zei dat we haar te vriend moesten houden. Hij stuurt mij op haar af. Ik denk dat hij zich zorgen maakt over de media als haar moeder hier eenmaal is. Niemand had verwacht dat ze zo snel uit Mexico zou vertrekken, op stel en sprong, en, nou ja, we kunnen die moeder niet zo makkelijk in de hand houden. We hebben geen verdenkingen tegen haar, dus ze kan praten met wie ze maar wil.'

Vrij, blank en eenentwintig, om met Tolliver te spreken.

'Ja, het zou een ramp kunnen worden.' Het was al verbazingwekkend dat ze de zaak zo lang stil hadden kunnen houden, hun enige meevallertje. 'Maar het blijft balen. Wanneer komt de moeder aan?'

'Om tien uur vanavond, vlak na jou. Dat is ook iets...'

'O, nee, hè? Moet ik haar afhalen? Ben ik de afgelopen vierentwintig uur gedegradeerd of zo?'

'Lenhardt dacht dat het wel zo aardig zou zijn als er iemand voor haar staat, want we weten niet hoe lang dit gaat duren. Aardig en, nou ja, verstandig. We moeten haar in het vizier houden, snap je?'

'Ja.'

Infante klapte kwaad zijn telefoon dicht en keek weer naar de hei. Blijkbaar was de strijd niet zo bloederig geweest. De Britse troepen hadden een Spaanse invasie weten af te wenden tijdens iets wat de Oorlog om Jenkins' oor werd genoemd. Het was een pietluttige inzet voor een oorlog, maar hij leverde zelf ook een zinloze strijd, zoals hij door Georgia doolde terwijl zijn voormalige partner een voorsprong op hem nam door een verhoor af te nemen dat voor hem had moeten zijn. De Oorlog om Infantes linkerbal. Wat het in zekere zin erger maakte, was dat Nancy hem geen dolkstoot in de rug had gegeven, dat ze dit niet zo had bekokstoofd. Ze was geen intrigant. Hij vroeg zich af of de vrouw die mogelijk Heather was wist dat hij in Georgia zat en daarom opeens alles wilde vertellen.

Tering, wat vervloekte hij Brunswick.

28

'Weet u, we kunnen uw hulp goed gebruiken.'
Willoughby hoorde de woorden, haalde er de betekenis uit, maar wist niet wat hij erop moest zeggen. Hij was te diep onder de indruk van degene die ze had uitgesproken, betoverd door en verrukt van haar aanwezigheid alleen al. *Een ouderwets meisje.* Willoughby wist dat het seksistisch was, maar hij kon er niets aan doen dat hij zo over de jonge rechercheur dacht. Met haar rondingen had ze een negentiende-eeuws lichaam aan het begin van de eenentwintigste eeuw, met van die leuke blozende wangen en sluik blond haar dat uit haar nonchalante knotje ontsnapte. Toen hij nog werkte, hadden er al vrouwen bij de politie gezeten, en eind jaren tachtig hadden een paar het zelfs tot rechercheur moordzaken geschopt, maar die hadden er echt niet zo uitgezien als deze.

'Ik ben tot vier uur vannacht opgebleven,' zei de rechercheur, Nancy, ernstig, 'om door te nemen wat er destijds is achtergehouden en wat er openbaar is gemaakt, maar het is zoveel informatie tegelijk, dus ik dacht dat u me zou kunnen helpen het belangrijkste eruit te pikken.'

Ze schoof twee stapeltjes papier zijn kant op. Niet gewoon getypt, maar ook nog eens van een kleurcode voorzien, rood voor wat er openbaar was gemaakt en blauw voor wat er was achtergehouden. Hij vond het een beetje meisjesachtig, maar misschien deed iedereen bij de politie zulke dingen nu ze computers hadden. Hij had het in zijn tijd beslist niet aangedurfd om zo'n systeem te gebruiken, aangezien zijn collega's altijd gespitst waren op elk mogelijk teken van zwakte of zachtheid dat hij zou kunnen vertonen. 'Verwijfd' was het juiste woord, maar als hij dat hardop had gezegd, hadden zijn collega's het aangegrepen als bewijs dat hij inderdaad verwijfd was.

'Vier uur?' zei hij. 'En het is nu nog maar twaalf uur. Je zult wel uitgeput zijn.'

'Ik heb een zoontje van zes maanden. Ik ben permanent uitgeput. Uiteindelijk heb ik vier uur achter elkaar kunnen slapen, dus ik voel me betrekkelijk goed uitgerust.'

Willoughby deed alsof hij de vellen papier bestudeerde, maar hij wilde zich er niet op concentreren, wilde zich niet laten paaien door die rode en blauwe verleidsters. Er school een draaikolk onder die evenwichtige verzameling oude feiten. Hij had geen behoefte om er weer in meegezogen te worden, om na te denken over alle manieren waarop hij had gefaald. Niet dat iemand hem er ooit op had aangesproken, of had geïnsinueerd dat hij was tekortgeschoten. Hoe graag zijn leidinggevenden ook hadden gewild dat de kwestie-Bethany werd opgelost – dat was het woord dat ze op den duur waren gaan gebruiken, 'kwestie' – ze begrepen dat het pech was, een van die zeldzame zaken die regelrecht uit de *Twilight Zone* leken te komen. Zelfs Dave had hem uiteindelijk niets kwalijk genomen. En tegen de tijd dat Willoughby was vertrokken, had hij in veel opzichten het imago opgebouwd dat hij graag wilde. Een van de jongens. Stoer. Een doorzetter. Geen watje, en al helemaal niet verwijfd.

Toch had het lang aan hem geknaagd dat hij nooit echt een aanknopingspunt had gevonden dat kon helpen te achterhalen wat er met de meisjes Bethany was gebeurd. En nu vertelde die jonge vrouw hier – goh, ze was echt knap, en net moeder geworden ook nog, stel je voor – nu vertelde die jonge vrouw hem dat er een politieman was beschuldigd, een van de hunnen. Een van de zijnen zelfs, zo goed als een tijdgenoot. Hij kon zich Stan Dunham niet herinneren en die Nancy zei dat hij in 1974 met pensioen was gegaan, maar toch: dit zou heel gênant zijn. Hij wist hoe het eruit zou zien als die onbekende vrouw de waarheid sprak. Als de oplossing vlak onder hun neus had gelegen al die jaren.

Het zou de schijn kunnen wekken dat er dingen in de doofpot waren gestopt, dat er een samenzwering was geweest. De mensen smulden van samenzweringen.

'Dit hier,' zei hij, wijzend naar een regel in het blauw, een regel in hoofdletters die was gemarkeerd. 'Dit is wat je zoekt. Maar weinig mensen zouden hier gedetailleerd over kunnen praten: Miriam, Dave, die jonge agent die er die avond bij was, ik en de mensen die bij het dossier konden komen.'

'Dat noem ik niet "weinig mensen". Bovendien zat de verdachte bij de politie, dus hij zou informanten binnen het korps gehad kunnen hebben.'

'Jij denkt dat ze niet is voor wie ze zich uitgeeft, maar dat Stan toch betrokken zou kunnen zijn?' Aan die mogelijkheid had hij niet gedacht.

'Alles is op dit moment mogelijk. Informatie is...' Ze zweeg even om haar gedachten te ordenen. 'Het is iets levends. Het groeit, het verandert. Sinds ik op cold cases zit en steeds meer tijd doorbreng met dossiers en computers, ben ik anders over informatie gaan denken. Het is net lego, weet u wel? Er zijn allerlei manieren om het in elkaar te zetten, maar sommige stukjes zullen nooit passen, hoe hard je er ook op beukt.'

De thee op de tafel tussen hen in was afgekoeld, maar hij nam toch een slokje. Hij had per se thee willen serveren, veel belang gehecht aan twee mokken en twee zakjes Lipton, en zij had toegestemd, waarschijnlijk in de veronderstelling dat hij eenzaam was en het bezoek wilde rekken. Hij was niet eenzaam, integendeel, en hij wilde niet dat ze ook maar een minuut langer bleef dan strikt noodzakelijk was. Zijn blik dwaalde af naar het oude bureau van zijn vrouw en hij hoorde ergens op een dakrand van Edenwald de treurige roep van een vogel. *Te laat. Te laat.*

'Het punt is,' zei Willoughby, 'dat de persoon die de meisjes heeft meegenomen dit misschien niet weet en het zich vrijwel zeker niet herinnert. Hij zou het niet belangrijk hebben gevonden, maar een meisje – een meisje zou het zich herinneren. Zou jij het niet belangrijk hebben gevonden? Op die leeftijd?'

'Nou ja, ik was meer een robbedoes, zoals u misschien al dacht, maar ik denk wel dat ik het me zou herinneren, ja.'

'Nou, probeer daar dan naartoe te werken. Maak haar dronken van haar eigen woorden. Meer hoef je niet te doen, maar dat weet je al, hè? Je hebt bij moordzaken gezeten voordat je met zwangerschapsverlof ging, zei je.' Hij voelde dat hij bloosde, alsof het onbeleefd was die vrouw er opmerkzaam op te maken dat ze lichaamsfuncties had, dat ze zich had voortgeplant. 'Je weet hoe je een verhoor moet afnemen. Ik durf zelfs te wedden dat je er verdraaid goed in bent.'

Het was haar beurt om een slokje koude thee te nemen, een beetje tijd te rekken. Als hij jonger was geweest, had hij zich misschien niet tot haar aangetrokken gevoeld. Als twintiger was hij op vrouwen uit zijn eigen milieu gevallen, zoals zijn eigen snobistische moeder had kunnen zeggen, slanke, frêle vrouwen à la Katharine Hepburn, die met een gekanteld bekken liepen en heupbeenderen hadden waaraan je je kon snijden. Elaine was zo'n vrouw geweest, elegant vanuit elke hoek, maar zachtheid is ook iets waard, en die Nancy Porter had een echt poppengezichtje, met die rode wangen en lichtblauwe ogen. Boers, zou zijn moeder hebben gezegd, maar hun stamboom had wel wat sterkere genen kunnen gebruiken.

'We dachten – zij dachten – brigadier Lenhardt, die de supervisie over Infante heeft, en de korpschef zelf, dat u erbij zou moeten zijn.'

'Dat ik het zou moeten zien, bedoel je?'

'Misschien zou u zelfs... mee moeten praten.'

'Is dat wel legaal?'

'Soms blijven gepensioneerde politiemensen voor het korps werken. In een soort adviserende functie. We zouden zoiets kunnen regelen.'

'Lieve...'

'Ik heet Nancy.'

'Het was niet seksistisch bedoeld; ik was je naam even kwijt en dat probeerde ik te verbloemen. Zo werkt dat, snap je dat niet? Ik ben in de zestig, ik vergeet wel eens iets. Ik ben niet meer zo scherp als vroeger. Ik herinner me niet elk detail. Op dit moment ken jij deze zaak beter dan ik. Ik kan er niets aan toevoegen.'

'Uw aanwezigheid zou genoeg kunnen zijn om te zorgen dat ze zich wel twee keer zou bedenken voordat ze probeerde ons te bedriegen. Aangezien Infante in Georgia zit en de moeder vanavond komt...'

'Miriam komt? Jullie hebben Miriam gevonden?'

'In Mexico, precies zoals u had gezegd. Ze had nog een bankrekening in Texas en we hebben de contactgegevens van de bank gekregen. Lenhardt heeft haar gisteravond gevonden, maar we hadden niet verwacht dat ze zo snel hierheen zou komen. Hij heeft geprobeerd het haar uit haar hoofd te praten. Ze moet een volle dag reizen om hier te komen, maar als ze er eenmaal is, weet ik niet hoe we haar weg zouden kunnen houden. Het was niet ons idee om vandaag in gesprek te gaan, maar mijn chef zegt dat het een kans zou kunnen zijn.'

'Je bedoelt dat ze, als ze een bedrieger is, Miriam zou kunnen inpakken en informatie van haar kan lospeuteren zonder dat Miriam het in de gaten heeft.' Hij schudde zijn hoofd. 'Ze kan Miriam niet bedonderen. Miriam laat zich geen zand in de ogen strooien, door niemand.'

'Daar zijn we niet zo bang voor. Als het erop aankomt, hebben we altijd nog epitheelcellen. Maar als we haar definitief kunnen uitsluiten door haar op fouten in haar verhaal te betrappen, is dat geen slechte zaak.'

'Epi...?'

'DNA.'

'DNA. Natuurlijk. De nieuwste beste vriend van de politie.' Hij nam nog een slokje koude thee. Dus Miriam had het niet verteld en zij hadden er niet naar gevraagd. Zij had haar veronderstellingen en de politie had veronderstellingen, en waarom ook niet? Er waren dingen ongezegd gebleven, conclusies getrokken. Zijn schuld, nam hij aan, en hij had in de loop der jaren vaak overwogen het recht te zetten, maar hij was het Dave verschuldigd geweest het erbij te laten.

Hij schoof de papieren met zoveel kracht van zich af dat er een paar van het gladde oppervlak van zijn mahoniehouten salontafel gleden. Een tafel die, zoals hij nu door de aanwezigheid van die levendige jonge vrouw zag, stoffig was en te dik in de was gezet.

'Je kunt je niet voorstellen dat je ooit genoeg krijgt van dit werk, of wel soms? Je denkt dat je er altijd voor te porren zult blijven. Er wordt wel gezegd dat strijdrossen reageren zodra ze rook ruiken. Maar wil het paard ten strijde trekken of wil het de strijd juist mijden? Ik heb altijd gedacht dat het het laatste zou kunnen zijn. Ik heb goed werk gedaan als rechercheur. Toen ik met pensioen ging, heb ik me verzoend met het feit dat deze ene zaak onafgerond zou blijven, dat je sommige dingen nooit zult weten. Niet lachen, maar ik heb zelfs aan bovennatuurlijke verklaringen gedacht. Ontvoeringen door buitenaardse wezens. Waarom niet?'

'Maar als er antwoorden kunnen zijn...'

'Mijn intuïtie zegt me dat dit een grap zal blijken te zijn, een akelige verspilling van onze tijd en energie. Ik heb medelijden met Miriam, dat ze hier terug moet komen, dat ze na moet denken over dat ene wat ze maar zelden durfde te geloven. Dave was degene die zich aan zijn hoop vastklampte en hij is eraan onderdoor gegaan. Miriam was degene die de realiteit kon accepteren en een manier vond om met haar leven verder te gaan, hoe beschadigd dat leven ook was.'

'Die intuïtie... Die hebben we nodig. Dat u naast me zit en oogcontact met haar maakt. De korpschef wil het met u bespreken, als dat u kan overhalen.'

Willoughby liep naar het raam. Het was bewolkt en koud, zelfs naar maartse maatstaven, maar hij zou kunnen gaan golfen als hij wilde. Golf, het spel dat je nooit perfectioneert, het spel dat je er elke keer op wijst hoe menselijk je bent, hoe gemankeerd. Hij had altijd gezegd dat hij nooit zou gaan golfen, dat hij nooit dat leventje zou gaan leiden dat zo ongeveer zijn geboorterecht was, maar in de lege dagen van zijn pensioen was hij er toch voor gevallen en nu was hij eraan verslingerd. Hij was vijfenveertig geweest toen hij met pensioen ging. Wie gaat er nou op zijn vijfenveertigste met pensioen?

Een mislukkeling.

Hij had niet zijn hele carrière bij de politie zullen blijven. Lang geleden was hij van plan geweest om na een jaar of vijf over te stappen naar het Openbaar Ministerie, zich kandidaat te stellen als procureur-generaal, als de kandidaat die de wet op elk niveau kende, en misschien zelfs ooit te proberen gouverneur te worden. Als jonge man, net klaar met zijn rechtenstudie, had hij zijn toekomst uitgestippeld met dat soort zelfvertrouwen: vijfjarenplannen, tienjarenplannen, twintigjarenplannen. Toen werd hij rechercheur moordzaken, op zijn dertigste, en besloot nog even te blijven; misschien kon hij aan een paar beroemde zaken werken om zijn bekendheid op te vijzelen. Binnen een jaar had hij de zaak-Bethany gekregen. Hij was nog vijf jaar gebleven, daarna nog eens tien jaar.

Het kwam niet alleen door de zaak-Bethany, niet helemaal, maar het recht was hem steeds minder gaan zeggen. De rechtszaal was geen plek van antwoorden. Het was de wereld van het naspel, het decor waarin de spelers allemaal exact dezelfde feiten ordenden en in elkaar pasten als – hoe had die jonge vrouw het ook alweer omschreven? Ja, als lego. *Dit is mijn versie, dat is zijn versie, welke spreekt u het meest aan?* Lego. Er zijn oneindig veel manieren om lego in elkaar te zetten. Hij dacht aan de stadsbibliotheek, waar de etalages in de kersttijd waren gevuld met schitterende legobouwsels, gemaakt door plaatselijke architectenbureaus. Hij herinnerde zich hoe achteloos hij had aangenomen dat hij eerst met zijn eigen kinderen, en daarna met zijn kleinkinderen langs die etalages zou lopen, maar zijn vrouw kon geen kinderen krijgen, hadden ze ontdekt. 'Je zou kunnen adopteren,' had Dave tegen hem gezegd, en Willoughby had er tactloos uitgeflapt: 'Dan weet je maar nooit wat je krijgt.'

Het sprak voor Dave dat hij het had gelaten bij: 'Dat weet niemand ooit, Chet.' Het bezwaarde hem nog altijd dat hij Dave iets verschuldigd was, dat hij zijn schuld niet had ingelost, nooit zou inlossen. Zijn enige poging had geresulteerd in dit debacle: Miriam in het vliegtuig, rechercheurs die dachten dat ze de wetenschap aan hun kant hadden, dat ze als alle andere middelen faalden een bevelschrift konden regelen om te bewijzen dat de vrouw loog, door middel van haar bloed of haar gebit – of de epitheelcellen van haar moeder. Ja, het zou voor iedereen beter zijn als het verhaal van die vrouw kon worden ontkracht voordat Miriam er was.

'Ik zal met je meegaan,' zei hij uiteindelijk. 'Ik ga niet mee naar binnen, maar ik zal kijken en luisteren en je mag me om advies vragen als het nodig is. Dan moet ik wel eerst lunchen, en je kunt maar beter wat cafeïne in me gieten. Dit wordt een lange middag, en ik ben gewend een middagdutje te doen.'

Hij wist dat hij haar iets in handen gaf om hem belachelijk mee te maken. Ze zou het waarschijnlijk rondvertellen op het bureau. 'Hij moet zo nodig een middagdutje doen.' Maar dat had altijd bij zijn politiepersoonlijkheid gehoord. Hij had zijn collega's bewust de gelegenheid geboden hem af en toe voor paal te zetten, reden gegeven zijn hoogdravendheid te bespotten, zijn manier van doen.

Hij had nooit begrepen waarom ze zo vijandig tegenover hem stonden, waarom ze twijfelden aan zijn motieven om bij de politie te gaan. De beste rechercheurs hielden van wat ze deden en waren er trots op. Ook zij zouden meer geld kunnen verdienen als ze wat anders gingen doen, maar ze hadden voor het politiewerk gekozen. Chet deed gewoon hetzelfde, en zijn liefde was nog puurder, maar dat hadden ze nooit begrepen. Als puntje bij paaltje kwam, dachten ze dat iemand die zijn loon niet nodig had niet te vertrouwen was. Dit meisje met haar appelwangen was geen uitzondering. Op dit moment had ze zijn hulp nodig, of dat dacht ze tenminste, maar als alles voorbij was, zou ze hem achter zijn rug om uitlachen. Het zij zo. Hij zou het voor Dave doen – en voor Miriam.

Hij vroeg zich af hoe ze eruit zou zien, hoeveel grijs er in haar donkere haar zou zitten, of die prachtige olijfkleurige huid was verweerd door de Mexicaanse zon.

29

De leegte in haar paspoort wees Miriam erop hoe honkvast ze de laatste vijftien jaar was geweest. Ze was nauwelijks buiten San Miguel geweest, laat staan voorbij de Mexicaanse grens. Ze had al niet meer gevlogen sinds lang voor 11 september, maar ze wist niet of ze de veranderingen zou hebben opgemerkt als ze er niet op voorbereid was geweest. De douane op vliegveld Dallas-Fort Worth was waarschijnlijk ook in de meest optimistische tijden geen aangename ervaring geweest. Ze verbaasde zich niet over de onbeschofte behandeling, of hoe ze eerst naar haar loerden en daarna naar de foto in het paspoort dat nog een jaar geldig was. In 1963 was ze Amerikaans staatsburger geworden omdat dat alles eenvoudiger maakte. In tegenstelling tot wat vaak werd aangenomen werd je niet automatisch staatsburger zodra je met een Amerikaan trouwde. Als de meisjes er niet waren geweest, was ze misschien wel nooit van nationaliteit veranderd. Al in 1963 had ze het gevoel gehad dat ze niet was voorbestemd om een 'Amerikaan' te zijn, zoals inwoners van de Verenigde Staten zichzelf zo achteloos noemden, alsof er geen andere landen op het halfrond waren, maar ze had die identiteit toch aangenomen, in het belang van haar gezin.

'Wat is de aard van uw bezoek aan de Verenigde Staten?' vroeg de douanebeambte op radde, vlakke toon. Ze was zwart, in de veertig, en haar werk verveelde haar zo dat het leek alsof het een immense inspanning voor haar was om haar aanzienlijke omvang in evenwicht te houden op de hoge, gecapitonneerde kruk in haar hokje.

'Eh...' Ze aarzelde maar een fractie van een seconde, maar het leek precies het verzetje te zijn waar de douanebeambte op had gehoopt, het net niet werktuiglijke antwoord waarop haar gehoor getraind was. Opeens had ze een kaarsrechte rug en waakzame ogen.
'Wat is de aard van uw bezoek?' herhaalde ze, nu met meer intonatie.
Be-zoek.
'Nou, ik...' Miriam bedacht net op tijd dat ze niet haar hele levensverhaal hoefde te vertellen bij de douane. Ze hoefde die vrouw niet te vertellen dat haar kinderen al dertig jaar vermist en vermoedelijk vermoord waren, en al helemaal niet dat een van de twee, hoe hopeloos het ook leek, toch nog in leven zou kunnen zijn. Ze hoefde niets te vertellen over de verhouding met Baumgarten, de scheiding, de verhuizing naar Texas, de verhuizing naar Mexico of Daves overlijden. Ze hoefde niet uit te leggen waarom ze Amerikaans staatsburger was geworden, waarom ze haar meisjesnaam weer had aangenomen na de scheiding of zelfs maar waarom ze ervoor had gekozen zich in San Miguel de Allende te vestigen. Haar leven was nog steeds van haarzelf, althans voorlopig. Dat zou de komende vierentwintig uur kunnen veranderen, en ze zou weer openbaar bezit kunnen worden.
Ze hoefde alleen maar te zeggen: 'Persoonlijk. Een familiekwestie. Een auto-ongeluk.'
'Dat spijt me voor u,' zei de vrouw. 'Wat erg.'
'Het is niet ernstig,' stelde Miriam haar gerust. Ze pakte haar bagage en liep naar de vertrekhal voor binnenlandse vluchten, waar ze nog vier geestdodende uren zoet moest brengen voordat haar vlucht naar Baltimore vertrok.

'Het is niet ernstig,' had de rechercheur, Lenhardt, de avond tevoren tegen haar gezegd toen ze was bekomen van de schrik. Miriam was gedesoriënteerd en verbijsterd geweest, overweldigd, alsof ze in diep, koud water was gegooid. Het had even tijd gekost om bij haar positieven te komen en het meest logische te doen: de oppervlakte opzoeken, doorbreken naar de plek waar ze weer kon ademen. 'Het auto-ongeluk bedoel ik,' lichtte de man toe. 'De beweringen die ze doet zijn natuurlijk wel heel ernstig.'

'Ik zal de hele dag in het vliegtuig moeten zitten, maar als ik nu meteen vertrek, kan ik er morgenavond zijn,' zei Miriam. Ze huilde, maar het was het soort huilen dat geen invloed had op haar stem, op haar gedachten. Snel nam ze haar netwerk in San Miguel door, de mensen die haar konden en zouden helpen. Er was een bijzonder goed hotel waar de bedrijfsleiding eraan gewend was het rijkelui met hun grillen naar de zin te maken. Daar konden ze waarschijnlijk wel een ticket voor haar boeken. Geld speelde geen rol.

'Het zou echt beter zijn als u wacht... We weten nog niet zeker...'

'Nee, nee, ik kan echt niet wachten.' Toen begreep ze het opeens. 'Denken jullie dat ze liegt?'

'We vinden haar vooral heel vreemd, maar ze weet bepaalde dingen die alleen iemand die de zaak van dichtbij kent kan weten, en we zijn bezig met een paar nieuwe aanwijzingen, maar het is allemaal nog heel onzeker.'

'Dus zelfs als ze mijn dochter niet is, weet ze vrijwel zeker iets over haar. En hoe zit het met Sunny? Wat heeft ze over haar zusje gezegd?'

Een stilte, zo'n sombere stilte die haar zei dat de man aan de andere kant van de lijn vader was. 'Ze is kort na de ontvoering vermoord. Volgens die vrouw.'

In meer dan zestien jaar in Mexico had Miriam nog nooit last van haar maag gehad, maar op dat moment voelde ze de scherpe, stekende pijn die vrijwel iedere *turista* overviel. Ze had zich de afgelopen jaren van alles in haar hoofd gehaald – de ontdekking van een graf, een arrestatie, het eind van het verhaal en, ja, ergens weggestopt in haar hart, de onmogelijkheid van een hereniging – maar dit was nooit in haar opgekomen. Wel de een, maar niet de ander? Het voelde alsof haar lichaam bijna bezweek onder de druk van die tegenstrijdige gevoelens. Heather, in leven, en de belofte van antwoorden na al die jaren. Sunny, dood, en de gruwel van antwoorden na al die jaren. Ze wierp een blik op zichzelf in de spiegel met de stalen lijst boven het primitieve grenen dressoir in de verwachting dat haar gezicht in tweeën gesplitst zou zijn, in het masker van de komedie en van de tragedie, maar ze zag er net zo uit als anders.

'Ik kom eraan. Zo snel als menselijkerwijs mogelijk is.'

'Dat is uw eigen keus, natuurlijk, maar misschien moet u ons de tijd geven om een paar aanwijzingen na te trekken. Ik heb een rechercheur in Georgia zitten die ergens aan werkt. Ik zou het vervelend vinden als u die hele reis voor niets maakt...'

'Moet u horen, er zijn maar twee mogelijkheden. De eerste is dat het mijn dochter is, en dan kan ik niet snel genoeg overkomen. De andere is dat het iemand is die iets over mijn dochter weet en die informatie om wat voor reden dan ook probeert uit te buiten. Als dat zo is, wil ik haar daarop aanspreken. Trouwens, ik zal het weten. Zodra ik haar zie, weet ik het.'

'Goed, maar een dag maakt niet veel uit en mochten we bewijs vinden dat ze het niet is...' Hij wilde niet dat ze kwam, om welke reden dan ook, nog niet, wat Miriam juist sterkte in haar besluit er zo snel mogelijk te zijn. Dave was dood, zij had de leiding. Ze zou zich gedragen zoals hij had gedaan, als hij er nog was. Zoveel was ze hem wel verschuldigd.

Nu, nog geen vierentwintig uur later, terwijl ze haar koffer langs de afgrijselijke vliegveldwinkels rolde, dacht Miriam nog eens na over haar zekerheid. Stel dat ze het níét zeker wist? Stel dat haar verlangen om haar dochter levend terug te zien afbreuk deed aan haar moederinstinct? Als moederinstinct nu eens onzin was? Er waren altijd mensen geweest die Miriams moedergevoelens wilden ontkennen, mensen die haar gedachteloos en gevoelloos afserveerden omdat ze geen biologische band had met de kinderen die ze opvoedde. Stel dat die mensen gelijk hadden en Miriam een soort essentieel gevoel miste? Bewees het feit dat ze zich zo had gehecht aan twee kinderen die niet van haarzelf waren juist niet hoe makkelijk ze zich liet bedotten? Ze herinnerde zich een lapjeskat die ze ooit hadden gehad, een sublieme muizenvanger. Ze was gesteriliseerd en had nooit gejongd, maar op een dag had ze een speelgoedzeehondje van Heather gevonden, een weerzinwekkend geval van echt zeehondenbont dat ze van Daves idiote moeder had gekregen. Als het zeehondje niet afkomstig was geweest van zijn moeder, had Dave Heather nooit toegestaan het te houden; hij had van Miriam geëist dat ze haar beverjas wegdeed, een aandenken aan haar Canadese leven dat nog van haar grootmoeder was geweest en dus veel beter verdedigbaar was, maar voor Florence Bethany werden allerlei uitzonderingen gemaakt. De kat, Eleanor, vond het zeehondje en adopteerde het. Ze had het in zijn nekvel gepakt en ermee rondgesjouwd zoals ze met een eigen kitten had kunnen rondlopen, het eindeloos afgelikt en geblazen naar iedereen die probeerde het van haar af te pakken. Uiteindelijk was er natuurlijk niets van overgebleven; ze had het geruïneerd door met haar natte, ruwe tong al het haar eraf te likken tot het echt iets afgrijselijks was, een foetaal stoffen wezentje.

Wat als Miriams instinct te vergelijken was met dat van die lapjeskat? Als ze van de kinderen van een andere vrouw had kunnen houden alsof ze de hare waren, was ze dan in staat elk kind als het hare te beschouwen, als ze het maar graag genoeg wilde geloven? Zou ze een speelgoedzeehondje in zijn nekvel pakken en doen alsof het haar jong was?

In het jaar voor de verdwijning, was Sunny steeds meer vragen gaan stellen over haar 'echte' moeder. Ze was een typische puber geweest, zo humeurig en lichtgeraakt dat ze thuis Stormy werd genoemd, en ze sloop steeds naar het randje van het echte verhaal, maar liet het er dan bij. Ze wilde het weten. Ze was er nog niet klaar voor. 'Was het een ongeluk met één auto?' vroeg ze. 'Waar kwam het door? Wie reed er?' De lieve, beleefde verhalen die ze zo lang hadden verteld waren nu niet meer of minder dan leugens, en Miriam noch Dave wist hoe ze die omslag moesten hanteren. In de ogen van een tiener was liegen de grootste zonde, het enige excuus dat nodig was om alle ouderlijke regels en beperkingen af te wijzen. Als ze Sunny het bewijs van hun bedrog en hypocrisie in handen hadden gegeven, zou ze onmogelijk zijn geworden, maar uiteindelijk zou ze het toch moeten weten, al was het maar om lering te trekken uit de fouten die haar moeder had gemaakt, om haar te laten zien hoe fataal het kan zijn om je ouders niet in vertrouwen te nemen, om te trots te zijn om een vergissing toe te geven. Als Sally Turner het had kunnen opbrengen haar ouders om hulp te vragen, waren Sunny en Heather misschien nooit de zusjes Bethany geworden. En hoe akelig Miriam dat idee ook vond, ze wist dat het beter was geweest. Niet om biologische redenen, maar wel vanwege het feit dat als de moeder van de meisjes was blijven leven, zij er zelf misschien ook nog waren geweest.

De politie had de familie van de vader langdurig en uitvoerig onderzocht, maar de paar overgebleven verwanten leken niet te weten wat er met het kroost van de gewelddadige jongeman was gebeurd en er ook niets om te geven. Hij was wees, en de tante die hem had opgevoed, had Sally net zo ongeschikt gevonden als Estelle en Herb hem. Leonard, of Leo. Zoiets. Het was onmogelijk te zeggen welke specifieke vernedering in de nasleep van de verdwijning van de meisjes het ergst was geweest, maar Miriam had meer moeite gehad met alle nieuwsgierigheid naar de afkomst van de meisjes dan met het gewroet in haar losbandige leven. En Dave, die meestal elke mogelijkheid wilde nagaan, zelfs de meest geschifte theorieën, was gek geworden van alle vragen over dat onderwerp. 'Het zijn ónze dochters,' had hij herhaaldelijk tegen Chet gezegd. 'Dit heeft niets te maken met de Turners, of met die idioot die niet meer heeft gedaan dan wat een zwerfhond zou doen. Je verdoet je tijd.' Hij raakte bijna hysterisch als het onderwerp ter sprake kwam.

Ooit, jaren eerder, had iemand – een vriendin, tot dat incident, dat aan het licht had gebracht dat ze helemaal geen vriendin was en dat nooit was geweest – aan Miriam gevraagd of de kinderen biologisch gezien van Dave konden zijn, of hij de dochter van de Turners had bezwangerd tijdens een lange, clandestiene verhouding en ze samen dit ingewikkelde verhaal hadden bedacht toen ze was overleden, waaraan dan ook. Miriam was er wel aan gewend geraakt dat niemand ooit een gelijkenis tussen haar en de meisjes zag, maar ze vond het vreemd dat deze vrouw dacht iets van Dave in ze te zien. Ja, hij had blond haar, maar het zijne was stug en krullend. Ja, hij had een lichte huid, maar hij had bruine ogen en een heel andere bouw. En toch hadden mensen keer op keer gezegd: *O, wat lijken de meisjes op hun vader.* Dat was altijd een ongemakkelijk moment, want Miriam wilde de meisjes niet verloochenen waar ze bij stonden, maar kon het ook niet verdragen om het misverstand te laten voortbestaan. *Ze lijken op mij,* wilde ze zeggen. *Ze lijken sprekend op mij.* Ze zijn mijn dochters en ik heb ze gevormd. Ze zullen betere versies van mij worden, sterk en zelfbewuster, in staat te krijgen wat ze willen zonder zich egoïstisch of hebzuchtig te voelen, zoals de vrouwen van mijn generatie.

Vier uur. Vier uur te doden op een luchthaven en dan nog eens drie uur tijdens de vlucht zelf, en ze was al bijna acht uur onderweg. Ze was om zes uur opgestaan om op tijd te zijn voor de auto die haar naar het vliegveld bracht, door Joe geregeld, en toen was er langdurig vertraging geweest in Mexico-Stad. Er waren wel goede boeken in de vliegveldwinkel, maar ze kon zich niet voorstellen dat ze zich nu op welk boek dan ook zou kunnen concentreren, en de tijdschriften leken te oppervlakkig, te ver van haar bed. De meeste actrices kende ze niet eens, aangezien ze thuis geen satellietschotel had. Miriam vond dat ze allemaal hetzelfde gezicht en hetzelfde figuur hadden, als Barbiepoppen. De koppen schreeuwden over privézaken: verlovingen, scheidingen, bevallingen. Dat moet ik Chet nageven, dacht ze. Hij had veel buiten de plaatselijke media weten te houden. Wat waren de verslaggevers meegaand geweest, wat terughoudend. Nu zou het hele verhaal naar buiten komen: de adoptie, haar buitenechtelijke relatie, hun geldzorgen. Alles.

Het kan nog steeds, besefte Miriam. *Het kan nog steeds.* In de wereld van vandaag zou deze hereniging, als het dat werd, geen privékwestie kunnen zijn. Het was bijna reden genoeg om te hopen dat de vrouw in Baltimore inderdaad een leugenaar was, maar ze hoopte het niet. Ze had er alles voor over; de waarheid over haarzelf, hoe afschuwelijk en onaangenaam ook, de waarheid over Dave en hoe ze hem had behandeld – ze zou het zonder aarzelen allemaal inruilen voor de mogelijkheid om een van haar dochters terug te zien.

Ze pakte een armvol roddelbladen en besloot het te zien als huiswerk, leerstof voor haar toekomstige leven.

30

'Denk je dat het hiermee afgelopen zal zijn?' vroeg Heather, die door het autoraam keek. Ze had vanaf het moment dat ze waren ingestapt zitten neuriën, een bromtoon die een hoog gezoem was geworden toen Kay de afslag naar de ringweg nam. Het was Kay niet duidelijk of ze zich ervan bewust was.
'Afgelopen?'
'Als ik alles heb verteld, is het dan klaar?'
Kay deed niet vaak luchtig, zelfs niet over de kleinste dingen, en deze vraag leek haar uiterst ernstig. *Is het dan klaar?* Gloria had niet de moeite genomen die informatie te verschaffen toen ze tegen twaalven opbelde en Kay vroeg – of opdroeg, eigenlijk, want ze gaf opdrachten alsof Kay voor haar werkte, alsof zíj degene was die alle gunsten verleende en Kay degene die bij háár in het krijt stond – ervoor te zorgen dat Heather om vier uur op het hoofdbureau van de politie was. En nu waren ze aan de late kant omdat Heather zich zo druk had gemaakt om haar kleren. Ze was net zo nukkig geweest als Grace wanneer ze zich aankleedde voor school, en al bijna net zo moeilijk tevreden te stellen. Uiteindelijk had ze een lichtblauwe blouse en een stretch tweedrokje gekozen. Het stond gek genoeg goed bij haar lompe zwarte schoenen, het enige uit haar eigen garderobe dat ze nog wilde dragen. Kay vond het vreemd, al die drukte, want Heather straalde niet uit dat ze iemand was die veel over haar uiterlijk nadacht. Zonde eigenlijk, want ze was een opvallende vrouw, gezegend met dingen die je alleen

van de natuur kon krijgen: hoge jukbeenderen, het soort rijzige lichaam dat niet gaat uitdijen met de jaren en een gave huid.

'De toestand van het jongetje is nog hetzelfde, als je dat bedoelt. Het gaat elke dag beter met hem. Gloria lijkt ervan uit te gaan dat er geen aanklacht zal komen in verband met het ongeluk.'

'Ik dacht eigenlijk niet aan hem.'

'O.' Het ergerde Kay dat Heather zo zelden aan iemand anders dan zichzelf dacht, maar het moest een logische consequentie zijn van wat er met haar was gebeurd, als Kays theorieën tenminste klopten. Uit het weinige wat Heather tot nog toe had losgelaten, had Kay afgeleid dat Stan Dunham beide meisjes had meegenomen, maar Sunny had vermoord omdat ze, met haar vijftien jaar, te oud voor hem was. Hij had Heather misbruikt tot zij ook niet meer bruikbaar was voor een pedofiel en haar toen nog een paar jaar langer vastgehouden, tot ze zodanig getraumatiseerd was dat ze zijn geheimen zou bewaren. Hoe? Daar wilde Kay niet aan denken. Hij had haar duidelijk medeplichtig gemaakt, haar het gevoel gegeven dat ze ook een crimineel was. Of hij had haar gewoon zo bang gemaakt dat ze er niet over zou piekeren iemand te vertellen wat er was gebeurd. Kay vond het niet vreemd, zoals de rechercheurs, dat Heather in die zes jaar nooit had geprobeerd te ontsnappen of iemand te vertellen wat er met haar gebeurde. Misschien had hij haar wijsgemaakt dat haar ouders dood waren, of zelfs dat ze hem hadden gevraagd haar en haar zus mee te nemen. Kinderen zijn zo goedgelovig, zo plooibaar. Zelfs Heathers schroom om het hele verhaal te vertellen leek Kay logisch. Haar nieuwe identiteit, wat die ook mocht zijn, was essentieel voor haar overleving. Waarom zou ze die aan iemand toevertrouwen, laat staan aan mensen die op hetzelfde politiebureau werkten als haar ontvoerder vroeger?

'Denk je dat ze iets nieuws weten?' vroeg Heather.

'Iets nieuws?'

'Misschien hebben ze mijn zus gevonden. Ik heb verteld waar ze ligt.'

'Zelfs als dat zo was – en ik denk dat het dan wel in het nieuws was gekomen, het zou lastig zijn een oud graf te openen zonder aandacht te trekken – dan zou het nog weken kosten om haar stoffelijke resten te identificeren.'

'Echt waar? Zou deze zaak dan geen voorrang krijgen?' Ze leek een beetje beledigd te zijn, alsof ze niet de behandeling kreeg waar ze recht op dacht te hebben.

'Alleen op tv.' Door haar werk voor het blijf-van-mijn-lijfhuis, dezelfde kanalen waarlangs ze Gloria had leren kennen, was Kay in contact gekomen met een forensisch antropoloog uit College Park, die haar spijtig had uitgelegd welke alledaagse, vooral budgettaire beperkingen het haar onmogelijk maakten met de wonderen op de proppen te komen die de wereld van haar verwachtte. 'Er zijn een paar dingen die ze meteen kunnen zien...'

'Zoals?'

Kay besefte dat ze het niet goed wist. 'Nou, bepaalde, eh, schade aan het lichaam. Slag- of schotwonden. Maar ook het geslacht, geloof ik, en de leeftijd, bij benadering.'

'Hoe zien ze dat?'

'Ik weet het niet precies, maar het skelet verandert natuurlijk in de puberteit. Als je oude tandarts er nog is, kan hij je zus snel identificeren. Ik heb begrepen dat tandartsen heel goed zijn in het herkennen van hun eigen werk.'

'John Martielli,' zei Heather bijna dromerig. 'Hij had zijn praktijk boven de drogist. In de wachtkamer lagen oude *Highlights*, natuurlijk, met *Goofus & Gallant*. Als we geen gaatjes hadden – en we hadden nóóit gaatjes – mochten we bij de bakker om de hoek kopen wat we wilden, al zat er nog zoveel geraffineerde suiker in.'

'Heb je nog nooit een gaatje gehad?' Kay dacht aan haar eigen arme, gekwelde mond. Dit jaar nog waren alle zilveren vullingen vervangen, een slepend proces, en nu waren er een paar kronen losgekomen, het resultaat van de barsten die Kay aan haar scheiding weet. Ze had getandenknarst tot er twee kronen waren afgebroken. De stukjes waren in een mueslireep blijven steken die ze had zitten eten. De infectie die vervolgens was ontstaan had tot een wortelkanaalbehandeling geleid en haar tandarts dacht dat ze misschien ook nog geopereerd moest worden. Ze wist dat de ellende met haar gebit niet haar schuld was, maar de problemen in haar mond gaven haar altijd vaag het gevoel dat ze onrein was, onhygiënisch.

'Nee. Zelfs toen ik jarenlang niet naar de tandarts ging – in de tijd dat ik niet verzekerd was, tussen mijn twintigste en mijn dertigste – was mijn gebit perfect. Nu ga ik twee keer per jaar.' Ze ontblootte haar tanden om het te demonstreren. Goed gebit, goede botstructuur, van nature slank, prachtige huid – als Kay Heathers verhaal niet kende, had ze een hekel aan haar gehad.

'Kunnen we even stoppen?' vroeg Heather, die haar armen om haar buik sloeg alsof ze kramp had.

'We zijn al laat, maar als je wagenziek bent of iets moet eten...'

'Ik had bedacht dat we naar het winkelcentrum konden gaan.'

'Het winkelcentrum?' Kay wierp een blik op Heather. Het was lastig om oogcontact te maken onder het rijden, helemaal als je probeerde in te voegen op de ringweg, maar ze had van de omgang met Grace geleerd dat oogcontact werd overschat. Ze kreeg meer informatie uit haar dochter los als ze allebei recht voor zich uit keken, door dezelfde voorruit. Het winkelcentrum zat een afrit voorbij de plek waar Heather op dinsdagavond was opgepikt. 'Wilde je daar dinsdag ook al naartoe?'

'Niet bewust, maar misschien wel. Ik moet er nu in elk geval heen, voordat ik naar dat gesprek ga. Alsjeblieft, Kay? Zo erg is het niet om te laat te komen.'

'Het gaat me niet om de rechercheurs, maar om Gloria. Die denkt alleen aan haar eigen tijd.'

'Ik bel haar wel even met jouw mobieltje om te zeggen dat we iets later komen.' Zonder Kays toestemming af te wachten pakte Heather de telefoon uit de bekerhouder tussen de voorstoelen en zocht in de geschiedenis naar Gloria's nummer. Ze bediende de telefoon moeiteloos, net zo vertrouwd met technische snufjes als Seth of Grace. 'Gloria? Met Heather. We gaan net van huis. Kays ex-man kwam de kinderen te laat ophalen en we konden ze moeilijk alleen achterlaten, toch?' Ze gaf Gloria geen tijd om te antwoorden. 'Tot zo!'

Wat een briljant excuus, dacht Kay. De schuld geven aan iemand die niemand kent en aan wie niemand twijfelt. Het duurde een fractie van een seconde, maar toen ze de lange, indrukwekkende afslag naar Security Boulevard nam, leken de grotere implicaties van die constatering onder haar banden te zingen.

'Ik dacht dat alles kleiner ging lijken naarmate je ouder werd,' zei Heather. 'Dit lijkt groter. Hebben ze het uitgebreid?'

Ze stonden in een gang waar volgens Heather de bioscoop met wel twee zalen had gestaan. Het winkelcentrum was ernstig onderbevolkt deze zaterdag en hoewel een paar van de gebruikelijke winkels ook hier te vinden waren – Old Navy, een muziekketen, een Sears en een Hecht's – kende Kay de andere zaken niet en hing er een sfeer van verwaarlozing. In een hoek was een voormalig warenhuis – Hoschild's, zei Heather stellig – ontmanteld. Alle muren waren afgebroken, zodat alleen de roltrappen er nog waren, die naar een Aziatisch horecaplein leidden. Er moest een grote Aziatische gemeenschap zijn ontstaan, want aan de zuidkant van het winkelcentrum was de naam Seoul Plaza aan de gevel bevestigd. Kay vond het Seoul Plaza-gedeelte vaag hoopgevend; een teken van verandering en aanpassing. Ergens was het wel spannend dat er in dit deel van de stad behoefte was aan zo'n gespecialiseerde winkel, maar ze was toch al niet dol op winkelcentra, en dit hier was ook nog eens zo troosteloos, aftands en vergeten.

Ze vroeg zich af hoe het er in Heathers ogen uitzag.

'Hier kon je vroeger de popcorn al ruiken,' zei Heather. 'De geur hing al in de centrale hal. Daar hadden we die dag afgesproken.'

Heather begon te lopen, met haar hoofd gebogen, alsof ze sporen zocht. Bij het atrium aangekomen sloeg ze rechts af. 'De orgelwinkel was hier, vlak bij de boekwinkel. De naaimachinewinkel – Singer, niet Jo-Ann – was de andere kant op, net als Harmony Hut. We hadden om halfzes met onze vader afgesproken bij de reformwinkel, de GNC. Daar kocht hij biergisttabletten en sesamrepen. Het was er mooi. Druk, feestelijk.'

Het was alsof Heather zich voorbereidde, alle stof voor een toets nog een keer doornam, maar als ze Heather Bethany was, hoefde ze toch niet bang te zijn dat ze de goede antwoorden niet zou weten? En als ze Heather niet was, moest ze kunnen zien dat het winkelcentrum zo anders was geworden dat niemand haar herinneringen eraan kon controleren, haar gemijmer kon ontkrachten.

'De beveiliging,' zei ze, en ze bleef staan bij een glazen cabine waarin geüniformeerde mannen naar schermen keken. Kay vroeg zich af of ze dacht dat die mannen haar hadden kunnen redden, dertig jaar geleden. 'Hier zat de popcorn – nee, nee, fout. Ik sta er met mijn rug naartoe. Die nieuwe vleugel, met Hecht's, werkt verwarrend voor me. Niet dat het winkelcentrum groter is geworden, maar ik raakte in de war door de indeling, haalde die twee gangen door elkaar.'

Ze begon zo snel te lopen dat Kay bijna moest rennen om haar bij te houden. 'De bioscoop moet hier ongeveer zijn geweest,' zei ze. Ze bleef plotseling staan, draaide zich om en liep weer gehaast door. 'En als we hierheen gaan... Ja, nu snap ik het weer. Waar de liften zitten, dat was niet Hoschild's, maar de J.C. Penney, die op die zaterdag nog in aanbouw was. Hier – dit was de orgelwinkel, waar meneer Pincharelli in het weekend werkte.'

'Hier' was nu iets wat een Kid-Go-Round heette, een winkel die blijkbaar was bedoeld voor kinderen die het equivalent nodig hadden van galakleding, voor bruiloften en dergelijke. Ernaast zat een zaak die Touch of the Past heette, wat Kay griezelig vond, tot ze zag dat er verzamelobjecten van de Negro League werden verkocht, dure shirts van teams als de Homestead Grays en de Atlanta Black Crackers.

'Meneer Pincharelli?' herhaalde Kay vragend.

'De muziekleraar van Rock Glen. Sunny was een tijdje smoorverliefd op hem.'

Heather stond in gedachten verzonken, licht wiegend en neuriënd zoals ze in de auto had gedaan, haar armen om zich heen geslagen alsof ze het koud had. 'Moet je die jurkjes nou eens zien,' zei ze. 'Bruidsmeisjes, jonkertjes. Heb jij zo'n bruiloft gehad?'

'Niet echt,' zei Kay, die glimlachte bij de herinnering. 'We zijn buiten getrouwd, in de achtertuin van een vriend die aan de Severn woonde, en ik had bloemen in mijn haar. Het waren de jaren tachtig,' voegde ze er bijna verontschuldigend aan toe. 'En ik was amper drieëntwintig.'

'Ik ga nooit trouwen, niet officieel.' Heather klonk niet spijtig of zielig; ze constateerde gewoon een feit.

'Nou, dan hoef je tenminste nooit te scheiden,' zei Kay.

'Mijn ouders zijn gescheiden, toch? Ik had het niet meteen door. Ze zijn uit elkaar gegaan. Zou het mijn schuld zijn, denk je?'

'Jouw schuld?'

'Nou ja, niet mijn schuld natuurlijk. Maar een gevolg van wat er... was gebeurd. Denk je dat ze door hun verdriet uit elkaar zijn gegroeid?'

'Ik denk,' zei Kay, die haar woorden op een goudschaaltje woog, 'dat verdriet en tragedies uitvergroten wat er al is, dat ze de haarscheuren blootleggen die er al zijn. Sterke huwelijken worden sterker. Zwakke huwelijken hebben eronder te lijden en kunnen stranden als er geen hulp komt. Dat heeft de ervaring mij tenminste geleerd.'

'Wil je nu beweren dat mijn ouders daarvoor al geen goed huwelijk hadden?' Haar toon was fel, regelrecht afkomstig van het schoolplein, een automatische verdediging tegen een belediging van je ouders, zelfs al wordt die niet uitgesproken.

'Ik zou het niet weten. Ik kan het niet weten. Ik generaliseerde, Heather.'

Weer die glimlach, een beloning omdat ze haar naam noemde, omdat zij degene was die in haar geloofde, misschien nog wel meer dan Gloria, die zich per uur liet betalen voor haar toewijding. 'Ik dacht dat iedereen dood was. Ik ging er gewoon van uit dat iedereen dood was. Behalve ik.'

Kay richtte haar blik op de tulen rokjes in de etalages, het soort ontroerende, meisjesachtige kleding dat haar Grace nooit had willen dragen. *Ik ging er gewoon van uit dat iedereen dood was.* Als dat zo was, zou het veel makkelijker zijn om te liegen, maar zou iemand zo'n leugen vertellen, alleen maar om niet aansprakelijk te worden gesteld voor een auto-ongeluk? En kon ze in dat geval niet gewoon op haar verhaal terugkomen nu ze wist dat alles goed zou komen met het jongetje? Ze was heel geloofwaardig, maar het feit dát Kay zulke dingen dacht, zou er al op kunnen wijzen hoe gekunsteld het allemaal was.

Recht voor zich zag Kay Heathers spiegelbeeld in de etalageruit van de voormalige orgelwinkel. De tranen stroomden over haar gezicht en ze beefde zo dat haar tanden, haar perfecte tanden, zonder ook maar één gaatje, onbedwingbaar klapperden.

'Hier is het begonnen,' zei ze. 'In zekere zin is het hier begonnen.'

31

Het winkelgebied van St.-Simon's, het 'dorp' volgens iemand die Kevin de weg wees, barstte van de charme. In de hoofdstraat regen de dure winkels zich aaneen, het soort dat gespecialiseerd is in het verkopen van nutteloze dingen aan mensen die werktuiglijk winkelden om zich te vermaken. Het waren niet de exclusieve merkwinkels van de Hamptons, waar Kevin als tiener had bijverdiend met tuinieren, maar het was al stukken beter dan Brunswick. Hij begreep nu waarom Penelope Jackson op het vasteland had gewoond, hoe onbereikbaar een huis hier moest zijn voor de mensen die het ijs schepten, het bier tapten en de roze en groene jurken verkochten die de etalages leken te domineren.

Hij had zijn bezoek aan Mullet Bay gepland in de namiddagdrukte, voordat het echt etenstijd werd. Het eetcafé was een typische toeristengelegenheid, weer een variant op de Amerikaanse droom, de versie van Jimmy Buffett: papegaaien, tropische cocktails, relaxte sfeer. Het was moeilijk voor te stellen hoe een vrouw van tegen de veertig hier tussen had gepast, in een tent voor jonge mensen waar de bediening, mannelijk én vrouwelijk, in een short met een polo liep, maar de bedrijfsleider, een snoepje van een meid met donkere ogen en een stralende huid, loste het vraagstuk op door te vertellen dat Penelope in de keuken had gewerkt.

'Ze was geweldig,' zei ze met het energieke enthousiasme dat haar neutrale stand leek te zijn. Volgens het plastic naamplaatje boven haar perfecte linkerborst heette ze Heather, en dat toeval leek een voorbode van, nou ja, íéts. Hoewel, Heather was een vrij algemene naam. 'Harde werker, heel betrouwbaar. Was altijd bereid om op het laatste moment in te vallen en ze heeft zelfs wel eens een bardienst gedraaid als de barkeeper niet kwam opdagen. De bazen hadden haar heel graag willen houden.'

'Waarom is ze weggegaan?'

'Nou, ze moest gewoon opnieuw beginnen. Na de brand en alles.' Zelfs als ze het over verdrietige dingen had, bleef die Heather een soort onverwoestbaar enthousiasme houden, alsof haar schoonheid, haar mooie jonge ledematen, haar vervulden met een niet-aflatende, bruisende levensvreugde. Infante stelde zich voor dat hij die ledematen om zich heen drapeerde, iets van dat zonnige zelfbeeld in zich opnam.

'En deze vrouw?' Hij pakte de foto van de zogenaamde Heather. 'Ziet zij er bekend uit? Heb je Penelope ooit gezien met iemand die op haar lijkt?'

'Nee, maar ik zag Penelope eigenlijk nooit met iemand, zelfs niet met haar vriend. Ze had het wel over hem en als ik het me goed herinner is hij één keer hier geweest, maar vaker ook niet.' Ze trok haar neus op. 'Een oudere gast, een beetje verlopen. Hij zei bepaalde dingen tegen me, maar dat heb ik Penelope niet verteld. Het was gewoon de drank die sprak.'

'Heeft ze bij haar vertrek gezegd waar ze naartoe ging?'

'Nee, niet tegen mij. Ze nam haar ontslag en we hebben nog een feestje voor haar gegeven na haar laatste dienst. Met taart en alles. Maar weet u, ze was nogal op zichzelf. Ik denk...' Ze aarzelde, ontroerend oprecht in haar streven om niet te roddelen, waardoor Infante haar nog aardiger ging vinden. Maar al te veel mensen die hij ondervroeg, wentelden zich in de kans anderen zwart te maken in het kader van hun burgerplicht, allerlei irrelevante en beledigende informatie aan te dragen.

'Denk je dat ze zo afstandelijk was vanwege haar thuissituatie?'

Een energieke, opgeluchte knik. God, wat wilde hij haar graag naaien. Het zou voelen als... als ergens op het strand liggen, maar dan met het zachtst mogelijke zand dat hij zich kon voorstellen, warm en behaaglijk, totaal niet gruizig. Dit meisje had niets bedorvens, was niet door het leven bezoedeld. Waarschijnlijk waren haar ouders nog getrouwd, hielden ze zelfs nog van elkaar. Ze deed haar studie op haar sloffen en was net zo populair bij vrouwen als bij mannen. Hij kon zich voorstellen dat er ineens vogels op haar schouders zouden neerstrijken, alsof ze een Disney-prinses was.

'Ze kwam een keer binnen met een kapot gezicht. En ik keek alleen maar, ik hoefde maar haar kant op te kijken of ze raakte over haar toeren. "Je hebt geen idee wat er speelt," zei ze. En ik zei tegen haar: "Ik zeg niets, Penelope, maar als ik iets voor je kan doen..." En toen had zij iets van: "Nee, nee, nee, Heather, je begrijpt het niet, het is niet wat je denkt, het was maar een ongelukje." En toen, toen...' Het meisje slikte, een beetje nerveus, en Infante worstelde om naar haar te blijven luisteren terwijl hij probeerde uit te knobbelen hoe hij haar kon overhalen in zijn huurauto boven op hem te klimmen. 'Ze zei: "Wees maar niet bang, ik heb het er wel voor over. Uiteindelijk win ik." Dat was rond Thanksgiving.'

'Wat bedoelde ze daarmee?'

'Ik zou het echt niet weten. We hebben het er nooit meer over gehad. Was dat, zeg maar, verkeerd van me? Had ik iemand moeten bellen, proberen te zorgen dat ze hulp ging zoeken? Ze was wel een volwassen vrouw, ouder dan ik. Ik dacht niet dat ik haar kon helpen.'

'Je hebt het prima gedaan,' zei Infante, die zijn kans schoon zag om haar op haar onderarm te kloppen. Het bleef even stil, maar het was absoluut geen onbehaaglijke stilte.

'Wilt u iets gebruiken? Iets te eten, een drankje?' Haar stem was wat zachter geworden, bijna hees.

'Laat ik dat maar niet doen. Ik moet over een uur alweer naar het vliegveld, mijn vlucht terug naar Baltimore halen.'

Hij betrapte haar op een steelse blik op zijn linkerhand. 'Er gaan genoeg vluchten vanuit Jacksonville. Als u morgenochtend de eerste vlucht neemt, maakt het waarschijnlijk weinig verschil. Of je nou 's ochtends of 's avonds om negen uur thuiskomt, wat boeit het?'

'Ik heb mijn motelkamer al opgezegd.'

'O, er is vast nog wel iets te regelen. De mensen hier zijn heel gastvrij. En het is leuk op St.-Simon's. Ik durf te wedden dat u nauwelijks iets hebt gezien.'

Hij overwoog het. Natuurlijk overwoog hij het. Die beeldschone jonge vrouw beloofde nog net niet openlijk dat ze met hem zou neuken zodra haar dienst erop zat. Hij kon met een biertje aan de bar gaan zitten, de spanning laten stijgen terwijl hij haar heen en weer zag hopsen in dat kaki shortje. Ze zou hem waarschijnlijk gratis laten drinken, of hem in elk geval een paar biertjes van het huis geven. En wat maakte het uit – wat boeide het – of hij op zaterdagavond of zondagochtend thuiskwam? Nancy nam vandaag de verklaring op, en volgens zijn berekeningen begon ze daar ongeveer nu mee. Hij zat vast op het eiland, maar dat was niet zijn schuld. Oké, het was niemands schuld, maar de zijne al helemaal niet. Gezien de omstandigheden – en die omstandigheden begonnen vorm te krijgen in zijn gedachten, een ongeluk op de dijk, niets ernstigs, niet iets wat het nieuws zou halen, maar wel zoveel rompslomp eromheen dat hij op het eiland vastzat tot de laatste vlucht naar Baltimore al uit Jacksonville was vertrokken, en wie kon bewijzen dat het niet zo was? – zou het niemand iets kunnen schelen als Infante later terugkwam. Je hoefde geen uitzonderlijk goede rechercheur te zijn om iemand van het vliegveld af te halen. Iemand anders kon de moeder opvangen, haar naar het Sheraton brengen en haar gezelschap houden. Sterker nog, Lenhardt zou waarschijnlijk met plezier naar het verhaal over zijn avontuur met een zuidelijke schone luisteren. *Heb je lekker gegeten op kosten van de zaak? Nee, maar ik heb wel lekker geneukt!*

Hij streek met zijn vingertoppen over haar pols en voelde alle warmte, alle vitaliteit van haar jeugd, de kracht die het gaf als je nog nooit iets echt ergs had meegemaakt. Kevin hoefde geen echte maagden, maar hij hield wel van dit soort onschuld, dat voortkwam uit het geloof dat er een soort toezegging was gedaan dat het leven altijd soepel en fijn zou verlopen. Misschien zou het voor deze Heather echt opgaan. Misschien zou iedereen van wie ze hield in zijn of haar bed sterven, op de juiste leeftijd. Misschien zou ze nooit met haar man aan de keukentafel zitten huilen om de rekeningen die ze niet konden betalen, of ruziën over de teleurstellingen die hij haar bezorgd had. Misschien zou ze kinderen krijgen die haar niets dan trots en geluk brachten. Misschien. Iemand moest zo'n leven hebben, toch? In zijn werk kwam hij het niet tegen, maar er moesten van die mensen bestaan.

Hij liet zijn hand van haar pols glijden, schudde haar zachte pootje en nam afscheid, waarbij hij er met zijn stem en gezichtsuitdrukking voor zorgde dat ze merkte hoe jammer hij het vond dat hij niet kon blijven.

'O,' zei ze verrast, duidelijk het soort meisje dat eraan gewend was haar zin te krijgen.

'Misschien een andere keer,' zei hij, waarmee hij bedoelde: *morgen of volgende week ga ik waarschijnlijk naar huis met een andere jonge vrouw uit een café, maar vanavond breng ik mijn huurauto terug en ben ik een teamspeler.*

Op weg de stad uit deed hij een grillrestaurant in Brunswick aan waar hij een T-shirt voor Lenhardt kocht met een gespierd varken erop dat zijn biceps showde: *Niemand verslaat ons gebraad*. Ondanks die tussenstop voor een broodje warm vlees was hij zo vroeg op het vliegveld dat het hem lukte om een standby-ticket te krijgen voor een vlucht die bijna een uur vroeger in Baltimore landde dan zijn oorspronkelijke vlucht, zonder tussenstops, wat bijna de helft van de tijd scheelde.

32

'Wilt u een betere stoel?'
'Nee, nee.' Willoughby was in verlegenheid gebracht door het aanbod, door de hoffelijkheid van de brigadier. Hij was oud noch vooraanstaand genoeg om zoveel zorg te verdienen.
'Ik kan wel een betere voor u halen, hoor.'
'Ik zit prima.'
'Ik bedoel, deze gaat u voelen, na een paar uur.'
'Brigadier,' zei hij. Hij wilde waardig en stoïcijns klinken, maar kwam niet verder dan chagrijnig. 'Brigadier, ik zit prima.'
Ze waren met een man of zes. Door de renovaties was het hoofdbureau onherkenbaar voor Willoughby geworden, en hij merkte dat hij er dankbaar voor was. Hij was hier niet gekomen om herinneringen op te halen. Hij was de scheids, de grensrechter, degene die moest bepalen wat sportief en wat vuil spel was. Aan zijn voeten lag een wat stoffige, grote envelop te wachten op het juiste moment. Het liep tegen halfvijf, een interessant moment om aan een lang verhoor te beginnen. Het was een slaperig moment van de dag waarop de suikerspiegel daalde en je aan het avondeten begon te denken, misschien een aperitief. Willoughby had de knappe rechercheur een appel en een paar plakken kaas zien eten, die ze had weggespoeld met een flesje water.
'Eiwitten,' had ze uitgelegd toen ze merkte dat hij naar haar keek. 'Het geeft geen energiekick, maar je kunt er lang op teren.'
Hij vond het jammer dat hij geen dochter had. Een zoon was ook

leuk geweest, maar een dochter zorgt voor haar bejaarde ouders, terwijl zonen worden opgesloten door de familie van hun vrouw, of dat hoorde hij tenminste altijd. Als hij een dochter had gekregen, zou hij nu nog een dochter hebben. En kleinkinderen. Niet dat hij eenzaam was. Tot een paar dagen terug was hij redelijk gelukkig geweest met zijn leven. Hij had zijn gezondheid, het golfen en zijn golfvrienden, en als hij het gezelschap van een vrouw wilde, stonden er een paar in Edenwald te trappelen. Twee keer per maand trof hij een paar oude vrienden van Gilman, de jongensschool, bij de Starbucks aan York Road, op de plek waar het Citgo-benzinestation had gestaan, en dan praatten ze over politiek en vroeger. De treurige waarheid was dat Evelyn zo lang ziek en zwak was geweest dat hij haar niet echt miste. Of, juister misschien: hij had haar jaren gemist, de laatste tien jaar van haar leven, en het viel hem makkelijker om haar te missen nu ze er echt niet meer was.

Het was gek, maar Evelyn had niet gewild dat hij over de meisjes Bethany praatte. Andere zaken trok ze zich minder aan, ook al waren ze veel gruwelijker. Ze had ervan genoten dat hij een dubbelleven leidde. Zijn leven als rechercheur had hem cachet gegeven in hun milieu; hem begeerlijker gemaakt, zelfs. Evelyn had het heerlijk gevonden hoe haar vriendinnen zich aan hem opdrongen, wedijverden om zijn aandacht en hem bestookten met vragen over zijn werk. Maar niet over de meisjes Bethany, nooit over de meisjes Bethany. Hij had aangenomen dat het te hartverscheurend voor haar was. Als vrouw die zelf geen kinderen had gekregen, was het ondraaglijk voor haar om te horen over een ander onvruchtbaar stel dat als bij toverslag twee kinderen had gekregen die vervolgens waren ontvoerd. Nu vroeg hij zich voor het eerst af of het echte probleem niet was dat hij de zaak nooit had opgelost. Was Evelyn teleurgesteld in hem geweest?

'Wat ben je laat,' snauwde Gloria tegen Kay terwijl ze Heather bij de elleboog pakte.

'Heather heeft je verteld wat er is gebeurd,' zei Kay, die probeerde zichzelf ervan te overtuigen dat ze niet loog, dat ze Heathers leugen alleen niet tegensprak; weer een gekloofde haar op de groeiende berg haarkloverijen, een heel hoofd vol. Maar toen ze bij hen in de lift wilde stappen, hield Gloria haar tegen.

'Je mag niet mee naar boven, Kay. Nou ja, je mag wel mee naar boven, maar dan moet je in een leeg kantoor of een vergaderkamer gaan zitten.'

'Ja, dat weet ik wel,' zei ze, de tweede leugen binnen een minuut, al diende deze alleen om haar gêne te verbergen.

'Het gaat wel even duren, Kay. Uren. Ik ging ervan uit dat ik Heather naar huis zou brengen.'

'Maar dan moet je zo'n eind omrijden. Jij woont hier in de buurt en ik zit helemaal in het zuidwesten.'

'Kay...'

Ze kon beter naar huis gaan, hield Kay zichzelf voor. Ze zat toch al te dicht op Heather, ging allerlei grenzen over. Het feit alleen al dat Heather in haar huis logeerde, hoewel, officieel niet in haar huis, maar wel op haar terrein, kon al tot een berisping leiden, haar baan in gevaar brengen. Ze was op de verkeerde weg, maar ze was al zo ver gekomen dat ze niet meer terug wilde.

'Ik heb een boek bij me. *Jane Eyre*. Ik vermaak me prima.'

'*Jane Eyre*, hm? Heb ik nooit iets van kunnen lezen.'

Kay begreep dat Gloria de roman van Brontë had verward met die andere Jane uit de negentiende-eeuwse letteren, Jane Austen. Naast haar cliënten en haar werk was er waarschijnlijk niet veel ruimte voor andere dingen in Gloria's hoofd. Moest Kay haar apart nemen om te vertellen dat ze het oude winkelcentrum hadden bezocht? Zou Heather het zelf vertellen? Maakte het uit? Eenmaal alleen liet ze haar ogen over de pagina's vliegen, Janes vlucht uit Thornfield Hall, St.-Johns horkerige aanzoek en de aanbiddelijke, aanbiddende zusjes die Janes nichtjes bleken te zijn wel volgend maar niet echt in zich opnemend.

Ze was niet blij de vrouwelijke rechercheur in de kamer te zien, al deed ze haar best om haar irritatie en verbazing te verdoezelen.

'Wachten we op Kevin?' vroeg ze.

'Kevin?' herhaalde de mollige rechercheur. 'O, rechercheur Infante.' Alsof ze niet het recht had hem bij zijn voornaam te noemen. *Ze mag me niet. Ze heeft een hekel aan me omdat ik veel slanker ben, terwijl zij een stuk jonger is. Ze wil Kevin voor zichzelf houden.* 'Rechercheur Infante moest de stad uit. Naar Georgia.'

'Zou dat me iets moeten zeggen?'

Gloria wierp haar een blik toe, maar het kon haar niet meer schelen wat Gloria vond. Ze wist wat ze deed, en wat haar te doen stond.

'Ik weet het niet. Zegt het u iets?'

'Ik heb er nooit gewoond, als u daarop doelt.'

'Waar hebt u dan gewoond, de afgelopen dertig jaar?'

'Ze beroept zich op haar zwijgrecht,' zei Gloria snel.

'Ik betwijfel of dat hier aan de orde is en ik herhaal nog maar eens dat we uw cliënt kunnen laten voorgeleiden, dat we haar onschendbaarheid kunnen bieden op het gebied van identiteitsdiefstal, maar... oké.' Ze deed zogenaamd niet moeilijk.

Ik ken jou, rechercheur. Jij bent een van die 'nette' meisjes, het soort dat klassenvertegenwoordiger wordt, of voorzitter van de leerlingenraad. Het soort dat altijd een groot, gespierd vriendje heeft en in de middagpauze aan zijn kraag prutst, zo'n meisje dat op haar zestiende al een vrouwtje-van is. Ik ken jou. Maar ik weet hoe het is om een echte tienerbruid te zijn, en dat zou niets voor jou zijn. Dat zou helemaal niets voor jou zijn.

'En zoals wij maar blijven zeggen, gaat het niet om de juridische kant van de zaak,' zei Gloria. 'Het gaat om het gesnuffel, het gewroet. Als Heather haar huidige identiteit prijsgeeft, gaan jullie met haar buren en collega's praten, heb ik gelijk?'

'Mogelijk. We zullen de naam zeker door alle databases halen.'

Wie kan het wat schelen, verdomme?

Maar Gloria zei: 'Denk je dat ze een strafblad heeft?'

'Nee, nee, absoluut niet. Het is gewoon moeilijk te begrijpen waarom ze zich nooit heeft gemeld tot ze betrokken raakte bij een auto-ongeluk en er een aanklacht wegens doorrijden na een ongeval dreigde.'

Ze besloot de rechercheur openlijk uit te dagen. 'U mag me niet.'

'Ik ken u nog maar net,' zei de rechercheur. 'Ik weet niets van u.'

'Wanneer komt Kevin terug? Moet hij de verklaring niet opnemen? Zonder hem moeten we allemaal dingen doornemen die ik al heb verteld.'

'U wilde dit vandaag doen. Nou, daar zijn we dan. *Let's do it.*'

'Gary Gilmores laatste woorden. 1977. Was u er toen al wel?'

'Het is mijn geboortejaar,' zei Nancy Porter. 'En hoe oud was u? Waar was u, dat Gary Gilmores dood zoveel indruk op u maakte?'

'Ik was veertien in Heather-jaren. Voor de buitenwereld had ik een andere leeftijd.'

'"Heather-jaren"? Dat klinkt een beetje als hondenjaren.'

'Neem maar van mij aan dat ik graag een hondenleven had gehad, rechercheur.'

33

17.45 uur
'Sunny zei dat ik met haar mee mocht naar het winkelcentrum, maar dat ik uit haar buurt moest blijven. En toen, misschien juist omdat ze dat had gezegd, kon ik haar niet met rust laten. Ik volgde haar naar de bioscoop, naar *Escape from Witch Mountain*. Toen de trailers begonnen, stond ze op en liep weg. Ik dacht dat ze naar de wc moest, maar toen de film begon en ze nog niet terug was, ben ik naar de foyer gegaan om haar te zoeken.'
'Was u ongerust? Dacht u dat er iets met haar was gebeurd?'
De ondervraagde – Willoughby durfde het nog niet aan haar 'Heather' te noemen, al was het maar uit zelfbescherming, de angst zijn hoop te veel te vestigen op deze vrouw, deze ontknoping – dacht over de vraag na. Willoughby zag dat ze iemand was die nadacht over wat ze zei. Misschien was ze gewoon voorzichtig, maar hij verdacht haar ervan dat ze het leuk vond spanning te creëren met haar stiltes en aarzelingen. Ze wist dat ze voor een groter publiek speelde dan Nancy en Gloria alleen.
'Gek dat u het vraagt, want ik maakte me inderdaad ongerust om Sunny. Ik weet dat het omgekeerd zou moeten zijn, aangezien ik de jongste was, maar ze had iets, hoe zeg je dat – iets naïefs? Ik had er destijds de woorden niet voor gehad. Ik weet alleen dat ik haar wilde beschermen, en het baarde me zorgen dat ze niet terugkwam. Het was ondenkbaar dat ze een kaartje zou kopen en de film dan niet uit zou kijken.'

'Ze had naar de kassa kunnen lopen om haar geld terug te vragen.'
Ze fronste haar voorhoofd, alsof ze het in overweging nam. 'Ja. Goh. Het kwam niet in me op. Ik was élf. En trouwens, ik had meteen door waarom ze was weggelopen. Ze was naar binnen geglipt bij *Chinatown*, waar ze te jong voor was. Er waren maar twee zalen, elk aan een kant van de foyer, dus het was niet makkelijk, en ze letten erop, maar als je naar de wc aan de andere kant ging, als je zei dat die aan jouw kant bezet was, of vies, kon je de zaalwacht foppen en naar binnen glippen. We hadden het vaker gedaan, om twee films voor één kaartje te krijgen, maar niet om een film voor volwassenen te zien. Ik haalde het niet in mijn hoofd om dat te proberen. Ik was nogal braaf.'

Stiekem naar films voor volwassenen kijken, deden tieners dat nog of mochten ze alles zien? En dan een film als *Chinatown*, wat moest dat een teleurstelling zijn geweest als je hoopte op zinnenprikkelende beelden. Willoughby vroeg zich af of een elfjarige, in 1975, de clou had kunnen vatten, het incestthema, laat staan de ingewikkelde grondtransactie waar de film om draaide.

'Ik vond haar dus op de achterste rij bij *Chinatown*. Ze werd woest en riep dat ik weg moest gaan, wat de aandacht van de zaalwacht trok. Die zette ons er allebei uit. Ze was ontzettend kwaad. Zo kwaad dat ik er bang van werd. Toen zei ze dat ze het helemaal had gehad met mij, dat ze zelfs geen popcorn meer voor me zou kopen, zoals ze had beloofd, en dat ze me niet meer wilde zien tot onze vader ons kwam halen, om halfzes.'

'Wat hebt u toen gedaan?'
'Rondgelopen. Etalages gekeken.'
'Bent u iemand tegengekomen, hebt u iemand gesproken?'
'Ik heb niemand gesproken, nee.'

Willoughby maakte een aantekening op het notitieblok dat ze hem hadden gegeven. Dit was van essentieel belang. Als Pincharelli zich Heather herinnerde, moest zij zich hem ook herinneren. Het was een van de weinige dingen die de muziekleraar had verteld, uiteindelijk. Hij had Heather in het publiek gezien toen hij zat te spelen.

Nancy Porter merkte het ook op, gelukkig.

'U sprak niemand, goed. Maar hebt u ook iemand gezien, wie dan ook, iemand die u kende?'
'Niet dat ik me kan herinneren.'
'Geen enkele bekende. Een buurman, een vriend van uw ouders?'
'Nee.'
'Dus u hebt drie uur helemaal alleen door het winkelcentrum gedoold...'
'Dat doen meisjes in een winkelcentrum, al sinds mensenheugenis. Ze gaan naar een winkelcentrum en ze lopen rond. Hebt u dat nooit gedaan, rechercheur?'
Het kwam haar op een dreigende blik van Gloria te staan, die niet te spreken was over de strijdlustige houding van haar cliënt. Rechercheur Porter glimlachte, een zonnige, oprechte glimlach, het soort glimlach dat de ondervraagde waarschijnlijk nooit van haar leven zou kunnen opbrengen, en zei: 'Ja, alleen ging ik naar White Marsh en bleef hangen op het horecaplein, bij Mamma Illardo's Pizza.'
'Mooie naam.'
'Ze bakten lekkere pizza's.'
Nancy boog zich over haar notitieblok en begon als een razende te schrijven. Allemaal voor de show, wist Willoughby. Allemaal voor de show.

18.20 uur
'Vertel nog eens wat er aan het einde van de dag gebeurde, toen jullie elkaar zouden treffen?'
'Dat heb ik al verteld.'
'Vertel het nog maar een keer.' Nancy nam een slok uit een fles water. Ze had de vrouw herhaaldelijk de kans geboden om iets te drinken of naar de wc te gaan, maar ze had steeds bedankt. Jammer, want als ze haar vingerafdrukken op een glas hadden, konden ze die binnen een paar minuten door het systeem halen, zien of ze een treffer kregen. Wist ze dat soms?
'Het was bijna vijf uur en ik was teruggelopen naar het middenplein, onder de grote groenglazen koepel, waar je eten kon kopen, popcorn

en ijs. Ik hoopte dat Sunny zich zou bedenken en toch iets lekkers voor me zou kopen. Ik nam me voor dat ik onze ouders over de film zou vertellen als ze geen popcorn voor me kocht. Ik zou hoe dan ook krijgen wat ik wilde. Destijds... destijds was ik heel goed in mijn zin krijgen.'

'Destijds?'

'U zou ervan staan te kijken hoe jaren seksuele slavernij je wil breken.'

Willoughby had waardering voor de manier waarop de rechercheur knikte, meelevend, maar niet van haar stuk gebracht door de informatie. *Ja, ja, jaren seksuele slavernij, wie kent het niet.*

'Het was... Hoe laat was het toen u naar het horecaplein ging?'

'Tegen vijven. Dat heb ik toch gezegd?'

'Hoe wist u hoe laat het was?'

'Ik had een Snoopy-horloge,' dreunde ze verveeld op. 'Een gele wijzerplaat aan een brede leren band. Het was van Sunny, maar die droeg het niet meer. Ik vond het leuk, maar doordat hij zijn armen bewoog, kon je moeilijk zien hoe laat het precies was. Ik kan dus alleen maar zeggen dat het tegen vijven liep.'

'En waar zat de popcornwinkel?'

'Ik kan niet zeggen of het aan de noord- of de zuidkant van het plein was, als u dat wilt weten. Security Square had de vorm van een plus, alleen was de ene kant veel langer dan de andere. De popcornwinkel zat in het korte, doodlopende stuk tegenover de plek waar de J.C. Penney zou komen, maar die was nog niet open. Je kon er fijn zitten. Ook al at je niet, het rook er zo lekker vet en machtig.'

'Dus u zat?'

'Ja, op de rand van de fontein. Het was geen wensfontein, maar er waren toch munten in gegooid. Ik weet nog dat ik me afvroeg wat er zou gebeuren als ik ze eruit viste, of ik daar problemen mee zou krijgen.'

'Maar u was zo braaf, zei u net.'

'Ook brave meisjes denken aan zulke dingen. Sterker nog, het is misschien wel kenmerkend. We denken altijd aan wat we niet durven te doen, zoeken uit waar de grenzen zitten, zodat we tot het uiterste kunnen gaan en dan onschuld kunnen pleiten op grond van een vormfout.'

'Was Sunny ook braaf?'

'Nee, die was iets veel ergers.'
'Wat dan?'
'Iemand die slecht wilde zijn, maar niet wist hoe.'

19.10 uur
Toen ze *Jane Eyre* uit had (*Lezer, ik ben met hem getrouwd*), drong het tot Kay door dat ze zonder boek zat. Ze had er vast wel een in de kofferbak van haar auto liggen, maar ze was bang dat ze haar niet meer binnen zouden laten als ze het bureau uit ging. Ze kon het wel aan iemand vragen, maar ze had last van die vreemde, puberale verlegenheid waar ze nooit overheen was gegroeid. Ze keek naar de mededelingen op het prikbord, de folders van hulporganisaties.

Het spontane uitstapje naar het winkelcentrum zat haar nog steeds dwars. Moest ze het aan iemand vertellen? Bij wie lag haar loyaliteit, als die al bij iemand lag? Kon ze niet beter weggaan? Maar er wachtte toch niet meer op haar dan een leeg huis op zaterdagavond.

19.35 uur
'Wilt u misschien iets fris?'
'Nee.'
'Nou, ik wel. Ik ben zo terug, oké? Ik ga alleen even iets te drinken halen. Gloria?'
'Nee, dank je.'
Toen ze alleen waren, zei de advocate: 'We worden afgeluisterd, dat je het maar weet. Als je ongestoord wilt overleggen, zeg je het maar.'
'Ik weet het. Ik red me wel.'

19.55 uur
'Waar waren we?'
'Nou, ú bent iets te drinken gaan halen.'
'Nee, voordat ik wegging, bedoel ik. Waar was u, in het verhaal? O, ja, op de rand van de fontein. U zat aan het muntgeld te denken.'
'Ik werd door een man op mijn schouder geklopt...'
'Doe eens voor?'

'Doe eens voor?'
Nancy ging op de tafel tussen hen in zitten. 'Ik ben u. Benaderde hij u van achteren? Van welke kant? Laat eens zien?'
Ze benaderde Nancy van achteren en gaf een tik tegen haar linkerschouder, iets te hard om voor een klopje te kunnen doorgaan.
'Dus u kijkt om en ziet die man... Hoe zag hij eruit?'
'In mijn ogen was hij gewoon een oude man. Heel kort haar, peper-en-zoutkleurig. Hij zag er normaal uit. Hij was in de vijftig, maar daar kwam ik later pas achter. Op dat moment dacht ik alleen maar dat hij oud was.'
'Zei hij iets?'
'Hij vroeg of ik Heather Bethany was. Hij wist hoe ik heette.'
'En vond u dat vreemd?'
'Nee. Ik was nog maar een kind. Volwassenen wisten altijd dingen over me zonder dat ik begreep hoe ze ze konden weten. Volwassenen waren net goden. Destijds.'
'Kende u hem?'
'Nee, maar hij liet meteen zijn penning zien en zei dat hij van de politie was.'
'Hoe zag die penning eruit?'
'Ik weet het niet. Een penning. Hij droeg geen uniform, maar hij had wel een penning en het zou niet bij me opgekomen zijn ook maar een woord van wat hij zei te betwijfelen.'
'Wat zei hij dan?'
'"Je zusje is gewond. Kom maar met mij mee." En dus ging ik mee. Ik liep met hem mee door een gang, die waar de wc's waren. Er was daar een deur met het opschrift NOODUITGANG, maar het was ook een noodgeval, dus ik vond het logisch dat we die namen en niet een gewone uitgang.'
'Ging er een alarm af?'
'Een alarm?'
'Als je door een nooduitgang loopt, gaat er meestal een alarm af.'
'Niet dat ik me herinner. Misschien had hij het uitgeschakeld. Misschien was het er niet. Ik weet het niet.'

'De gang zat... Waar precies?'
'Tussen het atrium en Sears. Waar de toiletten zaten en waar ze enquêtes hielden.'
'Enquêtes?'
'Consumentenonderzoek. Sunny had me erover verteld. Je kon wel vijf dollar krijgen als je vragen beantwoordde. Maar je moest minimaal vijftien zijn, dus ik heb er nooit aan mee kunnen doen.'

20.40 uur
Infante glipte de ruimte binnen waar Willoughby en Lenhardt het verhoor observeerden.

'Jij hoort op het vliegveld te zijn om de moeder op te wachten,' zei Lenhardt tegen hem, maar het klonk Willoughby niet boosaardig of neerbuigend in de oren.

'Ik was vroeg en zij zou minstens twee uur vertraging hebben volgens de informatieborden. Ik dacht dat ik hier eerst even langs kon gaan, zien hoe het ging.'

'Nancy doet het goed,' zei Lenhardt. 'Ze neemt er de tijd voor. Ze zijn nu vier uur bezig en ze brengt haar steeds naar het randje van de feitelijke ontvoering en gaat dan weer terug naar het begin. Dat mens wordt er gek van. Ze staat om de een af andere reden te springen om ons over alle ellende te vertellen.'

Infante wierp een blik op zijn horloge. 'Ik moet om halftien terug naar het vliegveld. Zou ik het hoofdprogramma te zien krijgen, denk je?'

Lenhardt balde zijn vuisten, draaide zijn polsen en keek naar zijn gekromde vingers. 'De Magic 8-Ball zegt dat de voortekenen gunstig zijn.'

20.50 uur
'Dus u komt buiten en.... Is het donker?'
'Nee, het is nog licht. Het is 29 maart. De dagen werden langer. We kwamen buiten...'
'Geen alarm op de deur?'

'Nee, geen alarm op de deur. En er stond een bestelbusje. Hij maakte de achterkant open en ik zag Sunny. Voordat ik het goed en wel besefte – dat ze op de vloer lag, vastgebonden, dat het geen politiewagen was – had hij me al opgetild en achterin gegooid. Ik verzette me, als je het zo kunt noemen, een klein meisje dat met haar armen maait naar een volwassen man, maar het haalde niets uit. Ik vraag me af – denkt u dat hij Sunny op dezelfde manier te pakken had gekregen, met dezelfde smoes? Hoe kénde hij ons? Hebt u dát al uitgeknobbeld, rechercheur? Hoe kende Stan Dunham ons, waarom moest hij ons hebben?'

'Stan Dunham zit in een verpleeghuis in Sykesville.' Stilte. 'Wist u dat?'

'We zijn niet bepaald penvriendjes,' zei ze wrang. Maar zonder angst, merkte Willoughby op. Ze hadden er goed over nagedacht wat ze over Dunham zouden zeggen. Ze waren niet van plan haar te vertellen dat hij zo ver heen was dat hij zijn eigen naam niet eens meer kon ontkennen, maar het feit dat hij nog in leven was, had meer indruk moeten maken. Zelfs al sprak ze de waarheid, zou ze dan nog niet moeten schrikken van de onthulling dat haar ontvoerder, de man die haar leven had verwoest, zich op niet meer dan vijftig kilometer bij haar vandaan ophield?

'Oké, oké... Toen hij u meenam, hebt u toen iets... verloren? Iets laten liggen?'

'Wat bedoelt u?'

'Precies wat ik zeg. Hebt u iets laten liggen?'

Ze zette grote ogen op. 'Mijn tas. Ja, natuurlijk, ik liet mijn tas vallen. Wat heb ik een verdriet gehad om die tas. U zult het wel bizar vinden, maar het was makkelijker om me druk te maken om mijn tas, daar achter in dat busje, dan om...' Ze barstte in snikken uit en haar advocaat gaf haar een tissue, hoewel dit het soort tranen was waar geen tissue tegen opgewassen was, een stortvloed.

'Kunt u die tas beschrijven?'

'B-b-b-beschrijven?' Willoughby moest zich ervan weerhouden Lenhardts hand te pakken. Dit was het, het moment dat Nancy en hij die ochtend hadden voorbereid.

'Ja, kunt u hem beschrijven? Vertel eens hoe hij eruitzag, wat erin zat?'
Ze leek erover na te denken, wat Willoughby onlogisch vond. Ze wist het of ze wist het niet.
Nu zei de advocaat voor het eerst weer iets. 'Kom op, Nancy. Wat maakt het uit of ze een tas kan beschrijven die ze op haar elfde had?'
'Ze heeft haar Snoopy-horloge behoorlijk gedetailleerd beschreven.'
'Het is dertig jaar geleden. Mensen vergeten dingen. Ik weet niet eens wat ik gistermiddag heb gegeten...'
'Spijkerstof met een rode zigzagbies,' zei ze gedecideerd boven de stem van haar advocaat uit. 'Met witte knopen vastgemaakt aan houten hengsels. De tas had een voering van kaasdoek en verschillende buitenhoezen, zodat je hem er telkens anders uit kon laten zien.'
'En wat zat erin?'
'Nou.... geld, natuurlijk. En een kammetje.'
'Geen sleutel, of een lippenstift?'
'Sunny had de sleutel en ik mocht nog geen make-up gebruiken, alleen lippenbalsem.'
'Dat was alles wat er in het tasje zat?'
'Pardon?'
'Een kammetje, lippenbalsem en geld. Hoeveel?'
'Bijna niets. Misschien vijf dollar, minus het bioscoopkaartje. En ik weet niet of ik wel lippenbalsem bij me had. Ik zei alleen dat dat het enige was wat ik op mijn gezicht mocht smeren. Ik kan me niet alles herinneren. God, weet u zelfs maar wat er op dit moment in uw tas zit?'
'Portemonnee,' zei Nancy Porter. 'Tic-tacs. Wetties – ik heb een baby van negen maanden. Lippenstift, kassabonnetjes...'
'Oké, u kunt het. Ik niet. Hé, toen ze me dinsdagavond aanhielden wist ik niet eens waarom mijn portefeuille niet in mijn tas zat.'
'Daar komen we nog wel op.'

21.10 uur
'Goed, eenmaal in het busje...'
'Reden we. We reden en reden maar. Het leek heel lang te duren, maar misschien had ik geen besef van tijd meer. Op een gegeven mo-

ment stopte hij en stapte uit. We probeerden de laadruimte open te krijgen...'

'U was niet geboeid, zoals uw zus?'

'Nee, daar was geen tijd voor. Hij tilde me gewoon op en smeet me erin. Ik heb geen idee hoe hij Sunny had overmeesterd.'

'Maar u zei: "Wé probeerden..."'

'Ik had haar natuurlijk losgemaakt. Ik liet haar niet vastgebonden liggen. Hij stopte, wij probeerden de laadruimte open te maken, maar die was van buitenaf afgesloten, en er zat een schot tussen de laadruimte en het passagiersgedeelte, dus daar konden we niet langs.'

'Hebt u geroepen?'

Ze keek Nancy niet-begrijpend aan.

'Toen hij buiten was. Hebt u om hulp geroepen, geprobeerd iemands aandacht te trekken?'

'Nee. We wisten niet waar we waren, of er iemand was die ons zou horen. En hij had ons gedreigd, gezegd dat er verschrikkelijke dingen zouden gebeuren. Dus nee, we hebben niet geroepen.'

Nancy keek naar de taperecorder, maar zei niets. Dat was goed, dacht Willoughby. Ze gebruikte de stilte als aansporing, wachtte tot de vrouw er niet meer tegen kon.

'We waren buiten de stad. Er waren... krekels.'

'Krekels? In maart?'

'Een onbekend geluid. Voor ons. Misschien was het wel gewoon de afwezigheid van geluid.' Ze keek naar Gloria. 'Moet ik dit zo gedetailleerd vertellen? Is dat echt nodig?' Toen begon ze, zonder een antwoord af te wachten, aan het verhaal waar ze naar eigen zeggen zo tegen opzag. 'Hij nam ons mee naar een huis ergens in het niemandsland. Een boerderij. Hij wilde dat we... dingen deden. Sunny verzette zich en hij maakte haar dood. Ik geloof niet dat het opzet was. Het leek hem te verbazen. Te spijten, zelfs. Is dat mogelijk? Dat het hem speet? Misschien had hij zich voorgenomen ons te vermoorden, ons allebei, maar besefte hij toen het gebeurde dat hij het niet in zich had. Hij doodde haar en toen zei hij tegen mij dat ik nooit meer bij hem weg mocht. Dat ik bij hem en zijn gezin moest blijven, een gezinslid moest worden. En anders... Nou ja, dan zou hij geen andere keus hebben dan met mij te doen wat hij met Sunny had gedaan. Ze is dood, zei hij. Ik kan haar niet terughalen, maar ik kan jou een nieuw leven geven, als je me laat begaan.'

Willoughby zag een snelweg voor zijn geestesoog, zinderend in de herfstzon, de lucht die leek te golven tegen zonsondergang. Dit verhaal had net zoiets, al kon hij er de vinger niet op leggen. Het begon met de krekels, al had ze die weer verworpen. Hij wist alleen dat ze in en uit de waarheid golfde, dat sommige delen klopten, maar dat andere vervormd waren. Gevormd. Naar wiens verwachtingen? En met welk doel?

'Zijn gezin? Dus er waren meer mensen bij betrokken?'

'Die wisten niet alles. Ik weet niet wat hij tegen zijn vrouw en zoon zei – misschien dat ik weggelopen was en hij me in Baltimore van de straat had geplukt, een meisje dat om wat voor reden dan ook niet meer naar huis kon. Ik weet alleen dat hij naar de bibliotheek ging en oude kranten doornam tot hij vond wat hij zocht: een artikel over een brand in Ohio een paar jaar eerder. Er was een heel gezin omgekomen. Hij koos de naam van het jongste kind en vroeg een burgerservicenummer aan op die naam. Zo lukte het hem om me op de katholieke school in York te krijgen.'

'Met niet meer dan een burgerservicenummer?'

'Het was een dorpsschool en hij zei dat ik verder niets meer had, dat alles was verbrand en dat het nog maanden zou duren voordat hij een geboortebewijs kon krijgen. Hij was politieman, genoot aanzien. De mensen wilden hem te vriend houden.'

'Dus hij schrijft u in op een school, stuurt u er elke dag heen, maar u probeert niet iemand te vertellen wie u bent, wat er met u is gebeurd?'

'Hij deed het niet meteen. Hij wachtte tot het nieuwe schooljaar. Ik woonde bijna een halfjaar onder zijn dak, zonder enige vrijheid. Tegen de tijd dat ik naar school ging, was ik geknakt. Ik had zes maanden lang elke dag te horen gekregen dat niemand iets om me gaf, dat niemand me zocht, dat ik in alle opzichten van hem afhankelijk was. Hij was volwassen... en een politieman. Ik was een kind. Ik geloofde hem. Bovendien werd ik elke nacht verkracht.'

'En dat vond zijn vrouw goed?'

'Ze deed alsof haar neus bloedde, zoals dat in een gezin gaat. Of misschien maakte ze zichzelf wijs dat het allemaal mijn schuld was, dat ik een kindhoertje was dat haar man had verleid, weet ik veel. Je raakt afgestompt, op den duur. Het was corvee, iets wat van me werd verwacht. We woonden tussen Glen Rock en Shrewsbury, wat als miljoenen kilometers van Baltimore voelde. Niemand had het daar ooit over de meisjes Bethany. Dat was iets uit de stad. En er waren geen meisjes Bethany meer. Alleen nog maar één meisje Bethany.'

'Woont u daar nu? Bent u daar al die tijd geweest?'

Ze glimlachte 'Nee, rechercheur, daar ben ik al heel lang weg. Toen ik achttien werd, gaf hij me geld, zette me op de bus en zei dat ik er alleen voor stond.'

'En waarom hebt u toen niet de bus terug naar Baltimore genomen, uw ouders gezocht en iedereen verteld waar u had gezeten?'

'Omdat ik niet meer bestond. Ik was Ruth Leibig, de enige overlevende van een tragische brand in Columbus, Ohio. Een gewone tiener bij dag, gemalin bij nacht. Er was geen Heather Bethany meer. Er was niets om naar terug te gaan.'

'Dus die naam hebt u gebruikt, Ruth Leibig?'

Een bredere glimlach. 'Zo makkelijk is het niet, rechercheur. Stan Dunham heeft me goed opgeleid. Ik heb ook geleerd oude kranten uit te pluizen, hoe ik onopgeëiste identiteiten kon vinden en er de mijne van maken. Tegenwoordig is het lastiger, natuurlijk. De mensen krijgen op steeds jongere leeftijd een burgerservicenummer. Maar voor iemand van mijn leeftijd zijn er nog genoeg namen van dode kindertjes over. En u zou ervan opkijken hoe makkelijk het is om een geboorteakte te krijgen als je wat basisgegevens hebt en een paar... foefjes.'

'Wat voor foefjes?'

'Dat gaat u niets aan.'

Gloria knikte. 'Hoor eens, ze heeft haar verhaal verteld. Jullie weten nu hoe het zit.'

'Het probleem is dit,' zei Nancy. 'Ze heeft ons tot nu toe alleen maar doodlopende sporen gegeven. Die boerderij, waar het allemaal gebeurd zou zijn? Weg, jaren geleden afgebroken, en uit niets blijkt dat er ooit menselijke resten zijn gevonden.'

'Vraag het maar na bij de nonnenschool, Sisters of the Little Flower. U zult Ruth Leibig in de archieven vinden...'

'Stan Dunham zit in een verpleeghuis. Hij gaat dood...'

'Mooi zo,' zei ze.

'Zijn vrouw is al bijna tien jaar dood. O, en zijn zoon? Die is nog maar drie maanden geleden omgekomen bij een brand. In Georgia, waar hij met Penelope Jackson samenwoonde.'

'Hij is dood? Tony is dóód?'

Als Willoughby jonger was geweest, was hij misschien uit zijn stoel geschoten. Infante en Lenhardt, die allebei stonden, verstijfden, overhellend naar de speaker die de woorden doorgaf.

'Heb je...' begon Lenhardt op hetzelfde moment dat Infante zei: 'Ze was niet verbaasd over die vader, en Penelope Jackson en Georgia laten haar koud, maar op het nieuws van de zoon had ze niet gerekend. En ze wist zijn voornaam, hoewel Nancy die niet had genoemd.'

Aan de andere kant van de ruit zei Gloria: 'Niets meer zeggen, Heather. Nancy, wil je ons even alleen laten?'

'Natuurlijk. Neem je tijd.'

Nancy liep kalm de kamer uit, maar ze huppelde bijna toen ze zich bij de rechercheurs aansloot. Ze was in haar nopjes, en terecht, dacht Willoughby. Ze had goed werk geleverd. Dat de vrouw Pincharelli niet had genoemd, was van cruciaal belang. En Miriam had altijd volgehouden dat Heather een voor haar doen groot bedrag aan geld had meegenomen naar het winkelcentrum, want haar geldkistje was leeg geweest.

Maar het was niet goed genoeg. Hij was de enige in de kamer die wist dat ze nog niet hadden kunnen bewijzen dat de vrouw niet Heather Bethany was. Hij durfde zijn leven erom te verwedden dat ze loog, maar hij kon het niet bewijzen.

'Nou?' zei ze tegen de drie mannen.

'We hebben op jou gewacht,' zei Lenhardt.

Willoughby pakte de envelop die aan zijn voeten lag en maakte hem open, al wist hij al wat hij erin zou aantreffen. Een blauwe denim tas met een rode zigzagbies. Zelfs in het donker van de envelop was hij een beetje verkleurd in de loop der jaren, maar hij zag er precies zo uit als ze had beschreven, met uitzondering van de inhoud. Maar dat kwam alleen maar doordat er geen inhoud wás. De tas was gevonden bij een container, binnenstebuiten gekeerd en met een bandenspoor erover. Ze hadden altijd aangenomen dat Heather de tas tijdens de ontvoering had laten vallen en dat een opportunistisch stuk tuig hem had gevonden, het geld of wat er ook maar in zat eruit had gehaald en hem had weggegooid.

Ze konden haar herinnering van wat erin had gezeten echter niet weerleggen, want zij wisten het ook niet. Hier was de tas, precies zoals ze hem had beschreven. Als ze echt Heather Bethany was, waarom herinnerde ze zich dan niet dat ze de muziekleraar van haar zusje had gezien? Had Pincharelli gelogen, al die jaren geleden? Was hij bezweken en had hij Willoughby verteld wat die wilde horen omdat hij nóg iets te verbergen had? Hij was ook dood. Waar ze ook keken waren mensen dood of op sterven na dood. Het was de natuurlijke gang van zaken, na dertig jaar. Dave was er niet meer. Willoughby's Evelyn was er niet meer. Stan Dunhams vrouw en zoon waren er niet meer, en de man zelf was zo goed als weg. Penelope Jackson, wie ze ook mocht zijn, was verdwenen met achterlating van niet meer dan een groene Valiant. Het enige wat ze met zekerheid hadden kunnen vaststellen, was dat de vrouw in de verhoorkamer niet Penelope Jackson was. Maar ze had de tas wel beschreven. Was ze daarom Heather Bethany? Hij dacht terug aan de luchtspiegeling, het moment waarop hij zeker had geweten dat ze loog.

'Kolere,' zei Lenhardt.

'Nou ja, de moeder is er bijna,' zei Infante. 'Het was fijn geweest als we haar dit hadden kunnen besparen, als we haar bij haar aankomst meteen hadden kunnen zeggen waar het op stond, maar DNA geeft in elk geval zekerheid, als we het eindelijk hebben. Maar zelfs als we er haast achter zetten zal het even duren voor we de uitslag hebben.'

'Ja,' zei Willoughby. 'Nu we het er toch over hebben...'

10:25 uur

Het vliegtuig ronkte net zo slaperig als zijn passagiers, van wie de meesten moe en chagrijnig waren door de twee uur vertraging. Miriam, op haar stoel aan het raam in de eerste klasse, een luxe die te danken was aan het feit dat ze een last-minuteticket had moeten boeken, kon met geen mogelijkheid slapen. Ze keek naar het wolkendek onder het vliegtuig. Het duurde lang voordat ze door de wolken braken, maar toen lag Baltimore eindelijk onder haar, voor het eerst in bijna twintig jaar. De stad was immens op een manier die niet strookte met haar geheugen; de lichtjes bestreken een veel groter gebied dan in haar herinnering, maar ze had sinds 1968 niet meer boven Baltimore gevlogen. De luchthaven had toen nog Friendship geheten, en Miriam was via New York teruggekomen uit Canada. De zomer na de rassenrellen had een gunstige tijd geleken om met haar kinderen naar Ottowa te gaan voor een lange vakantie bij hun grootouders. O, wat hadden ze zich opgetut voor die terugreis. De meisjes hadden identieke jurkjes gedragen die Miriams moeder bij Holt Renfrew had gekocht: gestreepte hemdjurken met een sjaaltje dat met drukknopen aan de kraag vastzat. Sunny zag er na twintig minuten reizen al niet meer uit, maar Heather had nauwelijks een kreukeltje in haar jurk gehad toen ze landden. Je kon toen nog bij de gate worden afgehaald. Ze herinnerde zich hoe Dave hen in de aankomsthal had opgewacht, bleek en met hangende schouders, gebukt als hij ging onder zijn baan. Toen hij een paar jaar daarna zijn droom aan haar had voorgelegd om een winkel te beginnen, had ze dat beeld weer voor zich gezien en grif ja gezegd. Ze wilde dat hij gelukkig was. Zelfs wanneer zij zich ellendig voelde, wilde ze niets minder voor Dave dan een soort zielenrust.

Plotseling viel er een zwart gat onder het vliegtuig, vrijwel zonder licht, een peilloze diepte. Het vliegtuig was omgekeerd en vloog richting Chesapeake Bay. Hoewel de landing soepel verliep, verkrampte

Miriams maag weer door die vreemde *turista*-achtige aandoening waar ze al die jaren in Mexico nooit last van had gehad, en ze tastte in het net aan de stoel voor haar naar een kotszakje, maar vond het niet. Misschien werden ze niet meer verstrekt, werd er van de mensen verwacht dat ze konden vliegen zonder misselijk te worden, in elk geval in de eerste klasse. Of misschien had iemand het meegenomen en had het overwerkte cabinepersoneel het niet opgemerkt. Miriam deed het enige wat ze onder deze omstandigheden kon doen. Ze slikte.

Deel VIII

De stand van zaken
(1989)

34

Het laatste deel van Miriams reis naar de taalschool werd bemoeilijkt door het feit dat ze nog geen Spaans sprak. Een echte catch-22, dacht ze, terwijl ze in het spelonkachtige, chaotische busstation stond, waar het haar was gelukt met een minimum aan geharrewar een eersteklas kaartje naar Cuernavaca te kopen. Ze was door de douane gekomen en had het taxisysteem van Mexico-Stad doorgrond om hier te komen, en ze was heel trots op zichzelf geweest tot het moment dat ze met het buskaartje naar Cuernavaca in haar bevende hand geklemd het busstation in was gelopen.

Hoe moest ze de goede bus vinden tussen al die bussen die ronkend bij hun haltes zwarte rook uit stonden te braken? De aankondigingen via de luidsprekers waren niet meer dan uitbarstingen van geknetter, onbegrijpelijk in elke taal. Ze kon geen informatiehokje vinden, niemand leek Engels te spreken en het aarzelende Spaans dat ze tijdens de introductiecursus in Texas had opgedaan bood geen uitkomst. De mensen keken haar wezenloos aan wanneer ze haar vragen stamelde en braken dan los in een woordenstroom, haar bestokend met klanken. Ze wilden helpen. Ze keken vriendelijk en hun gebaren waren hartelijk, vol genegenheid. Ze begrepen alleen geen woord van wat ze zei.

Ze keek naar haar kaartje, merkte op dat het blauw was en keek naar de kaartjes die anderen in hun hand hadden. Er was een vrouw die ook een blauw kaartje had, een vermoeid ogende vrouw met het soort profiel dat je in de kunst van de Maya's terugzag: de nobele haviksneus, het platte voorhoofd.

'Cuernavaca?' vroeg Miriam.

De vrouw dacht over Miriams vraag na, alsof ze haar hele leven eenvoudige vragen had gehoord die achteraf sinister en gevaarlijk waren gebleken.

'*Si*,' zei ze toen. '*Ya me voy.*' Ze draaide zich om, alsof ze dacht dat Miriam haar had opgedragen door te lopen. Toen ze over haar schouder keek en zag dat Miriam haar volgde, versnelde ze haar pas, wat niet meeviel, gezien de twee grote boodschappentassen die ze bij zich had, maar het was nog lastiger voor Miriam, met haar op wieltjes gegespte koffer, en ze begon achter te raken. De vrouw keek weer om, zag Miriam ploeteren om haar bij te houden en besefte toen dat het buskaartje in haar hand het hetzelfde was als het hare. Er ging haar een lichtje op.

'Cuernavaca,' zei ze. Ze wachtte tot Miriam haar had ingehaald en bracht haar naar de goede bus. 'Cuernavaca,' herhaalde ze met een glimlach, alsof Miriam een kind was dat een onmisbaar woord leerde. 'Cuernavaca,' zei ze terwijl ze instapte en aan de andere kant van het gangpad ging zitten. Vervolgens probeerde ze een paar nieuwe woorden uit, woorden waarvan Miriam wist dat ze ze moest kennen, woorden die ze ooit had geleerd, maar die ze nu kwijt was. De vrouw probeerde het nog eens, nu langzamer. Miriam lachte en stak haar handen op, haar eigen onwetendheid bespottend. De vrouw lachte ook, zichtbaar opgelucht dat ze kennelijk niet hoefde te proberen een gesprek te voeren met die onbekende *gringa* tijdens de rit van een uur. Ze nestelde zich op haar stoel, rommelde in een van haar tassen en haalde er iets in vetvrij papier uit. Onder het papier bleek een mango op een stokje te zitten, dik bestoven met iets wat op chilipeper leek. Nu ze veilig in de bus zat en haar eindbestemming naderde, was Miriam ontspannen genoeg om zich erover te verwonderen. Nog maar vijf minuten eerder, toen ze nog verdwaald was, zou ze het walgelijk hebben gevonden.

¿*De dónde es?* Dát had de vrouw gevraagd. *Waar kom je vandaan?*

Het was te laat om te antwoorden en zelfs al had Miriam het gewild, wat had ze moeten zeggen? Ze was die ochtend in Austin op het vliegtuig gestapt. Maakte dat haar een Texaan? Of moest ze Canada zeggen, waar ze geboren was? Sinds het overlijden van haar ouders had ze er niets meer. In haar gedachten was Baltimore haar woonplaats nog, maar daar had ze feitelijk maar vijftien jaar gewoond, en de afgelopen dertien jaar in Texas. *Waar kwam ze vandaan?* Het enige wat ze zeker wist, was dat ze net op tijd uit Texas wegging, dat ze voor de recessie wegrende alsof het een woeste golf was die een strand overspoelde.

Het was een kwestie van geluk geweest, niet van wijsheid. Anderhalf jaar eerder had ze haar eigen huis verkocht, vlak voordat de onroerendgoedprijzen begonnen te kelderen. In diezelfde tijd had ze de aandelen verkocht die ze nog van haar ouders had geërfd. Niet omdat ze de crash van de beurs in 1987 had voorzien, of de Texaanse vastgoedellende die erop was gevolgd, maar omdat ze met het idee had gespeeld met vervroegd pensioen te gaan. Ze had haar geld ondergebracht in deposito's en andere belachelijk veilige investeringen. En ze had geen nieuw huis gekocht omdat ze niet zeker wist of ze wel in Texas wilde blijven. Haar geld zou elders veel langer meegaan. Veel mensen wilden uit Texas weg, en die mensen hadden de afgelopen maanden in Miriams kantoor gehuild, verbijsterd over het concept van onderwaarde. 'Hoe kunnen we nou schúld hebben?' had een jonge vrouw gesnikt. 'We hebben het huis gekocht, we hebben onze aflossingstermijnen betaald en nu verkopen we het. Hoe kunnen we dan zevenduizend dollar schuld hebben?' Brutalere verkopers hadden laten doorschemeren dat een makelaar niets zou mogen verdienen aan een verkoop die geen winst opleverde. Het was een akelige periode.

Maar ook als de zaken er florissant voor hadden gestaan, had Miriam dezelfde beslissingen genomen. Haar pathologisch optimistische collega's vonden het gestoord dat ze vier weken vrij nam, net nu het voorjaarsseizoen op gang kwam. 'Hoe kun je nu weggaan?' vroegen ze. 'De markt moet nu juist gaan aantrekken.' Als ze hadden geweten dat ze niet van plan was ooit nog terug te komen op haar werk, hadden ze haar nog gestoorder gevonden. Ze zou een onderdompelingscursus Spaans van een maand volgen en dan een plek zoeken om te wonen. In de Verenigde Staten zou die droom nog minstens tien jaar moeten wachten, maar hier in Mexico, waar een dollar op dat moment zestienhonderd peso waard was, was het mogelijk. Niet dat ze al zeker wist dat het Mexico zou worden. Belize was ook een mogelijkheid, of Costa Rica.

In de hectiek van de voorbereidingen voor het eerste deel van de reis was de datum haar niet opgevallen. Er was zoveel te doen geweest, zoveel handtekeningen die gezet moesten worden, nog meer dan bij de overdracht van een huis. Travelers cheques, de onderverhuur van haar appartement, de verkoop van haar auto. (Dat alleen al had haar collega's moeten waarschuwen dat ze niet terug zou komen. Wie kon er nou in Texas wonen zonder auto?) Maar drie weken geleden, toen ze eindelijk haar vlucht had geboekt, had de datum, 26 maart, haar aangestaard vanuit haar Filofax. Ze had besloten dat het een gunstig voorteken was, het land verlaten voordat er weer een 29e maart aanbrak.

Toen de bus over een bergpas kronkelde, zag Miriam de witte kruisjes langs de weg. Nu ze erbij stilstond – stortten er in Mexico niet continu bussen naar beneden? Het leek een vast onderdeel van het nieuws te zijn. Busongelukken, modderstromen, orkanen en aardbevingen. Tijdens de taxirit van het vliegveld naar het busstation had ze de gebouwen gezien die sinds de aardbeving in Mexico-Stad van 1987 leeg hun lot stonden af te wachten. De meeste mensen die ze kende waren dol op CNN, dachten dat het een intellectuele erekwestie was om naar een kabelzender met zoveel buitenlands nieuws te bekijken. *Geef ons twintig minuten, dan geven wij u de wereld,* beloofde het netwerk, maar naar Miriams idee wilde Ted Turner uiteindelijk zeggen: *Wees maar blij dat je hier woont.* De rest van de wereld werd afgeschilderd als woest en onvoorspelbaar, vatbaar voor rampen, conflicten en burgeroorlogen. Als je maar genoeg naar CNN keek, leken de Verenigde Staten geruststellend stabiel.

De bus kwam eindelijk in het centrum van Cuernavaca aan. Miriam had haar hotelreservering en een adres in haar zak, maar ze moest nog één taalkundige hindernis nemen voordat ze er echt was. Volgens de brief van school hoorde je af te dingen op de taxiprijs en moest je vóór de rit een prijs afspreken. Hoe deed je dat als je geen Spaans sprak? Toen ze aan het begin van de rij taxi's kwam, liet ze de chauffeur een briefje van tien peso zien, toen van vijftien peso, toen van twintig, maar hij bleef weigeren. Ze stond op het punt om geagiteerd en boos te worden toen ze zich realiseerde dat ze het over een verschil van misschien vijftig dollarcent hadden.

De taxi dook de verstopte straten in en Miriam kwam ogen te kort voor alles wat ze zag: het Palacio de Cortés, versierd met een muurschildering van Diego Rivera, het grote plein, de zócalo, waar het druk was op zondagmiddag, en een groep mannen in een soort Maya-klederdracht. Uiteindelijk reed haar chauffeur een groezelige, nietszeggende straat in, en de angst sloeg Miriam om het hart. Ze had een kamer in Las Mañanitas gereserveerd, exorbitant duur naar Mexicaanse begrippen, het equivalent van een Marriott op een luchthaven in de vs. Het zou haar laatste uitspatting zijn, haar laatste verkwisting. Ze had aangenomen dat het bedrag een garantie was voor kwaliteit en was verbijsterd toen de chauffeur bij een onopvallend pand stopte. 'Hier?' vroeg ze, en herinnerde zich toen: '¿Aqui?'

De chauffeur gromde wat, smeet haar bagage zo ongeveer op de stoep en reed weg. Opeens zwaaide er een massief houten deur open en verscheen er een slanke blonde man, vergezeld van twee Mexicanen die zonder iets te zeggen haar bagage pakten. Toen ze een voorkamer in werd geloodst, zag ze dat het hotel een luisterrijk geheim moest zijn. Aan de straatkant was niets bijzonders te zien, maar het hotel had een grote binnentuin, met kamers rondom een smaragdgroen gazon waar – hoe bestond het – witte pauwen paradeerden. Ze voelde zich net Dorothy uit *The Wizard of Oz*, zoals ze het zwart-wit van Texas verruilde voor het Technicolor van Munchkinland.

Oz deed haar aan de meisjes denken, hun jaarlijkse ritueel van het kijken naar de tv-versie van de film met een oude sprei over hun benen waar ze onder konden wegduiken bij de griezelige scènes: de strijdlustige bomen, de vliegende apen. Niet de heks, gek genoeg, nooit de heks, hoewel haar eerste incarnatie als Elvina Gulch ze wel een beetje van hun stuk had gebracht, maar Margaret Hamilton had haar vermogen om ze bang te maken verkwanseld door aan die koffiereclames mee te doen.

Miriams knieën knikten en ze begon te huilen, heel zachtjes. Hoe moest ze in welke taal dan ook uitleggen waarom ze zich zo gedroeg? Ze was naar Mexico gegaan in de hoop nooit meer iets te hoeven uitleggen. Ze was naar Mexico gegaan om aan de telefoontjes te ontsnappen, de telefoontjes van iemand die niets zei. ('Dave?' riep ze dan in het luchtledige. 'Met wie spreek ik? Waarom bel je me?' Eén keer, één keertje maar, had ze zonder erbij na te denken 'Lieverd?' gezegd, waarna ze de beller alleen naar adem had horen snakken.) Ze was naar Mexico gegaan om opnieuw te beginnen, en hier was ze dan, gevangen in hetzelfde oude leven. Het was verbazingwekkend hoeveel soorten pijn er waren, hoeveel subtiele variaties, zelfs na meer dan tien jaar. Miriam leefde iedere dag met een doffe, chronische pijn, als een soort permanente zenuwbeschadiging die ze had leren verdragen omdat er geen chirurgische oplossing voor bestond. Maar hoe voorzichtig ze ook was, hoe liefdevol ze de beschadigde gewrichten en pezen ook beschermde, soms flakkerde de pijn weer op, plotseling en verzengend. Alles kon herinneringen naar boven halen, zelfs nieuwe ervaringen zoals deze, die ze opzocht in de hoop een context te vinden die ontoegankelijk was voor de meisjes. Ze keek naar de witte pauwen die over het gazon van een hotel in Cuernavaca, Mexico, paradeerden en barstte in tranen uit om de kinderen die er verrukt van zouden zijn geweest.

Maar het mooie van een eersteklas hotel, de zin van vijfenzeventig dollar per nacht betalen terwijl je net zo lekker slaapt voor dertig, is dat het personeel geoefend is in onwankelbare beleefdheid. *De señora moet wel moe zijn na haar lange reis*, zei de blonde man tegen het wachtende personeel – in het Spaans, maar Miriam kon zijn Spaans verstaan omdat het minder snel ging en de woorden niet in elkaar overliepen. Ze werd naar een flonkerende kamer geleid, waar een kamermeisje haar vers geperste jus d'orange bracht. Daarna wees het kamermeisje haar op alle gemakken van de kamer. Niets was te klein, te onbeduidend, om voor uitleg in aanmerking te komen. Ze wees naar het kleed op de grond. *Voor uw voetjes.* Ze liet haar een schaal met fruit zien. *Voor het geval u honger krijgt.* En ten slotte legde ze een kussen op het sneeuwwitte bed en spoorde haar aan te gaan liggen. *Voor uw hoofdje,* vertaalde Miriam. *Voor uw hoofdje.*

Miriam mimede dat ze graag een glas water zou willen, dat gedistilleerd of gezuiverd zou moeten worden, zelfs op deze blinkend schone plek. En ze probeerde te vragen of het nodig was dat ze zich omkleedde voor het diner, of ze in een broek mocht komen. Ze ging zelfs zover dat ze haar koffer openritste en de onkreukbare zijden broek die bovenop lag liet zien. '*Cómo no*,' reageerde het kamermeisje. Niet 'waarom niet', maar 'hoe niet', merkte Miriam op. Nog meer idioom dat ze moest leren beheersen.

'¿*Tiene sueño?*' vroeg het kamermeisje vervolgens, en Miriam schrok, maar er werd haar alleen maar gevraagd of ze slaap had, niet of ze droomde.

Ze gaf zich over aan het bed en toen ze wakker werd, was de avond gevallen en zat het gazon vol etende en drinkende mensen. Ze nipte van een kir royal, knabbelde op geroosterde pijnboompitten en probeerde de taal die ze al kende buiten te sluiten en alleen Spaans in haar hoofd en hart toe te laten. Ze was hier om nieuwe woorden te leren, een nieuwe manier van spreken, een nieuwe manier van bestaan. Ze had vandaag al een paar dingen geleerd, en ze was herinnerd aan andere die ze al wist. Ze zou vanaf nu niet meer slapen, maar dromen. Ze zou alleen nog persoonlijke voornaamwoorden om nadruk te leggen. En, bovenal, ze zou waarom vervangen door hoe. *¿Cómo no?*

35

'Barb, ik ben mijn verhaal kwijt!'

De uitroep, maar al te vertrouwd op dit uur van de middag, kwam uit de gebruikelijke hoek, een rommelig bureau achter in het redactielokaal, een bureau met zulke bergen papieren en verslagen erop dat degene die erachter zat zo goed als onzichtbaar zou zijn als ze niet zo'n hoog kapsel had. Mevrouw Hennessey, een petieterige, schrikbarend stijlvolle vrouw, raakte vaak haar werk kwijt vlak voor de deadline, maar zelden door een computercrash of storing. Ze had de gewoonte haar werk in wording te verstoppen op een ander scherm of een heel verhaal onder de 'save'-toets te zetten en het vervolgens van het scherm voor haar te wissen.

'Laat maar eens zien, mevrouw Hennessey.' Barb probeerde de computer te draaien op de steun die het mogelijk maakte hem door twee verslaggevers te laten gebruiken, maar mevrouw Hennessey had hem vernuftig klemgezet met naslagwerken, zodat ze maar zelden hoefde te delen. Barb ging aan de slag en liep de gewoonlijke valstrikken na, maar deze ene keer had mevrouw Hennessey gelijk: ze was haar werk echt kwijt. Toen Barb de kopie terugvond in het back-upsysteem, bleek het document uit niet meer te bestaan dan een blanco sjabloon met de kop van het verhaal en de datum waarop het was aangemaakt.

'Hebt u wel opgeslagen tijdens het schrijven?' vroeg ze, hoewel ze het antwoord al wist.

'Nou, ik heb na iedere alinea een tab gegeven.'

'De tabtoets slaat niets op. U moet de opdracht "opslaan" geven, mevrouw Hennessey.'

'Ik weet niet waar je het over hebt.' Mevrouw Hennessey liep al rond sinds God nog een jongetje was, om een plaatselijke uitdrukking te gebruiken. Ze werkte al vijfendertig jaar bij de *Fairfax Gazette*, waar ze was begonnen bij de vroegere vrouwenbijlage en zich had opgeknokt naar de nieuwsredactie, waar ze de afgelopen twintig jaar verslag had gedaan van alles op het gebied van onderwijs. Haar diensttijd was ongeëvenaard, al was het maar doordat de talentvolste verslaggevers zelden langer dan twee jaar aanbleven. Ze zou ook een overlevende van de Holocaust zijn, maar als ze een tatoeage op haar arm had, moest die onder haar brede gouden armbanden zitten. Ze was, kortom, voor de duvel niet bang, maar ze viel terug op een hulpeloos, meisjesachtig gedrag als haar computer haar in de steek liet. Of, liever gezegd: als zíj de computer in de steek liet door te weigeren de simpelste maatregelen te treffen om haar werk te beschermen.

'Als u om de paar alinea's op F2 drukt, slaat de computer een kopie van uw document op en wordt er telkens een update gemaakt. U hebt dit artikel niet één keer opgeslagen, dus wat de computer betreft bestaat het niet. Hij kan niets opslaan wat hij niet kan zien.'

'Hoe bedoel je, "hij kan het niet zien"? Het staat hier voor m'n neus,' zei ze, naar het scherm gebarend met haar beringde vingers. 'Of het stónd hier voor m'n neus, althans,' verbeterde zichzelf, aangezien het scherm leeg was. 'Ík kon het zien. Die apparaten zijn waardeloos.'

Barb schoot altijd in de verdediging als het om het systeem ging, ook al wist ze dat het zijn gebreken had. De *Gazette*, die deel uitmaakte van een klein syndicaat, had de onverenigbare gewoontes vooruitstrevend te denken en de hand op de knip te houden, wat had geleid tot dit oeroude systeem, een systeem dat niet bedoeld was voor een krant. 'Het is een stuk gereedschap als alle andere. Toen u nog op een typemachine werkte, had u ook geen kopieën als u geen carbonpapier gebruikte. Alleen slechte ambachtslieden geven hun gereedschap de schuld.'

Het gezegde, dat ze van haar vader had, kwam uit het niets. Zoals gewoonlijk maakte het haar weemoedig, verdrietig en gespannen tegelijk, alsof dit zweempje van een echo haar hele leven zou kunnen ontrafelen.

'Wat zei je daar?' De poeslieve stem van mevrouw Hennessey werd het gebrul van een leeuwin. 'Jij impertinente...' Er volgde een verwensing in het Duits of Jiddisch, Barb wist het niet. 'Ik laat je ontslaan. Ik zal...' Ze klauterde van haar stoel en over de stapels papier waarmee ze een provisorische omheining rond haar bureau had gebouwd en rende op haar piepkleine, perfecte hakjes naar het hoekkantoor van de hoofdredacteur, sidderend van top tot teen, alsof Barb haar fysiek had bedreigd. Zelfs de knot hoog op haar hoofd, kapotgeverfd en om de twee weken bijgewerkt zodat er geen millimeter uitgroei door het vurige kastanjerood schemerde, beefde angstig.

Barb had zich zorgen kunnen maken, als ze dit toneelstukje tenminste niet minimaal twee keer per maand had meegemaakt sinds ze op het redactielokaal was begonnen, vorige zomer. Mevrouw Hennessey ijsbeerde woedend door het kantoor van de hoofdredacteur, zwaaide met haar minuscule vuistjes en eiste Barbs ontslag. Ze kwam verongelijkt naar buiten en een paar seconden later werd Barb per e-mail gesommeerd.

'Als je gewoon iets tactvoller met haar zou kunnen omgaan...' begon de hoofdredacteur, Mike Bagley.

'Ik zal het proberen,' zei Barb. 'Ik doe mijn best. Vraag je haar dan ook of ze wat tactvoller met míj omgaat? Ze behandelt me als haar lakei. Oké de computer eet zo af en toe haar werk echt op, maar de meeste problemen komen voort uit het feit dat ze weigert de simpelste dingen te doen zoals het moet. Ik ben haar oppas niet.'

'Ze is een...' Hij keek om zich heen alsof hij bang was dat iemand hem zou horen. 'Een vrouw op leeftijd. Met vastgeroeste gewoontes. We kunnen haar nu niet meer veranderen.'

'Dus de hele redactie moet naar haar pijpen dansen?'

Bagley, een forse man met dun, rossig haar dat met de jaren lichter was geworden, trok een grimas. 'Ik zie het voor me. Maar kom op, Barb. Je carrière is in het gunstigste geval onconventioneel te noemen. Je sociale vaardigheden zijn...'

Ze wachtte af, benieuwd welk woord hij zou kiezen. Nihil? Gemankeerd? Maar hij probeerde niet eens de zin af te maken. 'We zijn volkomen afhankelijk van jou. Als het systeem crasht en jij het weer aan de praat krijgt, bespaar je ons duizenden dollars. Jij weet dat en ik weet dat, dus laat mevrouw Hennessey in de waan dat ze belangrijk is, anders wordt het een rechtszaak wegens leeftijdsdiscriminatie. Bied gewoon je verontschuldigingen aan.'
'Mijn verontschuldigingen aanbieden? Ik heb niets gedaan.'
'Je hebt haar voor waardeloze journalist uitgemaakt.'
'Wat?' Ze lachte. 'Ik heb gezegd dat alleen een slechte ambachtsman zijn gereedschap de schuld geeft. Het is maar een uitdrukking. Ik heb niets over haar journalistieke kwaliteiten gezegd, maar ze is inderdaad slecht, hè?' zei Barb peinzend. Het was niet eerder in haar opgekomen dat ze een mening mocht hebben over de woorden op de schermen die ze onder haar hoede had. Ze was weggeplukt bij de rubrieksadvertenties, een computertalent dat was ontdekt zoals filmsterren in Hollywood werden ontdekt. Ze was zich er niet eens van bewust dat ze de krant las, maar dat deed ze wel, besefte ze nu, en mevrouw Hennessey was echt een waardeloze journalist.

'Zeg nou maar gewoon dat het je spijt, Barb. Je moet soms eieren voor je geld kiezen.'

Ze kneep haar ogen tot spleetjes en keek hem dreigend aan. *Weet je wel wat ik met dit systeem zou kunnen doen? Besef je wel dat ik het hele bedrijf lam kan leggen?* In zijn evaluatieverslag na het eerste halfjaar dat ze op de redactie werkte had Bagley – die het recht niet had haar te beoordelen, aangezien hij geen idee had wat haar werk inhield – geschreven dat ze 'aan haar woede moest werken'. Maar daar werkte ze echt wel aan. Ze stookte hem elke avond op als een haardvuur in de wetenschap dat het haar beste bron van energie was.

'En wie biedt zijn verontschuldigingen dan aan mij aan?'

Hij had geen idee wat ze bedoelde. 'Moet je horen, ik ben het met je eens dat mevrouw Hennessey een lastpak is, maar ze heeft niets lelijks tegen je gezegd. En ze dénkt dat je hebt gezegd dat ze een waardeloze

journalist is. Het is gewoon makkelijker als jij je verontschuldigingen aanbiedt.'
'Makkelijker als wat?'
'Dán wat,' verbeterde hij haar. De klootzak. 'Makkelijker dan het niet doen, oké? En ik ben de baas, nietwaar? Zeg nou maar gewoon sorry, dan ben ik van het gekakel af.'

Ze vond mevrouw Hennessey in de kantine, een smoezelige nis met automaten en formicatafels.
'Het spijt me,' zei ze stijfjes.
De oudere vrouw knikte al net zo stijfjes, een koningin die neerkeek op een keuterboertje. Ze zou althans op Barb hebben neergekeken als ze niet had gezeten. 'Dank je.'
'Het was maar bij wijze van spreken.' Barb wist niet waarom ze de drang voelde te blijven praten. Ze had gedaan wat ze moest doen. 'Ik had het niet over uw schrijfstijl.'
'Ik ben al vijfendertig jaar journalist,' zei mevrouw Hennessey. Ze had een voornaam, Mary Rose. Die stond wel boven haar artikelen, maar werd nooit in gesprekken gebruikt. Ze bleef altijd mevrouw Hennessey. 'Ik werk al langer bij deze krant dan jij leeft. Vrouwen zoals ik hebben de weg gebaand voor jouw carrière. Ik heb de opheffing van de rassenscheiding nog verslagen.'
'Ja? Dat was een belangrijke kwestie...' Ze bedwong zich, net op tijd. Ze had op het punt gestaan te zeggen: *Dat was een belangrijke kwestie waar ik ben opgegroeid.* Maar ze was Barbara Monroe, uit Chicago, Illinois. Daar had ze op een grote school gezeten, Mather. Een grote school in een grote stad was veel makkelijker vol te houden dan een kleine, want op een grote school kon je over het hoofd worden gezien. Maar ze wist niet of het opheffen van de rassenscheiding een belangrijke kwestie was geweest in Chicago. Vast wel, maar waarom zou ze het riskeren iets te specifieks te zeggen? 'Dat was een belangrijke kwestie in de jaren zeventig, toch?'
'Ja, dat was het. En ik heb er eigenhandig verslag van gedaan.'
'Super.'

Ze had oprecht geïmponeerd willen klinken, maar haar stem verried haar weer eens en het woord kwam er een beetje zuur uit, sarcastisch.

'Het wás super. Het was zinvol. Veel zinvoller dan aan apparaten knoeien om de kost te verdienen. Ik schrijf de eerste versie van de geschiedenis. Wat ben jij nou meer dan een monteur?'

Barb moest lachen om de zogenaamde belediging, zo grappig was het dat dit mevrouw Hennesseys idee van een vlijmscherpe opmerking was, maar haar gelach maakte de oude vrouw nog kwader.

'O, jij denkt dat je heel wat bent, zoals je in je strakke shirtjes en je korte rokjes over de redactie trippelt zodat alle mannen naar je kijken. Jij denkt dat je ertoe dóét.'

De hoofdredacteur had tegen haar gezegd dat ze er wel degelijk toe deed, dat ze onmisbaar was. 'Ik zie niet in wat mijn garderobe ermee te maken heeft, mevrouw Hennessey. En ik denk echt dat uw werk super was...'

'Was? Wás? Is. Mijn werk ís super, jij, jij... sloerie!'

Ze wilde weer lachen om de zogenaamde belediging van de oudere vrouw, maar deze was doeltreffender, had op de een of andere manier een zwakke plek geraakt. Seks, haar eigen seksualiteit, lag gevoelig voor haar. Ze flirtte niet met de mannen op de redactie, of waar dan ook, trouwens, en haar rokken waren niet kort. Ze waren eerder lang naar de geldende maatstaven, want ze was tenger, waardoor haar rokken afzakten en lager kwamen te hangen dan de bedoeling was. Mevrouw Hennessey, met haar torenhoge haar en naaldhakken, was bijna net zo lang als zij.

Wat zou kunnen verklaren – misschien – waarom het haar niet onsportief leek de cola light van de oudere vrouw te pakken en over haar prachtige, sidderende knotje te gieten.

Ze werd ontslagen. Uiteraard. Of eigenlijk gaven ze haar de keus: in therapie óf meteen weg met twee weken salaris extra. 'Geen referenties,' voegde Bagley eraan toe. Alsof ze daarom zou vragen, alsof ze er iets aan zou hebben wanneer Barbara Monroe verdween en een andere vrouw haar plaats innam. Ze koos voor de ontslagvergoeding.

Die avond glipte ze het gebouw in en maakte gebruik van de researchmiddelen van de krant, hoe beperkt die ook waren. De enige bibliothecaris die de krant rijk was, stond bij haar in het krijt, en hij had nooit kunnen dromen waarom Barb zoveel over de bibliotheek had willen weten, over wat er allemaal mogelijk was. Hij had zich gevleid gevoeld en Barb geleerd wat een goede bibliothecaris vermag met een telefoon en een lijst van naslagwerken in grote steden. Zoekacties in het kadaster en bij de burgerlijke stand waren ook nuttig, maar daar moest je tijd en geld voor hebben, waar het haar op dit moment aan ontbrak, al had ze het afgelopen jaar een paar keer op rekening van de krant gezocht. Dave Bethany woonde nog in Algonquin Lane. Miriam Bethany was nog steeds onvindbaar, zoals ze al een paar jaar was. Stan Dunham woonde nog op hetzelfde adres, maar ze was het contact met Stan Dunham nooit echt verloren.

Uiteindelijk koos ze een nieuwe naam en een nieuw bestaan, precies zoals Stan haar had geleerd. Tijd om opnieuw te beginnen. Weer. Het was balen dat ze deze baan niet in haar cv kon zetten, maar ze had besloten dat ze niet in de krantenwereld wilde blijven. Als ze de juiste diploma's op zak had, zou ze een winstgevender plek voor haar vaardigheden vinden, in een branche waar voor talent werd betaald. Ze kon wel iets beters krijgen dan de *Fairfax Gazette*, ook al hadden ze haar uit het nest moeten duwen. Werkte het niet altijd zo? Zelfs in de beroerdste situatie had ze altijd iemand anders nodig gehad om haar weg te krijgen, haar aan te sporen om verder te gaan. Wat had ze gehuild, die dag op het busstation, terwijl andere mensen naar haar glimlachten en knikten in de veronderstelling dat ze gewoon een bange tiener was die niet van huis weg wilde.

Toen ze haar research gedaan had, hoefde ze alleen nog maar een programmaatje te schrijven, haar afscheidscadeau aan de *Gazette*. Toen mevrouw Hennessey de volgende dag inlogde, crashte het hele systeem, alle artikelen vernietigend waar op dat moment aan werd gewerkt, zelfs die waar de plichtsgetrouwere verslaggevers ijverig backups van hadden gemaakt. Tegen die tijd zat zij al in een cafetaria in Anacostia op Stan Dunham te wachten. Hij had geprobeerd haar over te halen verder naar het noorden te rijden, maar ze had gezegd dat ze de staatsgrens met Maryland niet wilde oversteken. En tot op heden had Stan Dunham haar altijd haar zin gegeven.

36

'Want ze was geadopteerd, snap je?'

Dave had in de rij gestaan voor een kaneelbroodje toen dat ene zinnetje zich uit het geroezemoes rondom hem losmaakte en als een schoen of een kiezelsteen op hem afkwam. De opmerking was niet voor hem bedoeld, maar maakte deel uit van een gesprek tussen twee bedaarde vrouwen van middelbare leeftijd die achter hem in de rij stonden.

'Wat?' vroeg hij, alsof het hun bedoeling was geweest hem bij het gesprek te betrekken. 'Wie was er geadopteerd?'

'Lisa Steinberg,' zei een van de vrouwen.

'Dat meisje uit New York, dat door haar adoptievader is doodgeslagen? Het is goed dat die klootzak de cel in gaat, maar ze hadden die vrouw ook moeten pakken. Geen enkele echte moeder had werkeloos toegekeken terwijl dat gebeurde. Nooit, met geen mogelijkheid.'

Ze knikten voldaan, alsof ze alwetend waren. Het waren vadsige vrouwen met bleke gezichten, antireclame voor alles wat er bij Bauhoff's werd verkocht. Dave moest denken aan een boek waar Heather en Sunny weg van waren geweest, *Beastly Boys and Ghastly Girls*, met fantastische illustraties van de een of andere beroemde tekenaar. Addams? Gorey? Zo iemand, heel geraffineerde lijntekeningen. Er stond een verhaal in over een jongetje dat niets anders dan zoetigheid at, tot hij smolt in de zon en alleen nog maar een plasje drilpudding met een gezicht was.

'Hoe kan...' begon hij, maar juffrouw Louise, die na al die jaren naast hem zijn stemming haarfijn aanvoelde, leidde zijn aandacht af zoals een moeder een driftbui van haar zoon zou kunnen afweren. 'Appelflappen vandaag, meneer Bethany. Ze zijn nog warm.'
'Dat kan ik beter...' begon hij. Dave woog niets meer dan in zijn studententijd, maar ook zijn vlees begon drillerig te worden. Zijn huid was te wijd, met plooien die hij niet leek te kunnen bedwingen. Een paar jaar geleden was hij gestopt met hardlopen omdat hij er geen tijd meer voor had.

'Kom op, er zit appel in, dat is goed voor je.' En dankzij die appelflap wist juffrouw Louise hem de winkel uit te krijgen voordat hij kwaad werd. Je vangt meer vliegen met warme appelflappen dan met azijn.

Hij was de hele ochtend al een beetje uit zijn doen, om de gewoonlijke redenen en een paar nieuwe. Zijn jaarlijkse beller had zich niet gemeld. Hij zei al jaren niets meer, prefereerde de passieve agressie van ophangen zonder iets te zeggen, maar het telefoontje op 29 maart was blijven komen. Raar, dat hij uitgerekend daarmee zat, maar het knaagde aan Dave. Was de beller dood? Of had hij het ook opgegeven? Zelfs griezels gaan verder met hun leven. Dave had Willoughby gebeld. De rechercheur was de datum niet vergeten, integendeel. Hij had het stoïcijnse begrip getoond dat Dave van hem was gaan verwachten, onuitgesproken. Niet: 'Hé Dave, hoe gaat het?' Niet de pretentie dat er schot in de zaak zat. Alleen: 'Hallo, Dave, ik heb het dossier voor me liggen.' Willoughby keek regelmatig naar het dossier, maar hij zorgde ervoor dat het op die datum voor hem lag.

Toen was de donderslag bij heldere hemel gekomen.
'Ik ga met pensioen, Dave. Per eind juni.'
'Met pensioen? Je bent nog zo jong. Jonger dan ik.'
'Na twintig jaar kun je een volledig pensioen krijgen en ik heb het tweeëntwintig jaar volgehouden. Mijn vrouw... Evelyn is nooit echt gezond geweest. Ik wil nog wat tijd met haar doorbrengen voordat... Je hebt van die instellingen waar je zelfstandig kunt wonen, maar verzorging krijgt als je ziek wordt. Het is nog niet zover, maar over een jaar of vijf... Ik wil gewoon, hoe noem je dat? Alles uit mijn tijd met haar halen.'

'Ga je nog wel iets doen? Freud geloofde dat werk essentieel was voor de geestelijke gezondheid van de man. De mens.'

'Misschien ga ik vrijwilligerswerk doen. Ik hoef geen... Nou ja, ik heb genoeg dingen om me bezig te houden.'

Waarschijnlijk had hij op het punt gestaan om te zeggen: *Ik hoef geen geld te verdienen.* Maar ook al kende hij Dave al veertien jaar en hadden ze het over de meest intieme en tegelijk verschrikkelijke dingen gehad, over sommige zaken bleef Willoughby terughoudend. Misschien was hij er zo aan gewend dat hij tegenover zijn collega's op zijn hoede moest zijn wat betreft zijn geld dat hij die gewoonte bij Dave niet kon loslaten. Eén keer, één keer maar had hij Dave uitgenodigd voor een kerstfeest, uit medelijden. Dave had een ruig politiefeest verwacht. Hij had er zelfs naar verlangd, want zo'n feest zou iets nieuws voor hem zijn, maar het was meer een buurt- en familieaangelegenheid geweest – en wat voor familie, wat voor buurt. Dit was het soort hoffelijke, zelfverzekerde omgangsgemak waar de gezinnen in het Pikesville van Daves jeugd naar hadden gestreefd met hun luidruchtige vertoon, maar rijkdom van dit kaliber liet zich niet imiteren. Geruite broeken, kaashapjes, martini's, dunbenige vrouwen en mannen met rode gezichten die allemaal beschaafd praatten, hoeveel sterkedrank ze ook wegtikten. Het was zo'n gelegenheid waar hij Miriam over had willen vertellen, als ze nog met elkaar hadden gepraat, maar Miriams telefoon was blijven overgaan toen hij haar de vorige avond had gebeld, en zelfs het antwoordapparaat had niet opgenomen.

'Hoe moet... Wie gaat...' Zijn stem klonk verstikt en hij voelde zich bijna overweldigd door paniek.

'De zaak is al aan iemand overgedragen,' zei Willoughby snel. 'Een slimme, jonge rechercheur. En ik zal er extra op hameren dat hij je op de hoogte moet houden. Er verandert niets.'

Dat is precies het probleem, had Dave somber gedacht. Er verandert niets. Er zullen aanwijzingen blijven opduiken, maar weer verdampen als sneeuw voor de zon. Zo nu en dan zal een gek of een veroordeelde die op een speciale behandeling uit is beweren dat hij een tip heeft, die vervolgens wordt ontzenuwd. Er verandert niets. Het enige verschil zou die nieuwe rechercheur zijn, die wat hij ook weet, wat er ook in het dossier staat, niet alles samen met mij zal hebben meegemaakt. In sommige opzichten was het nog pijnlijker dan de breuk met Miriam, en het kwam beslist onverwachter.

'Blijven we wel... contact houden?'

'Natuurlijk. Wanneer je maar wilt. Man, ik blijf de zaak volgen, wat dacht je dan?'

'Oké,' zei Dave.

'Ik moet het wel diplomatiek aanpakken. Ik kan die nieuwe niet te veel in zijn nek hijgen, maar dit zal altijd mijn zaak blijven. Het is een van de twee zaken die me het meest na aan het hart liggen.'

'Een van de twee?' Dave kon het niet laten. Het was onthutsend om te horen dat er meer zaken waren die Willoughby's aandacht opeisten.

'Die andere is opgelost,' zei Willoughby snel. 'Lang geleden. Die zaak draaide om... goed recherchewerk, ondanks heel lastige omstandigheden. Niet te vergelijken.'

'Ja, ik snap wel dat een zaak die om goed recherchewerk draaide niet te vergelijken is met de mijne.'

'Dave...'

'Sorry. Het komt door vandaag. Dat het vandaag die dag is. Veertien jaar, en we hebben de afgelopen twee jaar niet één rottige aanwijzing meer gekregen, geen zweempje van een gerucht. Ik kan dit nog steeds niet hanteren, Chet.'

'Dit' was alles, niet alleen zijn status als eeuwig slachtoffer van een misdrijf dat nooit vaste vorm had gekregen, maar zijn hele bestaan. Hij had geleerd hoe hij 'verder moest', want die kreet hield een lange, sjokkende gang naar nergens in, pure willoosheid. Verdergaan was makkelijk, maar hij wist al heel lang niet meer hoe hij moest bestaan. Voor het eerst in vijf jaar dacht hij aan zijn vrienden van het vijfvoudig pad, het rituele branden en het mediteren dat hij had opgegeven omdat hij de schijn dat hij in het moment leefde niet meer kon ophouden. In het Wonderland van Alice was de regel: morgen jam en gisteren jam, maar nooit vandaag jam. Maar in Daves wereld was er geen vandaag, alleen gisteren en morgen.

'Geen mens is toegerust op wat jij hebt doorgemaakt, Dave. Zelfs geen rechercheur. Ik zou het je waarschijnlijk niet moeten vertellen, maar het dossier ligt vaker wel dan niet bij me thuis. Het moet nu terug, met het oog op mijn pensioen, maar het zal altijd in mijn hoofd blijven zitten. Ik geef je mijn woord dat ik er voor je zal zijn. Niet alleen vandaag, niet alleen op déze dag, maar elke dag, de rest van mijn leven. Zelfs als ik écht met pensioen ga, blijf ik in de buurt. Ik ga niet naar Florida of Arizona. Ik blijf hier.'

De woorden van de rechercheur hadden hem gesust, althans oppervlakkig, maar Dave had de hele ochtend al gesnakt naar ruzie, en dat verlangen was niet gezakt. De zaak-Steinberg maakte hem al razend vanaf de eerste berichten in het nieuws, nu anderhalf jaar geleden, en de veroordeling van een week eerder had al die gevoelens weer naar boven gehaald. Alle verhalen over kindermisbruik of -verwaarlozing maakten Dave razend. Lisa Steinberg was in hetzelfde weekend vermoord waarin Jessica, dat meisje uit Texas, in een put was gevallen, en daar had Dave zich ook over opgewonden. *Waar hadden die ouders gezeten?* Zijn ervaring had hem vreemd genoeg minder empathisch gemaakt. Hij veroordeelde anderen zoals anderen hém hadden veroordeeld. Adam Walsh, Etan Patz, die hele trieste, rare broederschap van ontroostbare nabestaanden – hij wilde er niets mee te maken hebben.

Het windorgel klingelde toen hij de winkel binnenkwam, die tegenwoordig simpelweg DBG heette, of, volgens het uithangbord, dbg, met kleine letters. Toen hij de omschakeling maakte, had hij overwogen de hele naam af te korten, dmmdbg, maar zelfs hij snapte wel dat het niet te behappen was. De kledingafdeling nam nu net zoveel ruimte in beslag als de volkskunst. Miriam had altijd gezanikt dat hij moest proberen de winkel toegankelijker te maken, en dat was hij nu. Het was een doorslaand succes. Hij gruwde ervan.

'Hé, baas,' zei Pepper, zijn huidige bedrijfsleider, een montere jonge vrouw met dertien ringetjes in haar linkeroor en donker haar dat van achteren was opgeschoren, maar aan de voorkant lang was gelaten, zo lang dat het voor haar ogen hing. Ze was het glas van de vitrines aan het schoonmaken. Pepper had niet bezitteriger kunnen zijn als de winkel echt van haar was geweest, en Dave was er nog niet over uit hoe ze zo jong al zo veel verantwoordelijkheidsgevoel kon hebben. Ze had een talent voor het omzeilen van vertrouwelijkheden. Dave had die neiging ook, maar hij wist hoe hij zo geworden was. Misschien had Pepper ook pijn en verdriet gekend, maar hij kon zich niet voorstellen dat deze zonnige, gezonde, jonge vrouw – want ondanks dat haar en die dertien ringetjes was ze het frisse, door en door Amerikaanse type – iets tragisch had meegemaakt. Hij had met het idee gespeeld Willoughby te vragen of hij haar iets grondiger wilde doorlichten, zogenaamd omdat hij het vermoeden had dat ze bij hem had willen werken omdat ze iemand kende of iets wist in verband met de verdwijning van de meisjes, maar hij had zijn dochters nooit op zo'n manier gebruikt en wilde er nu ook niet mee beginnen.

Pepper was ook mooi, het soort jonge vrouw dat werd opgemerkt door de vriendjes en echtgenoten die tegen hun zin mee de winkel in werden gesleept, maar Dave zag het alleen op een abstracte manier. Als hij naar een vrouw keek, schatte hij haar leeftijd in vergelijking met hoe oud zijn dochters nu zouden zijn, en als ze niet minstens vijftien jaar ouder was, wilde hij niets met haar te maken hebben. Sunny zou dit jaar negenentwintig zijn geworden, drong het met een schok tot hem door. Een vrouw van onder de vijfenveertig zou dus niet in aanmerking komen. Wat goed nieuws zou moeten zijn voor de rijpere vrouwen van Baltimore – een geslaagde, beschikbare man die nooit een jongere vrouw zou willen – ware het niet dat Daves relaties nooit iets werden. Het was gangbaar geworden om je verleden je 'rugzak' te noemen, maar Daves verleden was zo veel groter, zo veel zwaarder, dat het nooit een enkel object zou kunnen zijn dat hij met zich mee sleepte. Zijn verleden leek meer op het berijden van een monster met een zwiepende staart. Hij klampte zich er onwillig aan vast in de wetenschap dat het beest hem achteloos onder zijn poten zou vertrappen als hij zijn greep even liet verslappen.

Het was een rustige ochtend, dus nam hij de administratie met

Pepper door, die hij meer inzicht gaf in het reilen en zeilen van dbg dan al het personeel vóór haar vergund was geweest. Hij maakte haar attent op de aanstaande kunstnijverheidsbeurs en vroeg of ze hem daar wilde vertegenwoordigen. Ze slaakte een vreugdekreet, een echte, en beet verrukt op haar hand.

'Maar je gaat toch wel met me mee? Ik durf al die beslissingen niet zelf te nemen.'

'Ik denk dat je het wel kunt. Je hebt er oog voor, Pepper. Alleen al de manier waarop je alles uitstalt, je aandacht voor de inrichting van de winkel. Echt, zelfs als ik een prul inkoop, weet jij het nog zo te brengen dat de klanten het willen hebben.'

'De spullen die wij verkopen, dat zijn dromen, snap je? Ze verbeelden wat de mensen willen zijn. Niemand heeft ooit ook maar íéts nodig uit onze winkel, zelfs de kleding niet, dus moet je de dingen zo rangschikken dat ze een verhaal vertellen. Ik weet niet, het zal wel gestoord klinken...'

'Heel logisch, juist. Voordat ik jou aannam, durfde ik vrijwel nooit een vrije dag te nemen. Nu durf ik wel, ehm, twintig minuten weg te blijven.'

Daves werkverslaving was een oude, vertrouwde onderlinge grap, en Pepper schaterde het uit, zo hard en ongeremd dat hij in elkaar kromp. Zij wist vast niet wat voor dag het was. Ze wist vermoedelijk niet eens dat Dave Bethany twee dochters had gehad, laat staan wat er met ze was gebeurd. Goed, hun beeltenissen stonden in een zilveren lijstje op zijn bureau in de ruimte achter de winkel, maar Pepper stelde nooit vragen. Het was geen gebrek aan belangstelling, dacht hij; ze durfde alleen niet te diep in zijn verleden te graven uit angst dat hij hetzelfde voorrecht van haar zou verwachten. Hij was echt op Pepper gesteld. Hij zou graag van haar willen houden, of vaderlijke gevoelens voor haar koesteren, maar dat mocht nooit gebeuren. Zelfs als Pepper minder gesloten was geweest, had hij zichzelf nooit toegestaan vaderlijke gevoelens te koesteren, voor welke vrouw dan ook. Dave had de afgelopen vijftien jaar wel minnaressen gehad, vrouwen in zijn bed, maar hij had nooit overwogen weer te trouwen en had er geen behoefte aan zijn vaderlijke gevoelens op jonge vrouwen te projecteren. Pepper werkte bij hem, meer niet.

Natuurlijk zouden kwade tongen later beweren dat er meer tussen hen had gespeeld. Nadat de reddingswerkers Dave de volgende dag uit de oude iep in de achtertuin hadden gehaald, van dezelfde tak waar de autoband aan had gehangen tot het touw ten slotte was doorgerot, hadden ze een briefje op hem gevonden waarin hij hen naar een stapeltje papieren op zijn bureau stuurde, in de studeerkamer waar hij ooit zijn mantra's had gereciteerd bij het branden van de ghee tijdens zonsopkomst en zonsondergang. *Niemand heeft de spullen die we verkopen nodig*, had Pepper gezegd, *dus moeten we ze zo rangschikken dat ze een verhaal vertellen.* Dave had gehoopt dat zijn rangschikking – zijn lichaam, zijn papieren, de opgemaakte balans en het schrijnend nette huis – begrepen zou worden. Zijn brief was misschien geen officieel testament, maar zijn bedoelingen waren duidelijk genoeg. Hij wilde dat Pepper de zaak overnam en dat de rest van zijn vermogen, ook de opbrengst van het huis, tot 2009 in een trustfund werd ondergebracht voor de dochters die verder door iedereen dood werden gewaand en daarna aan bepaalde goede doelen zou worden geschonken.

'Ik voel me verschrikkelijk,' vertrouwde Willoughby Miriam toe over het gekraak van de internationale telefoonverbinding heen, nadat hij haar had gevonden via haar voormalige collega's van het makelaarskantoor. 'Ik had net die dag...'
'Voel je niet schuldig, Chet, dat doe ik ook niet. Althans niet ten opzichte van Dave.'
'Ja, maar...' De zin werd niet afgemaakt, maar kwam toch hardvochtig over.
'Ik vergeet het óók niet,' zei Miriam. 'Ik onthoud het alleen niet op dezelfde manier. Ik bedoel, als ik 's ochtends wakker word sla ik mezelf niet eerst met een koekenpan om me vervolgens af te vragen waarom ik hoofdpijn heb, wat Daves oplossing was. De pijn is er wel. Die zal er altijd zijn, maar ik hoef hem niet aan te wakkeren, of aan te spo-

ren. Dave en ik hebben een verschillende manier gekozen om te rouwen, maar we hebben allebei evenveel gerouwd.'

'Ik heb nooit iets anders beweerd, Miriam.'

'Ik zit hier op een taalschool, wist je dat? Ik ben vierenvijftig en ik leer een nieuwe taal.'

'Ik ga misschien ook zoiets doen,' zei hij, maar het interesseerde haar niet wat hij deed. Dave deed tenminste nog alsof hij iets om me gaf, dacht Willoughby.

'Er is een hele serie Spaanse werkwoorden waarbij ons lijdend voorwerp het onderwerp wordt. *Me falta un tenedor*. Dat betekent letterlijk: "De vork ontbreekt mij," niet: "Ik heb een vork nodig." *Se me cayo. Se me olvido*. Het is me ontvallen, niet ik héb het laten vallen. Het is me ontschoten, niet ik heb het vergeten. Het Spaans erkent dat dingen je soms kunnen overkomen.'

'Miriam, ik heb nooit vraagtekens gezet bij wat jij en Dave ook maar deden om ermee om te gaan.'

'Gelul, Chet. Maar je hield je mening meestal voor je, en daarom hou ik van je.'

Hij zou willen dat die woorden – zo luchthartig, zo ongemeend – niet zo hard aankwamen. *En daarom hou ik van je*.

'Hou contact,' zei hij. 'Met het bureau, bedoel ik. Mocht er iets gebeuren...'

'Er gebeurt niets.'

'Hou contact,' herhaalde hij, smeekte hij, wetend dat ze het niet zou doen, niet zou blijven doen.

Een paar weken later, op de dag voor zijn officiële pensionering, nam hij het dossier van de zaak-Bethany nog een laatste keer mee. Toen hij het terugbracht, was elke vermelding van de biologische afkomst van de meisjes verwijderd. Dave Bethany had altijd volgehouden dat dat deel van het verhaal een doodlopende weg was, net als Algonquin Lane zelf, dat eindigde aan de meer gecultiveerde grens van Leakin Park, een verder ongetemd stukje wildernis midden in de stad. In het begin, kort nadat de meisjes waren verdwenen, hadden er vreemde figuren langs het huis gereden, duidelijk ramptoeristen, wat ze niet meer konden verbergen als ze aan het eind van de straat moesten keren. Anderen waren naar de winkel gekomen onder het mom dat ze iets wilden kopen. Wat hadden die mensen Dave gekwetst, wat had hij zich beledigd gevoeld. 'Ik ben verdomme een soort circusattractie,' had hij zich herhaaldelijk bij Chet beklaagd. 'Noteer alle kentekens,' had Chet hem aangeraden. 'Noteer de naam als ze met een cheque of creditcard betalen. Je weet maar nooit wie er langskomt.' En Dave zou Dave niet zijn als hij dat advies niet had opgevolgd. Hij noteerde kentekens, legde elk telefoontje van een ophanger vast, schudde aan het leven van zijn gezin alsof het een sneeuwbol was, zette het weer neer en wachtte af hoe het tableau zou veranderen, maar hoe hij het in die veertien jaar ook rangschikte, alle elementen kwamen steeds weer op dezelfde plek terug – met uitzondering van Miriam.

Deel ix

Zondag

37

'We kunnen liegen over de stoffelijke resten,' zei Infante.
'Maar we hebben geen stoffelijke resten,' zei Lenhardt. 'We kunnen de stoffelijke resten niet vinden.'
'Exact.'
Infante, Lenhardt, Nancy en Willoughby zaten in de lobby van het Sheraton op Miriam te wachten, aan wie ze tijdens hun ontbijtafspraak zouden opbiechten dat ze geen flauw idee hadden wie de vrouw was die ze die dag hoopte te ontmoeten, de vrouw voor wie ze meer dan drieduizend kilometer had gereisd. Ze zou Miriams dochter kunnen zijn, maar ze zou ook een geniale leugenaar kunnen zijn die had besloten iedereen een weekje te manipuleren. Waarom? Voor geld? Uit verveling? Volslagen gekte? Of probeerde ze haar huidige identiteit te beschermen omdat er een aanhoudingsbevel liep tegen degene die ze nu was? Dat was het enige wat Infante logisch in de oren klonk. Hij geloofde geen seconde dat ze over haar privacy inzat. Voor zover hij kon beoordelen, wentelde ze zich in de aandacht, genoot ze van elk gesprek. Nee, ze had iets anders te verbergen en ze verborg het achter de identiteit van Heather Bethany, gebruikte die beruchte oude moordzaak om hen op een dwaalspoor te brengen.

'De stoffelijke resten zijn zo belangrijk omdat we er zo veel uit zouden kunnen afleiden. De zusjes hadden geen biologische verwantschap met de ouders, maar wel met elkaar, toch?'

Willoughby knikte. Vierentwintig uur eerder had Nancy hem naar eigen zeggen moeten paaien om naar het afnemen van de verklaring te kijken, maar nu was hij niet meer weg te slaan, en Lenhardt liet hem maar; liever dat, dan het risico nemen hem te beledigen en hem in het avondjournaal terug te zien. Infante kon er nog steeds niet over uit hoe hij eerst met het dossier had gerommeld en hen vervolgens had aangespoord Miriam terug te halen naar Baltimore voordat ze wisten hoe het zat, wie wie was. Wat had hem bezield? Hoe had hij mogelijk cruciale informatie kunnen verwijderen? Wat Infante betrof, kon er geen enkele mogelijkheid worden uitgesloten. Als Nancy hem iets over cold cases had geleerd, was het wel dat de naam van de dader altijd al in het dossier staat.

'We hebben haar al verteld dat we de stoffelijke resten niet hebben gevonden,' zei Lenhardt.

'We hebben haar verteld dat we ze niet hebben gevonden op de plek die zij had aangegeven, maar ik kom toch net terug uit Georgia, waar Tony Dunham woonde? Voor hetzelfde geld heeft de zoon de resten opgegraven en weggehaald voordat zijn vader de boel verkocht, om te voorkomen dat ze ontdekt zouden worden.'

'Dat zou indrukwekkend zijn,' zei Lenhardt. 'Ik kan mijn zoon niet eens zo gek krijgen dat hij het gras maait.'

'Nee, serieus...'

'Ik begrijp je wel, maar ik moet er even over nadenken. We zeggen dus tegen haar dat we de stoffelijke resten van haar zus hebben. Als ze liegt, gaat ze door de knieën – denk jíj – omdat ze weet dat ze zich zal moeten onderwerpen aan een test, en die test zal bewijzen dat er geen verwantschap is. Maar ze is scherp van geest, die dame. Stel dat ze zegt: "Nou, misschien is het iemand anders. Wie weet hoe vaak Stan Dunham zoiets heeft gedaan, hoeveel meisjes hij heeft vermoord?"'

'Toch is het de moeite van het proberen waard. Ik wil zo langzamerhand alles proberen om haar zo snel mogelijk te laten zeggen waar het op staat, zodat we de moeder niet langer in spanning hoeven te laten zitten en we haar de stress van een ontmoeting en een gesprek met haar kunnen besparen. Als we een bekentenis uit haar zouden kunnen krijgen...'

'Tja, maar dat gaat allemaal niet lukken voor dit ontbijt,' zei Lenhardt met een blik op Willoughby. 'We moeten de moeder vertellen hoe onzeker het allemaal is. Ze had niet moeten komen, maar ik had moeten weten, als vader, dat ze zich door niets zou laten tegenhouden nadat we haar eenmaal hadden gebeld.'

Infante gruwde er meestal van als Lenhardt zich op zijn positie als ouder beriep, helemaal nu Nancy, inmiddels ook lid van de club, plechtig mee kon knikken, maar Lenhardt leek het te doen om Willoughby's schuldgevoel te verzachten, wat het minder irritant maakte.

Nancy nam het woord. 'Op de een of andere manier lukt het haar zich overal uit te draaien, is me opgevallen. Hebben jullie dat programma wel eens gezien met die dikke man met een bril die improvisaties doet?'

De drie mannen keken haar aan – Lenhardt en Willoughby waren perplex, maar Infante kon Nancy's vage verwijzing duiden, dankzij hun tijd als partners. 'Die klootzak? Daar zou ik nog niet naar kijken als ik geld toe kreeg. Hoewel ik het wel leuk vond toen die ene, die super brave, in die andere show een pooier speelde. Daar kon ik wel om lachen.'

Nancy bloosde. 'Hé, ik wil wel eens zien waar jij naar kijkt als je midden in de nacht met een baby op de bank zit. Ik begin er alleen maar over omdat ze me daaraan doet denken. Ze is snel, ze improviseert, en zij snapt wat veel andere leugenaars niet snappen, dat je best een foutje mag maken, dat mensen zich continu vergissen. Zoals met die krekels. Ze gaf geen krimp toen ik erop wees dat het maart was. Ze wist dat ik haar op een leugen betrapte, maar ze ging gewoon door. Lenhardt heeft gelijk. Als je haar dat verhaal over die stoffelijke resten vertelt, hoeft ze niet eens met haar ogen te knipperen.'

De lift ging open, Miriam Toles keek om zich heen en herkende Infante. De vorige avond, toen Infante haar van de luchthaven kwam afhalen, had hij iemand verwacht die er, nou ja, Mexicaanser uitzag. Geen sombrero, zo stom was hij nou ook weer niet, maar misschien zo'n rok met stroken in felle kleuren of een geborduurde blouse. Hij had ook aangenomen dat ze er ouder zou uitzien dan ze was, achtenzestig volgens de gegevens, maar Miriam Toles had dat gevoel voor stijl dat hij bij New Yorkse vrouwen had gezien wanneer hij naar de stad ging, als kind: zilvergrijs haar in een strakke bob op kaaklengte, grote zilveren oorbellen, geen andere sieraden. Hij zag dat Nancy een blik op haar eigen kleren wierp, een roze shirt op een kaki rok die iets minder strak hoorde te zitten, en wist dat ze zich slonzig en boers voelde. Hij durfde te wedden dat Miriam Toles andere vrouwen vaak dat gevoel gaf. Ze was niet echt mooi, waarschijnlijk nooit geweest ook, maar ze had allure en het restant van een moordfiguur.

Hij was zich ervan bewust dat Chet Willoughby naast hem zijn rug rechtte en zelfs zijn buik introk.

'Miriam,' zei de oude rechercheur een beetje stijfjes. 'Wat fijn om je weer te zien. Al is de reden natuurlijk minder prettig.'

'Chet,' zei ze. Ze stak haar hand naar hem uit en de oude rechercheur zakte in. Had hij gehoopt op een kus op zijn wang, een omhelzing? Het was bizar, die gast van in de zestig die helemaal hoteldebotel was. Hield het dan nooit op? Hoorde het niet een keer op te houden? Nu er zoveel reclame werd gemaakt voor middeltjes tegen impotentie – erectiestoornissen, noemden ze het, alsof dat béter was – betrapte Infante zich op de gedachte dat het dwaas was je tegen het lichaam te verzetten, dat het bijna een opluchting moest zijn als je lul het erbij liet zitten, als het eindelijk achter de rug was. Die van hém zou natuurlijk nooit de geest geven, zo goed kende hij zichzelf wel, en het zou balen zijn als je impotent raakte als bijwerking van medicijnen, maar hij had wel verwacht, gehoopt zelfs, dat er een eind zou komen aan de emotionele krankzinnigheid, die roes van je afvragen wat een ander van je vond. Terwijl hij naar Willoughby keek, besefte hij dat het pas ophield als al het andere ophield: met de dood.

Miriam keek naar het glansloze fruit dat ze van het ontbijtbuffet had gepakt, harde stukjes van vruchten waar het het seizoen niet voor was. Ze wilde niet zo'n irritant iemand zijn die altijd haar eigen manier van leven ophemelde, maar ze miste Mexico nu al, de dingen die ze de afgelopen zestien jaar als vanzelfsprekend was gaan zien: het fruit, de sterke koffie, het heerlijke gebak. Ze geneerde zich voor de schamele brunch, al leek het kwartet politiemensen ervan te smullen. Zelfs de jonge vrouw at er lustig op los, al viel het Miriam op dat ze een en al proteïnen op haar bord had liggen.

'Ik was toch wel gekomen,' zei ze. 'Zodra ik over de tas had gehoord. Ik vind het natuurlijk jammer dat jullie informatie niet... zekerder is, dat jullie nog niet weten hoe het zit, maar zelfs als dit niet mijn dochter is, weet ze duidelijk meer over de verdwijning van mijn dochters. Misschien wel alles. Hoe gaan we het aanpakken?'

'We willen graag een uitvoerige biografie van uw dochter opstellen, vol details die alleen zij kan weten. De indeling van het huis, familieverhalen, grapjes voor ingewijden. Alles wat u zich maar kunt herinneren.'

'Dat zou uren kosten, misschien wel dagen.' *En mijn hart wel duizend keer breken.* Miriam begreep al dertig jaar dat ze de treurigste familiegeheimen met rechercheurs moest delen: de kwijnende winkel van haar man, haar verhouding, de omweg waarlangs Sunny en Heather hun dochters waren geworden, maar ze was bezitterig als het ging om de gelukkige herinneringen, de gewone, alledaagse details. Die waren van Dave en haar alleen. 'Als jullie me nu eens vertelden wat ze tot nu toe heeft gezegd, om te zien of er iets bij zit wat me onwaar in de oren klinkt?'

De vrouwelijke rechercheur, Nancy – het was overweldigend voor Miriam om zoveel nieuwe mensen te ontmoeten – nam haar aantekeningen door. 'De verjaardagen die ze noemde, de scholen die ze hadden bezocht, jullie adres, dat klopte allemaal. Alleen kun je dat allemaal op internet vinden, of in krantenartikelen, als je diep genoeg wilt graven, geld wilt neertellen voor een kijkje in de archieven. Ze heeft iets gezegd over vakanties in Florida en iemand die Bop-bop heette...'

'Dat klopt. Daves moeder. Die afgrijselijke naam had ze voor zichzelf bedacht omdat ze er niet aan moest denken iets van een matrone te hebben. Ze had het moederschap niet leuk gevonden en het idee dat ze oma was stond haar helemaal tegen.'

'Maar dat is niet echt privé, toch? Heather zou het aan kinderen op school kunnen hebben verteld, bijvoorbeeld.'

'Maar zouden die het zich dertig jaar later nog herinneren?' vroeg

Miriam, om meteen haar eigen vraag te beantwoorden. 'Bob-bop zou je nooit vergeten als je haar eenmaal had gezien. Ze was me er een.'
Willoughby glimlachte.
'Wat is er, Chet?' vroeg Miriam, bitser dan haar bedoeling was. 'Wat is er zo grappig?'
Hij schudde afwerend zijn hoofd, maar Miriam ving zijn blik en hield hem vast. Zij hoefde niet de enige te zijn die vragen beantwoordde vanochtend.
'Het is gewoon dat je geen spat bent veranderd. Die... directheid. Die is niet verdwenen.'
'Die is erger geworden, zou ik denken, nu ik een oude vrouw ben en het me niets meer kan schelen wat de mensen van me denken. Goed, dus die vrouw kent Bop-bop, ze weet hoe Heathers tas eruitzag. Waarom geloven jullie haar dan niet?'
'Nou, onder andere vanwege het feit dat ze zich niet herinnert de muziekleraar te hebben gezien, terwijl hij zeker wist dat hij haar had gezien,' zei Nancy. 'En in de oorspronkelijke aantekeningen staat dat u het onderzoeksteam hebt verteld dat Heather een kistje op haar kamer had waarin ze haar verjaardags- en kerstgeld bewaarde, maar dat geld, tussen de veertig en zestig dollar volgens u, was weg. Heather had haar geld dus meegenomen naar het winkelcentrum die dag, maar toen we haar vroegen naar de inhoud van de tas...'
'De tas was leeg toen hij werd gevonden.'
'Ja. Dat weten wíj. Heather niet, tenzij ze hem zelf heeft geleegd en toen weggegooid, maar dat gelooft niemand, en die vrouw heeft er ook niets over gezegd. Ze zei dat er een beetje geld, een borstel en lippenbalsem van Bonne Belle in zat, omdat ze nog geen echte lippenstift mocht dragen.'
'We hadden niet echt regels over make-up. Ik zei tegen haar dat het er mal uitzag bij jonge meisjes, maar ze mocht het zelf weten. Maar Bonne Belle klinkt goed. In elk geval aannemelijk.'
Nancy zuchtte. 'Alles wat ze zegt, klinkt aannemelijk. Tenminste, als ze over die dag vertelt, wat er is gebeurd, maar als ze de ontvoering beschrijft en...' Haar stem stokte.

'De moord op Sunny,' vulde Miriam aan. 'Dat stuk omzeilen jullie.'
'Het is zo luguber,' zei de jonge vrouw. 'Als iets uit een film. De details van die dag, wat ze bij het ontbijt hadden gegeten, dat ze lijn 15 naar het winkelcentrum namen – maar dat is ook in het nieuws geweest, net als de zaalwacht die zich herinnerde dat ze er bij *Chinatown* uit werden geschopt – die dingen klinken geloofwaardig, maar een ontvoering door een politieman die ze naar een afgelegen boerderij brengt en besluit Heather niet te doden, maar te houden, nadat ze getuige is geweest van de moord op haar zus? Als ze daarover begint, vallen alle details weg en klinkt het niet meer geloofwaardig.'

'Komt het doordat het om een politieman gaat?' vroeg Miriam. 'Maakt dat het zo ongeloofwaardig?'

Het pleitte voor de vier rechercheurs, zowel de huidige als de voormalige, dat ze niet te snel of te gretig protesteerden, dat ze haar niet bezwoeren dat ze het makkelijk hadden gevonden te overwegen dat een van de hunnen een moordenaar en kinderverkrachter zou kunnen zijn. Infante, de knappe man die haar op het vliegveld had afgehaald, antwoordde als eerste.

'Dat het een politieman was, is in sommige opzichten een goede verklaring. Zo lok je twee meisjes mee: je laat je penning aan een van beiden zien en zegt dat je haar zus hebt, dat er iets met haar is. Welk kind zou niet met een politieman meegaan?'

'De kinderen van Dave Bethany in 1975, misschien. Dave had de gewoonte politiemensen "juten" te noemen voordat we bij ze in het krijt kwamen te staan, voordat Chet een trouwe vriend werd.' Het was een welbewust geschenk aan Chet van haar kant, een manier om de bitsheid in haar stem van eerder goed te maken. 'Maar, oké, ik begrijp wat jullie bedoelen.'

'Het enige vreemde is dat het juist deze politieman zou zijn,' vervolgde Infante. 'Hij zat bij vermogensdelicten, een goeie vent, populair. Wij kenden hem geen van allen, maar de lui die hem wel hebben gekend, vonden het verbijsterend dat hij hierbij betrokken zou kunnen zijn. Bovendien komt het wel heel goed uit dat hij dementeert.'

'Dunham,' zei Miriam. 'Dunham. Stan, zei je?'

'Ja, en de zoon heette Tony. Zegt die naam u iets?'

'Dunham doet een belletje rinkelen. We kenden wel íémand die zo heette.'

'Daar heb je me nooit over verteld,' begon Chet defensief. Ze legde haar hand op zijn arm om hem te sussen, maar ook om hem stil te krijgen, zodat ze erover na kon denken.

'Dunham. Dunham. Bedonderd door Dunham,' Miriam zag zichzelf aan de oude keukentafel in het huis aan Algonquin Lane zitten. Het was een gammel ding, net niet antiek, dat Bop-bop aan hen had overgedaan toen ze uit Baltimore vertrok. Aan hen had opgedrongen, zou Miriam hebben gezegd, meer spullen voor een huis dat al te vol spullen stond. Ze had soms het gevoel gehad dat ze nergens kon lopen zonder zich te stoten aan een tafel, voetenbankje of ander object dat Dave mee naar huis had gesleept. Dave had de tafel knalgeel gelakt en de meisjes er bloemenstickers op laten plakken. Het had er knap twee weken goed uitgezien, en toen hadden de stickers losgelaten, met achterlating van een plakkerig laagje en meeneming van bladders lak. Het geel vloekte verschrikkelijk bij het groen van hun chequeboek. Of misschien leek dat maar zo doordat ze altijd gespannen was als ze de maandelijkse rekeningen betaalden, zag hoe ze iets verder in de schuld zakte en afwoog welke schuldeiser ze deze maand zoet zou houden en welke nog even kon wachten. Ze hadden geruzied over hun uitgaven, maar waren het er nooit over eens wat ze echt konden missen. 'Ghee kost niets,' zei Dave altijd als Miriam aanvoerde dat er geen geld meer was voor het vijfvoudig pad. 'Waarom kun jij haar niet halen en brengen?' Dan pareerde ze: 'Ik heb nu een baan, een baan die dit gezin nodig heeft. Ik kan niet zomaar alles laten vallen om Sunny heen en weer te rijden.'

Jij zou 's ochtends kunnen... Maar wie doet dan de middagen. Trouwens, die kerel bedondert ons met die omgedraaide route 's middags. We moeten een manier vinden om te bezuinigen.

Het was een ruzie die ze dat jaar bijna elke maand hadden, en Miriam had elke maand gewonnen en weer een cheque uitgeschreven aan Mercer Transportation in Glen Rock, Pennsylvania. Ze had niet eens geweten waar Glen Rock lag, maar als de cheques terugkwamen, waren ze altijd getekend door...

'Stan Dunham was de eigenaar van het particuliere busbedrijf, Mercer, dat Sunny van en naar school bracht.'

'Mercer was de eigenaar van de boerderij,' zei de vrouwelijke rechercheur bijna gillend. 'Het was een v.o.f., de eigenaar voordat de projectontwikkelaar het terrein kocht. Ik dacht dat Dunham de boel aan Mercer had verkocht, maar hij moet de eigendomsakte gewoon op naam van zijn v.o.f. hebben gezet. Shit, ongelooflijk dat ik dat over het hoofd heb gezien.'

'Maar we hebben de chauffeur nagetrokken,' zei Chet. 'Hij was een van de eerste mensen die we hebben gecheckt en hij had een waterdicht alibi voor de dag waarop de meisjes vermist raakten. Stan was niet de chauffeur. Je hebt me nooit iets over Stan verteld.'

Miriam begreep zijn frustratie, want die voelde zij ook. Niemand was veilig geweest in hun zoektocht naar de meisjes, niemand was bij voorbaat onschuldig verklaard. Ze hadden hun hele leven binnenstebuiten gekeerd op zoek naar namen en contacten. Familieleden, buren en leraren waren onder de loep genomen, of ze het wisten of niet. Werknemers van Security Square die waren veroordeeld wegens betaalde seks hadden met de politie moeten praten, alsof gemeenschap met een prostituee noodzakelijkerwijs leidde tot het ontvoeren van twee tienermeisjes. Haar collega's, Daves personeel. Ze hadden zelfs de chauffeur die lijn 15 die dag had gereden opgespoord, de man die in Miriams gedachten degene was gebleven die haar dochters naar hun dood had gereden, zo zeker als Charon de doden over de Styx zette. Er kwam geen eind aan de verdenkingen, maar tijd en energie bleken wel eindig te zijn. Daves grote, panische angst, de angst die het leven met hem ondraaglijk maakte, was dat ze niet alles hadden gedaan wat ze konden, dat er altijd nog iets was wat ze hadden moeten doen, controleren, onderzoeken.

En ja, hoor, Dave had gelijk gehad. *Bedonderd door Dunham*, had hij gezongen. *Worden we weer bedonderd door Dunham?* Dunham was beleefd maar strikt geweest, en ze hadden snel geleerd hem niet mee te laten spelen in de maandelijkse roulette van schuldeisers die al dan niet betaald zouden worden. Aangezien hij maar één klant aan het eind van de route had, had hij hen makkelijk kunnen laten vallen. Maar hij was niet meer dan een handtekening, pikzwart en nadrukkelijk, op de achterkant van een cheque die elke maand door een bank in Pennsylvania werd geretourneerd.

38

Lenhardt zat nog uit te rekenen hoeveel fooi hij voor de brunch moest geven tegen de tijd dat Infante de rechter die piketdienst had belde om te waarschuwen dat hij een huiszoekingsbevel voor de kamer van Stan Dunham in Sykesville moest hebben. Ze troffen de rechter voor de Cross Keys Inn, waar híj aan zijn zondagse brunch zat, en binnen een uur waren Infante en Willoughby op weg naar het verpleeghuis. Kevin had liever niet gehad dat de voormalig rechercheur meeging, maar kon het niet over zijn hart verkrijgen hem erbuiten te houden. Er was iets over het hoofd gezien, een detail niet opgemerkt, al die jaren geleden. Geen mens kon er iets aan doen – waarom zou iemand nog aan een anonieme man in Pennsylvania denken nadat de chauffeur was uitgesloten? – maar hij merkte dat Willoughby het zichzelf kwalijk nam.

'Weet u hoe we het verband met Penelope Jackson hebben gevonden?' vroeg Infante. Willoughby keek uit het raam naar een golfbaan ten noorden van de snelweg.

'Via de computer, neem ik aan.'

'Ja, dankzij Nancy. Ik had alle gangbare dingen gedaan, VICAP, al die databases, maar ik kwam verdomme niet op het idee om in de kranten te zoeken, voor het geval Penelope Jackson het nieuws had gehaald op een manier die haar geen aanhouding had opgeleverd. Als Nancy dat niet had gedaan, hadden we het verband tussen Tony en Stan Dunham niet gelegd. En ondanks alles wat we wisten, zagen we de tijdlijn over het hoofd. Dunhams notaris had me verteld dat hij de boerderij een paar jaar eerder had verkocht, maar ik vroeg niet naar de exacte datum. Ik ging ervan uit dat hij op de verkoop aan Mercer doelde, maar hij had het over de verkoop van Mercer aan de projectontwikkelaar.'

'Dank je, Kevin,' zei Willoughby korzelig, alsof Infante hem een pepermuntje had aangeboden, of iets anders wat totaal niet ter zake deed. 'Maar je hebt het over iets wat jij over het hoofd hebt gezien in de eerste vierentwintig uur van je onderzoek naar een auto-ongeluk en een verdachte vrouw. Ik heb veertien jaar gehad om aan de zaak-Bethany te werken, en als die informatie over Dunham klopt, wil dat zeggen dat ik geen enkele bruikbare ontdekking heb gedaan rond de verdwijning van de meisjes Bethany. Stel je voor. Al dat werk, al die tijd, en ik ben helemaal níéts aan de weet gekomen. Het is gewoon zielig.'

'Toen Nancy cold cases ging doen, zei ze tegen me dat de naam van de dader op de een of andere manier altijd in het dossier staat, ironisch genoeg, maar Stan Dunham komt niet in het dossier voor. U hebt het busbedrijf gebeld en de naam van de chauffeur die op die route reed gekregen, u hebt vastgesteld dat hij het niet kon zijn. Trouwens, we weten nog niets meer dan dat er een of ander verband is tussen Stan Dunham en de Bethany's.'

'Een verband waar een kind geen weet van zou kunnen hebben, want geen enkele elfjarige weet wie er zijn handtekening op een cheque zet.' Willoughby richtte zijn blik weer op het voorbijglijdende landschap, hoewel er weinig bijzonders te zien was. 'Ik kan maar niet beslissen of ik hierdoor meer vertrouwen krijg in onze mysterieuze dame, of juist minder. Stan Dunham zou haar in vertrouwen kunnen hebben genomen, om wat voor reden dan ook. Of Tony Dunham, waarschijnlijk. Een familielid, een vriendin. Nancy zei dat ze erop stond dat we de schooladministratie zouden nagaan, dat we Ruth Leibig in de archieven van de katholieke school in York zouden terugvinden.'

'Maar dat bewijst nog niet dat ze Ruth Leibig ís, alleen maar dat er een Ruth Leibig heeft bestaan die naar die school ging. Weet je, ze zeggen wel eens dat het onmogelijk is om een negatief feit te bewijzen,

maar het begint verdomd lastig te worden om te bewijzen wie deze vrouw wél is. Wat als ze weer een andere identiteit opeist, en dan weer een? Ik durf te wedden dat Ruth Leibig ook dood is. Deze vrouw is goddomme de koningin van het dodenrijk.'
Ze lieten de snelweg achter zich en reden naar het noorden. De voorsteden waren steeds verder opgeschoven in de tien jaar sinds Infante naar Baltimore was verhuisd, maar hier in Sykesville waren nog een paar sporen van het plattelandsleven overgebleven. Het verpleeghuis zelf was echter chic, strak en modern, nog indrukwekkender dan de instelling waarin Willoughby woonde. Hoe kon een voormalig politieman, iemand zonder trustfonds, zich zoiets veroorloven? Toen herinnerde Infante zich de verkoop van de boerderij in Pennsylvania en Dunhams interesse in lijfrentes toen hij nog relatief sterk was, volgens de notaris. Deze man dacht vooruit, dat leed geen twijfel. De vraag was alleen of hij zijn misdrijven net zo zorgvuldig had beraamd als hij zijn laatste jaren in financieel opzicht had uitgestippeld.

Willoughby huiverde toen ze naar de vleugel gingen waar Stan Dunham was ondergebracht. Het verbaasde Infante in eerste instantie, maar toen herinnerde hij zich dat Willoughby's vrouw in zo'n oord was overleden, dat zij die korte enkele reis naar de verpleegafdeling had gemaakt toen ze nog maar in de vijftig was.

'Meneer Dunham is zijn spraakvermogen zo goed als kwijt,' zei de knappe jonge verpleeghulp die hen de weg wees, Terrie. Verpleegsters... hij zou het vaker met verpleegsters moeten aanleggen. Ze waren geschikt voor politiemensen. Hij vond het jammer dat ze niet meer van die witte jurken droegen, met van die ingesnoerde tailles, en van die kapjes. Terrie droeg een mintgroene broek, een gebloemd shirtje en foeilelijke groene klompen, maar toch was ze aantrekkelijk. 'Hij maakt wel eens geluiden, en soms geven die aan hoe hij zich voelt, maar hij kan niet meer overbrengen dan zijn meest primaire behoeftes. Hij zit in een vergevorderd stadium.'

'Is dat de reden waarom hij is overgebracht naar het verpleeghuis?' vroeg Willoughby, struikelend over het laatste woord.

'We brengen mensen pas over naar het verpleeghuis als hun levensverwachting minder dan een halfjaar is. Drie maanden geleden is er longkanker in het vierde stadium bij meneer Dunham geconstateerd. Arme man. Hij heeft zijn levenlang pech gehad.'
Ja hoor, dacht Kevin. *Arme man.* 'Hij had een zoon, Tony. Kwam die wel eens op bezoek?' vroeg hij.
'Ik heb nooit geweten dat hij een zoon had. We hebben alleen contact met zijn notaris. Misschien zijn ze van elkaar vervreemd. Dat komt voor.'
Misschien wilde de zoon niets meer te maken hebben met de vader. Misschien wist de zoon wat er was gebeurd, al die jaren geleden, en had hij het verteld aan zijn vriendin, Penelope, en had zij het aan iemand doorverteld, iemand die toevallig in haar auto reed.

Kevin wist wel dat een man in de laatste stadia van alzheimer geen informatie van betekenis kon geven, maar toch was hij teleurgesteld toen hij Stan Dunham zag. Het was een lege huls van een man in een geruite pyjama en een ochtendjas. Het enige wat op leven duidde, waren de sporen van een kam in zijn haar, zijn fris geschoren wangen. Deed de verpleegster die dingen voor hem? Dunhams ogen lichtten duidelijk op toen hij haar zag, gleden met een lichte belangstelling over Kevin en Willoughby en keerden toen terug naar de verpleegster.

'Hallo, meneer Dunham.' Terries stem was helder en opgewekt, maar niet overdreven luid of betuttelend. 'Er is bezoek voor u. Een collega van vroeger.'

Dunham bleef naar haar kijken.

'Ik heb niet met u samengewerkt,' zei Infante, die probeerde net zo te klinken als Terrie, maar overkwam als een autoverkoper. 'Maar Chet hier wel. Hij zat bij moordzaken. Kent u hem nog? Hij is waarschijnlijk het bekendst geworden met de zaak-Bethany. De zaak-Bethany.'

Hij zei de laatste drie woorden langzaam en nadrukkelijk, maar zag geen teken van herkenning. Natuurlijk niet. Hij had het kunnen weten, maar hij had het wel moeten proberen. Dunham bleef strak naar de knappe Terrie kijken. Hij had de ogen van een hond, vol genegenheid en volkomen afhankelijk. Als deze man de meisjes Bethany had ontvoerd, was hij een monster, maar ook monsters worden oud en zwak. Zelfs monsters sterven. Infante en Willoughby begonnen systematisch alle laden en kastdeuren te openen, op zoek naar iets. Op zoek naar alles.

'Hij heeft niet veel meer,' zei Terrie. 'Het heeft weinig zin...' Ze brak haar zin af, alsof de man op de stoel, de man die haar gezicht en stem met zo'n koppige aandacht volgde, zou kunnen schrikken van het nieuws dat hij doodging. 'Maar er is wel een fotoalbum dat we soms samen bekijken, hè, meneer Dunham?'

Ze reikte onder het voetenbankje en diepte een groot, in stof gebonden boek op, een satijnachtig wit dat vergeeld was. Op de voorkant kraaide een baby met een blauwe luier: 'Een jongen!' Toen Infante het boek opensloeg, zag hij het onmiskenbare handschrift van een vrouw, een mooi schuinschrift dat het leven van ene Anthony Julius Dunham beschreef vanaf zijn geboorte (3.060 gram) tot zijn doop, tot zijn diploma-uitreiking van de middelbare school. In tegenstelling tot sommige anderen was zijn moeder het nooit beu geworden alles op te schrijven wat haar zoon deed, en geen prestatie was te klein om te worden vermeld. Een bewijs van deelname aan een zomerleesproject, een kaartje van het Rode Kruis waarop stond dat hij de status van 'gevorderd' zwemmer had bereikt in Camp Apache. Weinig indrukwekkende rapporten waren met zwarte fotohoekjes op de pagina's bevestigd.

De foto's maakten dat Infante zijn eigen vader miste. Niet omdat er enige gelijkenis was tussen Infantes vader en de jongere, robuustere Stan Dunham, maar omdat er universele gezinsmomenten op te zien waren. Dollen in en om het huis, vakantiekiekjes, tegen de zon in turen bij plechtigheden. Alle foto's waren met hetzelfde vrouwelijke handschrift van een beschrijving voorzien. *Stan, Tony en ik, Ocean City,* 1962. *Tony tijdens de schoolpicknick,* 1965. *Tony's diploma-uitreiking,* 1970. In negen korte jaren was de zoon van een kortgeknipte vlaskop met een gestreept T-shirt veranderd in een langharige pseudohippie. Moeilijk te verteren voor een politieman, dacht Infante, zeker in die tijd, maar hoe Tony er ook uitzag, de ouders die hem flankeerden straalden van trots.

De laatste foto – Tony in iets wat op het uniform van een benzinestation leek – had het onderschrift: *Tony's nieuwe baan, 1973.* Het was het eind van het boek, hoewel er nog een paar lege bladzijden waren. Twee jaar voordat de meisjes waren verdwenen. Waarom was die vrouw opgehouden elke fase van het leven van haar zoon te documenteren? Was hij in 1973 het huis uit gegaan? Was hij erbij geweest toen zijn vader in 1975 met een meisje thuiskwam? Wat had Stan Dunham gezegd, hoe had hij de plotselinge verschijning van een bijna-tiener verklaard?

'Kevin, moet je zien.'

Willoughby had de kussens opzij geschoven die al dan niet zo waren neergelegd om een grote kartonnen doos op de bovenste plank van een kast aan het oog te onttrekken. Terrie schoot te hulp, een beetje wankelend onder het gewicht van de doos, en Infante legde een hand op haar schouder om haar in evenwicht te houden. Ze wierp hem een geamuseerde blik toe, alsof ze wel gewend was aan zulke trucjes, waardoor hij zich oud en lullig voelde, weer zo iemand die aan haar zorgen was toevertrouwd en probeerde haar te betasten.

De doos zat vol met het soort aandenkens dat scholieren verzamelen. Rapporten, programmaboekjes, schoolkranten. Allemaal van de Sisters of the Little Flower, merkte Infante op – en allemaal op naam van Ruth Leibig. Er was geen album voor Ruth, wie ze ook mocht zijn, hoewel haar cijfers beduidend beter waren dan die van Tony. Ook geen foto's, en niets van vóór de herfst van 1975. Er was wel een diploma, uit 1979. Het vreemdst van alles was een ouderwetse cassetterecorder, een knalrood geval dat aan een tas deed denken. Hij drukte op een toets, maar natuurlijk gebeurde er niets. De cassette die erin zat, was *Aqualung* van Jethro Tull. Onder op het apparaat zat een ouderwets label van het soort dat met zo'n lettertang werd gemaakt. RUTH LEIBIG, stond er.

Infante wroette dieper in de doos en vond iets nog vreemders: een trouwakte, ook uit 1979. Op naam van Ruth Leibig en Tony Dunham, met zijn ouders, Irene en Stan Dunham, als getuigen.

Tony is dóód? Volgens Nancy en Lenhardt was dat de informatie geweest die de vrouw tijdens het verhoor had verrast. Maar ze was er niet verdrietig om geweest. Onthutst en overstuur, misschien zelfs boos, maar totaal niet verdrietig. En ze had Tony nooit genoemd, niet bij naam.

'Wat is er gebeurd?' vroeg hij aan Stan Dunham, die leek te schrikken van zijn toon, zijn harde stem. 'Wie was Ruth Leibig? Heb je een jong meisje ontvoerd, haar zusje vermoord, haar genaaid tot ze te oud voor je werd en haar toen aan je zoon gegeven? Wat is er op die boerderij gebeurd, gestoorde ouwe zak?'

De verpleeghulp was geschokt. Ze zou hem niet gunstig gezind zijn als hij haar over een week belde. *Ken je me nog? Ik ben die rechercheur die de ouwe baas die jij zo'n schat vindt heeft uitgefoeterd. Wil je een keer met me uit?*

'Meneer, zo mag u niet tegen hem praten...' Dunham leek geen idee te hebben wat er gebeurde.

Infante sloeg het fotoalbum open en wees naar de laatste foto van Tony. 'Hij is dood, wist je dat? Omgekomen bij een brand. Misschien vermoord. Wist hij wat je hebt gedaan? Wist zijn vriendin het?'

De oude man schudde zijn hoofd, zuchtte en keek uit het raam, alsof Infante degene was die niet goed bij zijn hoofd was, een krankzinnige die je beter kon negeren. Begreep hij er ook maar iets van? Wist hij ook maar iets? Zaten de feiten opgesloten in zijn brein of waren ze voor altijd verdwenen? Waar ze ook waren, Infante kon er niet bij. Stan Dunham richtte zijn blik weer op de verpleeghulp, alsof hij van haar wilde horen dat deze verstoring van zijn ritme bijna voorbij was. *Wanneer zijn we weer met zijn tweetjes?* leek hij haar te vragen. Ze sprak hem zacht en geruststellend toe en aaide hem over zijn hand.

'Dat is eigenlijk niet toegestaan,' zei ze met een bezorgde blik op Infante. 'De patiënt zo aanraken. Maar hij is zo'n lieve man, de liefste van iedereen hier die ik verzorg. U hebt geen idee.'

'Nee,' zei Kevin. 'Dat heb ik inderdaad niet.' *God weet wat hij met je had gedaan als hij je had ontmoet toen je nog een tiener was.*

Chet Willoughby, die in de papieren in de doos was blijven spitten, pakte het diploma en de huwelijksakte weer, die hij bestudeerde door zijn leesbril met schildpadmontuur.

'Er klopt iets niet, Kevin. Ik kan het niet met zekerheid zeggen, maar op basis hiervan is het hoogst onwaarschijnlijk dat Ruth Leibig echt Heather Bethany is.'

39

Tussen Kays eetkamer en de woonkamer zaten glazen schuifdeuren, en in de loop der jaren was het haar opgevallen dat de kinderen zich onzichtbaar leken te voelen als die dicht waren. Hier deed ze vaak haar voordeel mee door haar favoriete leesstoel zo neer te zetten dat ze als ze opkeek een glimp van Grace of Seth kon opvangen wanneer ze volkomen zichzelf waren, een toestand die met het jaar zeldzamer werd. De puberteit was een soort dikke korst, of littekenweefsel, het geleidelijke bedekken van een ziel die te zacht en te open was om blootgesteld te zijn aan de elementen. Ze vond het leuk om te zien hoe Grace op een lok haar kauwde terwijl ze haar wiskundehuiswerk maakte, een gewoonte die Kay zich uit haar eigen tienertijd herinnerde. Seth, die elf was, praatte nog steeds in zichzelf, zijn leven beschrijvend in een zachte, ongehaaste monoloog die Kay deed denken aan het commentaar bij golftoernooien. 'Hier is mijn lekkers,' zei hij dan, terwijl hij zijn koekjes rangschikte of stapelde in precieze patronen en bouwsels. 'Oreo's, echte Oreo's, want Oreo's kun je niet namaken. En hier is de melk, halfvolle melk van het huismerk, want melk is melk. Jáááá!' In de passage over de melk kwam Kays eigen stem als een boemerang naar haar terug, uit de eerste tijd na de scheiding, toen ze continu over geld had getobd en alle A-merken had verruild voor huismerken. Ze had de kinderen zelfs aan blinde smaaktests onderworpen om te bewijzen dat ze onmogelijk het verschil konden proeven tussen de verschillende merken chips en koekjes. Alleen konden ze dat wel, en dus hadden ze tot een compromis moeten komen. Koekjes, chips en frisdrank van A-merken; huismerken voor pasta, brood en blikvoer.

Soms betrapten haar kinderen haar erop dat ze door het glas naar hen keek, maar ze leken het niet erg te vinden. Misschien vonden ze het wel prettig, want op zulke momenten werden ze nooit door Kay uitgelachen of geplaagd. Ze haalde alleen verontschuldigend haar schouders op en richtte zich weer op haar boek alsof ze háár op iets hadden betrapt.

Vandaag was het Heather die in de eetkamer zat, en ze trok een kwaad gezicht toen ze Kay aan de andere kant van het glas zag, hoewel Heather alleen maar de krant had zitten lezen en Kay alleen maar had gedacht dat Heather er zo mooi uitzag in het grijzige licht. Kijkend naar de krant, die ze op armlengte van zich af hield alsof ze een beetje verziend was, had ze geen rimpels in haar voorhoofd en was haar kaaklijn nog glad en strak. Alleen de diepe rimpel tussen haar ogen verried hoe geconcentreerd ze was.

'Wanneer zijn ze opgehouden met Prins Valiant?' vroeg ze toen Kay met haar mok de kamer in liep alsof ze dat steeds van plan was geweest. Maar voordat Kay kon antwoorden – niet dat ze het antwoord wist – besloot Heather zelf al: 'O, nee, Prins Valiant stond niet in de *Beacon*, maar in de *Star*. We hadden een abonnement op de *Beacon*, maar op zondag hadden we de *Star* ook. Mijn vader was een nieuwsjunkie.'

'Ik heb al jaren niemand meer over de *Beacon* gehoord. Hij is in de jaren tachtig opgegaan in de *Light*, rond de tijd dat de *Star* ermee ophield, maar Baltimore zou Baltimore niet zijn als er geen mensen waren die het over de *Beacon* hadden alsof hij nog steeds bestond. Je klonk als een echte ouderwetse inwoner van Baltimore.'

'Ik ben ook een echte ouderwetse inwoner van Baltimore,' zei Heather. 'Of dat was ik althans. Ik zal nu wel ergens anders thuishoren.'

'Ben je hier geboren?'

'Hoezo, heb je dat niet op Google kunnen vinden? Vraag je het voor jezelf, of voor hen?'

Kay bloosde. 'Dat is niet eerlijk, Heather. Ik heb geen partij gekozen. Ik ben neutraal.'
'Mijn vader zei altijd dat niemand neutraal is, dat zelfs neutraliteit een kant is.' Ze tartte Kay nu, beschuldigde haar van iets, maar van wat? 'Ik heb niemand verteld dat we gisteren in het winkelcentrum zijn geweest.'
'Waarom zou je?'
'Nou, nergens om, maar... Het had van belang kunnen zijn. Ik bedoel, als ze het wisten...' Kay was blij dat de telefoon haar gestamel onderbrak, hoewel ze niet begreep waarom zíj degene was die zich zenuwachtig en gegeneerd voelde. Ergens boven riep Grace met het jachtige enthousiasme dat de telefoon bij haar wekte: 'Ik pak 'm wel!' En toen, op de vlakke, teleurgestelde toon die het verhaal vertelde van miljoenen uiteengespatte verwachtingen: 'Het is iemand die Nancy Porter heet. Ze wil Heather spreken.'
Heather ging naar de keuken en trok de klapdeur nadrukkelijk achter zich dicht. Desondanks hoorde Kay haar korte, wrevelige antwoorden. Wat? *Waarom die haast? Kan het niet tot morgen wachten?*
'Ze willen dat ik terugkom,' zei Heather, die de deur met zo veel kracht openduwde dat hij open bleef staan. 'Kun je me brengen, over een halfuur of zo?'
'Meer vragen?'
'Ik weet het niet. Het is nauwelijks voor te stellen dat ze nog meer vragen kunnen hebben, na wat ze me gisteren hebben laten doorstaan, maar mijn moeder is er en ze willen dat ik haar ontmoet. Leuke reünie, hè? In een verhoorkamer van de politie waar alles wat we zeggen kan worden opgenomen of afgeluisterd. Ik durf te wedden dat ze haar vanochtend hebben geïnstrueerd, dat ze hebben gezegd dat ze denken dat ik lieg en haar hebben gesmeekt te bewijzen dat ik niet degene ben voor wie ik me uitgeef.'
'Je moeder herkent je wel,' zei Kay, maar Heather leek de geruststelling in haar stem niet te horen, de impliciete toezegging dat Kay níét neutraal was. Ze geloofde haar. Kay dacht zelfs dat Heather geloofwaardiger zou kunnen zijn als ze niet probeerde te bewijzen hoe ge-

loofwaardig ze was. Als ze het over de krantenstrips had, en over de dingen die haar vader altijd zei, was ze moeiteloos zichzelf.

'Moet je horen, ik ga terug naar mijn kamer boven de garage om mijn haar te borstelen en mijn tanden te poetsen en dan kunnen we gaan, oké? Tot zo.'

Ze liep over het tegelpad door de achtertuin naar de garage achterin, aan de achterstraat. Stom, die opmerking over Google. Stel dat ze Kays computer zouden onderzoeken, haar gangen nagaan? Een digitaal competente rechercheur zou de website van haar bedrijf en de e-mail die ze naar haar baas had gestuurd kunnen vinden. Stond Kay te kijken, moest ze naar boven? Er was niets wat ze niet kon missen. De politie had haar sleutelring ingenomen op de avond dat ze was aangehouden. Wat was ze dankbaar geweest dat zelfs haar sleutelbos haar niet kon verraden. Het was een brok turkoois aan een zilveren ring, iets wat ze in een kringloopwinkel had gekocht, een voorwerp dat geen enkel belang had. Om voor de hand liggende redenen had ze nooit de neiging gevoeld haar bezittingen een persoonlijk tintje te geven, haar monogram in dingen te borduren, al was dat wel van haar verlangd toen ze nog een tiener was en 'verloofd' met Tony Dunham. 'Ja, hoor, tante, ik sta te springen om een uitzet, verdomme.' Ze had een klap gekregen voor het vloeken, maar niet voor wat ze 's nachts deed. Wat een huishouden. Wat een godvergeten gestoorde omgekeerde wereld was het daar geweest, achter de geblokte gordijnen en de petunia's in de bloembakken.

Had ze maar wat geld, of tenminste een creditcard. O, had ze haar portemonnee nog maar – gestolen door Penelope, dat wist ze nu wel zeker, het mens was duidelijk een intrigante, niet in staat tot dankbaarheid – en was ze die eerste avond maar niet zo confuus en gedesoriënteerd geweest. Ze had zich wel uit die verkeersovertreding kunnen kletsen, zelfs zonder rijbewijs en met een auto die op naam van iemand anders stond. Hoewel, Penelope kennende zou het haar niet verbazen als de kentekenplaten verlopen waren of als er nog ergens een reeks parkeerbonnen in een gemeentelijke computer zat.

Ze keek over haar schouder. Kay stond nog steeds in de keuken koffie te drinken aan het aanrecht. Shit. Ze zou toch naar boven moeten. En dan?

Het was lastig om het badkamerraam open te krijgen met maar één arm die ze tegen het oude, kromgetrokken hout kon drukken, en nog lastiger om zich door de kleine opening te wurmen en een hele verdieping te vallen, maar het lukte haar. Adrenaline was iets prachtigs. Ze klopte het vuil van de knieën van haar broek – of eigenlijk Grace' broek, daar voelde ze zich schuldig over; na alles wat ze had gedaan, voelde ze zich schuldig omdat ze de lievelingsbroek van een tiener meenam en de knieën vies had gemaakt – en keek om zich heen. De dichtstbijzijnde drukke straat was Edmondson Street, rechts van haar. Die leidde regelrecht naar de ringweg, maar daar kon ze niet liften. Ze zou Route 40 moeten proberen, maar die liep van oost naar west en zij moest naar het zuiden. Ach wat, ze kwam er wel uit. Ze vond altijd een oplossing, uiteindelijk.

Ze zette de pas erin, wrijvend over haar armen. Na zonsondergang zou het koud worden, maar misschien had ze geluk en was ze dan al thuis. Als ze een lift naar het vliegveld kon krijgen en dan de trein nam... Reden de stadstreinen wel gewoon op zondag? Amtrak reed wel, en als ze haar bij New Carrollton nog niet te pakken hadden, zou ze het wel redden. Ze durfde te wedden dat ze ook in een stadstrein de conducteur een paar stations kon ophouden, hem wijsmaken dat ze haar kaartje kwijt was, beroofd misschien zelfs, hoewel dat riskant was, want dan zou hij willen dat ze aangifte deed. Was ze dinsdag maar op de trein gestapt, zoals de bedoeling was. Ze kon tegen de conducteur zeggen dat ze ruzie had gehad met... haar vriend, en dat hij haar uit de auto had geduwd, dat was het, en dat ze gestrand was en thuis moest zien te komen. Dat verhaal kon ze hem wel aansmeren. Ze had nota bene een dakloze vrouw een keer gratis van Richmond naar Washington zien reizen, al bazelde ze dat ze een afspraak had met de president. Je werd er echt niet zomaar langs de rails uit gezet, en als ze Union Station haalde, had ze een kans. Ze zou een collega bellen, of desnoods haar baas, misschien zou ze zelfs over de draaihekken van het station springen, als ze maar naar huis kon. Ze moest zich bedwingen om niet naar de drukke straat te rennen, met de auto's die heen en weer sjeesden. Het voelde alsof ze zich naar de echte wereld haastte, een plek vol beweging en verwarring waarin ze weer veilig kon verdwijnen; het voelde alsof ze op topsnelheid moest rennen om door de muur te breken tussen die wereld en het fantasierijk waarin ze de afgelopen vijf dagen had geleefd.

Maar net toen ze bij het eind van de achterstraat kwam, schoot er een politieauto naar voren die haar de weg versperde en stapte die gezette, zelfvoldane rechercheur uit.

'Ik belde vanuit de auto,' zei Nancy Porter. 'We wisten niet zeker of u ervandoor zou gaan, maar we waren benieuwd wat u zou doen als we zeiden dat we u aan Miriam wilden voorstellen. Infante staat aan de andere kant van de straat en voor het huis staat iemand van de uniformdienst.'

'Ik maak gewoon een wandeling,' zei ze. 'Is dat verboden?'

'Infante is vanmiddag bij Stan Dunham geweest. Hij is een paar boeiende dingen te weten gekomen.'

'Stan Dunham is niet in staat om iets aan iemand te vertellen, al zou hij het willen.'

'Weet u, het is interessant dat u dat weet, want u hebt er gisteren niets over gezegd en ik ben er niet over begonnen, want ik wilde u in de waan laten dat hij uw verhaal zou kunnen weerleggen. U zei gisteren dat u al jaren geen contact meer met hem had gehad.'

'Dat heb ik ook niet.'

De rechercheur maakte het achterportier open. Het was een echte politieauto, met een traliewerk tussen de voor- en achterstoelen. 'Ik wil u niet in de boeien slaan vanwege uw arm en omdat u niets ten laste is gelegd – nog niet. Maar dit is de laatste kans om ons te vertellen wat er echt met de zusjes Bethany is gebeurd, mevrouw Leibig. Als u dat weet.'

'Ik ben Ruth al jaren niet meer,' zei ze terwijl ze in de auto stapte. 'Ik vond Ruth de lelijkste van al mijn namen. Ik vond het het ergst om Ruth te zijn.'

'Nou, u zult uw huidige naam vandaag moeten geven, anders brengt u de nacht door in de vrouwengevangenis. We hebben u vijf dagen gegund, maar nu is de tijd om. U gaat ons vertellen wie u bent en wat u weet van de Dunhams en de meisjes Bethany.'

Als ze haar gevoel moest benoemen, zou ze opluchting kunnen zeggen, de wetenschap dat het nu eens en voor altijd voorbij zou zijn. Maar het zou ook doodsangst kunnen zijn.

40

'We kunnen haar aan u laten zien, via de bewakingscamera,' bood Infante Miriam aan. 'Of met haar langslopen in de gang, zodat u haar kunt bekijken.'
'Dus het kan met geen mogelijkheid Heather zijn?'
'Niet als ze Ruth Leibig is, en ze heeft min of meer toegegeven dat dat haar naam was. Ruth Leibig heeft in 1979 haar middelbareschooldiploma gehaald in York, Pennsylvania, en is in datzelfde jaar getrouwd met Dunhams zoon. Heather zou toen zestien zijn geweest. Het huwelijk zou geldig zijn geweest, helemaal met de Dunhams als getuigen, maar hoe aannemelijk is het dat Heather twee jaar te vroeg de middelbare school heeft afgemaakt?'
'Dat had ik ontdekt,' vulde Willoughby aan, maar Infante misgunde het hem niet dat hij zichzelf even naar voren schoof. Uiteindelijk zou Infante het ook hebben opgemerkt, die discrepantie in de data, maar feiten als de geboortedata van de meisjes Bethany stonden in Willoughby's geheugen gegrift, al had hij nog zo zijn best gedaan het te ontkennen.
'Nee, Heather was slim, maar niet zo slim dat ze twee klassen kon overslaan,' gaf Miriam toe. 'Zelfs niet op een parochieschool in een godvergeten gat in Pennsylvania.'
Infante had op een katholieke school gezeten en het behoorlijk zwaar gevonden, maar hij wilde Miriam op dit moment niet tegenspreken.

'Wat is er dan met mijn dochters gebeurd?' vroeg Miriam. 'Waar zijn ze? Heeft Stan Dunham er iets mee te maken?'
'Onze theorie is dat hij uw dochters heeft ontvoerd en vermoord, en dat de vrouw van zijn zoon, Ruth, dat op de een of andere manier aan de weet is gekomen,' zei Infante. 'We weten niet zeker waarom ze haar huidige identiteit geheimhoudt, maar de kans is groot dat ze voor iets anders wordt gezocht. Of dat ze zeker weet dat Penelope Jackson de brand heeft gesticht waarbij Tony Dunham is omgekomen en probeert haar te beschermen, hoewel ze blijft volhouden dat ze geen band heeft met die Jackson. Als we haar naar de auto vragen, beroept ze zich op haar zwijgrecht. Wat we haar ook vragen, ze beroept zich op haar zwijgrecht.'
Nancy leunde naar voren en schoof een glas water in Miriams richting. 'We hebben tegen haar gezegd dat als zij verklaart dat Penelope Jackson Tony Dunham heeft vermoord in Georgia, wij het op een akkoordje zouden kunnen gooien voor het doorrijden na een ongeluk hier en waar ze verder maar voor op de vlucht is, afhankelijk van hoe ernstig het, maar los van de bevestiging dat ze ooit Ruth Leibig is geweest, laat ze niets los, zelfs niet tegen haar eigen advocaat. Gloria heeft haar aangespoord het op een akkoordje te gooien, ons alles te vertellen wat ze weet, maar ze maakt een bijna catatonische indruk.'
Miriam schudde haar hoofd. 'Net als ik. Ik ben lamgeslagen. Al die tijd heb ik mezelf voorgehouden dat het onmogelijk was, dat ze een bedrieger moest zijn. Ik dacht dat ik... me had afgeschermd tegen de hoop. Nu besef ik dat ik wilde dat het waar was, dat ik het waar kon maken door hierheen te komen.'
'Natuurlijk wilde u dat,' zei Lenhardt. 'Dat zou iedere ouder willen. Hoor eens, morgen, maandag, kunnen we veel meer achterhalen. Dan kunnen we nagaan of Tony en Ruth ooit zijn gescheiden, en zo ja, waar, dat soort dingen. We kunnen mensen van die school traceren, zelfs als die niet meer bestaat. We hebben voor het eerst aanwijzingen, concrete aanwijzingen.'
'Ze is Heather niet,' mengde Willoughby zich in het gesprek, 'maar ze heeft wel antwoorden, Miriam. Ze weet wat er is gebeurd, al is het

uit de tweede hand. Misschien heeft Dunham zijn schoondochter in vertrouwen genomen nadat zijn diagnose was gesteld, misschien was ze zijn vertrouweling.'

Miriam zakte in elkaar op Lenhardts stoel. Ze zag er nu wel zo oud uit als ze was, ouder nog: er was niets over van haar rechte houding en haar ogen lagen diep in hun kassen. Infante wilde tegen haar zeggen dat ze veel had bereikt door hier te komen, dat haar reis de moeite waard was geweest, maar hij vroeg zich af of het wel waar was. Uiteindelijk zouden ze Dunhams kamer toch wel hebben doorzocht, ook zonder dat Miriam het verband tussen haar gezin en het zijne had gelegd. Een bezoek aan de oude man had niet dringend geleken toen zijn naam voor het eerst opdook, vanwege zijn dementie, maar ze zouden snel genoeg in zijn zaakjes zijn gaan snuffelen. Ach wat, tot deze middag was Infante er niet eens van overtuigd geweest dat er een verband was tussen Dunham en wie dan ook, behalve Tony Dunham en de immer ongrijpbare Penelope Jackson. Het was de enige link die ze zelfstandig hadden gelegd: van de mysterieuze vrouw naar Penelope Jackson naar Tony Dunham naar Stan Dunham.

Toch moest hij, als hij heel eerlijk was, zijn vraagtekens zetten bij zijn besluit Stan Dunhams kamer niet te doorzoeken zodra hij de naam had doorgekregen. Was het omdat Stan Dunham in het korps had gezeten? Had hij geaarzeld, een verkeerde beslissing genomen omdat hij niet kon geloven dat een van de hunnen betrokken kon zijn bij zo'n ziek misdrijf? Hadden ze de vrouw de eerste avond moeten opsluiten en erop vertrouwen dat het verblijf in de vrouwengevangenis haar ertoe zou aansporen te praten? Ze had iedereen gemanipuleerd, zelfs Gloria, haar eigen advocaat, tijd gerekt terwijl ze probeerde een manier te verzinnen om niet te hoeven vertellen wie ze was, maar ze had niet het lef, of de verdorvenheid, om te proberen de moeder te manipuleren. Misschien had ze nog een zweempje fatsoen, trok ze daar de grens. Ze was ervandoor gegaan omdat ze de moeder niet onder ogen wilde komen.

Of misschien was ze ervandoor gegaan omdat ze geloofde dat Miriam in een oogopslag kon doen waar zij de afgelopen week niet in waren geslaagd: de mogelijkheid dat ze Heather Bethany was definitief uitsluiten.

'Loop met haar langs me heen,' zei Miriam zacht. 'Ik wil niet met haar praten – of dat wil ik juist wel, ik wil tegen haar schreeuwen, haar duizend vragen stellen en dan nog wat schreeuwen, maar ik weet dat ik dat niet moet doen. Ik wil haar gewoon zien.'

Miriam wachtte in de hal van het hoofdbureau. Ze had overwogen een zonnebril op te zetten en was toen bijna in de lach geschoten om haar eigen opgeklopte dramatiek. Die vrouw kende haar tenslotte niet eens. Als ze Miriam ooit had gezien, was het op foto's uit die tijd, en hoewel Miriam wist dat ze er uitzonderlijk goed uitzag voor haar leeftijd, zou niemand haar ooit aanzien voor haar achtendertigjarige zelf. Haar negenendertigjarige zelf had al nauwelijks meer op de achtendertigjarige versie geleken. Ze herinnerde zich dat ze had opgemerkt hoeveel ze was veranderd toen de kranten die foto's plaatsten op de eerste verjaardag, dat haar gezicht onherroepelijk was veranderd. Het was geen kwestie van leeftijd of verdriet, maar iets wat dieper ging, bijna alsof ze een ongeluk had gehad en de beenderen van haar gezicht weer in elkaar waren gezet; het leek wel, maar het klopte nét niet.

De liften gingen tergend langzaam, zoals ze al had gemerkt toen ze zelf naar beneden ging, en het wachten leek eindeloos te duren, maar toen stapten Infante en Nancy eindelijk uit de lift, aan weerszijden van een tengere blonde vrouw die ze losjes bij haar ellebogen vasthielden. Haar hoofd was gebogen, dus het was lastig om haar gezicht te zien, maar Miriam nam haar – Ruth, was het niet? – zo goed mogelijk op, de smalle schouders, de slanke heupen, de komisch jeugdige broek, helemaal verkeerd voor een vrouw van bijna middelbare leeftijd. Als ze mijn dochter was, dacht Miriam, zou ze wel een betere smaak hebben.

De vrouw keek op en Miriam ving haar blik. Ze wilde niet blijven kijken, maar merkte dat ze haar ogen niet kon afwenden. Ze stond langzaam op, het trio de weg versperrend, wat Infante en Nancy duidelijk van hun stuk bracht. Dit paste niet in het plan. Ze hoorde te zitten en te kijken, meer niet. Ze had het beloofd. Ze dachten waarschijnlijk dat ze de vrouw wilde slaan of duwen, dat ze verwensingen zou spuwen naar de nieuwste charlatan die Miriams levensverhaal voor haar eigen vermaak opeiste.

'Mi... Mevrouw,' zei Infante, die zichzelf snel verbeterde om haar naam te beschermen. 'We begeleiden een gedetineerde. Ze heeft armletsel, anders hadden we haar wel geboeid. Neem afstand, alstublieft.'

Miriam, die geen notitie van hem nam, pakte de linkerhand van de vrouw, gaf er een kneepje in alsof ze wilde zeggen: *het doet echt geen pijn*, en schoof toen de mouw van haar vest omhoog, voorzichtig om de verbonden onderarm niet te bezeren. Op de bovenarm vond ze het teken dat ze zocht: het breed uitlopende, heel vage litteken van een pokkenprik die was opengesprongen door een behulpzame klap met een vliegenmepper, die de vlieg had gemist, maar etter en bloed had laten rondvliegen en een wond had veroorzaakt die pas na weken was geheeld, een korst waar continu aan was gepeuterd, ondanks alle waarschuwingen dat niet te doen omdat er dan een blijvend litteken zou ontstaan. Daar was het: een schim van een teken, zo vaag dat het niemand anders zou opvallen. Het was zelfs mogelijk dat het er niet eens zat, maar Miriam geloofde dat ze het zag, en dus zag ze het.

'O, Sunny,' zei Miriam, 'wat is er in vredesnaam aan de hand?'

41

De wielen van de bus gaan rond en rond, rond en rond, rond en rond.
Ze wilden weten wat ze dacht, wat er door haar hoofd ging, en dat was het: het kinderliedje had door haar hoofd gespeeld die middag in bus 15, terwijl Heather aan de andere kant van het gangpad zat te neuriën op die vrolijk gekmakende, gekmakend vrolijke manier van doen van haar. Heather was nog een méísje. Sunny niet. Sunny stond op het punt een vrouw te worden. Deze bus, lijn 15, bracht andere mensen naar het winkelcentrum om gewone inkopen te doen, maar hij bracht haar naar haar man.

Bussen waren magisch. Een andere bus had haar naar deze plek in haar leven gebracht, naar dit moment waarop alles zou veranderen. Ze liep weg, net als haar moeder had gedaan. Haar échte moeder, die met blond haar en blauwe ogen, net als zij. Haar echte moeder was iemand die haar zou hebben begrepen, iemand met wie ze over alles had kunnen praten wat ze in haar hart verborgen hield, geheimen die zo gevaarlijk waren dat ze ze nog nooit ergens had opgeschreven, zelfs niet in haar dagboek. Sunny Bethany was vijftien, en ze was verliefd op Tony Dunham, en elk liedje dat ze hoorde, elk gelúíd dat ze hoorde, leek te pulseren van die informatie, zelfs de gonzende wielen van de bus.

De wielen van de bus gaan rond en rond, rond en rond, rond en rond.
Het was in een andere bus begonnen, in de schoolbus. Nadat de route was omgekeerd op aandringen van de andere ouders, en Sunny 's middags alleen in de bus was komen te zitten.

'Vind je het goed als ik de radio aanzet?' had de chauffeur op een dag gevraagd. Hij was een invaller, jong en knap, heel anders dan meneer Madison, die normaal gesproken reed. 'Maar je moet het geheimhouden. We mogen de radio niet aanzetten. Mijn vader is de eigenaar van het bedrijf en hij is heel streng.'

'Oké,' zei ze, gegeneerd dat haar stem zo piepte. 'Ik zal niks zeggen.'

Toen – niet de eerstvolgende keer dat hij reed, of de keer daarna, of zelfs de keer dáárna, maar de vierde keer, in november, toen het kouder begon te worden, zei hij: 'Waarom kom je niet hier voorin zitten om een beetje te kletsen, me gezelschap te houden? Het is verschrikkelijk eenzaam, zo in m'n uppie.'

'Oké,' zei ze. Ze klemde haar boeken aan haar borst en voelde zich stom toen de bus door een kuil reed en ze haar heup hard tegen een van de stoelen stootte, maar Tony lachte haar niet uit en zei niets honends. 'Neem me niet kwalijk,' zei hij. 'Ik zal proberen de rit verder soepel te laten verlopen, dame.'

Weer een andere keer – de vijfde keer dat hij reed, of misschien de zesde. Ze hadden elkaar zo vaak gezien dat ze de ontmoetingen door elkaar begon te halen, al zag ze hem zelden vaker dan twee, drie keer per maand: 'Vind je dit een goed nummer? Het heet "Lonely Girl". Het doet me aan jou denken.'

'Echt?' Ze wist niet of ze het een goed nummer vond, maar ze luisterde aandachtig, vooral naar de laatste regel, over de eenzame jongen. Betekende dat – maar ze bleef naar haar blauwe multomap kijken. Andere meisjes kalkten de namen van hun vlammen op de voorkant, maar dat had zij nooit gedurfd. Een paar weken later had ze piepklein TD rechtsonder in de hoek gekrabbeld. 'Waar staat dat voor?' had Heather gevraagd, nieuwsgierige Heather, Heather de eeuwige spion. 'Touchdown,' zei Sunny. Later maakte ze er driedimensionale vormen van, zoals ze had geleerd bij meetkunde.

Tony begon steeds meer over zichzelf te vertellen, en over muziek. Hij had zich bij het leger gemeld om naar Vietnam te gaan, maar hij was afgekeurd, tot zijn teleurstelling en zijn moeders opluchting. Sunny had niet geweten dat er mensen waren die in de oorlog wílden vech-

ten. Tony had een hartkwaal of zoiets, mitralisklepprolaps. Ze kon niet geloven dat hij iets aan zijn hart had. Hij had in laagjes geknipt haar, waar hij regelmatig een borsteltje door haalde dat hij in de zak van zijn spijkerbroek bewaarde, en hij had een gouden ketting om. Hij rookte Pall Mall, maar pas als de andere kinderen waren uitgestapt. 'Niet verklikken,' zei hij met een knipoog in de binnenspiegel. 'Wat een mooie meid ben jij. Heeft iemand je dat wel eens verteld? Je zou je haar zo moeten laten knippen als Farrah Fawcett. Maar je bent zo ook al een snoepje.'
De wielen van de bus gaan rond en rond.
'Ik zou het heel fijn vinden als we samen konden zijn. Echt samen, niet alleen in de bus. Zou het niet fijn zijn als we ergens alleen konden zijn?' Ze dacht van wel, maar hield het niet voor mogelijk. Ze wist dat haar ouders, hoe open en relaxed ze zogenaamd ook waren, het niet goed zouden vinden als ze verkering kreeg met een drieëntwintigjarige buschauffeur. Ze wist alleen niet wat ze erger zouden vinden: zijn leeftijd, zijn beroep, of zijn ambitie om naar Vietnam te gaan.

Uiteindelijk had Tony gezegd dat hij met haar wilde trouwen, dat hij, als ze op een zaterdag met hem afsprak in het winkelcentrum, met haar naar Elkton kon rijden, dat ze daar konden trouwen in dat kapelletje waar mensen uit New York naartoe kwamen om te trouwen omdat het daar zonder wachttijd kon, zonder bloedonderzoek. Nee, had ze gezegd, dat kon hij niet menen. 'Toch wel. Je bent zo mooi, Sunny. Wie zou er niet met je willen trouwen?' Ze bedacht dat haar moeder, haar echte moeder, op haar zeventiende was weggelopen om met haar ware liefde te trouwen, met Sunny's echte vader, en dat je tegenwoordig veel sneller volwassen was. Dat hoorde ze haar ouders om de haverklap zeggen. *Kinderen worden zo snel groot tegenwoordig.*

De volgende keer dat ze hem zag, in de week van 23 maart, had ze ja gezegd, ze zou met hem afspreken, en nu, nog maar zes dagen later, zat ze in een andere bus, op weg naar hem toe. Vannacht zou haar huwelijksnacht zijn. Ze rilde een beetje bij die gedachte. Ze hadden nooit meer kunnen doen dan zoenen, en ook dat niet zo vaak, maar ze had er een vreemd gevoel van in haar buik gekregen. Tony's vader kende zijn rooster, stelde allerlei vragen als hij laat thuiskwam, snuffelde in de bus en vroeg of hij had gerookt. Het was gek, maar Tony had geen privileges als zoon van de directeur van het busbedrijf, integendeel. De enige reden waarom Tony op zijn drieëntwintigste nog thuis woonde, was dat zijn moeder er kapot van zou zijn als hij wegging.

'Maar we gaan niet bij mijn ouders wonen, als we eenmaal getrouwd zijn,' zei hij. 'Dat zal ze niet eisen. We kunnen een appartement in de stad zoeken, of misschien in de buurt van York.'

'Waar ze die koekjes maken?'

'Waar ze die koekjes maken.'

De wielen van de bus gaan rond en rond.

En toen moest Heather alles zo nodig verzieken door niet alleen mee te gaan naar het winkelcentrum, maar ook nog eens naar *Chinatown*, waar Sunny haar rendez-vous – zijn woord – met Tony zou hebben. Toen ze eruit waren gegooid, was Sunny weggerend. Wat moest ze nu doen? Hoe moest ze Tony vinden? Ze was naar Harmony Hut gegaan. Muziek was tenslotte wat hen bond, wat hen bij elkaar had gebracht. Uiteindelijk had hij haar gevonden, maar hij was boos en kregelig, alsof het haar schuld was dat hun plan was bedorven. Toen had Heather hen gevonden. Ze had Sunny in Harmony Hut zien staan, bij de platen van The Who, hand in hand met een man. Heather had zich opgewonden, gezegd dat die man haar had aangesproken bij de orgelwinkel, dat hij een griezel was. Ze zei dat ze het tegen hun ouders zou zeggen. Ze moesten haar wel meenemen, toch? Als ze Heather achterlieten, zei Sunny tegen Tony, zou ze bij haar ouders gaan klikken en dan was alles bedorven. Dus ze beloofden Heather snoep en geld, zeiden dat ze naar huis mocht zodra ze getrouwd waren, dat ze bruidsmeisje mocht zijn, of getuige. De belofte dat ze bruidsmeisje mocht zijn, leek haar over te halen, maar op het parkeerterrein besloot Heather dat ze niet mee wilde, en Tony pakte haar een beetje ruw beet en duwde haar de auto in. Tijdens de worsteling had ze haar tas laten vallen, maar Tony had geweigerd ervoor terug te rijden en ze had de hele rit om die stomme tas gehuild en gedrensd. 'Ik ben mijn tas kwijt. En mijn Bonne Belle.'

En mijn kam, mijn souvenirkam van Rehoboth Beach. Ik ben mijn tas kwijt.'

Alleen was er geen trouwerij gekomen toen ze in Elkton aankwamen. Het gemeentehuis was dicht, dus ze konden geen trouwvergunning krijgen. Tony deed alsof hij verrast was, maar hij had wel een motelkamer in Aberdeen gereserveerd. *Waarom bel je wel van tevoren om een motelkamer te boeken, maar controleer je niet of het gemeentehuis open is?* Sunny kreeg een misselijk gevoel in haar maag, heel anders dan de vlinders die ze voelde tijdens het zoenen. Met Tony en Heather in de kamer – Tony kwaad omdat hij niet met Sunny alleen kon zijn, Heather nog jengelend om haar verloren tas – had Sunny zich opgesloten gevoeld, verward. Ze wist niet of ze zo boos was omdat Heather haar huwelijksnacht in de war schopte, of opgelucht. Het begon een stom idee te lijken. Ze wilde haar school afmaken en daarna studeren, een wereldreis maken zoals haar vader had gedaan, met niet meer dan een rugzak. Ze bood aan om naar de cafetaria aan de overkant te gaan en eten voor iedereen te halen. Ze zei er niet bij dat ze het geld zou gebruiken dat ze uit Heathers geldkistje had gehaald.

De cafetaria heette de New Ideal, en hij was van het ouderwetse soort waar haar vader van hield, waar alles zelfgemaakt is. Zulke hamburgers kostten meer tijd, maar ze waren het waard. Eigenlijk waren cafetaria's de enige plek waar haar vader ooit hamburgers at. Zelfs een gezondheidsfreak, zei hij, moest zich zo nu en dan te buiten gaan. Hij had die ochtend chocoladepannenkoeken gebakken, en ze had de hare niet eens opgegeten. Daar had ze nu spijt van. Ze zou de tijd willen terugdraaien, maar dat was onmogelijk. Al kon ze wel naar huis gaan. Ze zou teruggaan naar de motelkamer, Tony vragen of hij Heather en haar naar huis wilde brengen, een leugen verzinnen en Heather overhalen mee te liegen, haar omkopen met haar eigen geld.

Ze betaalde voor de cheeseburgers, niet wetend dat haar leven was geëindigd tijdens het wachten in de New Ideal.

Toen Sunny terugkwam in de kamer, lag Heather op de grond, bewegingloos. Een ongeluk, zei Tony. *Ze sprong op het bed op en neer, maakte*

een hoop herrie en ik zei dat ze moest ophouden, wilde haar arm pakken, en toen viel ze.
'We moeten een dokter bellen, of haar naar het ziekenhuis brengen. Misschien is ze niet echt dood.' Hopeloze woorden, uitgesproken boven het lichaam van een overduidelijk dode Heather, met een achterhoofd dat zo gebutst was als een pompoen op de dag na Halloween. Er sijpelde bloed in de handdoek onder haar ooit blonde haar. Waarom had hij een handdoek onder haar hoofd gelegd? En hoe kun je je hoofd zo hard stoten als je van een bed valt? Maar dat waren vragen waar Sunny nog een aantal jaren niet over zou durven nadenken.

'Nee,' zei Tony. 'Ze is dood. We moeten mijn vader bellen. Hij weet wel raad.'

Stan Dunham was veel vriendelijker dan de tiran die zijn zoon al die maanden tijdens vertrouwelijke gesprekken in de bus had beschreven. Hij schold of tierde niet, en hij zei niet, zoals Sunny's moeder vaak: *Wat bezielde je, Sunny? Waarom heb je je hoofd niet gebruikt?* Sunny kon zich voorstellen dat hij streng zou kunnen zijn, maar niet beangstigend, absoluut niet beangstigend. Als je echt in de nesten zat, zou je met zo iemand als Stan Dunham willen praten.

'Ik zie het zo,' zei hij, zittend op het tweepersoons motelbed, met zijn handen op zijn knieën. 'We zijn al één leven kwijt, en dat krijgen we niet meer terug. Als we de politie bellen, wordt mijn zoon gearresteerd en veroordeeld. Niemand zal geloven dat het een ongeluk was. En Sunny zal de rest van haar leven moeten omgaan met ouders die haar de schuld van de dood van haar zus zullen geven.'

'Maar ik heb niet...' protesteerde ze. 'Ik was niet...'

Hij stak een hand op en Sunny zweeg. 'Het zal moeilijk zijn voor je ouders om het anders te zien. Begrijp je dat niet? Ouders zijn ook mensen. Ze zullen je niet willen haten, maar ze zullen het toch doen. Ik kan het weten. Ik ben zelf vader.'

Ze boog haar hoofd. Hier kon ze niets tegenin brengen.

'Maar weet je hoe ik het zie, Sunny? Ik heb het toch wel goed, hè, jij bent toch Sunny? Tony en jij hadden een plan. Ik weet niet of Tony wist dat een meisje van vijftien in deze staat niet mag trouwen zonder toestemming van haar ouders...' Hij wierp zijn zoon een blik toe. '... maar dat was jullie plan en dat gaan we doorzetten. Dat is eerbaar, doen wat je hebt gezegd. Jij komt bij ons wonen, onder een nieuwe naam. Thuis kun je Tony's vrouw zijn, zoals jullie van plan waren. Jullie krijgen zelfs een gedeelde kamer. Ik vind het goed. Voor de buitenwereld zul je nog een tijdje naar school moeten gaan, iemand anders moeten zijn. En als jullie oud genoeg zijn, kunnen jullie echt trouwen. Ik zal het regelen. Ik zal alles regelen. Ik geef jullie mijn woord.'

    Met die woorden tilde hij Heather op zoals een vader een slapend kind zou kunnen optillen, ondersteunde haar kapotte hoofd, legde haar over zijn schouder en droeg haar naar zijn auto. Hij zei tegen Sunny dat ze mee moest komen, wat ze tot haar verbazing deed; ze stapte in de auto, in een ander leven, in een andere wereld, waarin ze niet het meisje hoefde te zijn dat de dood van haar zus had veroorzaakt. Tony moest achterblijven om de kamer schoon te maken en er dan volgens plan te blijven slapen, zodat het motelpersoneel zich niet zou afvragen wat er zich in kamer 249 had afgespeeld. Tony is nooit van plan geweest met me te trouwen, bekende Sunny zichzelf toen ze in Stan Dunhams auto zat, met het lichaam van haar zus in de kofferbak. Hij was van plan haar mee te nemen naar dat lelijke motel aan de snelweg, seks met haar te hebben en haar weer thuis af te leveren, erop rekenend dat ze uit schaamte en vernedering niemand iets zou vertellen over wat er was gebeurd.

    Zo zou het waarschijnlijk ook zijn gegaan. Ze zou terug zijn gegaan naar Algonquin Lane, ze zou een verhaal hebben verzonnen om haar afwezigheid te verklaren. Maar nu kon ze niet meer naar huis, niet zonder Heather. Meneer Dunham had gelijk. Ze zouden het haar nooit vergeven. Ze zou het zichzelf nooit vergeven.

    Ze noemden haar Ruth en zeiden dat ze een ver nichtje was, dat ze niet van haar bestaan hadden geweten totdat haar ouders waren omgekomen bij de brand. Buitenshuis was ze niet meer dan dat: een verre nicht die al dan niet verliefd was op haar pas ontdekte neef, maar vanaf het moment dat ze over de drempel stapte, was ze Tony's vrouw. Ze deelde het bed met hem en kwam er al snel achter dat ze het niet fijn vond. Zijn charme, de complimentjes uit de tijd van de bus – weg waren ze, vervangen door gehaaste, net niet gewelddadige seks die vooral opviel door de korte duur ervan. Als ze heimwee had, als ze durfde te zeggen dat ze misschien beter terug kon gaan, dat er toch een manier moest zijn, zei Stan Dunham tegen haar dat ze geen huis meer had. Haar ouders waren gescheiden en verhuisd. Haar vader was een kneus, haar moeder ging vreemd. Bovendien was ze nu medeplichtig, iemand die had geholpen een misdaad te verdoezelen, en als ze zich meldde, zou ze vervolgd worden. 'Ik heb zelf bij de politie gewerkt,' zei hij. 'Ik weet hoe het met het onderzoek gaat. Bij ons ben je beter af.'

Het ontging haar niet dat de Dunhams het soort gezin waren waar ze de afgelopen jaren naar had verlangd. 'Normaal' zou ze het hebben genoemd, met een vader die een echte baan had gehad en een huismoeder die bakte en een vrolijk gekleurd schort over haar jurk droeg. Irene Dunham leek meer schorten dan jurken te hebben, en ze bakte elke dag van de week. Haar taartbodem was vermaard, vertelde Irene aan Sunny, opscheppend met de zelfgenoegzaamheid die ze inacceptabel vond bij anderen. Maar ondanks alle prijzen die ze ermee had gewonnen, smaakte de taart als stof in Sunny's mond en kreeg ze nooit een hele punt weg. Irene leek Sunny niet te mogen. Ze gaf haar de schuld van alles wat er gebeurde en koos altijd de kant van haar zoon, wat hij ook deed.

Naarmate Sunny ouder werd, probeerde ze wel eens nee tegen Tony te zeggen als hij seks wilde, en dan sloeg hij haar. De ene keer hield ze er een blauw oog aan over, de andere keer een ontwrichte kaak, of hij stompte haar zo hard in haar maag dat ze bang was nooit meer te kunnen ademen. En één keer, de laatste keer, had hij haar bijna vermoord. Toegegeven, zij had hem eerst geslagen met de pook bij de open haard in de woonkamer, dezelfde pook die ze had gebruikt om de koppen van Irenes geliefde poppen stuk te slaan.

Dat was tijdens hun officiële huwelijksnacht geweest.

Het was bijna middernacht en de ouders Dunham sliepen zoals gewoonlijk al, maar deze keer hadden ze de geluiden uit Tony's slaapkamer niet kunnen negeren. Irene Dunham had meteen de kant van haar zoon gekozen, hoewel er alleen een dun lijntje bloed over zijn wang liep van die ene klap die ze had kunnen uitdelen voordat hij haar de pook had afgepakt en haar eerst had geslagen en toen geschopt. Stan Dunham was echter naar haar toe gekomen, en zodra hij bij haar was en ze elkaar aankeken, zag Sunny dat hij het wíst, dat hij het altijd had geweten. Hij wist dat zijn zoon Heather had vermoord, dat haar dood geen ongeluk was. Ze was niet op haar hoofd gevallen. Tony had haar geslagen, of haar op de vloer gegooid en op haar hoofd gebeukt tot haar schedel brak. Waarom? God mocht het weten. Hij was een gewelddadige, gefrustreerde man. Heather was een meisje met een grote mond dat zijn plan had bedorven. Misschien was dat reden genoeg. Misschien konden er nooit genoeg redenen zijn voor wat hij had gedaan.

'Je moet weg,' had Stan Dunham tegen haar gezegd, en hoewel de andere twee gezinsleden zijn woorden hadden opgevat als een straf, een verbanning, wist ze dat hij probeerde haar te redden. De volgende dag zocht hij een nieuwe naam voor haar en leerde haar hoe ze kon opgaan in de niet-opgeëiste identiteit van een dood meisje. 'Iemand die rond de goede tijd is geboren en is overleden voordat ze een burgerservicenummer had gekregen, dat moet je hebben.' Hij kocht een buskaartje voor haar en zei dat hij altijd voor haar klaar zou staan, en als Stan Dunham iets was, was hij wel een man van zijn woord. Toen ze op haar vijfentwintigste besloot dat ze auto wilde leren rijden, was hij in de weekends naar Virginia gekomen en had haar geduldig over lege parkeerterreinen geloodst. Toen ze in 1989 besloot dat ze een opleiding wilde volgen om echt als systeembeheerder te kunnen werken, had hij haar financieel gesteund. Toen Irene overleed en Stan zich niet langer druk hoefde te maken over de zuinige bazigheid van zijn vrouw, had hij een lijfrente voor Sunny gekocht. Veel was het niet, maar ze kon haar auto ermee aflossen en de laatste tijd had ze zelfs geld op haar spaarrekening kunnen storten voor het appartement dat ze hoopte te kopen als de huizenmarkt ooit weer gunstig werd.

Pas toen Penelope Jackson op de stoep stond, op de kop af een week geleden, was Sunny erachter gekomen dat Tony Dunham ook een lijfrente had. En dat hij, als hij had gedronken, over zijn misdrijven en zijn jeugdhuwelijk vertelde. Hij had tegen Penelope gezegd dat ze nooit bij hem weg kon omdat hij al eens een meisje had vermoord en het had weten te verbergen, geholpen door zijn vader en de zus van het meisje zelf.

'Kijk, hier heeft hij een pluk haar uit mijn hoofd getrokken,' zei Penelope, en ze liet een kale plek achter haar oor zien. Toen had ze tegen een grote, grijzige voortand getikt. 'Hier was een stuk af gebroken, en de reparatie is niet goed gelukt. Die eikel had me van het stoepje geduwd omdat ik hem tegensprak. Toen ik ontdekte dat zijn vader had betaald voor een lijfrente voor een andere vrouw, dacht ik dat ik haar maar eens een bezoekje moest brengen, eens horen wat zij had doorstaan dat geld van de Dunhams waard was, want het enige wat ik ooit van Tony heb gekregen, is de verzekering dat hij me achterna zou komen om me te vermoorden als ik ooit bij hem wegging. Hij zit al achter me aan. Je moet me helpen, anders ga ik naar de politie en vertel ik wat ik over je weet. Je hebt een moord verdoezeld, en dat staat gelijk aan moord.'

Het had bijna drie dagen gekost, maar met de methodes die Stan Dunham haar lang geleden had geleerd had ze een nieuwe naam voor Penelope gevonden en de papieren geregeld die ze nodig had om een nieuw leven te beginnen. Ze had ook vijfduizend dollar van haar spaarrekening aan Penelope gegeven, die een vlucht van luchthaven Baltimore-Washington International naar Seattle had geboekt. Ze had Penelope gesmeekt een andere vlucht te nemen, eentje vanuit Dulles of National, maar Penelope had per se met Southwest Airlines willen vliegen. 'Je spaart heel snel genoeg punten voor gratis tickets. Rapid Rewards, heet hun systeem.'

En dus was Sunny voor het eerst in bijna vijfentwintig jaar de Potomac overgestoken naar Maryland en de Baltimore-Washington Parkway. 'Je mag de auto wel houden,' had Penelope gezegd, maar dat kon Sunny zich niet voorstellen. Hoe kon ze die oude rammelbak met een kenteken uit North Carolina verklaren? Ze had hem bij de luchthaven willen laten staan, een trein naar Washington DC nemen en de metro voor het laatste stuk naar huis, maar nu ze zo dicht bij huis was, zag ze er geen kwaad in om nog een stukje naar het noorden te rijden en dan om te keren. Toen ze Route 70 naderde, kwam ze op het idee Stan een bezoekje te brengen, iets wat ze nooit had gedurfd, hoe ziek hij ook werd, want een bezoek betekende dat je je moest melden, dat je sporen achterliet, maar Penelope had gezegd dat hij er slecht aan toe was, dat hij dement was en op sterven na dood. Als ze niet om een legitimatie vroegen, kon ze een valse naam opgeven. En misschien kon ze door Algonquin Lane rijden om te zien of het echt het gekoesterde huis uit haar dromen was, of gewoon een bouwvallige boerenwoning in een niet al te gewilde uithoek van Baltimore.

En toen was de auto haar ontglipt, haar leven was haar ontglipt, en in haar paniek en verwarring had ze het begin van de waarheid gesproken, waar ze onmiddellijk spijt van had gehad: 'Ik ben een van de meisjes Bethany.' Als ze al het andere vertelde, zouden ze Tony laten komen en haar voor het oog van de wereld laten toegeven dat de dood van haar zus haar schuld was. Trouwens, wie kon weten wat voor leugens Tony zou vertellen, wat hij haar zou kunnen aandoen? Ze had Stan dus de schuld van alles gegeven in het besef dat hij veilig was, op zijn manier, en gezegd dat zij Heather Bethany was. Heather, die nooit iets ergers had gedaan dan in andermans spullen neuzen en haar grote zus bespioneren. Ze hadden altijd sprekend op elkaar geleken, en Sunny wist alles van Heather. Het had een koud kunstje moeten zijn, zich voor Heather uitgeven.

Zodra ze hoorde dat Miriam nog leefde, had ze geweten dat ze betrapt zou worden, maar ze had geprobeerd zich eruit te bluffen, aannemelijke antwoorden te geven zodat ze weg kon glippen voordat Miriam kwam. Irene was dood en Stan was ongrijpbaar voor de lange arm van de wet. Als ze had geweten dat Tony dood was, was ze er misschien niet zo huiverig voor geweest om het hele verhaal te vertellen, maar Penelope Jackson had gezegd dat Tony leefde, dat ze geld nodig had omdat hij vastbesloten was haar te vinden en haar te straffen omdat ze hem had verlaten. Penelope had geïnsinueerd dat het háár schuld was dat Tony nog vrij rondliep en vrouwen kwaad deed, en was dat eigenlijk ook niet zo? Als zij de politie die avond in het motel had gebeld... Als ze het op een schreeuwen had gezet om de andere motelgasten te waarschuwen, de bedrijfsleider... Maar ze had zich angstig stilgehouden, had willen geloven dat ze eraan kon ontkomen haar ouders te moeten vertellen dat Heather dood was – en dat het haar schuld was. *Wees lief voor je zusje. Op een dag zullen je moeder en ik er niet meer zijn, en dan hebben jullie alleen elkaar nog maar*, had haar vader gezegd. Het had anders uitgepakt.

'Waar heb je gezeten?' vroeg Miriam. 'Sinds je bij de Dunhams weg bent, bedoel ik. Wat doe je, waar woon je?'

'Ik ben systeembeheerder bij een verzekeringsbedrijf in Reston, Virginia. Ik gebruik de naam Cameron Heinz, maar op mijn werk noemt iedereen me Ketch.'

'Catch?'

'Ketch, als in ketchup. Heinz, snap je? Ze is in Florida omgekomen, ergens halverwege de jaren zestig, bij een brand. Een brand is altijd handig. Ik wil gewoon die persoon weer zijn, maar nu ik weet dat je nog leeft, wil ik Sunny ook weer zijn, en tijd met je doorbrengen. Zou het allebei kunnen? Ik ben al zo lang de verkeerde persoon, zou ik niet weer de juiste persoon kunnen zijn, zonder dat iemand het merkt?'

'Ik denk het wel, als je in staat bent tot een beetje bedrog,' zei Chet Willoughby.

'Volgens mij heb ik wel bewezen,' zei Sunny, 'dat ik in staat ben tot veel meer dan een beetje bedrog.'

Twee weken later verklaarde de politie van Baltimore dat de stoffelijke resten van Heather Bethany door lijkhonden waren ontdekt in Glen Rock, Pennsylvania. Het was een keiharde leugen, en Lenhardt vond het een reuzenbak dat de verslaggevers en het publiek het verhaal slikten: lijkhonden die stoffelijke resten van dertig jaar oud vinden, die snel en als vanzelf worden geïdentificeerd, alsof het DNA-lab niet met een achterstand te kampen had, alsof de theoretische mogelijkheden van de wetenschap sterker waren dan de dagelijkse realiteit van overbelaste bureaucratieën en tot op het bot uitgeklede budgets. Ze zeiden dat ze het graf hadden gevonden dankzij informatie uit vertrouwelijke bron. Strikt genomen klopte het, als je Cameron Heinz als een vertrouwelijke bron zag, als iemand anders dan Sunny Bethany. De politie had vastgesteld dat Tony Dunham de moordenaar was en dat zijn ouders actief hadden samengespannen om te voorkomen dat zijn misdrijf zou worden ontdekt door het overlevende zusje, Sunny, te gijzelen. Ze was op een zeker moment ontsnapt en leefde nog, onder een andere naam. Via haar advocaat, Gloria Bustamante, verzocht Sunny de pers haar privacy te respecteren, haar de anonimiteit te gunnen die ieder ander slachtoffer van seksueel misbruik ook kreeg. Ze had er geen behoefte aan om te praten over wat er was gebeurd. En haar cliënt woonde trouwens toch in het buitenland, zei Gloria, die het heerlijk vond om journalisten te woord te staan, evenals haar enige nog levende familielid, haar moeder.

'Dat is waar,' zei Lenhardt later tegen Infante. 'Reston, Virginia, is wat mij betreft een ander land. Heb je het wel eens gezien, met al die kantorenparken en wolkenkrabbers? Iedereen zou daar kunnen verdwijnen.'

'Iedereen kan overal verdwijnen,' zei Infante.

Tenslotte was dat precies wat Sunny Bethany had gedaan, meer dan twintig jaar lang – als leerling van een katholieke school, als verkoopster in een dirndljurk, op de advertentieafdeling van een kleine krant, als IT'er bij een groot computerbedrijf. Als een vogel die afgedankte nesten betrekt, had ze de levens geleefd van meisjes die allang dood waren, erop rekenend dat niemand haar zou zien, en de wereld had haar dat voorrecht maar al te graag gegund. Ze was opzettelijk een van die anonieme vrouwen die elke dag door straten, winkelcentra en kantoorgebouwen stromen – aantrekkelijk genoeg, een tweede blik waard, maar elke vorm van aandacht ontwijkend. Zou ze Infante, kampioen vrouwen inschatten, in een van haar vermommingen zijn opgevallen? Vermoedelijk niet, maar nu hij de moeite nam om te kijken, goed te kijken, zag hij dat Sunny's gezicht de computertekening van de oudere Sunny Bethany opmerkelijk dicht benaderde, hoewel de voorspelling er wat betreft de rimpels een beetje naast had gezeten, met kraaienpootjes en diepe rimpels aan weerszijden van haar mond. Ze zou voor vijf of zelfs tien jaar jonger kunnen doorgaan als ze had gewild, maar ze had genoegen genomen met drie.

Nee, maar, dacht Infante terwijl hij het computervenster met de beeltenissen van de beide zusjes sloot, *Sunny Bethany heeft geen lachrimpeltjes.*

Deel x

Swadhayaya

De vijfde en laatste stap van het vijfvoudig pad, swadhayaya, is bevrijding door zelfkennis: Wie ben ik? Waarom ben ik hier?

– Overgenomen uit verschillende lessen over de agnihotra

42

Kevin Infante was Nancy Porters drempel nog niet over of hij wist dat er een koppelpoging achter de uitnodiging voor de kerstborrel zat. Hij kon de ongelukkige dame er vanuit de verte al uitpikken: een brunette in een knalrode jurk, die net niet naar de deur keek. Ze was aantrekkelijk genoeg. Ze was zelfs uitzonderlijk aantrekkelijk, maar op de manier die andere vrouwen mooi vinden: slank, grote ogen, weelderig haar. Daardoor wist hij het. Ze was door Nancy uitgezocht en hij moest toegeven dat ze een goede smaak had, maar hij had een hekel aan koppelpogingen, ook de passieve soort, want ze leken te suggereren dat hij zelf geen vrouw kon vinden, of dat hij steeds de verkeerde uitzocht.

En wat gaf het dat dat laatste onmiskenbaar waar was? Hij was een grote jongen. Nancy zou zich erbuiten moeten houden.

Hij keek om zich heen, zoekend naar een gesprek om in op te gaan, zodat hij lastiger te benaderen zou zijn. Op dit soort feestjes had het geen zin om te proberen een gesprek met de gastvrouw aan te knopen. Nancy rende heen en weer tussen de keuken en de eetkamer om schalen bij te vullen en meer eten op de buffettafel neer te zetten. Lenhardt had zich nog niet vertoond en Nancy's echtgenoot was nooit erg dol op Infante geweest, maar waarschijnlijk zou hij een hekel aan iedere man hebben die uren alleen met zijn vrouw doorbracht, ook onder de onschuldigste omstandigheden. Terwijl hij zoekend om zich heen keek en de brunette voelde naderen, viel zijn blik op een bekend ge-

zicht, al kon hij de vrouw niet meteen plaatsen; ronde wangen, vriendelijke ogen. Kay Huppeldepup, die maatschappelijk werker.
'Hallo,' zei ze, hem de hand reikend. 'Kay Sullivan. Van het St.-Agnes?'
'Ja, degene die...'
'Precies.'
Ze stonden er opgelaten bij. Kevin besefte dat als hij respijt wilde van Nancy's machinaties, al was het maar tijdelijk, hij beter zijn best zou moeten doen.
'Ik wist niet dat je een vriendin van Nancy was.'
'We kwamen elkaar weer tegen via het blijf-van-mijn-lijfhuis. Ze hield een lezing over een van de oudste onopgeloste moordzaken van Baltimore, de zaak-Powers.'
Hij herinnerde het zich weer. Hij vergat nooit een zaak. Een jonge vrouw, weg bij haar man, een felle strijd om de voogdij. Op een middag was ze na haar werk naar huis gegaan. Noch zij, noch haar auto was ooit nog gezien. 'O, ja, die. Hoe lang is dat geleden?'
'Bijna tien jaar. Hun dochter moet nu een tiener zijn. Kun je het je voorstellen? Ze moet weten dat haar vader de hoofdverdachte was, ook al is er nooit iets bewezen. Ik was vergeten dat hij bij de politie had gezeten voordat hij de bewaking in ging.'
'Hm.'
Weer een onbehaaglijke stilte, waarin Infante zich afvroeg waarom Kay Sullivan juist daarover was begonnen. Wilde ze zeggen dat alle politiemensen uit Baltimore een criminele inslag hadden? Stan Dunham had niet meer gedaan dan een moord toedekken.
'Heb je ooit...?' begon Kay.
'Nee.'
'Je weet niet eens wat ik wilde vragen.'
'Ik ging er gewoon van uit dat het over Sunny Bethany zou gaan.' Kays gezicht werd rood, alsof ze zich geneerde. 'We hebben geen contact, maar ik geloof dat die oude Willoughby haar moeder zo nu en dan spreekt. Nu we het toch over hem hebben...'
Hij keek om zich heen in het besef dat Willoughby er ook zou moeten zijn en ontdekte hem, in een geruite trui nota bene – flirtend met

de brunette in de rode jurk. Willoughby had oog voor vrouwen, zoals Infante had ontdekt sinds ze samen waren gaan golfen. Tot zijn verbazing – en, hoewel hij het zichzelf niet wilde bekennen: zijn voldoening – leek Willoughby zijn gezelschap te verkiezen boven dat van die blaaskaken van de countryclub. Hij was dus toch meer smeris dan kostschooljongen. Hij was ook zo'n deftige ouwe bok, zo iemand die zich graag koesterde in de gloed van goed uitziende vrouwen. Hij was dol op Nancy, lunchte minstens één keer per maand met haar. Hij probeerde de brunette waarschijnlijk onder de mistletoe te krijgen, vlassend op een zoen op zijn wang. 'Ik moet even hallo gaan zeggen.'

'Ja, doe dat,' zei Kay, 'maar mocht je iets van Sunny horen...'

'Ja?'

'Zeg dan dat het lief van haar is dat ze om Grace' broek gestoomd en versteld terug heeft gestuurd. Ik waardeer het.'

Ze klonk teleurgesteld, maar berustend, alsof ze het wel gewend was in gezelschap in de steek te worden gelaten. Infante prikte een *pierogi* aan zijn vork en haalde hem door de zure room – dankzij haar Poolse voorouders wist Nancy hoe je je gasten moet onthalen. De zaak van het afgelopen voorjaar was voor hem gewoon werk geweest, maar het moest spannend zijn geweest voor Kay Sullivan, afwisseling in een leven vol – nou ja, wat maatschappelijk werkers in een ziekenhuis ook maar doen. Met verzekeringsformulieren worstelen, nam hij aan.

'Grace?' vroeg hij aan Kay. 'Is dat je dochter? Hoe oud is ze? Is ze je enige kind?'

Kay fleurde op en begon uitgebreid te vertellen over haar zoon en dochter, terwijl Infante luisterde, knikte en pierogi's at. Wat maakte het uit? Die brunette wachtte wel.

'¿*Cómo se llama?*' vroeg de man die voor de galerie stond, en Sunny moest haar best doen om niet naar het gat boven zijn mond te staren. Haar moeder had haar voor Javier gewaarschuwd, gezegd dat hij er een beetje griezelig uitzag, en Sunny had automatisch aangenomen dat zijn misvorming hem ook zijn spraakvermogen had ontnomen.

Toen ze nog in Virginia zat, druk bezig met het regelen van deze reis, had ze zich hem voorgesteld als een soort Quasimodo die communiceerde door middel van gegrom en gezucht.

Hij praatte door, niet gehinderd door de manier waarop ze haar ogen afwendde van zijn gezicht. Waarschijnlijk was hij gewend aan die visuele ontwijking, misschien was hij er zelfs blij om. Zij zou er blij om zijn. *'Es la hija de señora Toe-lez, ¿verdad?'*
Hoe noemt u zich? U bent de dochter van señora Toles, nietwaar?

Hoewel Sunny weken naar een Spaanse taalcursus had geluisterd en de taal goed kon lezen, merkte ze dat ze eerst woordelijk moest vertalen wat ze hoorde, dan haar antwoord moest bedenken en dat in het Spaans moest vertalen – een allesbehalve efficiënt proces. Haar moeder zei dat het beter zou worden, mocht ze besluiten te blijven.

'Soy,' begon ze, en ze betrapte zichzelf. Het was niet 'ik ben' maar 'ik heet'. Ik noem mezelf. *'Me llamo Sunny.'* Wat konden Javier die andere namen en identiteiten schelen, wat er op haar rijbewijs stond en of dat strookte met de naam op haar paspoort of schooldiploma? Op haar rijbewijs en paspoort stond Cameron Heinz, dus was dat ook de naam op haar tickets tijdens haar reis van het ene vliegveld naar het volgende tot in de taxi naar deze straat in San Miguel de Allende, die in veel opzichten leek op de reis die haar moeder zestien jaar eerder had gemaakt, al wist Sunny dat nog niet. Dat zou ze later te weten komen, tijdens hun trip naar Cuernavaca. Intussen wachtte Gloria Bustamante tot CamKetchBarbSylRuthSunny voor eens en voor altijd besloot wie ze wilde zijn. Het was allemaal erg gecompliceerd, helemaal nu Stan Dunham van de zomer was overleden en Gloria vond dat Sunny aanspraak zou moeten maken op zijn nalatenschap, als zijn indirecte slachtoffer en schoondochter voor een heel etmaal. Kon ze die erfenis opeisen? Moest ze dat doen? En als ze met het restant van Stan Dunhams spaargeld ook haar eigen naam opeiste, hoe lang zou ze dan nog onopgemerkt blijven? Zoals Sunny beter wist dan wie ook, liet elke aanslag op het toetsenbord van een computer een spoor na.

Maar hier kon ze zich noemen wat ze wilde, de komende twee weken.

'Me llamo Sunny.'

Javier lachte en wees naar de lucht. '¿Como el sol? Qué bonita.' Ze haalde haar schouders op. Wat moest ze zeggen? Prietpraat was al lastig genoeg in het Engels. Ze duwde de deur van de winkel open, wat een windorgel in beweging bracht. De Man met de Blauwe Gitaar had ook een windorgel gehad, herinnerde ze zich, al had dat een dieper, voller geluid gemaakt.

Haar moeder – haar moeder! – was met een klant bezig, een korte, gedrongen vrouw met een irritante stem die in de oorbellen op de toonbank rommelde alsof ze haar op de een of andere manier niet aanstonden. 'Dit is mijn dochter, Sunny,' zei Miriam, maar ze zat vast achter de toonbank en de omvangrijke klant, zodat ze niet naar Sunny toe kon lopen om haar te omhelzen, zoals ze duidelijk wilde. Dat wilde ze toch? De vrouw wierp een blik op Sunny en ging weer verder met het martelen van de sieraden, die dof leken te worden onder haar aanraking, donker en verbogen in haar worstvingers. Sunny vroeg zich af of ze ooit zou kunnen ophouden zo naar onbekenden te kijken, of ze zich zou blijven richten op de fouten van anderen en zou blijven proberen zo snel mogelijk te bepalen of ze haar wilden helpen of schaden. Aan deze vrouw had ze duidelijk niets.

'Dan moet ze op haar vader lijken,' zei de vrouw, en Sunny herinnerde zich hoe goed het had gevoeld om een cola light over het hoofd van mevrouw Hennessey te gieten in de kantine van de *Gazette*. Er waren wel wat dingen in haar leven waar ze spijt van had – op z'n zachtst gezegd – maar dit was er geen van. Het was zelfs een van haar mooiste momenten. Dat verhaal zou ze haar moeder moeten vertellen tijdens hun uitstapje. Het was een van de weinige anekdotes die ze haar kon vertellen, nu ze erover nadacht, een van de weinige waar ze zich geen van beiden verdrietig of ongemakkelijk bij zouden voelen.

Ze was bang dat ze niet genoeg dingen zou kunnen bedenken om over te praten met haar moeder, maar dat bleek veel makkelijker te gaan dan ze had verwacht. In de trein naar Mexico-Stad, de volgende dag, zouden ze het eerst hebben over Penelope Jackson, verblijfplaats nog steeds onbekend, hoewel ze na de eerste achtenveertig uur in Seattle Sunny's creditcards niet meer had gebruikt, goddank. Tegen de tijd dat ze overstapten op de bus naar Cuernavaca, zou Miriam moed verzamelen om Sunny te vragen of ze dacht dat Penelope Tony echt had vermoord, en Sunny zou zeggen: ja, maar niet om het geld; Penelope had er pas toen Tony al dood was aan gedacht dat ze die lijfrente kon opstrijken, en ze was verbaasd geweest toen ze hoorde dat de uitkering ophield als de begunstigde overleed. 'Maar ze was beslist in staat iemand te vermoorden. Ze had zulke gemene ogen... mam. Ik was bang voor haar. Zodra ik haar zag, wist ik dat ik alles moest doen wat ze zou willen.'

Ze zouden het hebben over rechercheur Willoughby, die in zijn e-mails aan Miriam omslachtig bleef zinspelen op een golfvakantie in Mexico, en wist zij goede banen in de buurt van San Miguel de Allende? Miriam zei dat ze hem niet wilde aanmoedigen, maar Sunny vond dat ze dat wel moest doen, een beetje maar. Wat kon het voor kwaad?

Uiteindelijk, niet de volgende dag of de dag daarna, maar een aantal dagen later, toen ze met een drankje zaten te kijken naar de ondergaande zon en de witte pauwen van Las Mañanitas die door de schemering paradeerden, zou Sunny aan Miriam vragen of ze dacht dat het waar was wat Kay al die maanden geleden had gezegd, dat een tragedie de sterke en zwakke kanten van een persoon of gezin aan het licht bracht. 'Haarscheuren', had Kay het genoemd.

'Je vraagt,' zei Miriam, 'of het jouw schuld is dat je vader en ik uit elkaar zijn gegaan. Sunny, het is nooit de schuld van een kind. Jullie verdwijning heeft mijn vertrek hooguit uitgesteld. Ik was al jaren ongelukkig.'

'Maar dat is het hem nou juist,' zei Sunny. 'Als ik terugkeek – in de jaren dat ik weg was – hield ik mezelf voor dat we een gelukkig gezin waren, dat het stom van me was geweest om naar iets anders te verlangen. Weet je nog dat we al die poppenbordjes vonden tussen de boomwortels en onder de struiken? Weet je nog dat papa twee exemplaren van *Max en de maximonsters* kocht, de ruggen brak en een strook langs de muren van Heathers kamer plakte met het hele verhaal van Max en zijn reis? Ik vond dat het huis aan Algonquin Lane iets magisch had, maar voor jou was het een gevangenis. Een van ons moet zich vergissen.'

'Dat hoeft niet,' zou Miriam antwoorden. 'Trouwens, die strook in Heathers kamer had ik gemaakt. Maar als ik je dat niet had verteld, was die herinnering dan verkeerd geweest, zou je vader minder van jullie hebben gehouden? Ik denk het niet.'

Ten slotte, toen het donker was, echt donker, toen ze elkaars gezicht niet meer konden zien en alleen waren in de tuin, of het gevoel hadden dat ze alleen waren, zouden ze over Stan Dunham praten. 'Je vader zou in de verleiding zijn gekomen hetzelfde te doen,' zei Miriam, 'als Heather of jij iets verkeerds had gedaan.'

'Dat heb ik ook...' begon Sunny, maar haar moeder wilde er niet van horen. 'Dat dóén ouders, Sunny, ze proberen de fouten van hun kinderen recht te zetten, ze te beschermen. Kinderen kunnen gelukkig zijn terwijl hun ouders zich ongelukkig voelen, maar een ouder is nooit gelukkiger dan zijn ongelukkigste kind.'

Sunny bleef erover nadenken. Ze zou haar moeder op haar woord moeten geloven. Als ze iets van zichzelf wist, was het wel dat ze niet geschikt was voor het moederschap. Ze hield niet echt van kinderen. Ze was zelfs afkerig van de meeste kinderen, alsof die haar leven van haar hadden gestolen, al wist ze dat het onlogisch was. Zij was degene die levens had gestolen, die zich de namen en achtergronden had toegeëigend van meisjes die niet eens oud genoeg waren geworden om naar school te gaan.

'Toch denk ik graag dat je vader nooit iemand zoveel verdriet had kunnen aandoen als Stan Dunham ons heeft aangedaan,' zei Miriam. 'Je zegt dat hij goed voor je was, en daar ben ik dankbaar voor, maar ik kan hem niet vergeven wat hij ons heeft aangedaan, zelfs niet nu hij dood is.'

'Toch vergeef je het mij wel.' Dat was de beurse plek waar ze maar op moest blijven drukken, zoals ze ooit niet van het korstje van haar pokkenprik had kunnen afblijven, waardoor de plek zo kwetsbaar en gevoelig was geweest voor de hulpvaardige Heather met haar vliegenmepper.

'Sunny, je was vijftien. Er valt niets te vergeven. Natuurlijk hou ik jou niet verantwoordelijk. Dat zou je vader ook niet doen, als hij nog leefde. En nee, dát is ook niet jouw schuld.'

'Dat zou Heather wel vinden. Dat het mijn schuld was.'

Nu verraste haar moeder haar door te lachen. 'Dat zou best eens kunnen. Heather hield net zo stevig vast aan haar wrok als aan haar geld. Maar ik denk dat zelfs Heather zou moeten erkennen dat je haar nooit kwaad hebt toegewenst.'

Een van de pauwen krijste met een stem die ijzingwekkend menselijk klonk. Heather die haar zegje deed? Sunny zou nooit zo overtuigd kunnen zijn van de zegen van haar zus als haar moeder wilde.

Maar al die gesprekken zouden later komen, wanneer de tijd, het reizen en het donker intimiteit ze mogelijk maakten. Nu waren ze in de galerie, nog een beetje onwennig, en Miriam trok opeens een lelijk gezicht over het hoofd van haar nietsvermoedende chagrijnige klant, met rollende ogen en een uitgestoken tong. Het gezicht dat ik ook trek, besefte Sunny, als iemand iets downloadt waardoor het systeem in de war raakt en ik het moet oplossen terwijl hij zenuwachtig toekijkt.

'Ja, ze lijkt inderdaad meer op haar vader,' zei haar moeder. 'Dit is haar eerste keer in Mexico, en we gaan met de kerstdagen naar Las Mañanitas in Cuernavaca.'

'Ik zou voor geen goud naar Cuernavaca gaan,' zei de vrouw. 'En Las Mañanitas is te duur.' Ze duwde zich af van de toonbank alsof ze van tafel ging na een machtige maaltijd die haar niet had kunnen bekoren en stommelde de winkel uit zonder een bedankje of afscheidswoord.

'En dan te bedenken,' zei Miriam, die achter de toonbank vandaan kwam om Sunny te omhelzen, 'dat het op het puntje van mijn tong lag. Een uitnodiging aan die charmante dame om ons te vergezellen op onze reis. Hoe was jóúw reis, Sunny? Ben je moe? Wil je naar mijn casita toe voor een dutje, of wil je liever eerst eten? Hoe laat ben je vanochtend opgestaan? Heeft het vreselijk lang geduurd om hier te komen?'

Dertig jaar, wilde Sunny zeggen. *Dertig jaar en een olievlek op de snelweg,* maar ze koos voor een simpeler antwoord, iets wat haar moeder zou begrijpen, een vraag waaraan haar moeder, iedere moeder, kon voldoen. Net als Max uit *Max en de maximonsters* was ze het tumult zat geraakt en naar huis gevaren, waar ze haar wolfspak had uitgetrokken. Ze wilde ergens zijn waar iemand haar de liefste vond, al geloofde ze dat ze het recht op die onvoorwaardelijke toewijding lang geleden al had verspeeld.

'Ik heb inderdaad wel honger,' zei ze. 'In het vliegtuig krijg je tegenwoordig geen behoorlijke maaltijd meer, niet als je economy class vliegt tenminste, hoewel – ik heb niet meer gevlogen sinds ik met jou naar Ottawa ging, toen ik nog klein was.' In een flits zag ze Heather en hun identieke jurken, die van Sunny vol vegen van hun gedeelde zakje M&M's, Heather onberispelijk en brandschoon, zij samen voor altijd de vrouwelijke versies van Goofus en Gallant. Heather had zelfs doorgehad dat Tony een griezel was, de eerste keer dat ze hem zag. Met haar elf, bijna twaalf jaar was ze een stuk wijzer dan haar grote zus van vijftien geweest. 'Zullen we ergens gaan eten?'

De twee vrouwen gaven elkaar een arm en liepen naar buiten, de vrolijke, chaotische straat in, waar Javier moest schreeuwen om boven een passerende bus uit te komen. Sunny had geen idee wat hij zei, maar uit zijn uitvoerige gebaren maakte ze op dat Javier vond dat ze sprekend op elkaar leken, dat ze zo mooi waren, moeder en dochter, eindelijk samen. Hij verstrengelde zijn vingers in een pantomime van hun verbondenheid.

Ze keek hem aan, niet langer bang voor zijn gezicht nu ze wist waar het gat zat, wat er miste. Kon ze de wereld maar zo openlijk laten zien wat zíj miste. Wie zou zijn blik afwenden van haar gezicht, wie zou er niet in staat zijn haar recht aan te kijken?

'*Gracias,*' zei ze, en toch schoot haar het belangrijkste woord te binnen dat je maar te horen kunt krijgen, het woord dat zo belangrijk voor haar was geweest, zelfs toen het onwaar en onverdiend was, totaal verkeerd. Door zich voor Heather uit te geven, was Sunny erin geslaagd Heather weer tot leven te wekken, compleet met haar gekmakende zelfvertrouwen, en dat was iets waar ze nooit spijt van zou krijgen. Van alle mensen die ze ooit was geweest, of ooit zou zijn, was Heather Bethany haar het liefst. *'Gracias, Javier.'*

Dankwoord

Op de openingsdag van het honkbalseizoen in 2005 was ik op weg naar de wedstrijd van de Washington Nationals met een club vriendinnen, allemaal veertigers die in de omgeving van Baltimore en Washington waren opgegroeid. Toen we langs Wheaton Plaza kwamen, viel het luidruchtige gesprek opeens stil en keken we elkaar aan. 'Weten jullie nog...' begon iemand. We wisten het allemaal nog. We waren tieners toen twee zusjes, Sheila en Katherine Lyon, op 25 maart 1975 in de omgeving van Wheaton Plaza verdwenen. Het mysterie van hun verdwijning is nooit opgelost. Ze lieten hun ouders en twee broers achter, een gezin dat niet op dat van de Bethany's lijkt. Waarom heb ik voor dit zuiver fictieve verhaal over twee vermiste zusjes een datum van vier dagen later gekozen?

Het was in eerste instantie niet mijn bedoeling. Hoewel ik de handeling moest laten plaatsvinden in een paasweekend, dacht ik dat ik een willekeurig jaar halverwege de jaren zeventig als achtergrond kon gebruiken, maar nadat ik de kranten uit die tijd erop had nageslagen, bleek 1975 zich het best te lenen voor het verhaal dat ik wilde vertellen. Ik zou nalatig zijn als ik niet benadrukte dat deze roman niets te maken heeft met de tragedie van het gezin Lyon, maar het zou niet kies zijn als ik niet erkende dat de data dicht bij elkaar liggen.

Het zou vanzelfsprekend moeten zijn dat de uitgeverij van een schrijver altijd een voorname rol speelt in dit soort projecten, maar mijn redacteur, Carrie Feron, en haar assistent, Tessa Woodward, hebben echt alles uit de kast gehaald voor dit boek, met de volledige steun van iedereen bij Morrow en Avon, onder wie Lisa Gallagher, Lynn Grady, Liate Stehlik en Sharyn Rosenblum. En een hoeraatje voor de mannen en vrouwen van het distributiecentrum van HarperCollins in Scranton, Pennsylvania, voor de taart en het gezelschap: beide waren voortreffelijk.

Technisch advies en begeleiding werden verzorgd door Vicky Bijur, David Simon, Jan Burke, Theo Lippman jr., Madeline Lippman, Susan Seegar, Alison Gaylin, Donald Worden, Joan Jacobson, Linda Perlstein, Marcie Lovell, Bill Toohey, Duane Swierczynski, Sarah Weinman, Joe Wallace, James R. Winter, en veel medewerkers aan het Memory Project, die gul waren met hun herinneringen aan 1975. Ik ben ook de Enoch Pratt Free Library veel dank verschuldigd voor de zeer toegankelijke microfichearchieven van de lokale kranten, en Kristine Zornig van de Maryland-zaal. Nog een opmerking voor de muggenzifters onder de lezers: als een film een Oscar had gewonnen, kwam hij vaak terug in de bioscoop, dus inderdaad: *Chinatown* draaide in 1975 in de Security Square Cinema en *The Sound of Music* draaide in een bioscoop in de stad toen de sneeuwstorm van 1966 toesloeg. Dan nog een boodschap voor de lezers uit het zuiden van de Verenigde Staten: ik voel niets dan genegenheid voor Brunswick, Georgia. Het is tenslotte de geboorteplaats van mijn vader. De niet bepaald complimenteuze beschrijvingen komen van Kevin Infante, een noordelijke rechercheur die een bijzonder slechte dag heeft. Ik ben zelf erg verknocht aan dit gebied, waar ik elk voorjaar kom.

Dit boek is opgedragen aan twee vrouwen die me vanaf het prille begin van mijn schrijverschap steun en vriendschap hebben geboden. Sally Fellows is lerares en Doris Ann Norris bibliothecaresse, toepasselijk genoeg, maar ze zijn eerst en vooral vurige lezers. Via hen draag ik dit boek in feite op aan alle lezers.

Lees ook van Laura Lippman

Als ik weg ben

Als Felix Brewer in 1959 de mooie Bambi Gottschalk ontmoet, windt hij haar om zijn vinger met allerlei extravagante beloften. Ze trouwen en dankzij zijn lucratieve handeltjes komen Bambi en hun drie dochters niets tekort. Tot Felix in 1979 spoorloos verdwijnt. Bambi heeft geen idee waar haar man – of zijn geld – is, maar ze vermoedt dat zijn minnares Julie het wel weet. Tot tien jaar later Julies lichaam wordt gevonden.

Zesentwintig jaar later heropent rechercheur Roberto Sanchez de moordzaak. Hij stuit op een web van geheimen en leugens dat drie decennia omspant. Alles wijst erop dat Felix Brewer de verbindende factor is. Maar wat is er met hem gebeurd?